KB083399

문순태 중단편선집

3

철쭉제

철쭉제 문순태 중단편선집 3

초판인쇄 2021년 2월 20일 초판발행 2021년 3월 10일
지은이 문순태 엮은이 조은숙 펴낸이 박성모 펴낸곳 소명출판
출판등록 제13-522호 주소 서울시 서초구 서초중앙로6길 15, 2층
전화 02-585-7840 팩스 02-585-7848 전자우편 somyungbooks@daum.net 홈페이지 www.somyong.co.kr

값 20,000원
ISBN 979-11-5905-590-4 04810
ISBN 979-11-5905-587-4 (세트)

ⓒ 문순태, 2021

잘못된 책은 바꾸어드립니다.
이 책은 저작권법의 보호를 받는 저작물이므로 무단전재와 복제를 금하며,
이 책의 전부 또는 일부를 이용하려면 반드시 사전에 소명출판의 동의를 받아야 합니다.

❶ 1959년 광주고 문예부 시절. 중앙이 수필가 송규호(문예부지도교사), 좌측 이성부, 우측 문순태

❷ 1974년 봄. 왼쪽부터 시인 조태일, 소설가 한승원, 이문구, 문순태

❸ 2001년 가을 장흥에서. 우측부터 문순태, 최일남, 김현주, 임철우, 은미희, 황충상, 윤흥길, 박범신 등 호남 출신 소설가들과 함께

❹ 2010년 광주고 동기생인 절친 이성부 시인과 함께

❺ 2013년 용아문학제에서. 우측부터 김준태 시인, 문병란 시인과 함께

❻ 2013년 생오지에서. 좌측부터 송수권 시인, 신경림 시인과 함께

문순태 **중단편선집**

3

철쭉제

소설은 내 스승이었고,

종교였으며 생명이었다.

소설을 쓸 때만이

내 자신에 대한 실존을 확인할 수 있었다.

—산문집 『꿈』

문순태 작가에게 소설은 삶 자체였다. 평생 그와 동고동락을 해온 소설이 있었기에, 삶의 고비마다 찾아온 아픔을 치유할 수 있었다. 그가 소설에게 위로받았듯이, 그의 소설은 많은 이들의 가슴을 따뜻하게 적셔주었다. 그는 밖으로 꺼낼 수 없는 이야기를 안고 살아가는 사람들의 삶을, 자신만의 언어로, 구수한 된장처럼 감칠맛 나게 풀어냈다. 된장은 오래 묵을수록 맛이 좋다. 또 어떤 재료와 섞어도 그 풍미를 잃지 않고 다른 음식과도 잘 어울린다. 문순태 작가의 소설도 그러하다. 그래서 독자는 그의 소설을 읽으며 자신의 이야기처럼 쉽게 공감한다.

좋아하는 작가의 전체 작품과 그와 관련된 텍스트를 아울러 읽을 수 있었다는 것은 한 독자로서 큰 기쁨이었다. 동시에 작가가 살아오는 동안 축적된 삶의 지혜와 이야기들을 직접 들을 수 있었다는 것은 한 연구자로서 축복이었다. 이렇게 독자로서 그리고 연구자로서 나는 문순태 작가 부부와 맛있는 밥을 먹고 핸드드립 커피를 마시며 지난 8년간 호사를 누렸다. 이러한 만남을 통해 나는 그간 작가의 삶과 작품을 나란히 펼쳐놓고 그 둘 사이의 공백을 촘촘히 메우는 작업을 해왔었다. 그 결과 『생오지 작가, 문순태에게로 가는 길』(역락, 2016)이라는 작가론을 낼 수 있었으며, 이번 중·단편선집 작업도 편안하게 진행할 수 있었다.

작가론을 쓰는 일과 작품선집을 엮는 일은 큰 차이가 있다. 작가론이 작가와 내가 대화를 하듯 당시 작가의 삶과 그때 쓰인 작품을 읽으며 그둘 사이의 퍼즐을 하나씩 맞춰가는 지극히 개인적인 작업이었다면, 작품선집을 엮는 일은 한 작가가 피땀으로 남긴 작품을 독자에게 어떻게 온전히 전달할 것인가에 초점을 맞춘 막중한 책임과 부담이 수반되는 작업이기 때문이다. 특히 문순태는 1974년 「백제의 미소」로 『한국문학』의 신인상을 수상하면서부터 장편 23편(38권)과 중·단편 약 147편, 중·단편집과 연작소설집 17권, 기행문 3권, 시집 2권, 산문집 6권, 동화집 2권, 어린이 위인전 2권, 평전 1권, 소설창작이론서 4권, 희곡 2편 등 방대한 양의 작품을 남겼다. 이처럼 방대한 작품으로 인해 작품선집을 엮으면서 가장 큰 고민은 작품을 어떤 기준으로 설정할 것인가였다.

애초에는 문순태 중·단편전집을 엮을 계획이었다. 그래서 이미 출간된 단편소설집 『고향으로 가는 바람』(창작과비평사, 1977), 『흑산도 갈매기』(백제, 1979), 『피울음』(일월서각, 1983), 『인간의 벽』(나남, 1984), 『살아있는 소문』(문학사상사, 1986), 『문신의 땅』(동아, 1988), 『꿈꾸는 시계』(동광출판사, 1988), 『어둠의 강』(삼천리, 1990), 『시간의 샘물』(실천문학사, 1997), 『된장』(이룸, 2002), 『울타리』(이룸, 2006), 『생오지 뜸부기』(책만드는집, 2009), 『생오지 눈사람』(오래, 2016), 연작소설집인 『징소리』(수문서관, 1980), 『물레방아 속으로』(심설당, 1981), 『철쭉제』(고려원, 1987), 『제3의 국경』(예술문화사, 1993) 등에 실려 있는 중·단편 147편을 발표한 순서대로 정리했다. 그러나 작품 수가 너무 많아서 작가와 상의한 끝에 7권의 중·단편선집을 내기로 생각을 바꾸었다. 이때부터 시기별로 중요하다고 여겨지는 작품 100편을 선별하기 시작했다. 그러나 선별된 작품 가운데 중편소설이 다수 포함되어 다시 75편으로 줄이는 과정을 거쳤다. 그럼에도 7권으로 엮기에는 분량이 너무 많았다. 작가에게는 작품 한 편 한 편이 모두 자식처럼 소중한 존재이기에, 고민의 시간이 길어졌다. 얼마 후 작가와 다시 만나 작품 선정에 대해 이야기를 나누었다. 그 자리에서 작가는 "많이 싣는 것도 좋겠지만, 독자들이 읽으면 좋을 작품으로 선정하는 것이 더 의미가 있지 않을까요?"라고 부담을 덜어주었다. 이러한 과정을 거쳐 문순태 작가의 중·단편 중에서 오래도록 독자들과 호흡을 같이 할 65편의 소설이 선정되었다. 한 작가의 문학적 여정을 살펴보기 위해서는 중·단편뿐만 아니라 장편까지 함께 엮는 것이 맞겠지만, 여건상 이는 차후 과제로 남기기로 했다.

선집의 편집체제는 작가가 이전에 발표했던 중·단편집과 연작소설집 17권에 실린 순서를 따르지 않고, 가능한 작가가 발표한 연대를 기준으로 하되, 각 권의 분량을 고려하여 주제별로 재구성했음을 밝힌다. 작품이 발표된 시기에 따라 초기 소설에서는 한자가 많이 섞여 있었다. 그래서 독자의 가독성을 위해 한자를 한글로 바꾸거나 한자를 생략 또는 병기하기도 했다. 그리고 된소리는 내용을 강조할 경우와 대화 글에서는 그대로 살렸으며, 서술 부분에서는 표준어 규정에 맞게 수정했다. 또한 용어 사용에서는 '국민학교'를 '초등학교'로, '뻰치'를 '펜치'로 바꿨으며, 혼용해서 사용하고 있는 '5월과 오월', '6·25전쟁과 유월전쟁' 등은 서술 부분에서는 5월과 6·25전쟁으로, 대화에서는 '오월과 육이오전쟁'으로 일치시켰다. 의미가 불분명한 문장이나 문단은 작가와 상의하여 삭제했으며, 단어와 문장도 많은 부분 수정했다. 초판 발표 당시의 작품명과 다르게 작품명을 바꾼 경우는 각각 작품의 말미에 표기했다. 참고로 작품명을 바꾼 경우는 「금니빨」을 「금이빨」로, 「흰 거위산을 찾아서」를 「흰거위산을 찾아서」로, 「늙은 어머니의 향기」를 「늙으신 어머니의 향기」로, 「은행나무처럼」을 「은행잎 지다」로, 「아버지와 홍매화」를 「아버지의 홍매」로, 「안개섬을 찾아」를 「안개섬을 찾아서」로, 「생오지 눈사람」을 「생오지 눈무덤」으로, 모두 일곱 작품이다. 「생오지 눈무덤」은 초판 발표 당시에는 「생오지 눈무덤」으로 발표되었으나, 단편집으로 엮으면서 「생오지 눈사람」으로 작품명을 바꾼 경우이다.

특히 이번 7권의 선집에는 문순태의 창작집 『고향으로 가는 바람』(1977)부터 『생오지 눈사람』(2016)까지 각각 창작집 초판에 실린 '작가의 말'과 평론가의 '해설'을 각 권에 나누어 실었다. 이는 두 가지의 의미를 지닌다. 하나는 작품을 독자들에게 내놓았을 당시, 작가의 소회와 고백을 생생하게 느낄 수 있다는 점이다. 예를 들면, 『고향으로 가는 바람』에서 문순태는 "이 산 저 산 쫓기며 전쟁의 총알받이가 되었던 유년 시절, 지게 목발 두드리다가 부모 몰래 광주로 튀어나왔던 소년 시절, 퀴퀴한 하수구 위의 판잣집 단칸방에 네 식구가 뒤죽박죽으로 벌레처럼 엉켜 살았던 청년 시절, 그러다가 어른이 되어선 제법 으스대고 사치와 허영에 길들어지면서, 고향은 두 번 다시 생각하기도 싫었던 삼십 대 느지막에, 나는 비로소 번데기가 되어 다시 태어난 셈"이라고 고백한다. 그리고 문순태가 어느 정도 중견 작가의 반열에 오른 뒤에 쓴 『시간의 샘물』에서 "어렴풋이나마 소설이 무엇인가를 깨닫게 되고 차츰 나이가 들어가면서부터 소설쓰기가 마치 끝없는 절망과 싸운 것처럼 힘들어진다. 이제는 전통적 소설쓰기로는 살아남기조차 어려울 것 같은 위기감마저 느낀다"라고 하면서, 90년대 소설문학의 지각변동에 대한 작가로서의 소회를 밝힌 것과, 일흔여덟에 출간한 『생오지 눈사람』에서 "아마도 내 생의 마지막 창작집이 될 것 같다. 이제야 어렴풋이 소설이 보이는 것 같은데 내 영혼이 메마르게 되었구나 싶어 아쉽다. 이럴 줄 알았더라면 더 치열하게 붙안고 매달릴걸…… 어영부영 흉내만 내다보니 어느덧 길의 끝자락이 보인다"라고 하면서 회한을 드러낸 점 등이 그러하다. 이처럼 선집의 각 권마다 실려 있는 초판 '작가의 말'은 작품을 쓸 당시, 작가의 마음을 엿볼 수 있게 구성되어 독자들에게 새로운 재미를 줄 것으로 기대된다.

다른 하나는 작가 의식의 변모 양상과 함께 소설의 주제가 확장되는 지점을 포착할 수 있다는 점이다. 가령, 초기에 쓴 『고향으로 가는 바람』에서 문순태는 자신이 소설을 쓰는 이유를 "지적인 칼로 잘못된 사회와 역사를 담대하게 베어내고 새 싹이 돋게 하기 위해서"라고 말한다. 그러다가 1980년대 5·18 민주화운동을 체험한 이후에 쓴 『철쭉제』에서는 "작가가 된 지금 누구인가 나에게 왜 소설을 쓰느냐고 묻는다면, 먼저 나 자신을 구원받기 위해서"라고 말한다. 즉, 젊은 시절에는 소설이 역사의 칼로서 역할을 해야 한다고 생각했던 그가 중년에 이르러서는 소설이 '구도의 길 찾기'로서 역할도 해야 한다고 주장한 것이다. 그리고 최근에 쓴 『생오지 눈사람』에서는 소설이 "날카로운 침으로 잠든 영혼을 깨울 수 있다면 족하다"라고 하면서, 소설에 대해 '성찰의 거울'로서의 역할을 강조한다. 이렇듯 문순태는 초기에는 소설이 인간의 삶과 사회를 변화시키는 데 도움을 줄 것이라는 확신에서 '일상성 안에서 의미 찾기'와 '이질적인 것들의 어울림'을 추구했다면, 중년에 들어서 쓴 작품에서는 6·25전쟁, 5·18 민주화운동의 체험을 객관화하여 '구원'의 문제로까지 심화시켰으며, 노년에 쓴 작품에서는 성찰의 깊이가 더해져 노년의 삶과 소통 문제, 그리고 후손에게 물려줘야 할 자연의 생태문제로까지 주제를 확장시켰음을 '작가의 말'과 '해설'을 통해 확인할 수 있을 것이다.

이번 편집을 하면서 '작가의 말'과 '해설' 부분에서도 독자의 가독성을 위해 한자를 한글로 바꾸었다. 다만, 의미 파악을 위해 반드시 필요하다고 생각될 경우에는 한자를 병기했다. 또한 '해설'의 경우 각 권마다 해설자가 다르고, 초판 출간 당시 편집체제가 일치하지 않아 홑화살괄호(〈 〉)와 홑낫표(「 」)의 경우, 강조 시에는 작은따옴표(' ')로, 대화 글이나 인용 시에는 큰따옴표(" ")로 바꿨다. 그리고 '르뽀'를 '르포'로 바꾼 것처럼 외래어나 한글 맞춤법 표기법 개정 이전의 단어와 용어는 개정된 한글 맞춤법 표기법 규정에 따랐다.

마지막으로 문순태 소설의 많은 독자와 연구자를 위해 이번 선집에 수록한 작품의 발표지면과 작가 연보를 실었다. 만약 이를 참고하여 작가의 삶과 시대를 연관 지어 소설을 읽는다면 독자들은 훨씬 더 깊고 다양한 재미와 울림을 느낄 수 있을 것이다. 유년시절을 소환하거나 잃어버린 고향을 찾고 싶은 이에게는 1권 『고향으로 가는 바람』과 2권 『징소리』를, 아버지에 대한 그리움이 간절한 이에게는 3권 『철쭉제』와 6권 『울타리』를, 어머니에 대한 사랑이 그리운 이에게는 4권 『문신의 땅』과 5권 『된장』을, 인생을 되돌아보고 싶거나 삶을 아름답게 갈무리 짓고 싶은 이에게는 7권 『생오지 뜸부기』를 추천한다. 그리고 소설 쓰기를 준비하는 예비 작가는 이 중·단편선집을 통해 지난 51년간의 작가 인생이 농축된 창작에 대한 열정을 배울 수 있을 것이다. 또한 문순태 소설에 대한 본격적인 연구를 준비하는 연구자는 작가에 대한 기초 자료와 중·단편선집이 확보된 만큼 다양하고도 활발한 연구가 가능할 것으로 보인다. 이처럼 이번 중·단편선집은 문순태 작가의 주요한 작품을 한데 묶음으로써, 독자들이 그의 작품 세계에 보다 쉽게 접근할 수 있도록 했다는 데 그 의의가 있을 것이다.

1965년 작가가 김현승 시인의 추천을 받아 『현대문학』에 처음 이름을 올린 지 56년이 되는 해에, 그의 중·단편선집을 발간하게 되어서 엮은이로서도 매우 기쁘다. 이 선집 작업은 많은 이들의 사랑과 관심이 있었기에 가능했다고 본다. 먼저 선집 작업을 시작할 때부터 "한국문학사에 남을 의미 있는 작업을 하고 있다"라고 격려해 주신 이미란 교수께 감사드린다. 그리고 바쁜 와중에도 기꺼이 기초 작업에 도움을 준 전남대학교 국어국문학과 석·박사 과정 연구자들과 감수 과정에서 독자의 눈으로, 때로는 교감자의 시선으로 꼼꼼하게 읽고, 교정에 참여해 준 이영삼 박사에게 감사를 드린다. 또한 편집과 세세한 부분에 신경을 써 준 편집부와 이 선집 작업을 누구보다 기뻐하며, 어려운 여건에서도 기꺼이 맡아주신 박성모 대표께도 감사드린다. 마지막으로 만날 때마다 얼굴 가득 웃음 머금고, 두 손으로 내 손 꼬옥 잡아주시며 힘을 주셨던 문순태 작가 부부께 감사드린다. 더불어 문순태 작가의 소설 작품들이 오랫동안 우리 곁에서 눈향나무와 같은 향기를 품고 살아 숨쉬기를 소망한다.

2021년 2월
엮은이 조은숙

차례

철쭉제

첫째 날

햇빛 속에 너무 오랫동안 앉아 있었더니 속이 매슥거렸다. 창자가 또아리져 뒤틀리며 왈칵 내용물들이 쏟아져 나올 것만 같았다. 신경은 낚싯줄을 드리운 것처럼 팽팽하게 긴장되었지만 온몸이 허물리듯 졸음이 몰려왔다. 입을 쩍 벌리고 하품을 뿜어 삼키는 순간, 일곱 가랑이 문어발 같은 햇살들이 목구멍 속 깊이 쩍쩍 달라붙었다.

산하는 지루할 정도로 두꺼운 초록빛의 장막이 여러 겹으로 둘러쳐 막혀 있고, 멀고 가까움이 없이 눈에 들어온 시야의 둘레 안은, 부스럼에 피고름을 빨아내려고 부항을 붙인 뜸단지처럼 폭폭 삶아대는 것이었다. 햇볕에 바삭바삭 들볶이고, 후끈거리는 지열에 생기 잃은 살아 있는 모든 것들은 데쳐놓은 산나물처럼 는지럭거렸다.

나는 폐허가 된 마당의 쑥대밭을 서성거리며, 30년 전 우리 집 머슴이었던 박판돌이를 기다리고 있었다. 그를 기다리는 나는 잠시도 마음을 가늠하지 못하고 언제 집이 들어있었느냐 싶게 돼지풀이며 쑥, 여뀌풀 따위의 잡초들이 시새워 무성한 봉당 위를 왔다 갔다 했다. 마음 저미고 몸달아 있는 나는 기실 박판돌을 만나기가 두려웠다. 30년 동안 어금니를 부드득 갈며 이날이 오기를 얼마나 몽글리어 왔던가. 그런데도 막상 그를 만나게 되는 순간이 오자 앙갚음할 생각에 앞서 되레 두려운 마음으로 떨고 있는 자신의 나약함이 부끄러웠다. 고사리도 꺾을 때 꺾는다는 푼수로 불꽃처럼 치솟는 마음을 꽁꽁 누르고 참고 견디어 온 지난 30년 동안 매지매지 맺힌 한은 다 어디로 가라앉아 버렸는지, 그저 폐허가 되어 버린 고향 마을에 참담함과 쓰렁쓰렁한 두려움이 앞선 것이었다.

폐허가 된 집터의 구석구석에 박판돌의 음험한 얼굴이 유령처럼 쭈뼛거리는 것 같았다. 와이셔츠의 단춧구멍만한 눈이며, 툭 불거진 광대뼈, 헤헤 웃을 때마다 삐딱하게 삐어져 나온 이빨들이 햇살처럼 강하게 뇌리를 찔러 왔다.

박판돌이가 근자에 들어 곤자소니에 발기름이 끼게 신수가 훤히 트였다는 소식을 듣고, 창자가 연축蠻縮되면서 아픈 이급裡級함에도, 불기둥처럼 치솟는 마음을 삭이며, 오늘이 오기를 기다렸건만, 맞닥뜨리는 이 마당에 와서 새삼스럽게 마음 켕기는 것은 무슨 연유인가. 어렸을 적의 살아남은 기억도 그렇거니와, 들어 알고 있는바, 왁살스럽기가 미친개 같고, 마름쇠도 삼킬 욕심꾸러기에, 새벽 호랑이 중이나 개 안 가린다는 푼수로 안하무인이 되어, 아무나 제 손아귀에 넣고 주물럭거리려고 한다는 박판돌의 도도한 위세에 한풀 꺾여 버렸단 말인가.

나는, 박판돌이가 내 앞에 나타날 시간이 가까워져 올수록 초조하고 불안했다. 이만큼이나 출세하여 생살여탈을 쥐고 편다는 내가, 지금은 비록 구례의 지역 사회에서 제법 말 자리깨나 하며 떵떵거리고 산다지만, 한갓 옛날 머슴에 불과했던 그를 닦달함이 되레 모기한테 칼 빼는 것만큼이나 여들없게 생각되기도 했었는데, 인제 와서 그가 두려워진 것은 무엇 때문이란 말인가.

"똥은 말라도 구리고 북은 칠수록 소리가 난다고, 인제 와서 네 아부지 웬수 갚으면 멋할 굿이냐! 판돌이란 놈은 등치고 간 내먹을 놈이니께, 제 풀에 꺾이두록 냅둬라!"

문득 어머니의 말이 생각났다. 눈에 흙 들어가기 전에는 홀맺힌 원한 풀 수가 없겠다면서 그렇게 발싸심이던 어머니는, 막상 박판돌이를 만나고 오겠다는 아들의 손목을 부여잡고 마음 돌려먹으라고 신신당부하던 거였다.

나는 잡초들 사이로 더욱 김이 훅훅 코를 덮쳐오는 뒤꼍과, 와르르 담벽이 무너져 흩어진 돌무더기 틈새에 개똥참외 덩굴이 얽혀 있는 안채 샘가를, 왔다 갔다 하며 박판돌을 기다렸다. 그가 나타날 시간이 거의 다 되어 왔다.

나는 잡초들이 푸스스한 사랑채 집터 주춧돌에 엉덩이를 붙이고 앉아서, 폐허가 된 마을을 둘러보았다. 눈부신 햇살이 비치는 허물어진 돌담 너머로 쫑긋쫑긋 솟은 해바라기며, 가벼운 바람에도 딱다그르르 소리를 내며 흔들리는 접시감나무 잎들이 멀리 보였다.

마을 앞 당산에, 아름드리 좀팽나무만이 예나 다름없이 각시샘 쪽으로 기다랗게 그늘을 늘어뜨리고 있었다. 솔매 마을은 기둥뿌리 하나 남김없이 깡그리 잿더미가 되어 버린 것이었다. 전쟁의 상처라고 하기보다는 차라리 죽음의 형장처럼 고즈넉하고 을씨년스러운 분위기였다.

후끈후끈 마을을 쓸고 달려와서 머리칼을 흔드는 바람까지도 으스스하게 느껴졌다.

솔매 마을은 이제 잿더미의 흔적조차도 찾아볼 수 없었으며, 남아 있는 것이라고는 잡초들 속에 주춧돌과 허물어진 돌담, 불에 그을린 집터의 나무들만이 앙상한 주검의 잔해처럼 바람과 햇살들 사이에서 삐걱거릴 뿐이었다.

살갗을 툭툭 쏘는 햇볕 속에 앉은 나는 회색 빛깔의 고향 산하를 휘휘둘러보았다. 거꾸로 물구나무서서 꽂혀오는 강한 햇살들 때문인지 눈시울이 찡해 왔다. 나는 30년 만에야 고향에 찾아온 것이다.

삐그덕 사랑채 대문을 걷어차고 아버지가 마당 안으로 들어서는 모습이 보였다. 아버지 뒤에는 회색 두루마기를 입은 장구잽이와 연두저고리에 다홍치마를 입은 소리꾼들이 따랐다. 사랑놀이를 하러 오는 것이었다. 옥색 비단 조끼 주머니에 두 손을 찌른 채, 아버지는 기름이 좌르르한 하이칼라 머리를 비뚜룸하게 옆으로 가르고, 벌겋게 상기된 얼굴로 학처럼 경중경중 들어섰다. 훤칠하게 키가 큰 아버지의 걸음걸이는 언제나 그랬다.

그 멋쟁이 아버지가 머슴 박판돌이한테 붙잡혀 가는 모습도 보였다. 박판돌은 끝이 날카로운 긴 대창을 아버지의 옆구리에 쿡쿡 들이대며 발로 아버지의 엉덩이를 걷어찼다. 박판돌이와 같이 온, 도리우찌를 삐딱하게 눌러 쓴 왕방울 눈의 사내가, 끝이 Y자로 된 실팍한 작대기로 아버지의 허리를 걸치는 바람에 아버지는 헉하고 숨을 토하며 두엄자리 옆에 꼬꾸라졌다. 안방에서 까르르 비명을 지르며 어머니가 맨발로 뛰쳐나왔다. 어머니는 꼬부라진 아버지의 어깨를 감싸 안으며 주저앉았다.

아버지가 개처럼 끌려나간 사랑채 문간 옆 두엄자리의 감나무 가지에서 푸드득 참새 한 마리가 날아간다. 나는 그 소리에 깜짝 놀라 감나무를 쳐다보았다. 사랑채 쪽으로 뻗은 가지들은 모두 불에 타서 뼈다귀만 앙상한데, 담 너머 고샅의 두껍다리 쪽으로 뻗은 가지들만이 용케 살아남아 손바닥만한 이파리들이 날듯이 날개를 쳤다.

나는 다시, 감나무 잎 사이 수많은 색깔로 꽂혀 내리는 햇살을 받으며 꿀참나무들이 빼곡히 들어찬 안산을 건너다보았다.

머슴 박판돌이는 해마다 농사가 끝나면 보신탕을 해 먹기 위해 사랑채 앞 감나무에 개를 매달아 잡았었다. 그는 지게 끈으로 홀랑이를 만들어 개의 목에 걸어 두 가지가 사랑채와 담 밖으로 뻗어 Y자로 된 감나무에 매달아 잡아당기는 것이었다. 그때 감나무에 매달린 개는 좀처럼 죽지 않고 오줌과 똥을 바글바글 쏟아내며 오랫동안 깽깽거렸다. 그 깽깽거리는 개의 울음은 안산 너덜겅을 찌렁찌렁 울려, 온통 솔매 마을을 발칵 뒤집곤 했다. 개를 감나무에 매달아 죽일 때 박판돌이의 눈은 흰자위로 가득했다. 그 눈은 대창을 들이대며, 아버지를 끌고 간 날 밤에도 그렇게 무서웠다. 판돌이가 개를 감나무에 매달아 죽일 때마다 어린 나는 온종일 징징 울며, 밥을 굶고 학교에도 가지 않았다.

그 머슴 박판돌이가 지금은 구례읍에서 무슨 사료 공장의 사장이 되었다고 한다.

마을 앞 신작로에 뿌옇게 땅껍질을 벗기며 택시가 달려오고 있었다. 택시는 마을 앞 좀팽나무에서 멎은 듯싶더니 빵빵 클랙슨을 울렸다.

나는 정말이지, 박판돌을 대하기가 두려웠다.

6·25가 터지자 박판돌의 성질이 갑자기 왁살스러워졌다. 그는 걸핏하면 지게를 팽개치고 아버지와 어머니에게 찍자를 부렸으며, 그런 그를 나무라는 아버지한테, 뱀의 혓바닥 날름거리듯 눈을 허옇게 까뒤집으며 달려들곤 했다. 평소에는 말수가 적고 언제나 입 주둥이를 내밀고 뚱해 있던 그가, 갑자기 성난 사냥개처럼 캥캥거리며 아무나 물어뜯을 것같이 솔매 마을을 쓸고 다녔다.

허물어진 돌담 너머 두껍다리 쪽에 두 사람의 상반신이 우줄거리며 걸어오고 있었다. 키가 큰 쪽이 정복한 지서 주임이고, 다른 한 사람이 박판돌일 것이다. 그들이 가까이 오자 나는 고개를 돌려 버렸다. 두 사람의 구두 발걸음 소리가 가까워져 올수록 가슴이 대장간에서 시우쇠 매질하듯 쿵콰닥 쿵콰닥 소리를 내며 뛰었다.

　"영감님, 박판돌 사장님 뫼시고 왔습니다."

　지서 주임은 이제 마흔 살인 나를 영감이라고 불렀다. 코찡찡이인 그는 맹맹한 코맹맹이 소리를 내며 잡초가 푸스스한 마당을 가로질러 내가 앉아 있는 쪽으로 걸어왔다. 두 사람의 발걸음 소리가 멎자 나는 천천히 하늘에서 시선을 내렸다. 박판돌이가 토방 아래에 고개를 숙이고 서 있었다. 그는 이따금씩 옆눈으로 힐끔힐끔 나를 훔쳐보며, 무슨 말인가 할 듯하다가는 입을 다물어 버렸다. 나는 그의 힐끔거리는 시선에서 소름이 좍 훑어 내리는 섬칫함을 느꼈다.

　"나를 아시겠소?"

　나는 앉은 채 박판돌을 쏘아보며 물었다.

　예순 줄에 앉은 박판돌은 그의 나이에 어울리지 않게 알록달록 색깔과 무늬가 요란한 남방셔츠와 빳빳하게 주름을 세운 달걀색 바지에 흰 구두를 신고 있었다. 끝이 두루뭉술한 방석코에 가느다란 뱀눈을 내리깐 박판돌은 몸서리가 쳐질 만큼 음험해 보였다. 깡동한 키에 툭 튀어나온 아랫배가 이만하면 나도 부러울 게 없다 싶은, 허파에 바람 든 꼬락서니라니, 30년 전까지만 해도 지겟다리목 두들기며, 아서라 세상사 쓸 것 없다 하고 육자배기나 흥얼거리던 박판돌이가 이렇게 딴사람이 되었단 말인가. 사람 팔자 시간문제라고 하더니, 박판돌을 두고 하는 말인 것 같아 나는 불현듯 무상함을 절감했다.

"이봐요, 박판돌 씨! 나를 알아보시겠소?"

나는 검사실에서 피의자를 다루듯 목줄을 **빳빳하게** 세우고 꽹과리 치는 소리로 퉁명스럽게 내질렀다.

"알아 뵈시고말고요, 진작 한번 찾아뵐려고 했으나……."

박판돌이가 이렇게 입을 열며 고개를 쳐들자, 나는 다시 햇살이 묶음으로 쏟아지는 하늘을 향해 시선을 돌렸다. 정말이지 마음이 떨려서 그를 정면으로 마주 보기가 싫었다. 박판돌의 시선이 찔러 올 때마다 나는 온몸을 좍 훑어 내리는 듯한 전율에 심신을 가늠할 바를 몰라 했다.

"그래, 돈을 많이 벌었다면서요?"

나는 하늘을 올려다본 채 허탈하게 물었다. 이마에 땀방울이 숭얼숭얼 맺혔다. 박판돌도 땡볕에 서 있기가 무더운지 손바닥으로 연신 이마의 땀을 훔쳤다.

"마님께서는 잘 계시지요?"

박판돌은 비굴한 목소리로 어머니의 안부를 물었다. 나는 대답을 하지 않았다. 어머니는 내가 고향에 간다는 것을 한사코 말렸었다. 자식 된 도리로 개죽음당한 아버지의 **뼈라도** 찾아서 편히 모셔야 하지 않겠냐며, 꿈꾸듯 오랫동안 별러 온 고향에 다녀오겠다는 나를 붙들고 늘어지며,

"아야, 고향, 고향 말만 들어도 오장육부가 뒤집히는 것 같아야. 너는 고향이 징허도 않냐? 지발 고향 이약 그만해라. 한 번 죽어 흙이 된 사람 이제사 **뼉다구** 편하게 묻어준들 죽은 니 아부지가 알아주겠냐? 그리고 그 개만도 못헌 판돌이놈 만나서 뭘 어쩌자는 거냐. 네 아부지를 판돌이놈이 끌고 가서 쥑엤다는 것 솔매 마을 사람들은 다 알고 있는 일인듸, 인

저 그 개만도 못헌 놈 만나서 다리를 분지를 긋이냐, 칼로 배를 딸 긋이냐. 지난 일은 다 잊고 앞으로 살 일이나 걱정혀. 너 잘되면 그기 다 판돌이놈 헌티는 뼈아픈 복수가 되는 기여. 네가 고등고시 합격혀서 검사가 되었다는 소식 듣고 간이 콩알만 히졌을 긋이다. 아서, 고향 갈 생각 말그라!"

어머니는 매지매지 가슴에 막힌 한을 되씹으며 박판돌이놈, 박판돌이놈 하고 이름을 부를 때마다 양미간에 가벼운 경련을 일으켰다.

그런 어머니 말에 나는, 이만큼이나 되어서 무엇이 두려워 수구초심으로 동경해 온 귀향을 꺾을 수 있겠느냐고 승낙을 받는 데 진땀을 뺐다. 개 죽음당한 아버지의 유골이 지리산 계곡에 비바람 맞으며 나뒹굴어, 구천에 정처 없이 떠돌음 하는 혼백이라도 위로해주어야 할 게 아니냐고 설득했다. 얼굴에 도깨비 가죽 둘러쓴 박판돌이가 제 발로 찾아와서 비대발괄 손이 발 되게 빌면 또 몰라도, 염불위괴로 조금도 자기의 죄 뉘우침 없음이 한결 괴악망측하게 생각되었기 때문이다.

그런 박판돌이가 뻔뻔스럽게 어머니 안부를 묻고 있으니 당장 토방 아래로 뛰어 내려가서 멱살을 댕댕하게 감아쥐고 귀싸대길 한 대 후려치고 싶었지만, 더위를 이기듯 꽁꽁 눌러 참았다.

"인편에 마님 잘 계신다는 소식을 들었지요, 그라고 도련님 고등고시 합격했을 적엔 이 고을에 오랜만에 지리산 정기 받은 큰 인물이 났다고 참말로 즐거워들 했습죠."

박판돌은 옆에 서 있는 지서 주임의 동의를 구하려고 힐끗 그를 훔쳐보며 너름새를 떨었다.

"박 사장님 말씀이 맞습니다요. 신문에서 박 검사님 합격 소식을 알고 큰 잔치를 벌인 듯했그만요."

나는 해발 1,231미터의 왕시루봉을 쳐다보았다. 갈매빛 산허리의 외인 피서지에 한 가닥 큰 산그늘이 걸쳐 있었다. 어렸을 때 그렇게 오르고 싶었던 왕시루봉이었다. 집터에서 지리산 상봉인 천왕봉은 보이지 않았다. 솔매 마을 안산은 옛 보다 얕아 보였으나 왕시루봉만은 훨씬 높아 보였다. 나는 광주에서 승용차를 타고 호남고속도로를 달려오면서 덩치 큰 지리산이 차창 앞으로 성금성금 다가설 때마다 뿌듯하게 가슴 벅차오름을 느꼈다. 설레임 때문에 눈을 꼭 감기도 했다. 30년 만에야 폐허가 된 고향에 와 닿는 느낌은, 참담함과 소년처럼 심장이 훗듯하게 달아오르는 벅찬 감격이 범벅되는 것이었다.

사랑채 마루 끝에 앉아 있으면 왕시루봉이 맞받이로 보였다. 봄에는 물이 오른 산색이 한결 깨끗하고, 여름에는 엷은 회색빛 안개가 덮이고 가을에는 단풍이 물들어 울긋불긋 꼬까옷을 입었고, 겨울에는 하얗게 눈이 쌓이는 사계절의 변화를 보며 자랐다. 천왕봉에 비할 바는 못 되었지만 어린 나는 왕시루봉에 정이 더 붙었었다.

7, 8월이 되면 지리산 계곡은 철쭉꽃으로 빨갛게 물들었다. 그럴 때마다 머슴 판돌이는 나에게 산에서 철쭉꽃을 한 아름씩 꺾어다 주었다. 그때까지만 해도 판돌이는 나를 도련님 도련님 하며 끔찍이나 잘해주었다. 사랑채 접시감나무에 개를 매달아 죽이는 그였지만, 그 무서운 생각은 잠깐이었고 철쭉꽃을 한 아름씩 꺾어다 주는 판돌이가 고맙기만 했다. 9월이 되어 철쭉꽃이 시들면 판돌이는 다시 단풍을 꺾어다 주었다. 나는 판돌이가 꺾어다 준 철쭉이며 단풍들을 용머리를 올린 토담에 줄줄이 꽂아 놓고 손뼉을 치며 좋아했었다. 둥덩덩 딩당동 북치고 장고 치며 사랑 놀음을 하려고 아버지와 함께 집에 오는 예쁘게 차려입은 기생들도, 토담에

꽂힌 철쭉이나 단풍들을 보고 탄성을 올렸으며, 한번씩 나를 안아주고 쓰다듬어 주기도 했다.

왕시루봉 산허리의 철쭉꽃은 지금 보이지 않았다. 나는 갑자기 어렸을 때 같이 뛰놀던 친구들이 보고 싶었다. 온 가족이 풍비박산되어, 여수의 어디에선가 날품팔이하며 산다는 살짝곰보 뒷집 강대식이, 학교 갔다 오다가 지리산이 높다거니 한라산이 높다거니 괜한 입씨름으로 박이 터지게 싸움질을 하고 박판돌이한테 일러바쳐 복수했던 비석거리 손팔만이, 만나기만 하면 씨름을 하자고 덤벼들어 슬금슬금 피했던 째보 문팽선이, 서방 각시놀음하면서 딱주 먹고 딱 엎더서 삐비추 먹고 X해서 아기 배먹고 아기 배서 나리 먹고 낳아라는 노래를 부르다가 개오빠한테 군밤을 먹었던 오막례, 의붓아비 떡치는 데는 가도 친아비 도끼질하는 데는 안 간다는 푼수로 매사에 잇속만 따진 수박등 염칠복의 아들 염주근이, 그 밖에도 앞집 오줌싸개 덕길이, 눈보 달례, 대만이, 막둥이…… 얼굴들이 선하게 떠올랐다.

"판돌 씨, 그 때 우리 아버지를 지리산 어디로 끌고 갔었죠? 내가 듣기에는 지리산의 김일성 대학으로 끌려갔다던데, 혹시 그 곳에 묻혔소?"

김일성 대학은 지리산 천왕봉 아래 세석평전에 있었다. 신라 화랑도의 도장이었다고도 하는 세석평전은 질편한 철쭉꽃밭이었다. 박판돌은 고개를 푹 숙인 채 말이 없었다..

"그날 밤 당신이 대창을 들이대며 끌고 가지 않았소?"

찌이찌이, 집터 어디선가 여치가 울었다. 감나무 이파리들이 딱딱 그르르 소리를 내며 흔들렸다.

"당신이 김일성 대학으로 끌고 가서 죽였다던데, 왜 대답이 없소!"

"아닙니다요, 지가 어찌 어르신네를!"

"안 죽였다는 말이오?"

"천벌을 받습니다."

"당신이 끌고 가는 것을 이 두 눈으로 똑똑히 보았는데도?"

"그렇지만 지가 죽이진 않았습니다요."

"당신이 죽였다던데? 그때 현장을 목격한 증인도 있고!"

"누굽니까요? 그 사람을 대셔요!"

박판돌은 당황한 몸짓으로 완강하게 부인을 했다.

"이봐요, 판돌 씨! 난 지금 새삼스럽게 지난날 당신의 잘못을 따지려고 하는 것은 아니오. 다만 자식 된 도리로 아버지를 찾아 편히 모시고 싶은 것뿐이오. 아버지가 묻힌 곳을 대주시오."

내 목소리는 잡초들만이 무성한 마당에 내려 깔린 햇살처럼 무겁게 가라앉아 있었다.

박판돌은 솔매 마을까지 데리고 온 지서 주임은 마을 앞 팽나무 그늘에 가서 이야기하자고 했으나 나는 지서 주임의 말을 듣는 둥 마는 둥 흘려 버렸다. 사실 나는 아까부터 목이 말라 각시샘에 달려가 배가 쿨렁쿨렁하게 샘물을 퍼마시고 싶었지만 참고 있었다. 나는 벌써 두 시간 가까이 땡볕 속에 앉아 있었다.

"아버지가 묻힌 곳만 말하라니까!"

다시 한번 윽박지르며 재촉했다. 박판돌은 무거운 돌들을 힘에 겨웁게 끙끙거리며 들어 올리듯 천천히 고개를 세웠다.

"말하지 못하겠소?"

다그침에 박판돌 사장은 후닥딱 눈꽁댕이를 말아 올리며 당황한 기색으로 나를 마주 보았다.

"거기가 어디요?"

"말씀드리지요. 아, 아버님은 세석평전에⋯⋯."

"듣던 대로군. 당신은 아버지가 묻힌 곳을 정확하게 알고 있는 거죠?"

박판돌은 대답 대신 무겁게 고개만 끄덕였다. 그제서야 나는 두 손으로 무릎을 짚고 불컥 일어섰다.

둘째 날

"삼십 년이 넘었는데 아버지의 유골이 제대로 남아 있을지 모르겠어요!"

나는 걱정이 되어 지관에게 물었다.

"글쎄, 관도 없이 가매장을 했다면⋯⋯."

지관도 그게 걱정이 되었는지 확실한 대답을 해주지 않았다. 내 생각에, 박판돌을 앞세우고 아버지의 유골이 묻힌 곳을 찾아낸다고 해도, 산사태에 떠밀려 가버렸거나 아니면 산짐승들에 해를 당하지나 않았을까 싶었다.

"삼십 년이 지났으니 너무 오래되었어⋯⋯."

지관은 이제야 아버지 유골을 찾겠다고 나선 내 불효를 은근히 나무람하는 것 같았다.

일행은 새벽 일찍이 화엄사를 출발했다. 솔매 마을에서 천왕봉 밑 세석평전까지 가자면 화엄사를 경유하지 않고 산길로 문수리를 지나서 질마재를 넘어 임걸령에 이르는 길과, 외인 피서지가 있는 해발 1,231미터의 왕시루봉의 산허리를 타고 노고단에 닿는 길이 있었다. 그러나 구례읍에서 장사에 필요한 여러 가지 물건을 준비할 것도 있고 해서 화엄사에서 하룻밤을 묵고 새벽에 서둘러 출발한 것이다. 화엄사에서 노고단까지는 이십 리 남짓 되는 거리여서 서둘러 출발하면 노고단에서 해돋이 무렵의 운해를 구경할 수가 있다고들 했다.

일행은 모두 여섯이었다. 나와 박판돌 외에 지관과 인부 두 사람, 그리고 여자가 하나 따랐다.

"아니, 저 여자는 뭐요?"

박판돌이가 읍에서 난데없이 입술에 고추장 바르고 눈에 거미줄을 친 웬 젊은 여자를 데리고 나서자, 나는 놀란 표정으로 불쾌하게 물었다.

"전 철쭉제에 가요!"

스물 대여섯 살쯤 되어 보이는 되바라진 그 여자가 불쑥 나서며 대답을 했다.

"철쭉제?"

"구례에 온 지 삼 년이 됐는데두 아직 철쭉제 구경을 한 번도 못 했걸랑요."

"우리는 철쭉제 구경 가는 게 아닌데!"

나는 못마땅한 목소리로 말했다. 아버지를 모시러 가는 길에 여자를 데리고 간다는 것이 꺼림직했기 때문이다.

"세석평전꺼정 가신대면서요? 철쭉제는 세석평전에서 열리걸랑요."

"도련님, 그냥 내버려 두시지요. 세석평전까지 가자면 어차피 사흘 밤을 산에서 지내야 할 끈디, 우리 일행 밥이나 해 달라죠 뭐……."

"그래요. 밥 짓는 건 제게 맡기세요."

그러나 나는 그 여자가 싫었다. 미스 현이라는 그녀는 입성이나 행동거지로 보아 가정집 여자가 아닌, 어디 술집 접대부나 시골 다방 종업원 같아 보였다. 얼굴은 제법 반반하게 생겼으나 사람 됨됨이며 말하는 뽄새가 해반들하게 닳아진 여자였다.

"이것 봐요, 판돌 씨, 저 여자를 돌려보내요!"

내가 큰 소리로 다그치듯 다시 말하자,

"참, 무슨 인심이 이리 야박하답니까? 철쭉제 가는 길에 좀 따라가자는데 이러시긴가요?"

하고 여자는 입 주둥아리를 비쭉거리며 나를 향해 눈을 흘겼다.

"도련님, 염려 마시라니께요. 세석평전꺼정 따라가겠다고 저 야단인데 아는 처지에 뿌리칠 수도 없구요."

나는 아무래도 여자와 함께 간다는 것이 달갑지 않았으나 박판돌이가 한사코 극성이어서 하는 수 없이 눈을 감아주고 말았다.

일행은 앞서거니 뒤서거니 지리산을 올랐다. 인부 두 사람은 텐트며 취사도구, 삽, 괭이를 얹은 바지게를 지고 뒤따랐다.

읍에서 박판돌이가 데리고 온 지관 박 영감은, 일단 세석평전에서 유골을 파 내려와 솔매 마을 근처에 자리를 잡아 이장하는 것이 좋겠다고 했으나 내 생각은 솔매 마을보다는 지리산 중에 아무데나 웬만한 자리가 있으면 편하게 모시고 싶었다.

지관과 인부를 구하는 일이며, 음식을 장만한 것까지 박판돌이가 모두 주선했다. 오히려 이쪽에서 미안할 정도로 그는 이것저것 서두르며 큰마음을 쓰는 것이었다. 이럴 때 박판돌은 옛날 우리 집 머슴 그대로 고분고분 잘했다. 그는 충직한 하인답게 미처 생각할 틈을 주지 않고 슬겁게 일을 처리했다.

지관 박 영감이 맨 앞장을 섰고, 그 뒤로 늙수그레한 인부가 바지게를

지고 따랐으며, 색깔이 희부옇게 바랜 예비군복 차림의 젊은이가 바짝 뒤
섰다. 나는 맨 뒤였다. 앞에는 박판돌이와 미스 현이 손을 잡고 히히덕거
리며 가파른 산허리를 오르고 있었는데, 나는 일부러 그들과 이십여 보
정도의 거리를 유지하려고 자꾸만 걸음을 멈추고 돌아서서 화엄사 계곡
을 내려다보곤 했다. 산허리를 오를수록 하늘과 맞닿은 듯한 노고단이 희
번하게 트여오고 계곡 아래는 더욱 짙은 어둠 속에 가라앉았다.

환갑이 지난 지가 6년이 되었다는데도 지관 박 영감은 일행 중에서 제
일 걸음이 빨랐다. 그의 말로 평생을 구례에서 살아오는 동안 노고단까지
오르내린 것은 헤아릴 수도 없고 해발 1,915미터의 천왕봉까지엔 스물두
차례나 올랐다고 했다. 그는 또 천황봉에서 법계사를 거쳐 문장대, 칼바
위로 뚫고 나가 곡점까지 가보았으며 젊었을 때는 쓰리봉, 치받목, 새재
를 휘돌아 진주까지도 가보았다고 수탉처럼 두 어깨를 추슬러 흔들며 자
랑스레 말했다. 그처럼 평생을 지리산에서 살았다는 박 영감도, 아직 못
가본 골짜기가 수없이 많다고 했다.

"지리산이야말로 산 중의 산이지. 예로부터 금강산, 한라산과 함께 삼
신산이라고 했는데, 우리나라 오대악 중에서도 남한 제일의 장산이야. 노
고단에 올라 무한한 운해를 보고 있노라면 세상 만사가 한 줌의 물거품같
이 생각된다니께. 그 땜시 평생을 요르케 궁허게 사는가 모르겄재만, 변
함없는 이 우람한 산에 비해 내 자신의 살고 죽음이 을매나 초라허게 뵈
는지……."

박 영감은 버릇처럼 싱긋싱긋 웃으면서 말했다. 그런 그의 얼굴엔 조금
도 미움이나 욕심이 없어 보였다. 그에 비해 나 자신의 어기찬 욕심은 얼
마나 부끄러운 것인가. 굶주리며 신문팔이를 하면서도 이 옹등 물고 기필

코 출세를 하고야 말겠다고 몸부림해 온 자신이 아니었던가. 이 같은 출세욕은 어떻게 해서든지 고등고시에 합격해서 어연번듯하게 고향에 돌아가 아버지를 죽인 박판돌에게 복수를 해야겠다는 철석같이 굳은 결심 때문이었다. 그런 생각은 어머니의 똘똘 뭉쳐진 희망이기도 했다. 6·25가 터져 광주로 도망쳐 나가기 전까지만 해도 부러울 것 없이 살아온 어머니는 손에 공이가 박히도록 남의 밭일을 하고, 정수리에 머리칼이 닳아 몽그라지도록 임질을 하면서도 자식 뒷바라지를 했던 것이었다. 고생을 낙으로 알고 품팔이며 도붓장사며, 닥치는 대로 짓밟히고 부대끼며 살아오면서도 우리 아들 대학만 졸업해 보아라 하는 끈끈한 희망을 약으로 삼키고 온갖 곤욕을 다 감내해 왔던 어머니였다.

계곡이 희번하게 밝아 왔다. 안개처럼 부연 발밑 계곡 어둠 속에 섬진강 물굽이가 은어의 비늘처럼 희뜩거렸다. 그 희뜩거림은 뱀처럼 꿈틀거리며 지리산을 통틀어 휘감고 거슬러 올라가고 있는 듯싶었다.

눈썹바위에서 잠깐 쉬면서 담배를 피운 일행은 해돋이를 구경하기 위해 서둘렀다. 코재에서부터는 정말 코가 땅에 닿을 만큼 길이 가팔랐다. 박판돌이와 미스 현이 헉헉거리며 뒤처지기 시작했다. 어느새 나는 박판돌이의 등 뒤를 바싹 따르고 있었다.

"힘드시쥬? 도련님."

박판돌이가 뒤를 돌아다보며 헤시바실 미소를 머금고 말했다. 박판돌이가 말끝마다 도련님, 도련님 하는 게 딱 질색이었다. 박판돌이로서는 도련님이라고 불러 은근하게 옛날의 정을 일깨움으로써 환심을 사려고 하는, 의뭉스럽고 구린내 나는 수작이리라. 나는 그런 박판돌의 날렵한 심보를 손바닥 들여다보듯 훤히 알고 있었기 때문에 도련님이고 뭐고 집어치우라고 내지르고 싶었지만, 박판돌이가 겨냥한 대로, 주위 사람들 때문에 그러질 못하고 짓눌러 삼켰다.

나는 박판돌의 알록달록한 남방셔츠의 등을 보고 산을 오르면서, 문득 어렸을 때 그의 등에 업혀 다닌 기억들을 떠올렸다. 어린 나는 지리산이 온통 허연 눈으로 덮여 하늘이 거무스름하게 보일 정도로 눈이 오는 날이면, 그의 등에 업혀 학교에 가곤 했다. 할미봉에서 시제를 모시러 갈 때나, 읍내 외가에 갈 때도 그의 등에 업혔다. 그때 그의 등은 지리산 노고단만큼이나 널찍한 것 같았으며, 쾨쾨하게 땀 냄새 나는 그의 튼튼하고 널찍한 등에 업힌 채 깜빡깜빡 잠이 들기도 했다. 그의 등에 업혀 깡충깡충 엉덩방아를 찧기도 했었다. 그때마다 그는 엉덩방아에 맞춰 말처럼 투루루루 투루루루 코를 불며 걸음을 멈추었다가 뛰곤 했다. 한번은 그의 등에 업혀 지리산 약수제에 갔다 온 일이 있었다. 지금 생각하면 아마 그날이 살랑살랑 바람 부는 6월인 것 같았다. 어머니와 함께 그의 등에 업혀 오다가 큰 꽃뱀을 보았었다. 무동 타기 놀이를 하며 어머니보다 훨씬 빨리 앞서 온 우리는 칠의각에서 쉬고 있었다. 그때 칠의각 옆, 물이 찌적찌적한 개울가 찔레나무 그늘에 꽃뱀 한 마리가 또아리져 구리철사같이 날카로운 혀를 널름거리고 있었다. 머슴 박판돌이한테 꽃뱀이 있다고 알려 주자, 그는 뱀눈을 희번득거리며 찔레나무 밑으로 기어가더니 Y자 모양의 나뭇가지로 대가리를 짚어 누르고, 알밤을 줍듯 두 손가락으로 꽃뱀을 찍어 올리는 것이었다. 박판돌이는 뱀의 모가지를 잡아 돌로 대가리를 찍더니 머리에서부터 솜씨 있게 가죽을 쫙 벗겼다. 꽃뱀은 껍질이 홀랑 벗겨져서 까지 시뻘건 알몸을 꾸물거렸다. 주머니에서 부싯돌을 꺼내 마른 솔잎을 모아 불을 피우고, 시뻘겋게 꾸무럭거리는 꽃뱀을 지글지글 구워 먹었다.

그가 뱀을 구워 먹는 동안 어린 나는 칠의각 속에 들어가서 아름드리 기둥을 붙들고 어머니가 빨리 오기만을 기다리고 있었다. 판돌이가 뱀을 먹는 것을 처음 본 나는 그가 더럽고 징그러워 곁에 가기도 싫었다. 어머니가 따라오기 전에 깨끗하게 뱀을 먹어 치운 그는, 손등으로 입가를 쓱 문지르고 나서 찌쩍찌쩍 괴어 있는 개울물을 두 손으로 움켜 마셨다. 나는 판돌이가 등에 업히라는 것을, 끝내 어머니가 뒤따라오기를 기다렸다가, 어머니 손을 잡고 발목이 시큰하도록 집까지 걸어왔다. 그런 일이 있은 뒤로부터 박판돌이가 점점 무서워지기 시작했다. 그리고 다시는 그의 등에 업히지 않았었다.

조금 전 "힘드시쥬? 도련님." 하면서 뒤를 돌아다보았을 때도, 나는 박판돌의 시선에서 희득거리는 꽃뱀의 눈을 찾아볼 수가 있었다. 그 눈은 또 날캄한 대창을 들이대면서 아버지를 끌고 나가던 날 밤처럼 살기가 도사리고 있었다. 그리고 그 무서운 박판돌이의 눈은 내가 중학교와 고등학교, 대학교를 졸업하기까지, 가슴속에 시간이 갈수록 점점 더 뚜렷한 모습으로 살아 있었다. 눈을 감고 있을 때도, 책을 읽을 때도 그 무서운 눈은 빠알간 광대버섯이나 더러는 이글거리는 태양과도 같이 반짝이면서 온몸을 쿡쿡 쑤셔왔었다.

어쩌면 나와 어머니가 그날 밤 솔매 마을에서 뛰쳐나오지 않았었더라면 우리 모자도 한꺼번에 그 무서운 눈에 개죽음을 당하게 되었을지도 모를 일이었다.

아버지가 끌려가던 날 밤, 모자는 솔매 마을에서 뛰쳐나와 읍내 외가에 숨어 있었다. 다음날 박판돌이가 눈에 불을 쓰고 모자를 찾고 있다는 전갈을 받고 외가에 숨어 있기도 위험할 것 같아 발길을 서둘러 광주로 떠났었다. 모자는 이틀 동안 꼬박 걸어서 광주에 닿았다. 그때 내 나이 열 살이었다. 그 어린 나이에 어른스럽게 고통을 잘 참고 먼 길을 걸어 왔었다. 어머니가 아버지의 죽음을 비통해할 때도, 어린 나는 울지 않고 되려 어머니를 위로해주기까지 했었다.

"엄마, 울지 마. 후담에 커서 꼭 아버지 원수 갚을께!"

그때 어머니를 위로하면서 한 말을 지금껏 잊지 않고 있다.

화엄사에서 종소리가 울려 퍼져 오자 일행은 잠시 걸음을 멎고 화엄사 계곡을 내려다보았다. 종소리는 짙은 안개와 함께 가라앉은 새벽공기를 휘혼들며 울려왔다. 그 청아한 금속성의 소리가 두 귀를 뚫고 산하에 퍼졌다가, 다시 온몸이 끈적거리도록 달라붙어 친친 감아 흔들었다. 여음이 길게 울려 퍼진 것은 종신에 마초 섞은 꿀을 발랐기 때문이라던가. 견대가 연화문으로 장식되고, 유곽에 초화문을 아로새긴 큰 범종이 화엄법계의 온갖 삼라만상을 일깨우며 울렸다가 바람처럼 멎었다. 그 종소리와 함께 마지막 어둠이 안개처럼 걷혔다. 조금 후에 천은사, 연곡사에서도 동시에 종소리가 울려 퍼져, 깊이 잠든 지리산을 흔들어 깨우는 듯싶었다. 아닌 게 아니라 그 종소리에 지리산은 서서히 눈을 비비기 시작한 것이다. 어둠이 걷히면서 여기저기서 푸드득, 새들이 날개를 치는가 하면 나뭇가지와 계곡이 숲속에서 경쾌한 목소리로 우짖기 시작했다. 움직임이 없이 어둠에 묻혀 있던 거대한 자연이 비로소 소리 내어 눈을 뜨고 숨을 쉬기 시작했던 것이다. 계곡 아래서 섬진강을 훑고 온 살랑살랑한 기분 좋은 바람이 불어오면서 풀잎과 나뭇잎들이 일제히 부스럭거렸다.

"어서들 올라와, 이제 해가 솟아오르는구먼!"

맨 먼저 노고단에 오른 박 영감이 주먹 나팔을 만들어 소리를 쳤다. 박 영감의 소리와 함께 동쪽 산허리에서 양귀비꽃보다 더 붉은 햇덩이가 둥실 떠오르고 있었다. 순간 햇살이 나무에, 바다에, 풀잎에, 산산이 부서지면서 하늘과 땅이 하나같이 붉게 물들었다. 나무도 풀잎들도 바위들까지 온통 붉었다. 붉게 물든 지리산이 한꺼번에 와르르 무너져 내리는 듯싶었다. 그 엄숙하고도 경건한 순간에, 나는 오랫동안 눈을 감고 있었다. 그 신비의 깨어남을 차마 마주 볼 수가 없었다.

해당화처럼 붉은 햇덩이가 천왕봉 위로 둥실 솟아오르자 사방에 붉은 빛깔이 사라지면서, 운해가 펼쳐졌다. 간밤에 가벼운 빗방울이 들친 데다 새벽부터 활짝 갠 탓으로, 보기 드문 장관을 이룬 것이라고 했다. 쏴 쏴 쏴, 운해에서 마치 파도치는 소리가 들려오는 듯싶었다. 그 질펀한 구름 바다 위로 산봉우리들은 조개껍질을 엎어놓은 것같이 봉긋봉긋하게 솟아 있었으며, 땅 위의 모든 것들은 운해 속 깊이 침잠해 버리고 말았다.

엎어놓은 조개껍질들 같은 산봉우리 중에서 무등산이 손에 잡힐 듯 가장 커 보였다. 쐬 쐬 쐬, 이상한 바람 소리를 내면서 운평선 위에 구름이 무등산 쪽으로 밀려가 부딪칠 때는 수많은 포말 같은 구름 조각들이 튀겨, 산언저리에 해일처럼 출렁였다. 운해가 무등산에 부딪히는 순간 구경꾼들은 함성을 지르며 손뼉까지 쳤다.

노고단에서 보는 운해는 겨울보다 여름이 더 장관을 이루고, 밤에 빗방울이 들쳤다가 활짝 갠 아침이면 말할 나위 없이 아름답다고 했다.

모두 운해에 취해있었다. 인부들까지도 지게를 받쳐 두고 함성을 질렀다. 그동안 운해를 수없이 많이 보아 왔다는 지관 박 영감도 이런 장관은 드물었다면서 자못 경건한 얼굴이었다.

노고단에는 해돋이와 운해를 구경하기 위해 많은 등반객이 몰려와 있었다. 화엄사에 자고 새벽길을 서둘러 올라온 축들도 있었지만, 대부분 노고단에서 캠프를 치고 야영을 한 등산객들이었다. 더욱이 세석평전에 서 지리산 철쭉제가 있어서 철쭉꽃밭 순례를 위해 많은 등산객이 몰려온 것이라고 했다.

운해가 걷히자 동양화의 피마준 같은 계곡들이 차츰 모습을 드러내기 시작했다. 노고단에서 내려다보이는 계곡은 피아골 계곡, 문수리 계곡, 화엄사 계곡, 천은사 계곡, 삼정재에서 중동까지의 펑퍼짐한 계곡 등 여 섯 개의 큰 계곡들이 치맛말 묶어 놓은 듯했다.

일행은 노고단에서 아침을 지어 먹기로 했다. 미스 현은 선도샘에서 물 을 떠다 쌀을 씻고 두 인부는 땔감을 긁어모았다.

"이 지리산은 원래는 경상도 산이었는데 전라도로 유배를 당한 거라드만!"

박 영감이 아침밥을 먹으면서 말을 꺼냈다. 그는 혼자 걸을 때는 깊은 생각에 잠겨 구름 속을 날 듯 홀쩍홀쩍 산을 오르다가도, 다른 사람과 같 이 있으면 쉴 새 없이 이야기를 꺼내는 버릇이 있었다.

박 영감의 말로는, 지리산은 원래 경상도 산이었는데, 이태조가 왕이 되면서 전국 명산의 산신령에게 특사를 보내 의사를 물었던바, 백두산 산 신령에서부터 한라산 산신령에 이르기까지 모두 이태조의 뜻을 흔쾌히 받아들였으나 지리산 산신령만이 반대한 연유로, 이태조가 노기 충전하 여 전라도로 유배를 보내 버린 것이라고 했다. 천왕봉 산봉우리가 삐딱하 게 외로 꼬고 있는 것은, 말하자면 이태조가 왕이 되는 것을 반대하는 표 시라고 했다. 그 때문에 지금도 지리산 산신제를 화엄사의 남악사에서 지 낸다는 것이다.

밥을 먹고 난 박판돌이가 소변을 보러 가는 시늉을 하며 차일봉 쪽으로 내려가더니, 얼마 후에 손에 살무사를 들고 나타났다. 살무사는 두 손가락에 목을 죄인 채 박판돌의 손목을 친친 감고 혀를 널름거렸다.

"지리산에 와야 이런 좋은 괴기 맛을 볼 수 있다니께!"

박판돌은 언젠가 내가 그의 등에 업혀 어머니를 따라 약수제에 갔다 오면서 꽃뱀을 잡아먹을 때처럼 솜씨 있게 껍질을 벗겼다. 그는 껍질을 홀랑 벗긴 살무사를 손에 감아쥐고 산장에 가서 판자 조각을 들고 와서는 손톱깎이만 한 칼로, 뼈를 가려 여러 토막으로 잘랐다.

"암턴 양기에는 이보다 좋은 것이 없드만! 이 살무사회만 한번 먹었다 허믄 그날 밤부터 양기가 분수 솟디끼 허니께!"

박판돌은 토막난 뱀이 놓여있는 판자 조각을 무릎 위에 올려놓고, 손으로 집어 우적우적 씹어 먹었다. 미스 현도 박판돌이 곁으로 쪼르르 다가가서 억지로 빼앗다시피 하여 한 점을 얻어먹는 게 아닌가. 미스 현은 얼굴 하나 찡그리지 않고 싱글싱글 웃어가며 아주 맛있게 뱀을 씹어 먹고 나서 밥그릇들을 치우는 것이었다.

그의 뱀을 씹어 삼키는 입놀림이란, 연자방아 갈아 굴리듯, 맷돌 돌리듯, 소 되새김질하듯 씹고 또 씹어서 보는 이로 하여금 입맛을 쩝쩝 다시게 했다. 한가한 나무 그늘에 앉아 달콤하고 새콤한 가물치회 씹듯, 산골 다랑이 못자리해 놓고 막걸릿잔 기울이며 그 많은 가시를 함께 자근자근 이빨로 갈아 이기며 전어회 삼키듯, 제아무리 전어회가 맛있다 해도 은근하고 달콤하면서도 혀끝에 사르르 녹는 숭어회 입맛 다시듯, 양반회라고 일컫는 그 숭어회보다 고소한 아나고회, 착착 달라붙는 낙지회, 쫄깃쫄깃 은어회, 고소롬한 피라미회, 새콤한 모래무지회, 무슨 회 무슨 회 해도 나긋나긋한 여자 감치듯, 혀끝에 달짝지근함이며 훗훗하게 달아오르는 창자가 곤두선 듯 하는 뱀회를 씹어 삼키는 박판돌의 입맛 다심에, 나도 그만 침을 흘리고 말았다.

"영감님도 뱀을 잡수신가요?"

내가 묻는 말에 박 영감은 펄쩍 뛰었다.

"배암을 먹으면 몸에 좋다고는 허지만, 몸보다 마음이 튼튼해야재. 몸만 건강허고 마음이 약해지면 아무짝에도 쇠양읍는 일이여."

노고단 선도샘에서 수통마다 샘물을 가득 채운 일행은, 햇살이 머리 위에서 꼿꼿하게 찔러 오는 더위 때문에 숫제 수통꼭지를 입에 대고 걸었다. 물을 너무 많이 먹으면 배가 출렁거려 산을 오르기가 불편하다는 박 영감의 말에도 아랑곳없이, 임걸령에 도착하기도 전에 수통들을 깨끗이 비웠다. 온몸이 흠뻑 땀에 젖으며 갈증이 더욱 심해졌다.

일행은 임걸령에서 점심을 먹기로 하고 지체하지 않고 걸음을 재촉했다. 노루목이나 반야봉에서 야영하자면 서둘러야 했기 때문이다. 박 영감의 말로는 어두워질 때까지 반야봉에 도착하기가 힘들겠다며 두 인부를 자주 쉬게 했으나, 내가 앞장서서 일행을 잡아끌었다.

노고단에서 임걸령까지는 4km가 넘는다. 말이 4km지, 산길로 10리 길이니 숙련된 등반객들도 한나절 길이 빠듯한 거리였다. 노고단에서 임걸령까지는 밋밋한 등성이 길이라 그렇게 힘들지 않았지만, 코재를 올라채는 길 이상으로 가파른 산길도 있었다.

일행은 지치지 않고 짐승의 큰 등뼈를 타고 기어오르듯 지루한 산길을 헤쳐나갔다.

노고단을 출발하면서부터 나와 박판돌은 우연히 나란히 걷게 되었다. 나는 되도록 그와 나란히 걷지 않으려고 지싯지싯 걸음을 늦췄으나 그때마다 박판돌이도 나를 따라 미적미적 거리는 것이었다.

"이봐요, 판돌 씨!"

나는 신경질적으로 그를 불렀다. 박판돌은 턱을 앞으로 불쑥 내밀며 비굴한 얼굴로 나를 올려다보았다.

"당신, 그때 왜 우리 아버지를 끌고 갔었소! 아버지가 당신을 끔찍하게 생각해주었는데도 말이요. 하기야 머리털 검은 짐승은 남의 은공을 모른답디다만……."

박판돌은 고개를 푹 숙인 채 말이 없었다.

아무리 되씹어 생각해도 박판돌이가 아버지를 죽일 이유가 없었던 것이다. 어머니의 말로는, 그해 정초에 박판돌이가 건넛마을 최대길 씨 집으로 사경을 더 많이 받기로 하고 머슴살이를 옮기려고 하는 것을 아버지가 의리 없는 놈이라고 나무란 것밖에는 틈이 생길 만한 이유가 없었다고 했다. 그러나 그때 아버지가 머슴 박판돌에게 의리 없는 놈이라고 나무란 덴 그럴 만한 이유가 있었던 것이었다. 원래 판돌은 아비가 누구인지도 모르는 장터 술집에서 부엌일을 하던 외팔이 부엌데기의 아들이었다. 그가 어렸을 때 어머니가 시난고난 앓다가 죽어버리자, 우리 집에서 꼴머슴으로 데려다 키웠다고 했다. 커갈수록 성질이 괴팍스럽기는 했으나 찍자부리는 일 없이 일 하나는 슬겁게 잘해 우리 부모들은 후에 그를 장가까지 보내줄 생각이었다.

"우리 아버지를 죽일 만한 이유가 있었소?"

나는 나직하게, 그러나 불쾌한 목소리로 물었다.

"천부당만부당하신 말씀입니다요, 지는 절대로 안 죽였습니다요!"

"하기야, 그때 아버지를 죽이지 않을 사람이었다면, 오늘날 당신이 공장 사장이 되지도 않았겠지만⋯⋯."

"⋯⋯."

"그렇다고 죽일 것까지는 없었지 않았소? 왜 하필이면 또 김일성 대학까지 끌고 가서 죽였느냐 말이오!"

"아니라니까요!"

6·25 당시 지리산에 괴뢰군 총사령부가 있었다. 사령부가 있는 그곳에 소위 김일성 대학을 만들어 지식 계급들이나 젊은이들을 끌어다가 공산주의 교육을 했던 것이다. 이곳에서 발전을 일으켜 전깃불을 켰었다 하니, 당시 지리산 괴뢰군 총사령부의 규모나 시설이 얼마나 어마어마했었던가를 짐작하고도 남음이 있다.

"도대체 왜 머나먼 세석평전까지 끌고 올라갔었소?"

나는 이마의 땀을 훔치며 물었다.

"시키는 대로 했을 뿐입니다요."

"누가 시켰는데!"

"거야 뻔한 일이 아닙니까?"

나는 박판돌에게 아버지의 마지막 순간에 관해 묻고 싶었으나, 내가 막 입을 열려고 할 때, 박 영감이 바짝 뒤따라오고 있었기 때문에 입을 다물고 걸음을 멈추어 서버렸다.

"어머, 저 철쭉꽃들 좀 봐요!"

박 영감을 뒤따라오던 미스 현이 손으로 피아골 계곡 쪽의 산허리를 가리키며 일행이 다 들을 수 있을 만큼 큰소리로 호들갑을 떨었다. 평퍼짐한 산허리에 융단을 깔아 놓은 듯 붉은 철쭉꽃밭이 펼쳐져 있었다. 일행은 화엄사에서 그곳까지 오는 동안 가장 넓고 아름다운 철쭉꽃밭을 본 것이다. 반야봉을 넘어서 불어오는 살랑살랑한 바람에 꽃밭은 하나의 큰 묶음으로 일렁였다. 마치 짙은 크레용을 벅벅 칠해 놓은 것 같은 꽃밭은 점점 넓어져 온통 지리산을 가득 덮어 버릴 듯싶었다. 그 붉은 빛깔에 반야봉 꼭대기에 걸린 하늘은 더욱 파래 보였고, 상큼한 꽃향기가 허파 속 깊숙이까지 찔러 왔다.

나는 꽃밭 쪽을 바라보고 크게 숨을 들이마셨다.

"꽃뱀들이 엉켜서 꾸물럭거리는 것 같애요."

미스 현이 박 영감을 앞서 뛰어가며 또 한 번 큰 소리로 말했다.

"세석평전에 비하면 저건 아무것도 아녀!"

박 영감의 말을 들으며 나는 문득 눈 앞에 펼쳐진 철쭉꽃밭에서 아이들처럼 뛰어다니고 싶은 충동을 느꼈다. 몸이 빨갛게 꽃물이 들도록 뒹굴고 싶었다. 어렸을 때, 머슴 박판돌이가 한 아름씩 철쭉꽃을 꺾어다 주면, 죽담에 꽂아두었다가 시들어 버린 꽃잎을 손바닥에 으깨 빨간 꽃물을 짜냈다. 그리고 그 꽃물을 얼굴에 찍어 바르면 예뻐진 것 같아 고개를 내두르며 뛰어다니곤 했었다.

"한때 저 철쭉꽃나무까지도 일본에 수출을 했다는디, 이러다간 지리산에 철쭉꽃나무가 모두 없어질 판여!"

박 영감은 일부러 박판돌 사장 들으라는 듯 큰 소리로 말했다. 그것은 박판돌 사장이 오래전에 지리산 철쭉꽃을 트럭까지 대고 뿌리째 뽑아, 일본에 수출해서 짭짤하게 재미를 보았기 때문이었다. 나도 박판돌이가 지리산 철쭉꽃을 일본에 수출해서 재미를 보았다는 것을 들어 알고 있었다.

일행은 철쭉제에 참석하기 위해 세석평전으로 가는 등반객들과 자주 만났다. 그들은 몸도 마음도 건강해 보였다. 뒤를 돌아다보지도 않고 천왕봉을 바라보며 걷는 그들은 대지를 떠나 영원히 하늘로 올라가는 것같이 밝고 진지한 얼굴들이었다.

천왕봉에 걸린 하늘과 질펀한 철쭉꽃밭, 초록빛깔의 산들만이 보였다. 산 아래 논과 밭, 마을들은 보이지 않았다. 먼 산들은 뿌연 안개 속에 가려 겹겹이 아득하게 출렁였다. 갈매빛 산들은 지루할 만큼 시야에 가득 들어왔다. 높이 올라갈수록 바람이 조용했다. 등반객들이 밥을 짓는 연기가 흩어지지 않고 꼿꼿하게 하늘로 치솟았다.

소녀처럼 쫄랑대며 앞서거니 뒤서거니 하던 미스 현의 손엔 철쭉꽃이 한 묶음 쥐어 있었다. 철쭉꽃을 든 그녀의 얼굴은 되바라진 데가 없이 순수해 보였다. 그녀는 향기를 맡으려고 코를 킁킁거리며 꽃묶음으로 얼굴을 가렸다.

"요즘엔 통 사향노루를 귀경헐 수가 없드구만, 얼마 전까지만 해도 더러 볼 수가 있었는디 말여!"

박 영감은 미스 현이 꽃향기를 맡으려고 킨킨거리는 것을 보며 말했다. 수놈을 부르는 암내가 1백 리 밖까지 난다는 사향노루가 지리산에 살고 있다고 했다. 시베리아 쪽의 추운 지방에서만 사는 것으로 알려진 한대 동물인 사향노루가 지리산에 있다니 믿지 않으려 드는 나에게 그가 보았다는 사향노루의 모습을 자세히 설명까지 해주었다.

아버지는 추수가 끝나면 지리산으로 사냥을 나가곤 했었는데, 그때마다 멧돼지나 노루를 잡아 왔었다. 어린 나는 사냥해 온 노루고기를 먹는 것보다, 아버지한테서 포수들의 사냥 이야기를 듣는 것을 더 좋아했었다. 아버지는 아들을 무릎에 앉히고 서당에서 책을 읽을 때처럼 상반신을 좌우로 흔들거리며 사냥 이야기를 해주었었다. 아버지가 들려준 사냥

이야기들이란 주로 옛날 유명한 포수들이 지리산에 들어가 호랑이를 잡아 온 내용이었는데, 큰 사냥을 하러 갈 때는 총이 밤에 이상한 소리를 내며 운다든가, 깊은 산 속에서 만난 호랑이가 갑자기 이쁜 색시로 둔갑을 해서 사냥꾼을 홀린다든가 하는 믿기지 않는 이야기를 들을 때는 간이 콩알만 해져 오싹 움츠러들곤 했었다. 그때마다 아버지는 남자란 담이 커야 큰일을 할 수 있다며 눈이 커서 겁이 많다는 아들을 밉지 않게 나무라곤 했었다.

그 멋쟁이 아버지가 지리산 천왕봉 밑 세석평전에 묻혀 있다니, 지난 30년간 가슴을 깊이 파고 겹겹으로 무덤처럼 묻어 두었던 울적함이 한꺼번에 왈칵 솟구쳤다. 나는 아버지가 묻힌 곳이 어디쯤일까 하고 짚어보았다. 눈이 뒤집힌 박판돌이가 아버지를 양지바른 좋은 땅에 묻었으리라고는 생각되지 않았다.

해가 서쪽으로 기울기 시작했는데도 햇살은 찔레나무 가시처럼 따가웠다. 하늘엔 구름 조각들이 꾸겨진 휴짓조각처럼 널려 있었다.

군데군데에 자연사한 고사목들이 거대한 짐승처럼 흰 뼈를 드러내 놓은 채 쫑긋쫑긋 서 있었다. 전나무 원시림 속에 뿌리박고 죽은 고사목을 바라볼 때마다 아버지의 유골을 생각했다. 아버지의 유골도 지리산 고사목들처럼 비바람에 씻기고 있는 것이나 아닐까. 문득 나는 을씨년스러운 고사목들에서 신비한 영혼을 느낄 수가 있었다. 그 고사목들의 밑동에는 철쭉꽃들이 화사하게 흔들리고 있었다. 눈앞에 잡힐 듯 성큼 다가서 있는 반야봉에는 한결 더 많은 고사목이 희끗희끗 비쳐 왔다. 신선들이 잔치를 벌이고 갔다는 자리. 지리산 제2봉인 반야봉이 가까워질수록 두 다리가 납덩이처럼 무겁게 느껴졌다. 그러나 일행은 반야봉의 낙조를 놓치지 않으려고, 뻑적지근한 다리를 끌며 걸음을 재촉했다.

박 영감은, 반야봉에서 잔치를 한 신선들 중 태을ㅊ乙이라는 한 신선이 지금까지도 남아서 살고 있다는 전설을 들려주었다. 그러면서 상봉인 천왕봉 대피소에 혼자 살고 있는 사람의 이야기를 해주었다.

"그 함 씨라는 사람, 신선 같은 사람여. 대학꺼정 졸업허고도 처자식 떼어놓고 지리산에 미쳐, 하늘이 맞닿는 천왕봉에 혼자 살고 있단 말여."

박 영감의 이야기를 들은 나는 천왕봉에 올라가면 꼭 함 씨라는 그를 한번 만나보고 싶은 생각이 들었다. 혼자 지리산 천왕봉 상상봉에 신선처럼 살고 있다니, 도대체 그가 어떤 사람일까 궁금했다.

"올봄에 만났을 때 하는 말이, 이제 겨우 쉰두 살인 그가 벌써 한 백 년쯤 산 기분이라는 거여. 그러면서, 죽어서도 지리산 상상봉에 묻히게 되면 천 년을 살게 될 것이라며 기어이 그곳에 묻히겠다더구만. 암튼 마음이 하늘 모양으루 툭 티인 사람이니께! 마음이 그렇게 훤하게 트였으니 블써 백 년을 산 기분이겄재."

박 영감은 지치지도 않고 거쁜거쁜하게 걸음을 옮겼다. 미스 현과 박판돌은 다리가 아프다면서 자꾸만 뒤처지기 시작했다. 인부들도 걸음이 늦어졌다. 해는 점점 붉어지기 시작했다.

일행은 서두른 보람으로 반야봉에서 낙조를 구경할 수가 있었다. 반야봉의 낙조는 노고단의 해돋이와는 또 다른 장관을 이루었다. 대장간의 시우쇠처럼 벌겋게 단 햇덩이가 물빛 안개에 휩싸인 아스라한 먼 산에 매달리자, 하얗게 옷 벗은 고사목들이 어느새 무당 할미처럼 빨간 옷을 입었다. 빨간 옷을 입은 고사목들은 쾌잣자락 나풀대는 무당처럼 보였다. 반야봉의 서쪽 뺨이 붉어지면서 피아골 쪽의 계곡에는 어느덧 어슴어슴 어둠이 내려 깔렸다. 해가 뚝 떨어지는 순간에 시야가 어두워졌다. 하늘도, 산도, 나무들도 어둠 속으로 한꺼번에 깊이깊이 묻혀 버린 듯싶었다.

미스 현은 서둘러 밥을 짓고, 인부들은 일행이 야영할 텐트를 치기 시작했다.

반야봉 고사목 아래서 램프를 켜고 저녁을 먹은 일행은, 잠자리에 들기 전에 삭정이를 주워 다가 불을 피우고 빙 둘러앉았다. 밤이 되니 제법 싸늘했다. 모닥불에 둘러앉아서 박판돌이가 준비해 온 안주로 소주를 마셨다. 소주잔을 연거푸 비우던 나이 많은 인부 최 씨가 갑자기 불컥 일어서더니 노래를 한가락 뽑겠다고 했다. 지금껏 말 한마디 없던 그가 노래하겠다는 소리에 일행은 멀뚱한 기분으로 그를 쳐다보며, 모두 박수를 보냈다.

"지가 젊었을 적 장똘뱅이 시절에 배운 근데 마, 요새는 듣지 못하는 장타령을 한가락 뽑겠슈!"

곰센 영감이라고도 부르는 나이 많은 최 씨는 캐액캐액 억지 기침을 하고 나서 전후좌우로 목을 흔들어댔다. 이윽고 목을 길게 빼어 외로 꼬아 턱을 불쑥 내밀고 삐딱하게 엉덩일 쳐들었다.

뜰울울 돌아왔소
각설이라 먹서리라
동설이를 질머지고
뜰뜰모라 장타령
흰 오얏곳 옥과장
늘은버들 김제장

복창부수 화순장

시화연풍 낙안장

쑥고시다 고산장

철철홀러 장수장

산도도회 금산장

일색춘향 남원장

십리오리 장성장

애고애고 곡성장

뉘리뉘리 황육전

풀풀뛰는 생선전

울긋불긋 황하전

팟삭팟삭 담배전

얼걱덜걱 옹기전

딸각딸각 나막신전

최 씨는 장타령을 하면서 온몸을 흔들어댔기 때문에, 끝나자마자 숨이
차서 풀썩 주저앉아 버렸다.

최 씨의 장타령이 끝나자 미스 현도 부끄러움 없이 한 곡조 뽑아 늘였다.

어둠 속에서도 고사목들은 유난히 뚜렷한 모습으로 우쭐거리는 것 같
았다. 모닥불 불빛 사이로 비쳐 보이는 그것들은 유령처럼 흔들거리는 것
이었다. 지관 박 영감을 제하고 박판돌이도 인부들도 미스 현도 불빛 속
에서 유령처럼 흔들거리는 고사목을 볼 때마다 싸늘한 주검을 느꼈다.

일행은 어둠 속 여기저기에서 들려오는 듯한 이상한 소리를 들을 수가

있었다. 그것은 나뭇잎이 서걱거리는 소리, 고사목이 삐걱거리는 소리 같기도 했다.

나는 텐트 속 잠자리에 들어서도 긴 휘파람 소리 같은 것을 들었다. 때로는 때걱, 와장짱 나뭇가지 부러지는 소리, 썩석썩석 짐승들의 발걸음 소리가 들려오기도 했다. 지리산에 호랑이며, 곰, 늑대 같은 산짐승들이 살고 있다는 이야기를 들은 나는 해발 1,751미터의 첫 밤이 결코 기분 좋은 것은 아니었다.

같은 텐트에 든 박판돌은 드러눕기가 바쁘게 짚불 스러지듯 쿨쿨 코를 골았다. 나는 박판돌이와 같은 텐트에서 자고 싶지 않았지만, 미스 현 때문에 결국 그렇게 잠자리가 배당되었다. 일행 여섯 사람은, 텐트 3개에 두 사람씩 들었는데, 미스 현은 박 영감과 같이 자게 되었다. 미스 현이 어느 텐트에서 누구와 함께 들어야 할 것인가 하는 문제 때문에 약간 신경들을 쓰게 되었다. 혼자 텐트를 독차지하고 자는 게 어떻겠냐고 했더니, 미스 현은 풀쩍풀쩍 뛰면서 무서워서 죽어도 그렇게는 못 하겠다고 하여 결국 박 영감과 같이 자게 하기로 결정한 것이다.

"나를 산송장 취급하는 것 같구만. 짚다발 한 뭇만 들 수 있는 힘이면 여자를 본다는디…… 머 늙은 말이 콩마다 헐까?"

박 영감은 미스 현과 함께 텐트 속으로 들어가며 이렇게 농담까지 하는 여유를 보였다. 그러나 일행은 박 영감의 인격을 믿는 터라 다른 생각은 추호도 없었다. 하기야, 술집에서 되바라진 미스 현이 일행 중 어떤 남자들과 놀아난다 한들 그게 그렇게 문제 될 것도 없겠지만, 그래도 그들은 그녀의 잠자리 때문에 신경들을 썼다. 아닌 말로, 박 영감이 나이는 많다고 해도 지치지도 않고 산에 오르는 근력으로 보아서는 고양이한테 생선을 맡긴 것 같은 기분도 들었지만, 아무려면 어떠랴 싶었다.

나는 텐트 속에 누워서 귀를 쫑긋거리며 하늘과 땅 사이의 온갖 소리들을 죄 듣고 있었다. 하늘에서 별이 반짝이는 소리까지도 들려오는 것 같았다. 밤이 깊어지자 텐트에 달빛이 걸쳐 제법 희끄무레하게 밝아졌다. 나는 억지로라도 눈을 붙이려고 깍지낀 팔을 목에 감아 귀를 막았다.

나는 혼자 낮고 판판한 산허리를 뛰어오르고 있었다. 하늘에서는 무지갯빛 햇살이 소낙비처럼 쏟아져 내렸다. 나는 등성이에 아버지가 서 있는 것을 보았다. 둥당둥 사랑놀이를 할 때처럼, 옥색 두루마기자락을 펄럭이며 의연한 모습으로 한 묶음 철쭉꽃을 들고 아들을 향해 손짓했다. 나는 허위허위 떡갈나무를 해치며 산을 뛰어오르다가도 행여 아버지의 모습을 놓칠세라 시선을 팽하게 늘여 산등성이만을 꼬나보며 뛰었다. 그러나 자꾸만 뛰어 올라가도 아버지가 서 있는 산등성이는 점점 더 아스라이 멀어지기만 했다. 갑자기 무지갯빛 햇살들이 뚝 끊기자 뭉클뭉클 두꺼운 먹구름이 무겁게 내려앉았다. 검은 구름이 아버지의 두루마기를 스쳐 지나가는 것을 보았다. 쌩한 바람이 불어왔다. 나는 지치지 않고 온몸이 흠뻑 땀에 젖은 채 숨을 헐떡이며 산을 올랐다. 구름이 스치는 아버지의 얼굴은 철쭉꽃처럼 붉게 보였다. 아버지 하고 큰 소리로 불러 보았으나 아버지는 대답하지 않고 왼손을 팔랑개비처럼 흔들기만 했다.

잔솔밭을 지나자 너덜겅이 나왔다. 그 너덜겅 위에 아버지는 고사목과 함께 나란히 서 있었다. 다급해진 나는 네발로 엉금엉금 기어 너덜겅을 올라갔다. 너덜겅을 거의 다 기어 올라갔을 때, 앙당한 전나무 밑동에서 갑자기 꽃뱀 한 마리가 치르륵치르륵 혀를 날름거리며 기어 나왔다. 꽃뱀은 곧 네발로 기어 올라가는 내 목에 감겨들 것만 같았다. 나는 외마디 소리를 질렀다.

　눈을 떠보니 희끄무레한 어둠 속에서 반짝 빛나는 것이 보였다. 그것은 사람의 눈이었다. 흰자위가 가득한 그 눈은 어둠 속에서도 칼날처럼 싸늘하게 희뜩거렸다. 박판돌이가 엉거주춤 앉아서 나를 빤히 들여다보고 있었다.

　서릿발치듯 싸늘하고, 송곳으로 쿡쿡 쑤시듯 온몸에 따가움과 섬뜩함과 몸서리침을 의식하며 전신의 근력이 뜨거운 물에 소금 녹듯 확 풀려, 천근만근 무거운 쇳덩이에 깔아뭉갬을 당하는 것 같았다. 정신도 여러 갈래로 찢어지고 흩어졌다. 나는 그의 무서운 눈초리에 박힘을 당한 채 옴짝달싹 못 하고 있었다. 사람 살려달라고, 너 이놈 냉큼 물러나지 못하겠느냐고, 고래고래 소리치고 싶었지만, 입이 열리지 않았으며 가위눌린 것처럼 손가락 하나 달싹할 수가 없어, 고양이 앞의 쥐가 되어 바들바들 떨고만 있었다. 눈을 뜰 수조차 없어 그가 알아차리지 못하게 가까스로 실눈을 뜨고 그의 움직임을 어림할 뿐이었다. 나는 몇 번이고 소리치며 일어나야겠다고 생각했지만 몸이 움직이지 않았다. 그대로 있다가는 영락없이 그의 손에 죽게 되리라는 것을 헤아림 하면서도 그냥 죽은 듯이 눈 감고 누워있을 따름이었다.

　어슴푸레한 실눈 사이로 그의 상반신이 내내 무겁게 허물어져 내려오는 듯싶은 순간, 나는 비로소 벌떡 일어나 앉을 수가 있었다. 눈을 뜨고 일어나 앉으면서 희뜩거리는 그의 눈에 오싹할 살기를 보았다. 깜짝 놀란 박판돌이는 몸 둘 바를 몰라 하다가 일어섰다.

　"술이 깨면서 잠도 깨는구만요. 술 한잔 더 안 허시겠어요?"

　박판돌이는 엉거주춤 서서 어색하게 떨리는 목소리로 말했다. 나는 대답 대신 어둠 속에서 희뜩거리는 그의 눈빛만 찬찬히 보고 있었다. 그 눈은 조금 전 꿈에 보았던 꽃뱀의 혓바닥처럼 징그러웠는데, 노고단에서 살무사를 잡아 판자 위에 토막을 내던 날이 파랗게 선 주머니칼을 생각하게 했다.

잠시 후 박판돌은 텐트 안에서 어기적어기적 밖으로 나가더니 술병을 들고 들어와 혼자 앉아서 홀짝거렸다. 나는 도무지 잠을 이룰 수가 없었다. 그가 무서웠다.

"사람이 죽고 사는 일이란 말입니다."

나는 박판돌의 말에 후딱 고개를 들었다.

"죽고 사는 거이 백지 한 장 차이라 이겁니다."

나는 그의 말에 아무 대꾸도 하지 않았다.

"살고 싶다 생각하면 한없이 살고 싶은 거고, 살고 싶지 않다 하면, 그것 모양 간단헌 기 없습니다요."

나는 박판돌의 말에 몸이 으스스하게 움츠러들었다. 박판돌이가 어둠 속에서 혼자 술 마시고 있는 것을 공포에 눌린 시선으로 지켜보고만 있었다. 빨리 날이 밝기만을 기다렸다. 조금 전 꿈에서 놀라 눈을 떴을 때, 엉거주춤 허리를 꺾고 나를 내려다보고 있었던 순간이 좀처럼 머리에서 지워지질 않았다.

셋째 날

반야봉에 샘이 없어 물이 부족했기 때문에 아침밥은 쌀을 씻지 않고 그냥 물만 부어서 익혀 먹었다.

지리산에서 두 번째의 해돋이를 맞았다. 날씨 탓이었는지 운해는 노고단에서 구경했던 것보다 못했다. 노고단에서처럼 운평선이 고르지 못했기 때문이다. 일행은 마치 구름 속을 걷고 있는 듯싶었다. 다음 숙영지를 벽소령으로 정하고 아침 먹고 담배 한 대 피울 여유도 없이 어둑어둑해서 반야봉을 출발했다.

해가 솟아오르자, 산허리를 휘어감은 구름은 창가에 성에가 녹아내리듯 서서히 벗겨졌다. 일행은 거대한 생명체 위를 경건한 마음으로 걸었다. 그 경건한 마음에는 알 수 없는 공포 같은 것도 숨어 있었다.

지리산에는 모든 것들이 다 살아 있었다. 그 거대한 생명체 안에서, 나무도 꽃들도 바람까지도 숨을 쉬고 있었다. 때로는 하늘도 경건한 생명체의 입김을 불어 넣어 주었다.

나는 지금껏 사랑과 미움이 쾨쾨한 냄새를 피우며 썩고 있는 도시에서 바라다보이는 산에 대해 그저 무의미한 주검 같은 것을 느꼈을 뿐이었다. 사무실의 창밖으로 내다보이는 무등산도 한갓 무덤처럼 공허하게 생각되었다. 그러던 것이, 지리산에 올라와서야 비로소 산은 거대한 생명체라는 것을 알 수가 있었다. 꽃들도, 샘물도, 일출과 낙조 때 붉게 물드는 바위들까지도 숨을 쉬고 있는 것을 느꼈다. 그 거대한 생명체 앞에서 내 삶은 얼마나 무기력한 것인가. 더욱이 그 무기력한 삶은 순간에서 끝난다는 것을 알고 있기에, 산에 대한 두려움이 더욱 커졌다.

미스 현은 반야봉을 내려가면서까지 입술에 루주를 발랐다. 보아 줄 사람들도 없는 산에 와서까지 입술에 고추장을 바르는 그 천연덕스러움이 이상하게도 꽃처럼 아름답게 느껴졌다.

반야봉을 출발하면서 박판돌이가 미스 현에게 농담조로 뚜벅 물었다.

"늙은 말이 콩 먹겠다고 덤벼들지 않던?"

"고건 우리 두 사람만의 비밀일세!"

박 영감이 웃으면서 말했다.

"네년 얼굴 본께 수상쩍다?"

박판돌이가 미스 현의 어깨를 가볍게 툭 쳤다. 일행은 미스 현의 입에서 무슨 말이 나올까 하고 귀를 쫑긋 거렷다.

"맘대로덜 생각해요!"

미스 현은 입을 뚱하게 말했다.

"아매도 어젯밤 영감님 텐트에서 무신 일이 있었던 굿 같은디……."

박판돌이 웃으면서 박 영감을 돌아다보았다. 그는 아까부터 주머니칼로 실팍한 전나무 가지를 잘라 껍질을 벗기고 끝을 날캄하게 깎으면서 걸었다. 그 칼은 번쩍번쩍 햇살을 쪼개 날렸다. 그는 그 끝이 날캄한 작대기를 만지작거리다가 허공을 향해 푹 찔렀다. 그는 이처럼 작대기로 허공을 푹 찌른 것처럼 그렇게 대창으로 아버지를 찔러 죽였을 것이다.

박판돌은 어젯밤의 일을 깨끗하게 잊은 듯 미스 현을 놀려대고 끝이 날캄한 작대기로 허공을 찌르면서 히죽히죽 웃기까지 하는 것이었다. 나는 집에서 나올 때 어머니가 몇 번이고 당부하던 말을 떠올렸다. 처음 어머니한테 그 말을 들었을 때는 가볍게 웃어넘기고 말았는데, 지금에 와서 다시 생각해 보니 어머니의 그 말이 그렇게 새삼스러워질 수가 없었다.

"바득바득 고향엘 가겠다니 헐 수 없겠구나. 너 그기 가서도 판돌이 놈 조심혀라. 산에 올라갈 때도 그놈 조심혀야 된다. 그놈은 사람을 여럿 죽인 놈이니께! 사람을 한번 죽여 본다치면 또 죽이고 싶어지는 법이란다. 무엇허면 지서에서 순경이라도 데리고 같이 가거라!"

나는 어머니의 말을 떠올리며 정말 박판돌을 조심하지 않으면 큰일 날지도 모른다고 생각했다.

　사람에게는 예감이라는 것이 있다. 그리고 그 예감은 때때로 무섭게 맞아 들어가는 수가 있다. 나는 그런 것을 여러 차례 경험했다. 어젯밤만 해도 그렇다. 처음 박판돌이와 같은 텐트에 들게 되었을 때도 섬뜩한 예감이 있었다.

　반야봉에서 내려오면서 나는 박판돌이와 나란히 걷지 않으려고 신경을 날카롭게 세웠다. 그가 내 뒤에 바짝 붙어 따를 때마다 나는 30년 전 아버지처럼 박판돌에게 끌려가고 있는 듯한 무서운 착각에 빠졌다. 그가 뒤에서 그 날캄한 작대기로 나를 푹 찔러 버릴 것만 같아 섬뜩 혈관의 피돌기가 욱 하고 곤두섰다. 거친 그의 발소리는 내 심장을 계속해서 난타해 왔다. 뒤통수를 내리칠 것만 같은 그의 발소리를 등 뒤로 느낄 때마다 후닥딱 걸음을 멈추고 뒤를 돌아다보았으며, 수통 마개를 뽑아 물을 마시는 시늉을 하고 멈칫멈칫 그를 앞세워 보내곤 했다. 그런 내 나약함을 눈치 채고 있기라도 하는 것처럼 그는 좀처럼 내 앞에 서려 하지 않고 자꾸만 미적거리며 뒤처졌다.

　반야봉을 내려왔을 땐 벌써 해가 머리 위에 덩실 솟아 있었다. 물통은 점점 가벼워졌다. 어제 임걸령에서 채운 것으로 저녁과 아침밥을 지어 먹었기 때문에 물통은 거의 바닥이 나 있었다. 햇살이 뜨겁게 쏟아져 내리자 자꾸만 목이 탔다. 그러나 반야봉에서 연하천까지의 12km 지점 안에는 샘이 없었기 때문에 물을 아껴 겨우 목을 축일 정도만 마셨다.

　점심을 연하천에서 먹을 계획이었으나, 점심때까지 잘해야 토끼봉에 당도하게 될 것 같았다.

놈아 놈아 처남놈아

느그 누이 날 마다 허고

치마폭 뜯어 바랑 짊어지고

순천 송광사 마다 허고

구례 화엄사로

신중 노릇을 갔구나아

어젯밤에 반야봉에서 장타령을 불러 일행을 웃겼던 곰센 양반이 갑자기 육자배기를 뽑았다. 최 씨 곰센 영감은 가끔 흥이 나면 이렇게 노랫가락을 뽑아 대곤 하는 것이었는데, 예비군복 차림의 젊은 인부는 화엄사에서 예까지 오는 동안 말 한마디 없었다. 그는 묻는 말에만 뚜벅뚜벅 대답했다. 박 영감의 말로는 그는 정신이 좀 모자란다고 했다. 그러나 내가 보기에, 그는 별로 눈에 띄게 모자라 보이지는 않았다. 워낙 말수가 적고 붙임성 없는 성격이라는 것은 알 수가 있지만, 그렇다고 정신이상자 같지는 않아 보였다. 나는 반야봉에서 출발할 때, 박 영감으로부터 그런 이야기를 들었기에 관심을 가지고 젊은 인부를 관찰했던 것이다. 그는 나이로 치면 나보다 열두 서너 살 아래로 보였다.

일행이 반야봉에서 내려와 날나리봉 가까이 왔을 때, 한 떼의 등반객들과 만났다. 한 스무 명쯤 되어 보이는 그들 등반객은 임걸령에서 자고 새벽에 일찍 길을 나섰다고 했다.

얼마 뒤에 박판돌이는 큰 독사 한 마리를 잡아 왔다. 그는 칡덩굴 껍질로 홀랑이를 만들어 독사의 목에 걸어 작대기 끝에 대롱대롱 매달아 들고 휘파람을 불며 나타났다. 뱀은 작대기를 친친 감고 꾸무럭거렸다.

"박 검사, 기분이 어찌여!"

잠시 땀을 식히고 서 있던 박 영감이 물었다.

"좋습니다."

"산에 올라오면 마음이 투욱 티여! 산에서야 미운 사람이 없재!"

나는 박 영감의 말에 피식 웃었다. 기실 나는 세석평전이 가까워져 올수록 박판돌에 대한 증오심은 차돌처럼 반들거리는 것이었다.

그동안 나는 박판돌이 ××사료 공장 사장이 되기까지의 헌 걸레 조각처럼 너덜너덜한 그의 온갖 약점들을 들추어내려고 얼마나 끈질기게 파고들었는지 몰랐다. 대꼬챙이로 두엄자리 헤집듯 그의 과거를 까발릴 때마다, 박판돌의 약점은 줄레줄레 따라 나왔다. 공비토벌이 끝나자, 박판돌은 지리산 벌목장에서 일했다. 그때야 뭐, 하다못해 소방서 차까지 동원해서 소위 후생 사업이라는 그럴듯한 명목으로 지리산을 깡그리 벗겨 먹던 시절이니까, 도벌이라는 말 자체도 없던 때였다. 그는 벌목장에서 인부 노릇 하기가 억울하다는 것을 재빨리 눈치채고 톱과 도끼를 들고 개업을 했다. 네것 내것 없이 마구 산을 벗겨 먹는 세상인데 주는 일당이나 받고 남의 일 해주기가 억울했던 것이다.

산에 올라가 톱으로 자르고 도끼로 찍어 내리면 그게 바로 돈이 되었다. 낮이면 산에 올라가 아름드리 소나무를 찍어 내리고, 밤이면 읍에까지 져 날랐다. 섬진강변에 자리를 잡고 짚더미처럼 장작을 쌓아 올려 본격적으로 나무 장사를 시작했던 것이다. 장작은 쌓아 놓기가 바쁘게 후생 사업 하는 트럭들이 실어갔다.

어수선한 6·25 뒤끝이 정리되자, 나라에서는 뒤늦게야 도벌을 단속했다. 그러나 말이 단속이지 차떼기로 나무를 실어 내는 판이라, 박판돌이나무 장사를 하는 데는 아무런 제약도 없었다. 그는 한 5년 동안 지리산에서 나무를 찍어 내려 재미를 보았으며, 그 돈으로 버스 정류장 앞에 가게를 샀다. 색시를 얻어 술집을 냈다. 처음으로 버스가 다니기 시작할 무렵이라 술장사는 잘되었다. 겉으로는 주조장 술을 갖다 파는 척했지만 밀주를 빚어 팔았다. 밀주를 빚어 술장사가 잘될수록 그의 장사 수완은 놀랍도록 비약했다. 솔매 마을에서 머슴을 살면서 지게질이나 하던 그가 6·25가 터진 후로 딴사람이 되어 버린 것이었다. 언제나 붙임성 없이 뚱한 성격인 그가 술장사를 하면서부터는 붙임성도 좋아졌고, 술 한 잔 들어가면 심장이 훗훗해져 곧잘 엄포를 쏘기도 했다. 6·25 때 사람을 죽인 뒤, 그의 간덩어리가 커진 것이었는지도 모를 일이다.

한 5년 술장사를 해서 너끈하게 번 돈으로 여관을 샀다. 술집을 때려치우고 여관업에 손을 댔다. 국립공원이 된 지리산을 찾아오는 도회지 사람이 차츰 늘어나면서 여관방은 언제나 만원이었다. 여관 주인이 된 박판돌은 읍에서 유지 행세를 했다. 아들놈이 다니는 초등학교의 기성회 이사가 되었으며, 얼마 후에는 군 농협의 참사 감투를 쓰게 되었다. 그는 명함을 찍어 주머니에 넣고 군이며 경찰서를 출입하기 시작했다. 자유당에 입당까지 했으며, 국회의원 선거 때 자유당 후보를 적극적으로 지지, 앞장을 서서 헐근거리며 뛰었다. 천성이 남의 일 맡아 하기를 좋아하던 그는, 선거 운동 때면, 자기 일을 제쳐 두고 자유당 후보를 위해 열심히 뛰어주었다. 그가 밀어준 후보가 당선되자, 지구당의 주요 멤버가 되었다. 군 농협 참사, ××초등학교 육성회 이사 명함만 가지고는 군수실과 경찰서장을 만나기가 약간은 저자세였던 판돌이가 당의 주요 멤버가 되면서부터는, 큼큼 헛기침 토해 가며 군수, 경찰서장실을 마음대로 들락거릴 수가 있게 된 것이다. 그의 명함은 다채로웠다.

××초등학교 육성회장, ××농협 참사, ××당 관리장, 지라산 국립공원 개발 촉진 위원회 이사, 구례군 숙박협회장 등 그만하면 어엿번듯한 유지가 된 것이다.

10년이면 강산도 변한다고 했듯이, 30년 사이에 그는, 강산이 세 번 변할 정도가 아닌, 정말 엄청나게 둔갑해 버린 것이었다. 솔매 마을 사람들은 읍에서 그를 만나도 알아보지 못했다. 그는 농협 참사 자리에 있는 것을 기회로 농협 돈을 빼낼 궁리를 했다. 담당 주사를 하룻밤 푹 구워삶고 촌지까지 집어넣어 준 그는, 6·25 후로 이미 폐답이 되어 버린 솔매 마을의 주인 없는 땅을 저당 잡히고 거금을 대출받았다. 저리 융자를 받은 그 돈으로 4부 이자 놀이를 했다. 농협에서 대출을 받은 돈으로 한참 성행한 서민 금융 간판까지 달고 본격적인 고리대금업을 시작한 것이었다. 고리대금으로 재미를 본 그는 서민 금융의 간판을 떼고 다시 관공서에 자재 납품을 시작했다. ××당 간부라는 명함 때문에 그의 납품은 수의 계약만으로도 탈이 없었다. 공사 하청까지 맡았다. 조그만 하수도 공사에서 자갈을 까는 일, 청사 개축 등 하청 맡은 수입도 대단했다. 그렁저렁 그는 돈이 눈사람 굴리듯 불어났으며 1년마다 한두 개씩의 직함도 늘어났다. 몇년 전 그는 우연히 저녁 회식을 하는 자리에서, 군수한테서 밤나무 묘목을 해보라는 귀뜸을 받았다. 손해가 나면 군수 자신이 배상해 주겠다는 다짐까지 받은 박판돌은 염려 푹 놓고 대규모로 밤나무 묘목 사업을 착수했다. 아니나 다를까, 유실수 심기 운동이 전개되면서 그의 밤나무 묘목은 몽땅 군에 납품이 되었다. 몇 달 사이에 엄청난 떼돈을 벌었다. 돈만 번것이 아니고 표창까지 받았다. 그는 ××지도자 대회에서 '나는 이렇게 성공했다'는 성공 사례를 발표하기에 이르렀으며, 그 결과로 가축 사료 공장 건립의 우선순위 티켓을 얻었다. ××사료 공장을 세우기 위해 그는 자기 자본의 일부를 군 농협에서 융자를 받았다. 역시 몇 년 전에 폐답이 되어 버린 지번을 담보로 일반 대출을 받은 것이다. 그러나 공장을 세우기는 했으나 시골에서 가축 사료 공장을 움직인다는 것은 여러 가지 애로가 뒤따랐다. 우선 미국에서 기침하면 일본선 재채기하고 우리나라에서는 감기를 앓게 된다는 푼수로 미국의 잉여 농산물 무상공급이 막히자 지리산 밑 조그마한 사료 공장에까지 타격이 왔다. 처음엔 우쭐대며 시작한 공장이 시원찮은 것 같아 아예 문을 닫아 버렸다. 더욱이 공장 안에서 나이 어린 여직공과의 스캔들도 있고 해서 문을 걸어 잠근 대신, 지리산 철쭉꽃나무 수출을 시작한 것이 뜻밖에 횡재를 안겨다 주었다. 그는 사료 공장을 걷어치우고 본격적으로 철쭉꽃나무 수출을 하기 시작했다.

나는 박판돌의 과거를 하나하나 담배씩 까듯 들추어내서 철저하게 법망의 올가미를 씌울 생각을 했다. 빈틈없이 법 조항을 끄집어 대입시켜 보면서 그의 형량을 헤아려 보았다. 어떻게 해서든지 철저하게 보복을 하고 싶었던 것이다.

우선, 박판돌이가 두 차례에 걸쳐 농협에서 일반 대출을 받으면서, 이미 인멸되어 버린 논의 지번을 임의로 조작한 사문서위조 하나만 가지고도 최소한 2년의 징역을 선고받을 수 있게 할 것 같았다.

또 하나는 그의 공장에서 일해 온 나이 어린 소녀를 능욕한 혐의였다.

지관 박 영감은 나와 박판돌 사이에 얽힌 복잡한 원한 관계를 알고, 또 아무래도 내가 박판돌이에게 무슨 보복을 하지 않을까 싶어 은근히 걱정을 하는 눈치였다.

그 때문에 박 영감은 내게 유별나게 의미심장한 말을 해오고 있는지도 모를 일이었다.

"산에 올라와 보면, 미움은 한갓 바람과도 같다는 생각이 든단 말여!"

박 영감은 팽팽한 시선으로 박판돌의 뒤통수를 꼬누는 나를 돌아보며 말했다.

"허지만 사람이 평생을 산에서만 살 수는 없는 거 아닙니까? 영감님은 늘 산에서 사시니까 미움 같은 거야 한줌 바람같이 생각될지 모르지만, 그렇지 않은 사람들에게는 미움과 사랑이 그림자처럼 따라다니는걸요!"

내 말에 박 영감은 대꾸를 못 했다.

"영강님 같다면 법이 없어도 살 수 있겠지만, 이 세상에는 법이 없으면 단 하루도 살 수 없는 사람들로 만원입니다."

"허긴 그렇겠지. 그러니께 나는 도회지서는 단 하루도 못 살끼라!"

박 영감은 혼잣말처럼 말하고 나서 훌쩍 일행을 앞질러 뛰어가 버렸다. 그의 뒷모습을 멀뚱히 바라다보며 걷던 나는, 역시 박 영감은 지리산에서만 살 수 있는 사람이라고 생각했다.

일행은 오후 늦게야 연하천에 도착했다. 수통이 바닥나 두 시간 이상 물 한 모금 못 마시고, 심한 갈증으로 허덕이다가 연하천에 도착해서야 배가 빵빵하도록 샘물을 들이마셨다. 모두 잔뜩 샘물을 퍼 마신 다음, 움쑥한 분지에 자리 잡은 운봉무덤에 앉아서 쉬었다. 다른 등산객들은 연하천에 야영하기 위해 텐트들을 치기에 바빴다. 시간은 오후 5시 조금 넘어 있었다. 일행은 데쳐놓은 산나물처럼 흐물흐물 지쳐 있었다. 토끼봉을 내려올 때까지만 해도 소녀처럼 깡충거리던 미스 현도 완전히 지쳐버렸는지, 샘물을 들이마신 후 운봉무덤에 벌렁 누워버렸다. 그녀는 철쭉꽃다발마저도 팽개쳐버렸다. 야영 계획 지점은, 연하천에서도 6km나 남아 있는 벽소령으로, 유명한 형제바위와 영하굴, 그리고 삼각고지를 조금 지나서 있다. 일행이 지쳐 있기는 하지만 해가 질 때까지 세 시간 동안을 계속해서 강행군한다면 어두워지기 전에 오늘 목표인 벽소령에 닿을 수도 있을 것이었다.

"저 혼자라도 여기서 자고 갈래요!"

미스 현이 박판돌에게 매달리는 시선을 하고 말했다. 박판돌은 나를 보았다.

"어차피 세석평전꺼정 가자면 하룻밤 더 야영을 혀야 할 테니께, 연하천에서 텐트를 치는 게 좋겠구만!"

결국 박 영감의 말대로 연하천에 야영 텐트를 치기로 하자 여태껏 운봉 무덤에 두 발 쭉 뻗고 죽어가는 모습으로 누워있던 미스 현은 스프링처럼 불컥 튀어 일어나 앉더니 저녁밥 준비를 했다.

장엄한 지리산의 정기를 모아
섬진강 푸른 정열 가슴에 안고
하늘 땅 호연 의기 기르고 닦아
보람된 인생의 길 나도 가련다
야호 산울림이 메아리치면
새 희망 하늘 높이 퍼져 나간다
야호 야호 지리산악회

한 떼의 등반객들이 깃발을 흔들고 연하천에 가까이 오면서 합창을 했다. 지리산을 지키는 연하반 등반대원들이 연하반의 노래를 부르는 것이라고 박 영감이 설명을 해주었다. 연하반 등반대원들이 연하천에 왔을 때, 그들은 박 영감과 일일이 알은체를 했다. 박 영감도 젊었을 땐 연하반 등반대원이었다고 자랑삼아 말하면서 늙은이답지 않게 버릇처럼 어깨를 흔들어댔다.

연하반 등반대원 이십여 명은 연하천에서 잠깐 쉬었다가 출발했다. 철쭉제 행사 때문에 다른 등반대원들보다 먼저 세석평전에 도착하여 준비해야 했기 때문이다. 그들은 밤 열 시까지는 계속 강행군한다고 했다. 그야말로 암야행인 것이다.

연하반 등반대가 떠나자 곧 낙조가 깔려오기 시작했다. 지리산의 낙조는 어디서 보든 한결같이 거인의 임종처럼 처절했다.

모두 처절하리만큼 숙연한 낙조에 파묻혀, 저마다의 생각들을 조용히 굴리면서, 잠깐이나마 인생의 무상함이며 하늘과 산의 거대한 품 안에 안긴 가슴 뿌듯해 옴을 감개무량해 하는 순간에도, 박판돌만은 추잡스런 말씨로 미스 현을 놀려대고 있었다.

나는 그의 행동거지 하나하나가 그렇게 마음에 거슬릴 수가 없었다. 자기의 죄를 털끝만큼도 뉘우침 없이 뻔뻔스럽기가 금관자 서슬에 큰기침하는 망나니 같고, 제 발로 포도청에 가는 도둑 같고, 뒷집 짓고 앞집 뜯어내라 하는 놈 같아서, 고개 들어 얼굴을 바로 쳐다보기조차 싫었다.

내 마음이 더욱 휘어지고 꼬부라진 것은 그가 흘끔흘끔 곁눈질로 나를 흘겨보며 미스 현과 장난질을 할 때였다. 그는 아까부터 한 팔로 그녀의 허리를 감은 채 귓속말로 속닥거리며 히히덕거리고 있었는데, 그가 미스 현의 귀에 대고 알아들을 수 없게 속닥거릴 때마다 그들은 동시에 내 쪽을 힐끔힐끔 돌려보고 나서 깔깔대며 웃곤 했다. 나는 순간적으로 그 거침없이 뻔뻔스런 태도에 압도당하는 느낌마저 들었다.

사람 팔자 시간문제요, 부귀빈천이 물레바퀴 돌 듯한 세상이라고는 하지만, 한갓 머슴이었던 그에게 무시를 당한 것 같아서, 개미에 불알 물린 쓰렁쓰렁한 기분으로 참고 견뎌냈다. 아버지의 유골을 찾을 때까지는 목줄 뜨겁도록 끓어오르는 온갖 모욕도 참을 수밖에 없는 노릇이었다. 나는 그날 밤 텐트에 혼자 들었다. 박판돌이가 어기적거리면서 텐트 안으로 들어서는 것을,

"판돌 씨, 오늘 밤엔 혼자 자고 싶으니 다른 텐트로 가시죠."

하고 쫓아내어 버렸다. 박판돌이 그 말에 기분이 상할 줄 번연히 알면서도 퉁명스럽게 내질렀다. 박판돌이는 두말없이 뒤틀린 얼굴을 하고 추적추적 밖으로 나가 버렸다.

고즈넉하게 가라앉은 산정의 밤에 혼자 텐트 안에 드러누워 있자니, 목줄을 조르는 듯한 무섬증과 야릇한 적막함이 는짓는짓 피어올라 잠을 이룰 수가 없었다. 텐트 맞은편에 남녀 대학생들이 모닥불을 피워 놓고 빙둘러앉아 기타를 퉁기며 노래들을 부르고 있었지만, 나 혼자만이 높은 산정에 뎅그렇게 누워서 깊은 땅속으로 잦아 들어가고 있는 듯한 외로움이 엄습해 왔다.

밖에 나가서 소주를 몇 잔 털어 넣었지만, 목구멍만 훗훗할 뿐 취하지는 않았다.

갑자기 후두둑후두둑 빗방울 들치는 소리가 났다. 조금 전 술병을 찾으려고 텐트 밖으로 나갔을 때까지만 해도 하늘엔 유리구슬 같은 별들이 촘촘히 박혀 있었는데, 어느 사이에 빗방울이 들쳤다. 해발 1,500미터 이상

의 지리산에서는 호랑이 장가가는 날처럼 쨍한 하늘이다가도 갑자기 먹구름이 와장창 무너져 내리며 빗방울이 쏟아진다고는 하지만, 이건 이만저만한 변덕이 아니었다. 빗방울이 점점 굵어지는 듯싶었다. 처음엔 텐트에 깨어지는 빗방울 소리가 느린 진양조 가락의 소리 같았는데, 잠시 후에는 휘모리 가락의 꽹과리 소리로 급격하게 변하는 것이었다. 갑자기 비가 퍼붓자 모닥불을 피우고 놀던 대학생들도 후드득 텐트 안으로 들어가 버렸다.

비가 그쳐 얼쑹얼쑹 잠이 들려는데, 누구인가 천막을 걷고 안으로 들어왔다. 고개를 돌리고 눈을 떴을 때, 걷어 올린 천막 사이로 별이 깜빡 빛났다.

"누구요?"

나는 떨리는 목소리로 내지르며 벌떡 일어나 앉았다.

"저예요!"

처음엔 박판돌이가 기어들어 오는 것으로 알고 얼마나 놀랐었는지 몰랐다. 여자 목소리에 팔딱거리던 심장이 착 가라앉았다.

"잠은 안 자고 웬일이요?"

"여기서 자라고 해서요……."

"뭐라고? 누가 그래요?"

"박 사장이요!"

그녀는 대답하고 나서 길게 하품을 쏟으며 내게 등을 돌리고 누웠다.

"그 사람! 왜 하필이면……."

나는 짜증스럽게 두런거렸다. 미스 현은 두런거리는 소리를 못 들은 척 돌아누워서는 두 번째 하품을 쩝쩝 입맛까지 다시며 삼켰다. 옆에 바짝

다가서 누워있는 그녀에게서 툭툭 쏘는 듯한 역한 화장 냄새가 났다. 코를 벌름거리며 숨을 좀 깊이 들이마시면 비리척지근한 여자 냄새가 심장을 간지럽혀 왔다. 그녀는 깍지 낀 두 팔로 목덜미를 끌어안고 세우면서 다리를 가슴팍에 바짝 오그린 채 옴쭉달싹하지 않고 누워있었다.

나는 그녀를 밖으로 내보내려고 했다. 미스 현과 한 텐트 안에서 잠을 잤다면 일행들에게 오해를 받을 것은 뻔한 노릇이었다. 아버지 유해를 모시러 가는 처지에 그런 오해를 받는다는 것은 있을 수 없는 일이라고 생각했다. 어쩌면 박판돌이가 그것을 노리고 일부러 미스 현을 들여보낸 것인지도 모르지 않는가.

나는 여자에 대해서는 백지에 가까운 상식밖에 가지고 있질 못했다. 느지막까지도 고시 공부에 매달렸기 때문에 여자를 알 만한 기회가 없었기 때문이다.

동정을 잃은 것은 중학교 3학년 때로, 비교적 이른 편이기는 하지만, 그때는 순전히 나도 모르는 사이에 엉겁결에 당한 일이어서 별로 심각하지도 않았다. 중학교 3학년 때, 마흔이 넘는 무당 과부한테 동정을 빼앗겼다. 그때 우리 모자는 무등산 밑 소태실이라는 옴딱지 같은 마을의 무당집 작은방살이를 했었다. 무당의 꽹과리 소리에 신경이 갈가리 흩어져 공부하는 데 지장이 있으니 다른 집으로 이사를 하자고 했지만, 어머니는 한사코 말을 들어 주지 않았다. 우선 방값을 안 내고 거저 사는 이유도 있었지만, 무당의 늙은 시어머니와, 갓 열 살 난 딸 하나로 식구가 단출하여, 꽹과리 소리만 안 낸다면 절간처럼 조용했기 때문이었다.

어머니는 담양 죽제품을 떼어 서울에다 파는 도붓장사를 하고 있었기 때문에 한번 서울로 장사를 떠났다 하면 열흘을 넘겨서야 돌아오곤 했다.

나 혼자 죽식간에 끓여 먹고 있었다. 그때가 아마 여름이었던 것 같다.

서발 막대기 휘둘러도 거칠 것 없을 만큼 휑한 살림이어서 언제나 방문을 활짝 열어놓고 잤었다. 그날 밤도 새벽 한 시까지 공부하고 곤하게 곯아떨어졌다. 잠결에 숨쉬기가 답답하여 눈을 떠보았더니 큰방 무당이 홀홀 옷을 벗은 알몸으로 내 배 위에 올라타 있지 않겠는가. 그녀는 내 팬티를 무릎 아래로 내려놓고 아직 끝이 벌어지지도 않은 나의 그것을 두 손으로 뿌리까지 뽑아 버릴 듯 꽉 움켜쥐고 있었던 것이다. 나는 버럭 소리를 지르려다가, 어린 마음에 부끄럽기도 하고 무당의 입장이 난처해질 것 같기도 하여 그냥 참고 있었다. 무당은 나의 놀라는 얼굴을 보고 무슨 말인가 숨 가쁘게 무당굿 사설 외듯, 도깨비 여울 건너가는 소리로 조잘거리는 것 같았으나 한마디도 알아들을 수가 없었다. 나는 서울에서 어머니가 돌아올 때까지 거의 매일 밤 무당에게 시달림을 당했다. 뭐가 뭔지 몰랐던 나는 새끼 항문이 아르르하고 무지근한 것을 느꼈을 뿐인데, 며칠 밤 시달리고 나니 코피가 펑펑 쏟아졌다. 어머니가 돌아오기가 무섭게 바득바득 어머니를 졸라 다른 마을로 이사를 가버렸다. 학교가 너무 멀다는 핑계로 학교 근처로 옮긴 것이었다.

혼외 여자관계라면 딱 그때 무당과의 그일뿐이었다. 고등학교에 입학해서 학생 기록 카드에 적어 낸 것처럼, 취미가 '고독'인 거였다. 바둑, 장기, 화투, 당구는 고사하고 스포츠도 문외한이었다. 언제 익힐 틈이 없었다. 생활이 몰취미인 것과 같이, 됨됨이도 좋게 말해서 털 뽑아 제 구멍에 박을 정도로 꼼질꼼질한 편이고, 나쁘게 말해서 세상모르게 삭막한 느낌이 드는 어딘가 덜된 사람이었다. 그 때문에 가끔 술자리를 같이한 동창 녀석들이, 세상의 깊고 얕음을 그렇게 가재 물 짐작할 만큼도 몰라 가지고 어떻게 사람 마음속에 깊숙이 가려진 선과 악을 가려낼 수가 있겠느냐고 핀잔이었다. 그러나 나는 누가 뭐라 해도 지금의 상태가 좋았다. 검사가 되려고 한 것은 비리 밝혀내고 선과 악을 가려내는 사명감 때문이 아니었다. 다만 박판돌이에 대한 복수심 때문에 검사가 되기를 원했던 것이다. 박판돌이 잘되었다는 소식을 들을 때마다 그런 복수심은 한여름 태양처럼, 대장간의 벌겋게 단 시우쇠처럼 뜨겁게 이글거렸었다.

옆에 누워있는 미스 현이 캑캑 가래를 삼키는 기침을 했다. 빗소리가 뚝 그치자 이내 달빛이 텐트 안으로 기어 들어왔다. 미스 현을 내보내야겠다고 생각하면서 그녀 쪽으로 돌아누웠다. 그때 밖에서 발걸음 소리가 들리더니 텐트 옆에서 멎었다. 미스 현이 누워있는 쪽의 텐트 자락이 조금씩 걷어 올려졌다. 나직한 목소리로 미스 현을 부르고 있었다. 박판돌이었다. 미스 현이 푸스스 일어나 힐끔 이쪽을 한번 돌아보고 나서 조용히 밖으로 나갔다. 박판돌이가 그녀를 밖으로 불러 내 간 것이 오히려 잘된 일이라고 생각하면서도 나는 개운 찮은 기분이었다. 도둑고양이처럼 살금살금 기어 와서 살짝 불러 내 간 소위가 미웠다. 아마도 두 사람 사이에 무슨 꿍꿍이 수작이 있는 것 같았다. 그녀가 나간 쪽으로 다가가서 텐트 자락을 걷고 밖을 내다보았다. 박판돌이와 미스 현은 고사목 아래 풀섶 위에 꽉 부둥켜안고 있었다. 그들은 한동안 얼싸안고 노닥거리는 것 같더니, 미스 현이 풀섶에 눕고 박판돌이가 엉거주춤 텐트 쪽으로 엉덩이를 치켜들고 바지를 내린 다음, 여자를 덮쳤다. 달빛 속에서 그들의 모습이 너무나 뚜렷하게 보였다. 그들의 숨소리까지도 들려오는 듯싶었다. 나는 텐트 자락 사이로 시선을 팽팽하게 잡아당겨 그들을 지켜보았다. 야릇한 마음의 동요가 있었다. 혈관의 움직임이 발동기 소리처럼 빨라지면서 심장이 쿵쿵 뛰었다. 불현듯 중학교 3학년 때 무당에게 덮침을 당했던 순간이 떠오르면서 그때의 어리둥절했던 감정이 이제서야 숨 가쁘게 꿈틀거리는 것 같았다. 처음엔 무당이 무섭게 느껴졌었는데, 그 일이 며칠 밤째 계속되는 동안 섬찌근한 무섬증이 가라앉으면서 발가락 끝이 간지러울 만큼의 야릇한 흥분은 잠깐이었다. 낮에 그녀가 고깔을 쓰고 알록달록한 무당 옷을 입고 벌렁벌렁 춤을 추고 꽹과리 두들기는 것을 보면 와삭 무섬증이 되살아나곤 했었다.

한 30분쯤 지나서 미스 현이 살금살금 기어들어 왔다. 그녀가 텐트 안으로 들어설 때, 나는 무릎을 세우고 앉아 있었다. 앉아서 살금살금 기어들어 오는 그녀를 마주 보았다. 그녀는 자리에 누우려다 말고 희끄무레한 어둠 속에 돌부처처럼 앉아서 자기를 쏘아보고 있는 나를 발견하고 흠칫 놀랐다.

미스 현이 슬쩍 빠져나가서 박판돌이와 관계를 하고 들어오는 것을 보고 있던 내 눈에 쾌잣자락 너울거리는 무당이 보였다. 미스 현이 무당으로 보인 것이었다. 나는 성인이 되면서부터 무당한테 당했던 일이 온몸에 근질거리도록 억울하고, 몸에 뱀에 물린 흉터가 있는 것처럼 꺼림칙하게 생각될 때마다 언젠가는 그 무당을 찾아가서 그때의 일을 보상받고 싶기까지 했었다. 그리고 그녀의 부음에 접했을 땐 온몸이 가려워지는 구토증을 느꼈었다. 분했었다.

나는 옆으로 돌아누워 있는 미스 현에게로 달려들어 와락 그녀의 어깨를 찍어 잡아 바로 눕혔다. 그녀는 놀란 토끼 새끼처럼 두 어깨를 움츠렸다. 다짜고짜로 미스 현의 지퍼를 끌어 내리고 바지를 벗겼다. 그리고는 조금 전 박판돌이처럼 엉덩이를 치켜 올려 바지를 무릎 아래로 내린 다음 그녀의 배 위로 기어 올라갔다. 그녀는 내가 하는 대로 시체처럼 가만히 누워있기만 했다. 나는 기분이 나빴다. 처음부터 기분이 나빴다. 다짜고짜로 그녀를 덮쳐 누른 그 순간, 창자 속의 내용물이 발칵 쏟아질 것 같은 역한 감정이 들었다. 사람들은 기분이 좋아서 그 짓을 한다지만 돌연한 나의 행위는 그와는 정반대였다.

일을 끝내고 고함을 질러 그녀를 텐트 밖으로 쫓아 버린 다음까지도 역한 감정을 가라앉히기 위해 텐트 밖으로 나와 소주병 나팔을 불었다. 그렇게 기분 나쁜 순간은 일생에서 처음 있는 일이었다. 후회막급이었지만 어찌할 도리가 없는 일이었다. 스스로의 부끄러움에 마음 둘 바를 몰랐다. 불결한 몸과 마음으로 아버지를 대할 생각을 하니 천하에 없는 불효 자식이 된 자신이 미울 따름이었다. 도깨비에 홀린 기분이었다. 그럴수록 애시 당초 그녀를 내 텐트에 집어넣었다가 나 보란 듯 끌고 나가 그 짓을 한 박판돌이와, 비리척지근한 여자 냄새를 솔솔 피우며 나를 충동질한 미스 현에 대한 구역질 나는 미움이 겹겹이 쌓였다. 평소에 어머니 외에는 여자에게서 인격을 느껴보지 못했거니와, 또 인격체로 대우를 해본 일도 없는 나로서는, 미스 현에게 무척추동물의 징그러움을 느꼈을 뿐이었으며, 그녀에 대한 순간적인 호기심은 그 징그러운 벌레를 발로 짓밟아 으깨 죽이는 살생의 쾌감을 맛보기 위한 것이었는지도 모를 일이었다.

밤에 보아도 낫자루, 낮에 보아도 밤나무라고, 그녀의 본색이 뚜렷하거늘 지금껏 소 닭 보듯, 닭 소 보듯, 발가락의 티눈만큼도 안 여겨온 내가 이 무슨 실수냐 싶어 천 번 만 번 발등을 찧고도 남을 만큼 후회를 한들 이미 엎지른 물이었다. 그나저나 이 일로 망신이나 당하지 않을까 염려되어 가슴이 숯가마 타듯 했다.

넷째 날

날카로운 아침 햇살이 잠든 나무와 풀잎들을 들쑤셔 일깨울 무렵에야 눈을 뜬 나는 나무껍질처럼 꺼칠꺼칠해진 얼굴을 문지르며 텐트 밖으로 나갔다. 간밤에 밤새워 뒤척이다가 늦잠을 잤기 때문에 몸이 납덩이처럼 무거웠다.

일행은, 아침을 먹기 위해 빙 둘러앉아 있었다. 다른 등반대원들은 이미 연하천을 떠나버렸으며, 내가 자고 나온 텐트를 제외한 다른 두 사람의 텐트도 철거되어 있었다.

"고단하셨든 모양이구만, 해가 엉뎅이에 불을 질러서야 일어나신 걸 보니!"

지관 박 영감이 앉을 자리를 비켜주며 말했다. 박 영감의 말에 심장이 후끈거리는 부끄러움을 느꼈다. 새삼스럽게 어젯밤 미스 현과의 일이 떠올라 주걱으로 그릇에 밥을 퍼 담고 있는 그녀를 힐끔 훔쳐보았다. 그녀는 해실해실 웃으며 밥그릇을 내 앞으로 내밀었다. 어젯밤 일이 생각나자 다시 구토증이 나는 것 같았다.

"어차피 세석평전에 늦게야 도착헐 것이니께, 서두를 것이 없어! 그래서 늦잠을 자도 깨우지 않은 기야!"

박 영감이 밥숟갈을 들며 하는 말이다. 하기야 박 영감의 말마따나, 어차피 세석평전에는 해 질 무렵에야 도착할 것이므로, 밤에 유해를 파내지 않을 바에야 서두를 필요가 없었다.

밥을 먹으면서도 나는 어젯밤의 행위에 대해 여러 사람 앞에 치부를 드러내 보이는 것 같은 부끄러움 때문에 마음 가늠할 바를 몰라 했다. 얼핏 박판돌을 바라보았더니 그는 언제나처럼 능글맞고 뻔뻔스러운 얼굴이었다.

간밤에 빗방울이 들쳤기 때문인지, 운해는 늦도록까지 두껍게 펼쳐져 있었다. 일행은 출발하기 전에 지리산에서 물맛이 가장 좋다는 연하천 샘물로 물통을 가득 채웠다.

연하천에서 너무 늦게 출발한 때문에 삼각고지를 조금 지나자 정오가 되었다. 삼각고지에서 잠깐 쉬어 담배 한 대 피우고 길을 재촉했다. 형제바위를 뒤로하고 연하굴을 지났다.

일행은 벽소령 벱실샘 가에서 점심을 먹었다. 아침 느지막에 연하천을 출발했지만, 점심때까지 6km나 강행군을 한 탓으로, 벱실샘에서 점심을 먹을 수가 있었다. 벱실샘이 있는 벽소령은 경남 화개에서 마천으로 넘어가는 고개이다. 이 고개에서 남쪽으로 150m쯤 내려가면, 텐트를 치기에 좋은 평평한 분지에 손바닥만한 샘이 있다. 처음 이 샘물을 들여다보고 있으면 잘해야 몇 모금 될 것 같지 않게 찌쩍찌쩍해 보이지만 자꾸만 퍼내도 그만그만한 물이 언제나 괴어 있기 마련이다. 샘의 크기는 보잘것없으나 네댓 사람이 물을 퍼서 목욕할 만큼 자꾸만 솟는데, 결코 넘치는 일이 없다고 했다.

벽소령에서 4km쯤 가면 상덕평과 선비샘이 있고, 다시 이곳에서 3km쯤 가면 목적지인 세석평전에 이른다. 세석평전에서 천왕봉까지는 10km쯤 더 가야 한다. 지관 박 영감은 기왕 세석평전까지 온 김에, 천왕봉에 올라가서 신선놀음으로 살아가고 있는 함 씨를 꼭 만나고 가야겠다면서, 내가 같이 가는 게 어떻겠냐고 의향을 떠왔다. 내 생각으로는 천왕봉에까지 올라갈지 어떨지는 일단 세석평전에 가서 아버지 유해를 찾은 다음에 결정해야 할 것 같기에 확실한 대답은 하지 않았다. 그러나 되도록 속세와 인연을 끊고, 초탈한 삶을 이어 가고 있는 신선 함 씨를 한번 만나고 싶기도 했다. 온갖 욕심, 미움 다 잊고 탈진습기脫塵習氣한 그의 삶을 가까이서 헤아려 보고 싶었다.

　박판돌은 미스 현과 같이 걸으면서 이따금 뒤를 돌아다보았다. 뒤를 돌아다볼 때마다 그는 쿡쿡 웃었다. 그녀도 푸실푸실 따라 웃곤 했는데, 그 웃음이 나를 비웃고 있는 것 같아서 신경에 거슬렸다. 어쩌면 미스 현이 어젯밤 나와의 관계를 박판돌에게 죄 꾀어 바치고 있는 것 같기도 해서 더욱 신경이 날카로워졌다. 두 사람은 무슨 이야기를 하고 웃고 있을까. 마음이 답답해서 하늘을 보았다. 백자 파편들 같은 구름 조각들이 너저분하게 흩어져 있었다. 찢어진 걸레처럼 보였다. 그 걸레 조각 같은 구름은 움직임이 없었다. 나는 벌써 닥쳐올 밤을 두려워하고 있었다. 오늘 밤에는 무슨 일이 일어나지 않을까. 누구하고 같이 잘까. 박판돌이가 잠든 사이에 나를 죽이려고 하지나 않을까. 미스 현은 또 누구하고 그 짓을 하게 될까. 내 머리는 심란해졌다. 잡다한 생각들을 털어버리려고 살래살래 고개를 흔들어댔으나, 두려운 생각들은 더욱 뚜렷이 살아나는 것이었다. 하룻밤만 넘겨라, 나는 땀에 젖은 두 주먹을 불끈 쥐고 박판돌이의 뒤통수를 쏘아 보았다. 박판돌이가 또 힐끔 뒤를 돌아봤다. 용기를 내어 손짓으로 그를 부르자 쪼르르 달려왔다.

　"우리 아버지 말요!"

　나는 일단 박판돌의 얼굴을 들여다보며 그의 표정을 살폈는데, 순간 박판돌이의 얼굴에는 어둡고 무거운 그림자가 얼핏 흘렀다.

　"우리 아버지가 마지막 숨을 거두는 순간은 어떠셨소?"

　박판돌은 고개를 돌려 버렸다. 무슨 말인가 할 듯하다가는 말미를 얻기 위해 궁색스럽게 캑캑 마른기침을 토해냈다.

　"어떠셨소? 당신은 잘 알고 있을 게 아뇨?"

"뭘요?"

"아버지가 숨을 거두는 순간 말요!"

나는 불쾌해서 신경질적으로 툭 쏘아붙였다.

"글쎄요."

"글쎄라니, 당신이 아버지의 죽음을 지켜보았지 않소?"

"그랬었지요."

"그때 어쨌냔 말요, 아버지가 숨을 거두실 때 마지막 남긴 이야기라든 가……."

"……."

"왜 말을 못 하는 거요? 아버지가 아무 말씀도 하지 않으셨소? 왜 거 사 람을 죽일 때, 상투적으로 마지막 할 말이 없느냐고 묻지 않소? 그때 우리 아버진 무슨 말을 하셨냐 이거요!"

"말씀이 계셨어요."

박판돌은 억지로 그때의 일을 떠올리는 듯한 얼굴로 가느다랗게 실눈 을 했다.

"무슨 말씀을요!"

"도련님헌티 꼭 전하라는 말씀이었는데……."

"그게 무슨 말씀이었는데요?"

"지리산 땜시 죽는다고요. 그러니께 도련님께서는 지리산에서 떠나시 라는 말씀을 전하라고 하셨지요."

어머니 말이, 아버지는 지리산을 그렇게 좋아할 수가 없었다고 했다. 그런 아버지인데, 지리산 때문에 죽으니 지리산에서 떠나라고 했다는 것 을 믿을 수가 없었다.

아버지는 늘, 죽기 전에 천왕봉에 한 번 올라가 보았으면 소원이 없겠다고 말했었다고 한다. 6·25 전까지만 해도 지리산은 원시림이 하늘을 가려, 총을 가진 사냥꾼들도 천왕봉까지는 올라가 보지 못했던 것이다. 노인들 말이, 지리산 상봉인 천왕봉에는 하늘을 받치고 있는 둥근 기둥이 있으며, 때때로 하느님이 그곳에 내려와 노닐다가 가곤 한다고 했다. 아버지는 살아생전에 그곳에 올라가 보는 것이 소원이었던 것이다. 그러던 아버지가 하늘의 기둥이 받쳐 있는 천왕봉 가까이 끌려가서 억울하게 개죽음을 당하게 된 것이다. 그때 개죽음의 길로 끌려가면서 평생을 그렇게도 올라가 보고 싶었던 천왕봉에 가까이 간 아버지의 심정은 어떠했을까. 아버지는 가보고 싶었던 천왕봉을 바라보면서 조용히 숨을 거두었을까. 나는 마치 30년 전 주검의 길로 끌려갔던 아버지의 심정으로 되돌아가기라도 한 듯, 참담한 눈으로 갑사 치맛자락 같은 가볍고 엷은 구름 조각이 걸려 있는 천왕봉 쪽을 올려다보았다.

"우리 아버지가 마지막 순간에 남기신 말씀은 그게 아닙니다."

나는 걸음을 재촉하여 박판돌을 바짝 따르며 불쑥 말했다.

"예?"

"그게 아니라요. 판돌 씨가 내게 거짓말을 한 거 알고 있소!"

"지가 왜 거짓말을?"

"아버지가 마지막 숨을 거두시면서 무슨 말씀을 남기신 줄 아시오?"

"……."

"그건, 억울하게 죽으니 꼭 원한을 풀어 달라고 했겠죠. 그렇죠?"

박판돌은 고개를 가로저었다.

"판돌 씨!"

나직한 목소리로 불렀다. 박판돌이가 섬뜩 놀라 고개를 돌렸다.

"또 한 가지 알고 싶은 게 있는데……."

"……."

"몇 번이고 다시 묻고 싶은 이야기지만, 왜 우리 아버지를 죽였소?"

"도련님도 참, 저는 절대로 안 죽였습니다."

"이러지 맙시다."

"날벼락을 맞아 죽지요. 지가 어찌 어르신네를……."

"허어!"

나는 어처구니가 없어 웃고 말았다.

"왜 지 말을 안 믿습니까? 지는 안 죽였다니께요!"

"그렇다면 어떻게 아버님께서 마지막 하신 말씀까지 다 알고 있지요?"

"그건 말입니다. 옆에서……."

박판돌은 말끝을 흐렸다.

"허어 참, 도련님도! 생사람 잡지 마십시오!"

그러면서 박판돌은 미간을 찡등거리며 나를 흘겨보았다.

"빨리들 안 오고 뭣혀!"

지관 박 영감이 억새풀이 쫑긋쫑긋 가린 펑퍼짐한 바위 등걸에 앉아서 두 사람이 가까이 오기를 기다리고 있었다.

"둘이 무슨 이야기를 그렇게 해쌓누, 원!"

두 사람 사이를 대강 눈치채고 있는 박 영감이, 처음 출발하던 날부터 우리 두 사람의 행동에 유별나게 관심을 쏟고 있는 것 같았다.

"내일 날씨가 좋을지 모르겠군요!"

내가 박 영감에게 화제를 바꾸기 위해 물었다.

"좋다마다. 철쭉제 날에 날씨가 흐려 본 적은 한 번도 없었으니께. 빗방울이 들쳐도 잠깐이지."

박 영감은 바위 등걸에서 일어나며 하늘을 쳐다보았다.

"천왕봉에 살고 있다는 그 신선 말입니다."

내 말에 박 영감이 뒤를 돌아다보았다.

"무엇 때문에 높은 산꼭대기에서 혼자 살고 있답니까?"

"사람이 욕심만 없다면야 어디 선들 혼자 못 살까!"

"그래도 저는 이해가 안 가는군요, 처자식을 버려두고 혼자만 신선처럼 산다는 거!"

"그 사람 말을 들어보면, 박 검사도 아마 산꼭대기에서 혼자 살고 싶은 마음이 들 게야."

박 영감은 웃으면서 말했다. 누구를 대할 때이고 가슴 활짝 열어젖히고, 조금도 거짓됨이 없이 시원스럽게 툭 터놓는 박 영감이 점점 좋아졌다. 처음 구례읍에서 인사를 나누었을 때, 그는 대뜸 아버지와는 잘 아는 사이였다면서 말을 놓겠다고 했다.

"왜, 한번 만나보고 싶은가?"

"이해가 안 갑니다. 세상 사람들이 모두 그 신선놀음에 도낏자루 썩는 줄 모르는 함 씨 같은 생각만 하고 있다면 어떻게 되겠습니까?"

"그야 천국이 되겠지."

"그렇다면 과학이고 문명이고 다 필요 없게 됩니다. 지금은 과학의 힘으로 인간이 달나라에 가는 세상 아닙니까?"

"과학이고 문명이고 다 필요 없게 되면 그기 천국이야."

"전, 영감님까지도 이해할 수가 없군요. 우리는 각자에 주어진 멍에를 벗어 버릴 수는 없다고 생각합니다. 모두가 다, 귀찮다고 멍에를 벗고 천왕봉에 올라와서 산다면 세상은 전혀 의미가 없어집니다."

"나는 박 검사 말을 도통 이해할 수가 없구먼."

박 영감은 뒤를 돌아다보면서 또 한 번 웃어 보였다.

태임 태임 청태임마

돈돈 반만 나를 주라

다섯 닢은 비상을 사고

한돈 일랑 간장 사서

기운차게나 달여서 먹고

천왕봉 높은 봉에

흔적 없이 죽어 나감세

인부 최 씨가 바지게를 받쳐 놓고 풀섶 위에 앉아서 손으로 무릎까지 쳐가며 노랫가락을 뽑았다. 그는 노랫가락을 뽑다가 그들이 가까이 오자 어색하게 씩 웃었다.

"최 씨 노랫가락 실력 알아줘야겠군요."

내가 최 씨 옆에 앉으며 말했다. 박 영감도 따라 앉았다. 박판돌이만이 왼손으로 뱀꼬리를 잡아당기며 그냥 지나쳐 갔다.

"지 노랫가락 실력요? 한때는 알아주었습니다요. 장똘뱅이 시절에 배운 것들인디 인전 다 잊어뿌렸어요. 저는 아마 안 가본 장이 없을 겁니다. 그래도 그때가 질 좋았던 거 같아요."

그는 수통 마개를 뽑아 꿀꺽 물을 마시고 나서 손바닥으로 입 언저리를 쓱 문질렀다.

"늙어서 이 고생이게, 자식이 없수?"

"자석놈 하나 있는 거 떡시루 엎어 뿌렸구만유."

"떡시루를 엎다뇨?"

"자석 농사 망쳤다 이그죠. 자석 하나 있는 거, 계우 소학교 졸업 허고, 집에서 한 오 년 아뭇소리 없이 처박혀 있드니 글씨, 못된 송아지 응덩이에 뿔 먼첨 난다고, 소식도 없이 집을 뛰쳐나가 삐렸다우."

"여직 소식이 없나요?"

"삼 년 전엔가, 서울 무신 철공소에서 메질을 헌다는 편지 한 본 오고, 그 뒤는 뒈졌는지 살았는지······."

"배돌던 닭도 때가 되면 찾아 들어오는 뱁여! 굽은 소나무가 선산 지키드라고, 그런 놈이 보잘 것 있는 기여."

박 영감이 최 씨를 위로하는 말을 해주었다.

"꼭 의붓애비한티 소 팔러 보낸 심정이다니께유."

"염려 마세요. 무소식이 희소식이라고 돈 많이 벌어 돌아올 테니까요."

"내사 돈 많이 벌어오는 거 바라지도 않아요. 뭠이나 성해믄 그만이재."

"최 씨, 혹시 천왕봉에서 살고 싶은 생각 없어요?"

내가 실실 웃으며 하는 말에 최 씨는 정색을 하고 고개를 돌렸다.

"천왕봉에서요? 지가 왜 그기서 살아요?"

"집이고 처자식이고 다 잊어버리고 혼자 천왕봉에서 사시면 맘이 편하실 게 아닙니까."

"그런 말씀 마셔요. 베린 자식이기는 허지만, 우리 아들 놈 기다리고 사는 재미가 으던디요. 똥구먹 쫙 찢어지게 가난허게는 살어도, 처자식을 버리다니요. 우리 같은 가난한 놈이라고 자식 사랑허는 정마저도 메말라 붙었간듸요? 다 그런대로 한 재미가 있답니다요."

최 씨는 푸념처럼 말을 했다. 그는 내 말을 고깝게 받아들인 게 분명했다.

"영감님 들으셨죠?"

나는 박 영감을 보며 웃었다.

"어디 욕심이 없는 사람이 그렇게 흔한 겐가."

박 영감은 이렇게 말하면서 두 손으로 무릎을 짚고 일어섰다.

일행이 세석평전에 도착한 것은 뉘엿뉘엿 낙조가 물결쳐오기 시작해서였다. 낙조가 자오록이 깔리자 이내 어둠이 밀려들어 왔기 때문에, 세석평전 철쭉꽃밭의 장관을 볼 수가 없었다. 일행은 낙조와 어둠이 철쭉꽃밭에서 피를 쏟으며 격전을 벌이듯 우물쭈물 쫓기고 밀려들어 오는 것을 먼발치로 바라보았을 뿐이었다.

해발 1,680미터의, 두루 삼십 리나 되는 지리산 제일 공원 지대 세석평전에 낙조가 물러가자 어둠만이 두껍고 단단하게 깔려 있었다. 여기저기 등반객들의 텐트에서 출렁이는 불빛들이 별처럼 촘촘히 박혀 빛났다. 일행은 텐트 칠 곳을 찾았다. 화개 쪽으로 1km쯤 더 내려가 음양샘 옆에 자리를 잡았다. 세석평전의 음양샘은 임걸샘, 벽골샘, 연하샘, 산희샘과 더불어 지리산에서 이름난 샘이다. 바위의 양쪽으로 음수와 양수가 흘러 합한 샘물이라서 음양수라고도 부르며, 예로부터 아기를 못 낳는 부녀자들이나, 지리산 정기를 탄 큰 인물을 낳고자 하는 연인들이 이 샘물을 마시고, 샘 옆에 있는 석실에서 산신의 은혜를 입게 되면 소원 성취한다는 전설이 전해 내려오고 있다.

"이봐, 미스 현, 우리 음양수 한 잔씩 마시고 그 기분 살려서 떡이나 칠 끄나? 지리산 정기 타고 나오는 큰놈 하나 맹글게 말여!"

박판돌이가 벌컥벌컥 샘물을 마시고 손등으로 입 언저리를 쓱 문지르며 하는 말이었다. 그 말이 떨어지기가 무섭게 미스 현도 두 손바닥으로 샘물을 움켜 홀짝 입에 털어 넣었다.

"미스 현아, 왜 내 말이 틀렸남? 기왕에 베린 몸, 자식 복이라도 탈라면 나하고 한판 허는 기 어쩌겠나?"

박판돌은 실실 웃으면서 미스 현의 엉덩이를 찰싹 때렸다.

"아무래도 오늘 밤 세석평전이 씨끄럽겠구먼, 여기 온 남자들이 모두 큰 자석 만들고 싶어헐 테니까 말여!"

박 영감도 웃으면서 상스런 농담을 했다.

"내가 왜 저것을 여그꺼정 다리고 왔간디요. 우리 도련님이 한사코 떠내 불라는 것을 지가 뿌득뿌득 우겨서 쟈를 데리고 온 것은 다 생각이 있어서였죠!"

박판돌이는 이렇게 말하면서 삵처럼 음흉하게 웃었다. 그 웃음소리가 어둠 속에서 더욱 징그럽게 등골을 훑어 내리는 것 같았다.

"그래, 어떤 자식을 맹글고 싶나?"

박 영감의 말에 박판돌은,

"우리 도련님 겉은 아들을요!"

하고 삵의 눈을 하고 나를 돌아다보는데 그 눈빛의 희뜩거림이 송곳처럼 심장을 쿡 쑤셔왔다. 텐트를 친 일행은 그날 밤에도 미스 현이 누구와 함께 잘 것인가 하는 문제로 옥신각신했다.

"난 싫으이. 이르케 힘이 팔팔헌 나를 늙은이 취급헌 것부턴가 싫다니께!"

박 영감은 팔뚝은 걷어 올리고 일행은 들러보며 말했다.

"거야, 영감님이 오늘 밤 실력을 한번 발휘해 보시면 될 것이 아닙니까?"

박판돌이는 는질는질 웃으며 놀려댔다.

"암튼 나는 하룻밤 저 색시하고 같이 잤으니께 오늘 밤에는 사양허겠어!"

"허어! 누구 자진해서 미스 현과 같이 잘 사람 있으면 직접 뭐라드라, 거 프로 뭔가……."

"프로포즈라구요!"

박판돌이 어물어물하자 미스 현이 나섰다.

"그렇지, 누가 프로포즈를 해보시재 그래! 도련님, 오늘 밤 어떻습니까?"

박판돌의 말에 나는 심장까지 훗훗하게 달아오른 듯싶어 얼굴을 돌려버렸다.

"가만히 두고 보니께 너무들 허시오!"

바위 등걸에 등을 기대고 뻐억뻐억 담배를 빨고 있던 곰센 영감 최 씨가 볼멘소리로 툴툴거렸다. 모두 곰센 영감 쪽으로 눈을 돌렸다.

"우리 두 사람은 남자가 아니오?"

곰센 영감은 웃으면서 말했다.

"옳은 말이시. 같은 남자들끼리 너무했구먼!"

지관 박 영감이 인부들 편을 들어 주었다. 지관의 말에 힘을 입었음인지.

"나야 늙었다 치더라도, 이 사람은 한창이 아니오?"

곰센 영감은 옆에 무릎을 세우고 앉은 예비군복의 등을 툭 치며 큰 소리로 말했다.

"듣자 듣자 허니께 너무들 하시네요. 내가 무슨 물건인가요? 이 사람 저 사람 돌려가면서 붙여주게? 저 오늘 밤 혼자 잘래요."

결국 미스 현이 혼자 자겠다고 하여, 그날 밤의 잠자리 배정은 그것으로 끝난 셈이 되었다. 그녀는 피곤하다면서 먼저 텐트로 기어들어갔다.

바람마저 잠들어 하늘 아래 모든 것들이 조용하게 가라앉았다. 나는 박 영감, 박판돌과 셋이서 한 텐트에 들었다.

얼핏 잠결에 미스 현의 텐트에서 여자 비명이 들렸다. 나 혼자만 들은 게 아니었다. 박 영감과 박판돌이도 그 소리를 들었는지 벌떡 일어나 앉았다.

"나가지 못해? 안 나가면 사람들을 부를 거야!"

밤을 찢듯 쏘아대는 것은 분명 미스 현의 목소리였다.

그녀의 텐트는 바로 옆에 있었기 때문에 기침 소리까지도 들릴 정도였다.

"아무 일 없을 테니 그냥 둡시다!"

박판돌이가 엉거주춤 일어서는 것을 박 영감이 잡아 앉혔다.

"더러운 갈보 같은 년아!"

남자의 목소리도 또렷하게 들렸다. 컬컬하면서도 울림이 좋은 그 목소리는 예비군복의 젊은 인부가 분명했다.

"아니, 저놈의 자식이?"

박판돌이가 다시 일어서려 하자,

"그냥 두리니께! 그 젊은이도 남자가 아닌감?"

박 영감이 가로막아 일어서면 다시 주저앉혔다.

"그래 이 갈보 같은 년아, 양복장이 X에는 금티가 둘렀고, 우리겉이 지게꾼들 X에는 옴이라도 올랐단 말이냐?"

"위매 위매! 병신 달밤에 육갑헌다더니 빨랑 안 나가?"

"못 나가긋다!"

"피잇, 아무리 막된 년이지만 너 같은 무지렁한테는 안 줘!"

"왜 안 줘!"

"내 자유여!"

"뭐, 뭣이라고?"

두 사람이 한동안 티격태격 입씨름을 하는 것 같더니 예비군복이 미스 현을 덮치는지 땅이 쿵쿵거렸다.

"위매, 위매, 이 손 안 놔?"

미스 현이 다급하게 소리치자 다시 박판돌이가 벌떡 일어섰다.

"내버려두고 잠이나 잡시다. 저 젊은이가, 말이 없어 꿍해 있더니 딴 생각이 있었던 게로구만! 박 사장 왜 그러고 서 있어?"

미스 현의 텐트에서는 이내 조용해졌다.

다섯째 날

"냉큼들 나와 봐! 나와서 구경들 해요!"

나는 텐트 밖에서 박 영감이 큰소리로 일행들을 깨우는 소리를 듣고 눈을 떴다. 텐트가 온통 벌겋게 물이 든 것같이 아침 햇살이 가득 쏟아지고 있었다. 나는 눈을 비비면서 텐트 밖으로 나갔다. 일행들은 박 영감의 깨우는 소리를 듣고서야 잠을 깬 듯 모두 푸스스한 얼굴로 밖으로 나와서는 아침 햇살의 눈부심에 손바닥으로 눈썹차양을 만들어 눈을 가렸다.

"허, 모두 피곤했던 모양이구만! 여태껏 잠들을 자게!"

박 영감은 이렇게 말하고 나서 손으로 철쭉꽃밭을 가리켰다. 무지갯빛으로 찔러 오는 햇살 사이로 산에 온통 붉은 물을 뿌려놓은 것 같은, 세석 평전의 철쭉꽃밭이 질펀하게 펼쳐져 있었다. 나는 손으로 눈곱을 뜯어내며 꽃밭의 찬란함에 바보처럼 입을 벌렸다. 끝이 보이지 않았다. 하늘 끝까지 붉게 물들어져 있는 듯했다. 암수 원앙이 어울려 비비 꼬는 비단 금침이불 하나로 세석평전 삼십여 리를 덮어 버린 것 같은 꽃밭은 불난 것처럼 이글이글 타올랐다.

나는 지리산에서 아름답게 다져진 또 하나의 거대한 생명의 신비를 본 것이었다. 산에 대한 경외를 느끼는 한편, 모든 아름다움의 집약을 보았다.

"좋군요!"

나는 진지한 얼굴로 꽃밭을 휘둘러보며 말했다. 긴 밤을 내내 어둠 속에만 깊숙하게 파묻혀 있었다는 것을 생각하면 그지없이 안타까운 생각이었다.

"마음이 툭 틔어 오는 것 같지 않어?"

박 영감이 물었다.

"암튼 좋아요!"

나는 꽃향기들을 냄새 맡기라도 하는 듯 코를 킁킁거리고 나서 깊게 숨을 들이마셨다. 상큼한 철쭉꽃 향기가 폐부의 깊숙이 쑤셔 오는 듯한 기분이었다. 철쭉제에 참가하기 위해 올라온 등반객들이 답교하듯 경중거리며 꽃밭 위를 뛰어다녔다. 그들은 철쭉나무가 상하지 않게 조심조심 걸어다녔지만 내 눈에는 그들이 마구 꽃밭을 발로 짓이기는 것 같아 안타깝기까지 했다.

"이제 곧 철쭉제가 시작될 모양이야!"

박 영감이 턱으로 가리키는 철쭉꽃밭 한가운데 웅성웅성 사람들이 모여 있었다.

"우리도 가볼까요?"

"그럼 가봐야지. 예까지 와서 철쭉제에 참례를 안 해서야 쓰남!"

일행은 앞서거니 뒤서거니 하며 꽃밭을 가로질렀다.

"꽃나무들이 상허지 않게 조심해요!"

나는 일행에 주의를 주는 것이었는데, 박판돌만은 그 말을 못 들은 척 마구 와작와작 꽃나무를 꺾어 미스 현에게 안겨 주었다.

"이 아름다운 꽃나무를 일본에 수출했다니 원!"

나는 꽃을 꺾는 박판돌을 쏘아보며 혼잣말처럼 중얼거렸다.

꽃밭에 깔린 잔돌들을 모아 제단을 만들고, 그 제단 위에 철쭉꽃잎을 보료처럼 푹신하게 깔아 놓았다. 빨간 철쭉꽃 제단 위에 돼지머리며 마른 명태, 떡, 과일들을 차려 놓고 제관인 연하반 등반대장이 큰절을 하고, 풍년과 태평성대를 비는 고천문을 읽었다. 제관이 고천문을 읽고 나자, 여럿이서 함께 또 너부죽이 큰절을 두 번 했다. 여럿이 하는 큰절이 끝나자, 차려 놓았던 돼지머리를 내리고 주위에 술을 뿌렸다. 박수가 쏟아지고 꽃잎들이 엉겨 붙은 돼지머리의 살을 싹둑싹둑 칼로 썰었다.

"매년 철쭉제마다 꽃나무들이 술을 먹으니까 이렇게 꽃들이 술에 취해 붉어진 모양이야!"

박 영감이 미스 현을 보며 말했다. 처음 미스 현이 지리산 철쭉꽃밭을 보고 마치 술에 취해있는 것 같다고 말했기 때문이었다.

"정말 그런가 봅니다."

나는 고개까지 주억거리며 박 영감의 말을 긍정했다. 제사를 주관한 연하반 등반대원들이 박 영감과 박판돌에게 술과 안주를 가져다주었다. 일행은 푸짐하게 술까지 얻어 마셨다.

"박 검사 얼굴이 철쭉꽃 모냥 불그스레한걸!"

박 영감이 텐트로 돌아오면서 말했다.

"거짓말을 헐 줄 모르니까요."

"원래 황금은 사람 마음을 검게 맨들고, 술은 사람의 얼굴을 뻘겋게 하는 법이지!"

"저는 딱 한 잔만 마셔도 이렇게 얼굴이 붉어져요."

철쭉꽃밭을 가로질러 텐트까지 돌아오는 동안에도 나는 박판돌이 예까지 와서 행여 자취를 감추어 버리면 어쩌나 싶어 그를 놓치지 않으려고 매달리듯 바짝 따라붙어 있었다. 나는 일행이 세석평전에 도착하는 즉시 박판돌에게 아버지가 묻힌 지점을 묻고 싶었으나, 서두르지 않는 것도 박판돌이가 마지막에 와서 심경의 변화를 일으켜, 자기는 모른다고 딱 잡아뗄까 걱정되었기 때문이었다.

"이봐! 이쪽 철쭉꽃 색깔이 희불그레한 데 비해서 저쪽 등성이 아래는 왼통 피를 토해 놓은 것 모냥 검붉은 이유를 아남?"

박 영감이 손으로 가리키는 등성이 아래 바람이 닿지 않는 분지처럼 움쑥한 곳의 철쭉꽃은 유별나게도 붉어 보였다. 널따란 세석평전의 꽃밭 속에서도 그곳만은 색깔이 표가 나게 검붉었다. 박 영감의 표현대로 붉다 못해 피를 토해 놓은 것 같았다.

"글쎄요. 다른 데보다는 유난히 꽃 색깔이 뻘겋군요!"

"그렇지, 표가 나지?"

"왜 그럴까요?"

"육이오 때 저 움쑥한 곳에다 사람들을 무데기로 죽였다는구만. 그래서 저곳의 철쭉꽃들이 유난히 붉다는 게야!"

그 말을 들은 나는 우뚝 걸음을 멈추었다. 나는 걸음을 멈춘 채 철쭉꽃 색깔이 표가 나게 시뻘겋게 보이는 등성이 아래를 내려다보고 있었다.

"저곳에서 사람들을 많이 죽였군요!"

나는 시선을 떼지 않고 물었다.

"세석평전에 김일성 대학이 있었다고 했지 않아? 그 때문이지!"

순간 나는 그곳으로부터 시선을 회수하여 주위를 두리번거렸다. 박판돌을 찾아서 그에게 묻고 싶었다. 박판돌은 없었다. 저만큼 텐트 가까이 미스 현과 걸어가고 있었다. 나는 박판돌이를 향해 뛰어갔다.

"왜 그래, 갑자기 어디를 뛰어가는 게야?"

박 영감이 큰소리로 물었지만, 나는 뒤도 돌아보지 않고 철쭉나무를 헤치며 헐근헐근 뛰어갔다.

철쭉제는 그렇게 간소하게 끝났다. 꽃밭 한가운데에 잔돌을 모아 제단을 만들어 간단한 음식을 차려 놓고 풍년과 태평성대를 비는 축문을 읽고, 꽃밭에 술을 뿌리고 차려 놓은 음식을 안주 삼아 한 잔씩 젖히고, 사진들을 찍고 하는 것으로 끝났다.

철쭉제가 끝나자, 철쭉제에 참례했던 등반객들은 서둘러 텐트들을 철거했다. 천왕봉에 올라가기 위해서였다. 그들은 아침 일찍 철쭉제를 끝내고 천왕봉까지 올라갔다 내려오는 것이 상례로 되어 있었다.

세석평전에서 천왕봉까지는 10km 남짓 되지만 줄곧 올라가는 코스여서 힘이 들기 마련이다. 세석평전에서 천왕봉까지 가는 동안, 장터목과 산희샘, 통천문을 지나게 된다. 그리고 천왕봉에 올라간 등반객들은 칠선계곡을 지나, 칠선동까지 내려가기도 하고, 조금 백코스하여 산길로 하동방위, 백무동을 거쳐 마천까지 가거나, 쓰리봉, 치산목으로 해서 산청을 지나 함양으로 가기도 하지만, 대부분이 천왕봉서 되돌아서 왔던 길로 화엄사로 돌아온다든가 아니면, 신흥과 화개를 통과하여 하동으로 빠졌다.

아침을 지어 먹고 나니 세석평전에는 우리 일행만이 휑뎅그렇하게 남은 듯싶었다.

"자, 판돌 씨!"

나는 박판돌을 불렀다. 그는 반야봉에서부터 실팍한 작대기 끝에 매달아 가지고 다녔던 독사를 잡아먹다 말고, 내가 부르는 소리에 흠칫 놀라 돌아다보았다. 나는 그의 곁으로 갔다.

"자, 우리도 일을 시작해 봅시다. 판돌 씨가 앞장을 서야죠."

나는 철쭉꽃밭처럼 빨간 기운이 이글이글 끓어오르는 흥분된 마음을 가라앉히며, 조용한 목소리로 말했다. 나는 아까부터 박 영감이 가르쳐 준, 유난히 꽃 빛깔들이 핏빛처럼 시뻘건 등성이 아래에 아버지가 묻혀 있느냐고 묻고 싶은 것을 어금니를 응등 물며 참고 있었다.

"자, 모두 갑시다."

내가 일행을 향해 큰 소리로 말하자 두 인부와 박 영감이 투덕투덕 옷을 털며 일어섰다.

"미스 현은 천막을 지키고 여기 남아 있어요."

미스 현은 주둥이를 내밀어 뿌루퉁한 얼굴로 풀썩 주저앉아 버렸다.

"판돌 씨, 어서 가자니까요!"

다시 재촉하자, 박판돌은 뱀 고기를 볼때기가 미어지도록 입안 가득히 넣고 위적위적 씹으면서 일어났다.

"판돌 씨가 앞장서요!"

나의 목소리는 쨍그렁 쇠붙이 소리처럼 싸늘하고 날카로운 데가 있었다. 그 목소리에 박판돌이가 기분 나쁜 얼굴을 하고 정면으로 바라보았다. 아까부터 두 사람을 유심히 관찰해 오던 박 영감이 불쑥 박판돌의 앞으로 나섰다.

"자아, 갑시다."

결국 박 영감이 앞장을 서고, 박판돌이가 그 뒤를 어기적어기적 뱀 고기를 씹는 얼굴로 따랐다. 박 영감은 무턱대고 조금 전 철쭉꽃 빛깔이 표가 난 등성이 쪽으로, 꽃밭을 가로질러 갔다.

"영감님, 판돌 씨에게 앞장서라고 하십시오!"

그 말에 박 영감은 걸음을 멈춰 미적거렸으며, 그렇게 해서 결국 박판돌이가 앞장을 서게 되었다. 박판돌은 시계추처럼 정확하게 고개를 전후 좌우로 휘두르며 걸었다. 옛날의 기억을 되살리고 있는 듯싶었다. 그는 철쭉나무를 발로 툭툭 차 헤치고 등성이 쪽으로 계속해서 내려가다가는 후미진 바위 등걸 옆에 섰다. 그는 계속 주위를 휘둘러보며 아버지가 묻힌 곳을 찾고 있는 것 같았으나 한눈에 짚어 대지를 못 하고 계속 두리번거리고 있었다. 그런 박판돌의 행동을 유심히 관찰하고 있던 나는 행여 박판돌이가 아버지가 묻힌 지점을 찾아내지 못하면 어쩌나 하고 초조해했다. 그렇게 된다면 지금까지의 노력이 와르르 무너져 버리는 것이었다. 그것은 곧 내 인생이 무너지는 것이었다. 아버지를 죽인 박판돌을 앞세우고 지리산에 올라가 아버지가 묻혀 있는 지점을 찾아내기 위해서 바짝바짝 피를 말려 오다시피 한 30년 동안의 집념이 물거품이 되어버리는 것이었다.

박판돌은 후드득 뛰어서 골짜기 아래로 내려갔다. 다른 일행도 그를 따라 뛰어 내려갔다. 그러나 박판돌은 대성동으로 빠지는 계곡, 고사목들이 쭈뼛쭈뼛 서 있는 지점에서 턱을 세워 잠시 세석평전의 철쭉꽃밭을 올려다보는 것이었다.

"이봐요, 판돌 씨!"

초조한 나머지 박판돌을 불렀을 때, 박 영감이 내 옆구리를 찔벅했다.

"내버려 둬요! 아무 말도 하지 말고 그냥 두는 기 좋아!"

박 영감의 말대로 나는 더 이상 아무 말도 하지 않았다. 그러나 나는 초조하고 불안한 생각에 목이 말랐다. 옆구리에서 수통을 따고 벌컥벌컥 물을 마셨다. 자꾸만 물을 마셔도 초조한 마음은 가라앉지 않았다.

박판돌은 철쭉꽃밭 쪽으로 다시 올라갔으며, 일행도 조심조심 뒤를 따랐다. 박판돌의 얼굴에는 땀방울이 숭얼숭얼 포도알처럼 맺혀 있었다. 그는 연신 손바닥으로 땀을 훔쳤다.

내가 고향으로 떠나오던 날, 어머니는 나를 붙들고, 물 머금은 목소리로 시시콜콜 말을 늘어놓았었다. 지금 나는 박판돌 주위를 두리번거리며 아버지가 묻힌 곳을 찾지 못하는 것을 보고 문득 어머니의 말이 떠올랐다.

"그 징헌 고향, 네가 빠득빠득 가겠다는디야 무슨 수로 붙들어 매겄냐마는, 기왕에 너 지금껏 불효해 온 것 한꺼분에 효도헌다 굳은 맘 묵고, 판돌이놈 닦달 잘 혀사 쓴다. 그놈은 무서운 놈이니께, 섣불리 닦달했다가는 되려 네가 당헐끄다. 다시는 구례 바닥에서 맥을 못쓰게시리 단단히 버릇을 고쳐서, 네 아부지 박인동 씨의 원한을 풀어 주야 흔다."

어머니는 질금질금 눈물 바람까지 하며 아들의 손을 꼭 잡은 채 놓아주지를 않았다. 그때 나는, 실은 어머니도 나 못지않게 고향에 가고 싶어 한다는 것을 알았다. 말로는 그 징한 고향, 꿈에도 몸서리치는 지긋지긋한 고향 해댔짐만 되레 고향 노래를 불러 대는 아들보다, 고향에 대한 그리움이 더한 것이었다. 어머니는 때때로 고향 이야기를 하다가는 잠시 물켜진 눈을 감곤 했는데, 그때마다 눈시울이 핑 젖어 있곤 했었다.

"어머니도 함께 가실까요?"

손을 꼭 쥐고 놓아 주지 않는 어머니에게 그렇게 했었다. 그제야 어머니는 손을 놓으며,

"죽은 혼백이 되야서나 네 아부지 만나러 갈란다."

하고 잠시 물 머금은 여름 하늘을 올려다보았었다. 대문을 나서려는데, 어머니가 다시 불러 세웠다.

"참, 너네 아부지 알아보긋냐? 네 아부지 뼈다구를 알아보긋냐말이다."

나는 막상 어머니의 말을 듣고 보니 잠시 망연한 생각이 들어 멀뚱히 어머니를 보고만 있었다.

"네 아부지 유골을 찾거들랑 이빨부텀 봐야 헌다. 너를 낳던 해에 기념으로 곡식 내어 네 아부지 앞 이빨 두 개허고 에미껏 두 개 금니를 혀 박었단다."

어머니는 손가락으로 입술을 들춰 금니 박은 어금니를 보이며 말했었다. 그리고 보니, 아버지의 금니 생각이 났다. 아버지가 나를 버쩍 들어 올리고 지리산이 보이냐, 백암산이 보이냐고 할 때마다, 활짝 웃는 아버지 입에서 반짝이는 것을 유심히 들여다보곤 했던 기억이 되살아났다. 그때 나는 아버지 품에 안긴 채 아버지의 입술을 까뒤집으며 노랗게 번쩍이는 금니를 손톱 끝으로 탕탕 두드려 보기까지 했던 것이다.

박 영감이 옆구리를 쿡 찌르는 바람에, 나는 펀듯 현실로 되돌아왔다. 박판돌이가 철쭉꽃 색깔이 유별나게 시뻘겋게 물든 등성이 아래, 분지처럼 움쑥 들어간 곳의 조그만 바위 등걸 옆에 우뚝 걸음을 멈추어 섰다. 그는 손바닥으로 땀을 훔쳐내며 이쪽을 돌아다보았다.

"찾아낸 거로군!"

박 영감이 나직이 말했다.

박판돌은 나룻배만 한 바위 등걸을 손으로 만져 보고, 두 팔을 벌려 재어 보고, 위로 뛰어올라 여기저기를 쑤셔보는 것 같더니 덜컥 위로 앉아 버렸다.

"찾은 거요?"

내가 뛰어가서 물었다. 박판돌은 고개만 까닥거려 보였다. 순간 박판돌을 덥석 안아주고 싶도록 그가 고마운 생각이 들었다. 그러나 여전히 퉁명스럽게,

"어디요?"

하고 물었다. 박판돌이가 바위에서 내려와, 바위에서부터 천왕봉쪽으로 정확하게 다섯 걸음을 걸어서 우뚝 서서는 빨간 철쭉나무를 때겨 부러뜨리는 것이었다. 그리고 그는 다시 바위 등걸에 기어 올라가서 무릎을 세우고 앉았다.

"이리들 와요! 삽과 괭이들을 들고 이리 와요!"

나는 박판돌이가 부러뜨려 놓은 철쭉나무 옆에 서서 인부를 불렀다. 흥분해서 인부들을 부르는 목소리가 고음으로 떨렸다.

지관 박 영감도 내 곁으로 와서는 철쭉나무 뿌리의 떼도 입히지 않은 도톰한 푸석돌 더미를 발로 툭툭 차 보았다.

"자리가 괜찮구만그랴!"

박 영감은 철쭉나무 뿌리의 도톰한 흙더미 위에 올라서서 대성동 골짜기 쪽을 내려다보았다. 화개 쪽으로 내려다보면 희뜩희뜩 섬진강의 물굽이가 명주 베를 여러 필 펼쳐 놓은 것처럼 눈부셨다.

"칠선봉을 뒤로하고 섬진강을 바라보고 있으니 좌청룡 우백호가 정확하고 괜찮여! 대성동 골짜기 쪽에 툭 불거져 나온 저 바위들만 아니면 썩좋은 자리야!"

박 영감이 산세를 둘러보고 있는 동안 나는 철쭉나무를 뽑기 위해 힘껏잡아당겼다. 가매장지를 파려면, 도톰한 흙더미 위에 뿌리박은 네댓 그루의 철쭉을 뽑아내야 할 것 같아서였다. 철쭉나무는 끄덕도 하지 않았다.

"어, 어, 이 양반아. 철쭉 뿌리가 올매나 길고 단단허다고, 그걸 그리 쉽게 뽑아낼려고 그래! 철쭉나무는 그대로 두고 우선 주변부터 조심조심 흙을 들어내야제!"

박 영감은 쭈그려 앉으며, 가매장한 아랫부분을 괭이로 살살 긁어냈다. 흙더미가 벗겨지자 푸석푸석한 썩은 돌무더기가 나왔다.

나는 우두커니 서서 박 영감을 내려다보고만 있었다. 아버지가 묻혀 있을 흙더미 위의 철쭉들은 다른 꽃들보다 늘 새빨갛고 탐스러웠다. 조금전 박 영감이 산세를 둘러보며 썩 좋은 자리라는 이야기며, 또 다행히 아버지가 철쭉꽃밭에 묻혀 있다는 것에 적이 마음이 놓였다.

"자, 이 발로 조심조심 흙을 긁어 내드라고!"

박 영감이 달걀 모양으로 선을 긋고 나서 인부들을 재촉했다.

나는 인부들의 괭이 끝이 달그락달그락 돌에 부딪히는 소리를 낼 때마다 온몸의 피가 멎은 듯한 기분이었다. 그 소리는 마치 아버지의 뼈를 긁는 것같이 느껴 왔다.

"이놈의 철쭉 뿌리 땜시 힘들었어!"

최 씨가 괭이로 철쭉 뿌리를 찍어내며 말했다.

"아서 함부로 찍어 대지 말어! 철쭉 뿌리가 바위도 뚫는다는디!"

흙을 긁어내자 돌무더기가 깔려 있었으며, 철쭉 뿌리들이 낙지발처럼 여러 갈래 비비꼬여, 돌무더기를 감고 돌았다. 그들은 철쭉 뿌리에 감긴 돌멩이들을 하나하나 조심스럽게 들어냈다.

박 영감이 텐트 안에 가 있으라는 것을 듣지 않고 나는 인부들이 일하는 모습을 들여다보고 있었다. 박 영감의 말은, 비참한 아버지의 주검을 보면 마음만 아플 테니까, 차라리 안 보는 게 좋을 것 같다는 것이었으나 그럴 수는 없는 일이었다. 어머니의 말마따나 유해를 확인해 볼 필요도 있겠고, 또 자식 된 도리로 아버지 유해를 손으로 다루지 않는대서야 말이 안 되는 것이었다.

"박 검산 저쪽 나무 그늘에 쉬고 있으라니께 그랴!"

박 영감이 돌을 들어내며 말했다.

"저도 도와야겠어요!"

나는 박 영감의 말을 듣지 않고 그의 옆에 쭈그려 앉아서 돌을 들어내는 일을 도와주었다.

박 영감이 앉아 있는 쪽에서 구두 두 짝이 나왔다. 그것은 분명 아버지의 구두일 것이라고 생각했다.

그날 밤, 아버지가 박판돌에게 끌려가면서, 마루 위 신발장에서 구두를 꺼내 신은 모습이 얼핏 스쳐 갔다.

"저런⋯⋯."

지관 박 영감은 썩어 문드러진 구두 짝을 들어내다 말고, 나를 바라보며 혀를 찼다. 흙색이 되어 너덜너덜 썩어 버린 바짓가랑이의 천 위에 가는 전선줄이 감겨 있었다. 아버지를 죽일 때 다리를 묶었던 것으로 생각하면서 여러 겹으로 친친 동여맨 전선줄을 들어냈다. 전선줄을 들어내고,

너덜너덜 썩어 겨우 형태만 남은 바지의 천을 걷어 내자 색깔이 뿌연 **뼈**가 드러났다.

"참 신통하구먼! 관도 없이 가매장을 했는디도 이렇게 **뼈**가 깨끗헐 수가 있담!"

지관 박 영감은 **뼈** 위의 흙을 조심스럽게 긁어내며 감탄을 하는 투로 말했다.

"여기가 보통 자리가 아닌가벼! **뼈**가 왼통 흙빛으로 거무튀튀해 있을지 알았는디, 이렇게 뿌옇고 묵신허니 말여!"

그러나, 나는 박 영감이 나를 위로하기 위해 입에 침 바른 소리를 하는 것으로 생각했다.

박 영감은 우선 유골 주위를 깨끗하게 치우고 흙과 돌을 들어내도록 인부들에게 시켰다. 그런데 이 어찌 된 일인가. 흙과 돌멩이들을 들어내자 철쭉 뿌리가 여러 겹으로 유골을 친친 감고 있지 않겠는가. 거무튀튀한 철쭉 뿌리가 이리저리 꼬여 가며 뿌연 유골을 전선줄로 동여매 놓은 듯 감겨 있었던 것이다. 마치 수없이 많은 뱀이 뒤엉켜 있는 듯싶었다.

"허이, 이럴 수가!"

박 영감은 잠시 손을 멎고, 나를 바라보고만 있었다.

"결국 철쭉 뿌리들이 관 노릇을 해준 게로구만! 철쭉 뿌리가 아무리 길고 잘 엉킨다고는 하지만 이럴 수가……."

뿌리들은 돌멩이들을 비껴 흙더미를 뚫고 유해를 꽉 끌어안듯 여러 겹으로 친친 감겨 있었다.

박 영감은 인부들을 시켜 철쭉꽃잎들을 따서 땅에 깔게 하고, 보료처럼 깔아 놓은 꽃 더미 위에 다시 하얀 백지를 덮었다. 그러고 나서 조심스럽게 철쭉 뿌리들을 젖히고 뼈를 들어내는 것이었다. 철쭉 뿌리들이 뼈를 고스란히 보호하고 있었기 때문에, 거의 유실이 없었다.

"자, 먼첨 백지로 싸게!"

박 영감은 납염鑞染을 해놓은 것같이 거무칙칙한 두개골을 들어 내게 안겨 주었다. 나는 소심스럽게 두 손으로 받았다.

내 손 위에서 아버지의 표정이 꿈틀거리는 것 같았다.

"증말 다행헌 일이구먼! 즘생들의 해를 입지도 않고 고스란히 그대로 남아 있으니께 말여!"

박 영감은 뼈를 들어내면서 몇 번이고 감탄하는 것이었다. 인부들은 박 영감이 들어내 놓은 뼈를 나무 꼬챙이로 흙을 털고 다시 백지로 닦아냈다.

전선줄은 팔에도 감겨 있었다. 양팔을 뒤로해서 묶었을 것이다. 나는 힐끗 박판돌이 앉아 있던 바위 등걸 쪽을 돌아다보았다. 박판돌은 거기에 없었다. 일어서서 휘휘 둘러보아도 그는 보이지 않았다.

집에서 나올 때 어머니의 말을 상기하며, 아버지의 치아를 확인하기 위해 촉루髑髏를 들어 흙을 털어냈다. 치틀에서 흙을 털어내다가 뉘리끼리한 반짝임을 보았다. 그 순간 살아 있는 아버지를 대하는 듯한 울컥한 감정 때문에, 목이 뜨거웠다. 하늘을 올려다보았다.

"땅이 좋고, 이 철쭉나무 덕택에 이만큼이나 편하게 계신 것은 참 여간 다행한 일이 아녀!"

박 영감은 내가 촉루를 들고 마음의 동요를 일으키는 모습을 보며 말했다.

철쭉 뿌리에 감긴 유골들을 모두 들어내어, 꼬챙이로 흙을 후벼 낸 다음, 라면 상자 바닥에 백지를 두껍게 깔고 순서대로 차곡차곡 넣었다.

일을 다 끝내고 나서도 박 영감은 쭈그려 앉은 채 산세를 둘러보며, 지리산에 이만한 자리를 찾기도 어렵다고 했다.

"철쭉 뿌리가 상허지 않게, 다시 흙을 메우게……."

박 영감은 인부들에게 철쭉나무가 상하지 않도록 하라고 몇 번이고 당부했다. 나는 얼마나 고마운 철쭉나무였는지 모른다고 생각하면서, 애착 어린 눈으로 반짝이는 꽃잎들을 바라보았다.

"춘부장께서 복이 있기 땜시 이런 좋은 곳에 묻힌 게여! 이 화려한 꽃밭 속에서, 섬진강 물굽이를 내려다보며 얼마나 흐뭇한 마음이었겠나!"

나는 박 영감의 말을 들으며, 인부들이 메워 놓은 철쭉 뿌리의 흙더미를 두 발로 꽁꽁 밟아 주었다. 유난히 새빨간 그 철쭉꽃들은 햇빛 속에서 더욱 아름답게 빛났다.

텐트로 돌아와서 박판돌을 찾았으나, 그곳에도 없었다. 미스 현에게 물어보아도 모른다고 했다. 나는 인부들을 시켜 세석평전을 뒤져보라고 했으나 끝내 박판돌이를 찾지 못했다. 미리 산을 내려가 버린 것이 아닐까. 그러나 세석평전에서 노고단까지 내려가자면 하룻밤을 자야 하는데, 텐트도 없이 이런 무모한 짓을 할 것 같지가 않았다. 먹을 것도 텐트도 없이 산에서 내려간다는 것은 자살행위와 같은 것이기 때문이다. 뻔뻔스럽고 왁살스럽게도 생의 집착이 강한 그가 죄책감 때문에 자살한다는 것은 상상할 수도 없는 일인 것이다.

"혹시 가까운 대성동으로 내려간 기 아닐까 몰라. 대성동 쪽으로 간다믄 해지기 전에 신흥이나 칠불암꺼정 닿을 수 있을 테니게!"

박 영감도 걱정했다.

언제까지나 박판돌이를 찾고만 있을 수도 없는 터라 박 영감은 아버지의 유해를 어디에 안장하겠느냐고 물었다.

"내 생각 같아서는 일단 천왕봉까지 올라가 보는 것이 어떨까 싶구만. 돌아가는 도중에 좋은 자리가 있을지도 모르니께 말여! 내가 통천문 부근에 봐둔 자리도 있고……."

나도 박 영감의 말을 따르는 것이 좋을 것같이 생각되었다. 더욱이 아버지는 살아생전 천왕봉 한번 올라가 보는 것이 그렇게 소원이었다고 하지 않았던가. 죽은 유해나마 천왕봉에 모시고 올라가고 싶었다.

"일단 천왕봉까지 올라갑시다."

나는 아버지의 유해를 담은 라면 상자를 옆구리에 끼고 일어섰다.

아버지의 유해가 그렇게 가벼울 수가 없음이 허무한 생각뿐이었다. 한쪽 팔로 나를 끌어안던 육 척 장신의 그 아버지가 겨우 오른쪽 옆구리 안에 안기다니, 생각만 해도 마음이 언짢은 것은 고사하고 아버지의 유해를 모시고 천왕봉에 올라가고 있다는 사실조차도 구름 밟고 서 있는 듯한 허허로움에 온몸의 감각마저 마비되어 버린 것만 같았다.

아버지의 그 널찍한 등에 올라타고 엉덩방아를 찧고, 목에 두 발을 걸치고 무동 타기를 해도 끄덕 안 했던 아버지였다. 두 손으로 손가락 하나를 꺾지 못해 끙끙거렸던 일이며 둥덩둥 둥덩둥 사랑 놀음을 할 때 솔매 마을 앞산이 울리도록 장구를 치던 모습이며, 아버지 살아생전 모습들이 선하게 떠올랐다. 그 힘세던 아버지가 라면 상장 안에 초라하게 들어앉아 아들의 옆구리에 끼이다니, 나는 불현듯 인생의 허무함에, 지금껏 가슴 절절히 품어 왔던 온갖 욕망이며 원한들이 물거품처럼 흩어져 버리는 듯싶었다.

박 영감은 몇 번이고, 좋은 자리에 묻혀 다행한 일이라며 위로했지만 그런 그의 말은 하나도 귀에 머무르지 않았다.

"판돌이, 그 자식!"

나는 아버지의 유해를 끼고 천왕봉을 오르면서 이를 부드득 갈며, 박판돌이에 대한 복수의 불길을 지폈다. 조금 전 아버지의 팔다리에 묶인 전선줄을 들어내면서도 박판돌이에 대해 치솟는 감정에 부르르 손이 떨리기까지 했다.

"신선놀음하는 함 씨가 지금 있을까요?"

나는, 파란 하늘을 쑤셔대는 듯 우쭐우쭐 출렁여 보이는 천왕봉을 올려다보며 물었다.

"죽지 않았다면 아직 있겠재!"

"그 사람, 죽을 때까지 혼자 천왕봉에서 살겠대요?"

"그럴 게야……."

"혼자 저 높은 산정에서 죽기란 얼마나 외롭겠습니까?"

"외롭긴? 사자라는 짐승은 일부러 근처의 가장 높은 산정으로 올라가 죽는다는디…… 되려 천당에 가기도 가찹고 좋겠재!"

박 영감도 나를 따라 천왕봉을 올려다보며 말했다. 나는 문득, 천왕봉에 살고 있다는 함 씨 때문에, 오히려 지리산에 대한 생명감을 더욱 강하게 느끼고 있는 것인지도 모른다는 생각을 했다. 그래서,

"함 씨가 죽으면 누가 또 올라와서 살까요?"

하고 뚜벅 물었다.

"글쎄, 함 씨 자신이 죽어서도 한 천 년쯤 살 거라고 했으니께, 당분간 죽는 것이 아니겠재!"

"죽어서 오래 살기가 더 어려운 일이죠."

"그 사람 벌써 자기가 묻힐 자리를 봐두고 틈만 있으면 그곳에 가서 번듯하게 누워본다누먼! 그 사람 말이, 자기가 죽을 성부르면 미리 그리 가서

누워 숨을 거두었다는기야. 허기사, 그를 묻어 줄 사람도 없재만 말여!"

산정이 온통 화산이 솟는 그 순간처럼 벌겋게 낙조가 터질 무렵, 일행은 천왕봉에 올라섰다. 일행은 산정에 오르자, 그 자리에 선 채 몸을 돌려가며 빨갛게 물든 하늘 끝을 휘둘러보았다. 나는 아버지의 유해를 옆구리에 낀 채 심장의 뻐근함을 느끼며 깊게 숨을 들이마셨다. 그러면서 아버지, 여기가 바로 지리산 상상봉인 천왕봉입니다. 아버지가 살아생전 그리시던 천왕봉에 오셨습니다 하고, 마음속으로 말하고 있었다.

"해가 넘어가기 전에 볼 게 있어."

박 영감은 나를 끌고 산꼭대기의 바위로 갔다. 바위에 큰 글씨로 '天柱'라고 씌어 있었다. 그것이 바로 하늘을 떠받는 기둥이라는 것이었다. 그 바로 밑에 천왕상을 모시는 암자가 하나 있었다.

하늘에 오른 기분이었다.

발바닥에 야릇한 현기증을 느낄 만큼 마음이 붕 떠오른 듯싶었다. 미리 산상에 올라온 등산객들도 엄청난 자연의 경이로움에 말 한마디, 한 발걸음 옮기는 것까지도 자못 숙연해 보였다. 모두가 엄숙한 얼굴로 빨갛게 물든 하늘의 끝을 보고 있었다. 누구 하나 큰소리로 그 엄숙을 깨뜨리지 않았다.

신선이 된 기분이었다.

온몸에 습기가 쫙 빠지면서 육신은 마른 나뭇가지처럼 가벼워졌다. 조용조용 소리가 안 나게 텐트를 쳤다. 하늘을 향해 무릎을 꿇고 싶은 심정으로 목을 추슬러 서서히 어둠이 밀려오는 골짜기를 내려다보았다.

"나는 여기 올라올 때마다 이 세상에 다시 태어나는 기분이야. 예서 죽었다가 다시 태어나는 그런 기분 아무도 모를 게야!"

박 영감은 풀섶에 주저앉으며 조용조용하게 말했다. 그렇게 말하면서 나를 올려다보는 그의 얼굴에도 빨갛게 낙조가 깔려 있었다.

"전, 아버님 덕택에 좋은 구경을 하게 된 것 같습니다."

나는 옆구리의 라면 상자를 내려다보며 말했다.

"정말 그렇게 생각허나?"

박 영감의 물음에 고개를 끄덕이던 나는, 거대한 생명의 처절한 운명殞命을 보는 것 같은 느낌으로, 낙조가 꺼져가는 하늘을 보았다. 낙조가 가라앉자 순식간에 끈끈한 어둠이 꿈틀꿈틀 움직이며 산을 덮어오고 있었다. 거대한 자연의 깨어남과 죽음 앞에서 갑자기 현기증이 나는 외로움에 파묻혀 들어가는 듯한 느낌이었다. 차라리 눈을 감아 버리고 싶었다.

"참, 그 신선 같다는 사람은 어디 있습니까?"

박 영감에게 묻자, 박 영감은 그때 마치 혼몽한 꿈에서 깨어나는 사람처럼, 눈을 크게 뜨고 몸을 추스르며 풀섶에서 일어섰다.

"이쪽이야!"

박 영감을 따라, 아버지 유해를 꼭 낀 채 낙조와 어둠이 범벅된 속을 걸었다. 박 영감은 대피소를 향해 말없이 산정을 가로질렀다.

나는 어둠 속에서 함길만 씨를 만났다. 그는 아버지처럼 키가 헌칠하게 큰 사람이었다. 지관 박 영감은 나를 함 씨에게 인사 소개만 해주고, 천왕상을 모셔 놓은 암자에 갔다 오겠다면서 어둠 속으로 사라졌다. 나는 함 씨에게 이것저것 묻고 싶은 게 많았으나 좀처럼 입이 열리지 않았다.

램프 불에 비쳐 보이는 그의 얼굴에는 온통 수염뿐이었는데 두 눈이 램프불의 불빛보다 더 밝고 날카롭게 느껴졌다. 그는 산에 사는 사람답지 않게 숭글숭글해 보였다. 인사를 하자 그는 대뜸,

"죄 지은 사람은 이 산에 아무도 없을 텐데요! 검사님."

하고, 유난히 하얀 이를 드러내 놓고 웃으면서 좀 어눌한 말투로 말했다. 나는 함 씨의 첫마디가 농담인 것을 알고,

"전 죄 지은 사람을 잡으러 온 게 아니고, 천왕봉에 살고 있다는 신선의 얼굴을 보러 왔습니다."

하고 역시 농담조로 말했다.

우리는 대피소 앞의 바위에 걸터앉았다. 함 씨는 내가 물어보기 전에는 먼저 입을 열지 않았다. 그러나 일단 내가 한마디 말을 던지면, 그는 어눌한 말투로 물어보는 말의 5배나 되게 길고 재미있게 대답해 주었다.

"첨엔 나를 빨갱이로 색안경을 쓰고 봅디다. 미친 사람이 아니면 빨갱이임에 틀림없다는 그런 눈으로 말입니다. 왜 이런 곳에 혼자 와서 사느냐, 무섭지가 않느냐, 언제까지 살 테냐, 만난 사람마다 똑같은 말들을 물어 봅디다만 나는 그때마다 딱 한 마디로 대답을 하지요."

함 씨는, 왜 여기서 혼자 사느냐는 질문에 이렇게 어두를 꺼냈다.

"내가 여기, 해발 천구백십오 미터 천왕봉에 와서 살고 있는 건, 여기선 아무하고도 싸우지 않아도 되기 때문이죠. 그러니까 이곳으로 도망쳐 온 겁니다. 자신이 없기 때문이죠. 많은 사람 틈에서 살기란 서로 짓밟고, 시기하고, 미워하고, 죽이고, 모함하는 싸움의 계속인, 전 싸워 이길 자신이 없는 게죠. 싸워서 아무도 이길 자신이 없어요. 집사람, 아들놈한테까지 이길 자신이 없어요. 그러니까 아무하고도 싸울 필요가 없는 이곳에 와서 싸우지 않고도 이렇게 건강하게 잘살고 있습니다. 무섭지도 않아요. 나를 해칠 것이 없으니까요."

그는 점착력 있게 보이는 골짜기의 어둠을 내려다보며 말했다. 끈끈한

어둠의 점액들이 하늘까지 퉁겨 올라 시커멓게 먹칠을 하는 것만 같았다. 나는 아무런 느낌도 없이 함 씨를 따라 어둠 속을 쑤셔보았다. 옆구리에는 아직도 아버지의 유해가 든 라면 상자가 들려 있었는데, 함 씨는 그것에는 관심이 없는 듯 묻지 않았다.

"아까 검사님을 소개해 준 그 박 영감이 가끔 찾아와 주시죠. 그분이 나를 과장해서 소개들을 한답니다. 나는 이제 세상에 내려가서는 단 하루도 못 살 것만 같아요. 내가 이 산꼭대기에 와서 살게 된 지가 벌써 십 년째 되었습니다만, 그동안 딱 두 차례 집에 갔다가 겨우 하룻밤만 자고 되짚어 올라와 버렸답니다. 작년 여름에는, 고등학교에 다니는 아들놈이 올라와서 집으로 내려가자고 졸라대는 것을 호통을 쳐서 쫓아 버렸지요. 한때는 국회의원에 출마도 해본 적이 있는 허세 부리기 좋아하고, 지금 생각하면 죄다 부질없는 일이었죠. 정말 바늘구멍으로 하늘 보기로, 그렇게 꽉 막힌 인생이었답니다."

그가 이야기하는 도중 그에게 담배를 권했지만 거절했다. 피우지 않는다는 것이었다. 나는 가지런히 세운 무릎 위에 아버지의 유해를 올려놓고 담배를 피워 물었다. 끈끈한 어둠 속으로 투투 연기를 뿜어냈다.

"지금까지 나 자신이 다른 사람들보다 조금도 더 깨끗하다는 생각을 해본 적이 없어요. 사실 나는 아주 무기력한 얼간이랍니다. 제 몸 하나 외에는 아무도 다스릴 수 없으니까요. 누구인가 이곳에 올라와서 나와 같이 있게 된다면 나는 곧 그 사람을 미워하게 될지도 모를 겁니다. 그러니까 나는 혼자 살면서 혼자밖에 책임질 줄 모르는 사람이죠."

그는 처음 만난 내게 긴 이야기를 했다. 그의 이야기를 듣는 순간 나는 자꾸만 담배를 피워 물었다. 그의 이야기를 듣고 나니 괜히 가슴에 꽉 차오르는 암울한 생각들로 머리가 혼몽해진 것이었다. 괜히 그를 만났구나 싶은 생각이 들기도 했다. 아직 세상 물정도 잘 모르는 신출내기 검사인 나로서는 세상을 다 알고 살아가는 것 같은 함 씨의 이야기가 그렇게 큰 부담으로 안겨 올 수가 없었다. 나는 몇 번이고 일어나 텐트로 가고 싶었지만 마음대로 몸을 움직일 수가 없었다. 나는 암자에 내려간 박 영감이 돌아오기만을 기다렸다. 마치 중학교 때 늙은 도덕 선생의 이야기를 듣고 난 뒤처럼 입맛이 떫었다. 곰곰이 따져 보면 잘못한 것이 하나도 없으면서도 어쩐지 마음이 켕기는 그런 기분이었다.

"욕심을 부린다거나, 누구를 미워한다거나 하는 것 말입니다."

한동안 어둠 속의 움직임을 자세히 관찰하듯 들여다보고 있던 함 씨는 다시 나직하게 입을 열었다.

"한세상, 백 년을 다 살아도 삼만 육천 오백 일밖에 안 됩니다. 그 짧은 동안을 짓밟고, 모함하고, 미워하며 살아갈 필요가 없을 것 같아요."

함 씨는 어둠 속에서 나를 돌아보았다.

"그런데 내게는 아직도 의문이 많습니다."

함 씨는 버릇처럼 웅크리고 두 무릎 사이에 손을 넣어 싹싹 손바닥을 비비며 이야기를 계속했다.

"가장 높은 곳에 살고 있으면서도 내 몸은 세상에서 가장 낮은 곳에 있는 것같이 무기력하고, 내 생각은 가장 밑바닥에서 헤어나지 못한 것 같단 말입니다. 나는 가끔 이 많은 의문을 감당할 수가 없어서 하늘을 향해 물어보곤 합니다. 밤에 아무도 없는 산상에서 검은 하늘을 향해 많은 의문을 풀기 위해 물어봅니다. 때때로 하늘은 내게 대답을 해줍니다. 그러나 자세히 헤아리려 보면 그 말은, 의문에 대한 대답은 내 마음속에서 울려

나온 것이라는 것을 알게 됩니다. 결국 내가 묻는 말에 내 양심이 대답을 해주더군요. 욕심을 버리고 두려워 마라, 너는 곧 한 줌 흙이며 바람이요, 구름인 것이다. 나는 이런 대답을 듣고 나서는, 다시 하늘을 향해 물어본 뒤 조용히 귀를 기울입니다. 그러면 바람과 구름과 나무들이 대답을 해주기도 합니다."

그는 긴 이야기를 하고 나서 일어섰다. 그가 일어섰을 때 암자에 내려 갔던 박 영감이 올라왔다.

나는 박 영감과 함께 텐트로 돌아왔다. 텐트에 돌아와 보니 박판돌이가 와 있었다. 나는 그에게 아무 말도 묻지 않았다. 혼몽해진 머릿속에는 바람 소리만이 가득 들어왔다. 옆에서 박 영감이 무슨 말인가 걸어왔지만, 나는 담배 연기만 숭숭 내뿜고 있었다. 혼몽해진 머리를 정리하기 위해 텐트 밖으로 나왔다. 그러나 밖은 나의 머릿속보다 더 어둡고 치밀하게 섬유 직물처럼 꽉 짜여 있었다. 송곳 하나 박을 틈도 없이 단단한 어둠 속을 쑤셔 본 나는 문득, 잠시 죽었던 아버지가 지리산에서 영원히 살게 될지도 모른다는 생각과 함께, 어둠에 묻힌 나무와 바위, 섬진강 쪽에서 등성이를 훑고 올라온 깔깔한 밤바람까지도, 아버지의 생명의 일부일 것이라고 뼈근하게 느껴지는 것이었다. 어려서 어머니와 함께 광주로 도망쳐 나갈 때 그렇게 무섭게만 생각됐던 지리산이, 오히려 어머니의 품처럼 포근하게 느껴졌다. 그 어둠의 단단함이며, 덩치 큰의 모두가 아버지의 육신으로만 여겨지면서 갑자기 하늘에 대고 말을 하고 싶은 충동을 느꼈다. 함 씨 말마따나 무슨 말이고 물어보기만 하면, 하늘은 곧 친절하게 대답을 해줄 것만 같았다.

나는 해발 1,915m의 지리산 정상 어둠 속에, 머리를 깡그리 쥐어뜯기고 난 기분으로 앉아서, 덩치 크고 의연한 지리산에 비해 자신은 한갓 연못이나 개천에 떠 사는 소금쟁이거나, 산짐승에 붙어 피를 빨아먹는 산거머리와 같다는 생각을 했다.

어둠의 점액질이 끈끈해질수록 자신의 존재가 더욱 먼지처럼 작아지는 듯싶었다.

나는 문득, 이 세상의 온갖 밝은 빛을 모두 빨아 마셔 버렸다가, 다시 추운 겨울날의 입김처럼 어둠을 토해내고, 그런가 하면 또 어둠을 빨아들였다가 밝은 빛을 토해내는, 마치 사람이 숨 쉬듯 밝음과 어둠을 어김없이 번갈아 빨아들였다가 토해내곤 하는, 지리산보다 몇천 배 몇만 배 덩치 큰 존재에 대해 경외로움을 느꼈다.

"세석평전에서 그냥 내려가 버리려다가, 꼭 전해 드릴 말이 있어서 뒤따라 올라왔구만요."

어느 사이엔가 박판돌이가 내 옆에 바짝 쪼그리고 앉으며 차분하게 가라앉은 목소리로 입을 열었다.

"내게 할 말이 있다구요?"

나는 계곡에 넘치는 어둠을 내려다보며 짜증스럽게 쏘아 붙였다.

"어르신께서…… 세석평전에서 저한테 마지막 하신 말씀이 있습니다요."

"아버지가 판돌 씨에게요?"

나는 어둠 속에서 서서히 시선을 회수하여 고개를 돌리며 물총 쏘듯 다급하게 물었다.

"차마 이런 말씀은 안 할려고 했습니다마는, 갑자기 생각이 달려져서…… 산에 올라와 보니께 마음이 강해지는구만요."

나는 박판돌 쪽으로 고개를 돌린 채 그의 다음 말을 기다렸다. 나는 마음속으로 이제야 그가 아버지를 죽인 사실을 고백하려나 보구나하고 낚시바늘처럼 휘움하게 갈고리 진 마음을 바짝 죄었다.

"어르신께서 저한테 잘못했으니 용서해 달라고 허셨구만요."

판돌이의 그 같은 말에 나는 벌떡 일어나서, 발길로 걷어찰 기세로 어둠을 뚫고 무섭게 그를 내려다보았다.

"시방 한 말은 죄다 참말입니다요. 지리산 산신령한테 맹세합니다요. 그때 어르신은 눈물을 흘리시고 저한테 용서를 빌면서 살려 달라고 허셨구만요."

나는 순간 판돌이의 멱살을 움켜쥐었다. 멱살을 잡힌 박판돌은 숨쉬기가 답답한지 캑캑 여우 기침을 연신 토해낼 뿐, 내가 하는 대로 저항하지 않고 가만히 있었다. 나는 그를 죽이고 싶었다.

"어르신께서 왜 하찮은 머슴놈한테 용서해 달라고 빌었는지, 그 이유를 알고 싶지 않으신가요?"

박판돌은 멱살을 잡힌 채 꺽꺽 목소리를 꺾으면서 말을 계속했다. 그의 말에 나는 팔의 힘이 빠졌다. 나는 그의 멱살을 놓고 말았다.

"도련님은 춘부장님의 뼈를 찾았으니 다행이시겠지만, 이놈은 아직 제 아버지 뼈가 어디에 있는지도 모릅니다요."

그는 목의 힘살을 푸느라 손으로 목덜미를 만지작거리면서 푸념처럼 말했다.

"도대체 무슨 말을 하는 거요?"

나는 약간 목소리를 누그러뜨리며 물었다. 기실 나는 씀벅씀벅 내뱉는 그의 말에 두려움과 호기심을 함께 느끼고 있었다.

"웬수놈의 족보 때문이었지요."

"족보라니?"

"제 아버님이 못난 탓에…… 도련님, 혹시 우리 아버님 이야기 못 들으셨겠지요? 마님께서 제 부모님 이야기 안 허시든가요?"

나는 그의 물음에 잠자코 있었다. 나는 어머니로부터 박판돌의 집안 내력에 대해서 들은 바가 별로 없었기 때문에 할 말이 없었던 거였다.

"말씀을 안 허셨겠지요, 아마 말씀을 허셨다면 도련님이 고향에 안 오셨을지도 모르지요."

나는 점점 그의 말을 이해할 수가 없어, 마치 숨을 들이쉴 때마다 어둠의 점액질이 콧구멍을 타고 목 속에 들어와 허파와 염통, 창자를 꽉 채우고 있는 듯하여 답답했다. 혈관 속에도 붉은 피 대신 어둠만이 가득 들어 있어 어둠돌기를 하고 있는 듯한 느낌이었다.

"제 할아버지와 할머니는 도련님댁 종이었답니다. 늙어서 죽게 될 때가 가까워져서야 늘그막에 낳은 어린 아들 하나를 달고 두 늙은이가 종 문서를 받아 쫓겨나듯 풀려났더랍니다. 할아버지는 숨을 거두면서 어린 아들한테, 종 문서를 내주면서 다시 솔매 마을 박 참봉댁으로 들어가라고 했답니다. 도련님 할아버님이 바로 박 참봉 어른이셨지요."

"이보시오, 한껏 종에서 풀려났는데, 종 문서를 자식한테 주면서 다시 들어가라고 하다니!"

나는 박판돌의 말이 이치에 맞지 않은 점을 발견하고 그렇게 따지듯 말했다.

"그러니게, 족보 때문이었다니께요. 할아버지는 어린 아들한테 종 문서를 주면서, 천한 사람이 종 문서만 갖고 있으면 뭘 허느냐는 것이었답니다. 면천을 하려면 종 문서보다 족보가 있어야 한다고 했답니다. 족보가 없는 사람은 뿌리 없는 나무와 같아서 면천을 할 수가 없으니, 박 참봉 댁에 들어가서 종 문서를 돌려주고, 죽으라면 죽는 시늉을 해서라도 족보에 이름 석 자를 올려주도록 하라는 것이었답니다요."

"아니, 이보시오. 천한 종의 자식을 우리 박씨 족보에 올려요?"

나는 갑자기 창자가 뒤틀려 비아냥거리는 말투로 쏘아붙였다.

"가까운 혈족으로야 올릴 수는 없겠지요. 그러나 그때는 근거 없이 떠돌아 댕기는 사람이 돈을 듬뿍 주고 족보에 이름을 올린 경우가 많았답니다. 전혀 불가능한 것은 아니었구만요. 예나 지금이나 사람이 하는 일인디 안 될 일이 있었겠어요? 할아버지 유언대로, 할머니마저 죽고, 혈혈단신이 된 제 아버님은 종 문서를 갖고 도련님댁으로 찾아가서, 참봉 어른을 뵙고, 늙어 죽을 때까지 머슴을 살아 줄 테니 먼 혈족으로 족보에 이름 석 자만 올려 달라고 울면서 하소연을 했는데, 참봉 어른이 어린 것을 기특하게 보셨는지 선뜻 승낙을 해주셨답니다."

"그래서 판돌 씨 아버지가 우리 집안 족보에 올랐단 이거요?"

"아니지요. 족보에 올랐다면야 모든 일이 이렇게 홀맺히지는 않았지요."

그러면서 박판돌은 처음으로 깊은 한숨을 토해냈다. 나는 그를 만난 이후 처음으로 그의 한숨을 들었다.

박판돌은 맷돌질하듯 끙끙 한숨을 삼키며 그의 아버지의 긴 이야기를 계속했다.

판돌이 아버지 박쇠는 박 참봉이 그를 족보에 올려준다는 말을 찰떡같이 믿고 뼈가 휘도록 죽을 둥 살 둥 일을 했다. 그는 고단한 줄을 몰랐다. 하루하루가 마냥 즐겁기만 했다. 그는 산에 나무를 하러 갈 때는 자신도 모르게 신이 나서, 나뭇짐을 묶는 지게에 달린 긴 띠구리로 빈 지게가 움직이지 못하게 몸을 친친 감아 죄고는 빙글빙글 돌고 막대기로 지게 목발을 두드리며 초군가를 목청껏 뽑았다. 그는 마을에서 어른들이 매굿을 칠 때처럼 장구잡이 흉내를 냈다. 그의 꿈은 족보에 그의 이름 석 자가 오르는 것과, 커서 농악대의 이름난 설장구잡이가 되는 것이었다. 장구채 대신 소나무 막대기로 지게 목발을 두드리며 휘모리가락으로 빙글빙글 돌고 나면, 지리산에 칼바람 몰아치는 한겨울에도 땀벌창이 되어 추운 것도 잊었다.

박쇠가 컬컬하게 목소리가 변하고 쫑긋쫑긋 불거웃이 돋아날 무렵, 그보다 두 살 위인 박 참봉의 아들이 지리산으로 사냥을 하러 가면서 그를 데리고 다녔다.

박 참봉의 아들은 참봉인 그의 아버지를 닮아 키도 크고 콧대도 왕시루봉처럼 높았으며, 젊은 나이에 불질을 잘하여 포수로 이름이 나 있었으며, 지리산으로 사냥을 가지 않을 때는 사랑방에 인근의 소리꾼들을 불러다 북장구 뚱땅거리며 사랑놀이를 했다.

박쇠는 그의 불질보다 장구 치는 솜씨를 늘 부러워했기 때문에, 그가 사냥질을 하러 가자고 했을 때도 그를 따라다니며 불질을 배울 생각은 추호도 없었다. 박쇠는 되레 그에게서 장구잡이 놀이를 배우고 싶었다.

그들은 가까운 피아골이나 더 깊숙한 벽소령 골짜기까지 사냥을 나가곤 했는데 보통 한번 나가면 사나흘이나 길면 대엿새 만에야 돌아오고 했다.

지리산이 온통 허옇게 눈에 덮일 때는 읍에 사는 유명한 곰 사냥꾼인 강 포수를 따라가기도 했다. 강 포수를 따라서 곰 사냥을 나갈 때는, 곰에게 쉽게 발견되지 않게 온몸을 흰 무명천으로 감아 두 눈만 뽀곰히 내놓고 눈 속에서 헤매기도 했다.

박쇠의 나이 스물여섯 살이 되던 해 늦봄, 지리산 골짜기마다 철쭉이며, 자귀나무꽃, 흰작살나무꽃, 분홍색 산작약꽃이 덩이덩이 어우러져 필 무렵, 박 참봉은 그를 열아홉 살의 부엌데기 넙순이한테 장가를 보내주었다.

박쇠와 같이 피붙이가 없는 넙순이는 양푼처럼 얼굴이 넙데데하고, 키도 깡통한데다가 허리통이 절구통처럼 투박했지만, 마음 씀씀이는 윤기가 자르르한 명주실처럼 자상하고 고왔다.

장가든 그해 정월에 박 참봉네 마당에서 매굿을 칠 때, 박쇠가 자진해서 처음으로 장구잡이가 되었는데, 경중거리며 덩그덩덩그덩 어찌나 구성지게 잘 쳤던지 솔매 마을 사람들이 혀를 내둘렀고, 아낙들은 오줌을 질금거릴 정도였다고 했다. 마을 사람들은 박쇠의 장구 치는 솜씨가 솔매골 안에서는 제일 낫다고 칭찬이 자자했다.

장구잡이로 솔매 마을에서 이름을 날린 데다가, 장가들어 떡두꺼비 같은 아들까지 얻게 되자 덩치 큰 지리산을 두 팔로 뻐근하게 안고 일어서고 싶은 오달진 마음에, 세상에서 아무것도 부러울 게 없었다.

아버지 말대로 그의 이름이 족보에만 오르게 된다면 더 바랄 것이 없었다.

사랑채 두엄자리 옆의 살구꽃이 횃불처럼 터질 무렵 참봉 아들은 사나흘 계획으로 멧돼지 사냥을 하러 가자고 했다. 박쇠는 장가를 들고 아들까지 얻은 뒤부터는 단 하루도 집을 비우고 싶은 생각이 없었지만, 상전의 말을 거역할 수가 없는지라 걸레를 씹는 심정으로 나흘 동안 그들이 먹을 식량이며 취사도구들, 덮고 잘 가벼운 이불을 짊어지고 참봉 아들의 뒤를 따랐다.

그는 참봉 아들의 뒤를 따라가면서 하늘을 봐도, 산천을 둘러봐도 찔레꽃 같은 아들놈 얼굴이 눈앞에 선하게 밟혀와 자꾸만 발걸음이 무거워졌다.

느지거니 아침을 먹고 집에서 나온 그들은 연곡사에서 첫날밤을 묵을 생각으로 피아골 쪽으로 들어갔다.

그들은 연곡사 골짜기 첫 들머리에 거뭇거뭇 산그늘이 우쭐거리는, 석양이 가까워서야 촬촬촬 맑은 물이 넉넉하게 흐르는 계곡에서 솥을 걸고 점심 겸 저녁을 지어 먹었다. 그런데 참봉 아들의 숟가락이 때격 부러지고 만 것이었다. 사냥길 떠나는 아침에 치맛자락만 보아도 재수에 옴 붙었다 하고 돌아서 버리는 판에, 사냥터에서 밥을 먹다가 숟가락이 동강났으니 더 말해서 무엇 하랴.

동강 난 숟가락을 홱 내던지며 박쇠를 향해 괜히 욕을 퍼부은 참봉 아들은 당장 집으로 돌아가자고 다그쳤다.

박쇠는 마치 자기 때문에 숟가락이 부러지기라도 한 것처럼 고개를 제대로 쳐들지도 못하고 짐을 챙겨, 팩팩 성깔을 돋우는 참봉 아들을 따라 수걱수걱 다시 집으로 돌아왔다.

그들이 솔매 마을에 돌아왔을 때는 한밤중이 되어서였다. 3월 보름날이라, 달빛이 대낮처럼 밝았다.

박쇠는 달빛이 옥양목처럼 깔린 솔매 마을 고샅으로 들어오면서, 참봉 아들의 숟가락이 부러진 것이 열 번이라도 잘된 일이라고 생각했다. 이것은 필시 지리산 산신령께서 그가 집에 두고 온 처자식을 간절하게 그리는 것을 헤아림하고, 그런 그를 가상히 여겨 참봉 아들의 숟가락을 부러뜨린 것이 틀림없으리라 믿었다.

박쇠는 마누라를 놀라게 해주려고 담을 넘어가 대문을 딴 뒤, 소리 안 나게 살금살금 행랑채 문간방으로 다가갔다. 지게를 받쳐 두고, 휘영청

밝은 달빛이 비스듬히 비쳐 내리는 방문을 조용히 잡아당겼다. 방문이 열리자 흰 수국꽃다발 같은 달빛이 한 묶음 방안으로 던져지면서 마누라 넙순이 외에 분명히 또 한 사람의 덩치 큰 모습이 도끼날처럼 무섭게 가슴에 찍혀 왔다. 남자였다. 박쇠가 성난 부사리처럼 우르르 방안으로 뛰어들어가자, 한 덩이가 되어 있던 두 사람이 화들짝 놀라며 떨어졌다. 박쇠의 눈에 번갯불이 튀기면서 욱하고 온몸의 피가 거꾸로 솟구쳤다. 넙순이는 달달 떨면서 엉겁결에 풀어 헤쳐진 말기 끈을 뚤뚤 감았고, 사내는 다급하게 고의춤을 끌어 올렸다.

박쇠는 방문 밖에 받쳐 둔 지게에서 낫을 찾아 들고 다시 방으로 뛰어들어 으흥흥, 지리산의 새벽 호랑이처럼 울부짖었다. 이미 그의 눈에는 아무것도 보이지 않았다. 그는 낫을 휘두르다가 사내를 향해 힘껏 내리쳤다. 낫은 바들바들 떨며 순식간에 사내를 가로막아 선 넙순이의 팔에 맞았다. 넙순이가 까르르 비명을 질렀으며 넙순이 뒤에 몸을 숨긴 사내는 후드득 방에서 뛰쳐나갔다. 박쇠는 낫을 든 채 넋을 잃고 우두커니 서 있었다.

안채에서 참봉 아들 내외와, 오랫동안 식객 노릇을 하고 있던 참봉 아들의 사촌 처남뻘이 되는 조 서방이 행랑채로 등불을 밝혀 들고 뛰어나왔다. 그들은 등불로 방안을 비춰 보며 겁에 질려 주춤거렸다. 박쇠보다 나이가 열 살이나 위인 조 서방이 뛰어 들어와 옷을 찢어 넙순이의 상처에 지혈을 시키느라고 잘린 팔 위를 묶고, 그때까지도 우두커니 달빛이 도배질하듯 비스듬히 깔린 벽을 향해 서 있는 박쇠의 손에서 낫을 빼앗았다.

넙순이의 오른팔이 팔꿈치 아래로 잘려 버렸다. 조 서방은 박쇠한테 낫을 빼앗아 두엄자리 쪽으로 던져 버린 뒤, 된장을 가져오게 하여 넙순이의 상처에 발랐다.

박쇠는 다듬잇돌이 놓여 있는 윗목을 향해 바위처럼 앉아서, 날이 훤하게 밝아올 때까지 말 한마디 없었다.

넙순이는 새벽녘에야 정신이 깨어났다. 그녀는 상처의 아픔도 잊고, 쿨쿨쿨 봇물 터지는 듯한 소리를 내고 울면서, 벽을 향해 돌아앉아 있는 남편에게 그녀가 그동안 숨겨 온 일들을 울음 속에 섞어 속 시원히 까발렸다. 그녀는 상처의 아픔보다 남편을 숨겨 온 아픔을 더 참을 수 없는 듯 말을 할 때마다 힘주어 꽁꽁 말끝을 짓이겼다.

넙순이를 덮친 것은 박 참봉이었다. 참봉은 그녀가 박쇠한테 시집을 오기 전부터 여러 차례 그녀의 몸을 범했었다고 했다. 넙순이가 박쇠와 혼인을 한 뒤, 박쇠가 참봉 아들을 따라 사냥을 떠나 집을 비우게 될 때마다 박 참봉은 밤이면 어김없이 행랑채 문간방에 숨어들어오곤 했단다. 그래서 그녀는 하루라도 박 참봉의 올가미에서 빠져나가기 위해, 그까짓 족보 없으면 못 살 게 뭐냐면서 한사코 참봉댁에서 나가 지리산 속에서 화전이라도 일구며 살자고 남편을 졸라 왔다고 했다. 넙순이가 그런 말을 할 때마다 아무것도 모르는 박쇠는, '사람이 목구멍에 묵을 것만 넘기고 살면 짐생과 다를 것이 뭐여. 푸나무도 다 뿌리가 있는 벱인듸 항차 사람이 이 세상에 나와서 근본을 못 찾으면 사나 마나여. 나는 어쩌든지 참봉어른 눈에 쏙 들어서 내 이름 석 자가 버젓하게 족보에 오르게 힐 거여. 그래야만 내가 세상에 생겨난 보람을 허는 거여' 하면서 밉지 않게 마누라를 나무라곤 했었다.

넙순이가 울면서 토해낸 피맺힌 이야기를 듣고 난 박쇠는 여전히 벽을 향해 돌아앉은 채 두 손으로 자기의 머리를 우두둑우두둑 쥐어뜯으며 소리 안 나게 꿍꿍대고 울부짖는 것이었다.

날이 밝자, 그는 넙순이의 잘린 팔을 헌 옷에 둘둘 말아 들고 집을 나섰다. 그는 왕시루봉이 마주 보이는 솔매 마을 뒤, 각시바위 옆에 넙순이의 잘린 팔을 묻고 돌아와, 방안에 붙박여 이를 갈며 끙끙 앓았다.

밤이 되자, 박쇠는 낫을 허리춤에 낀 채 박 참봉이 기거하는 사랑채 큰 마루 앞을 베돌며, 박 참봉이 나타나기만을 여수고 있었다. 그는 족보고 뭐고 박 참봉을 죽이고 자신도 죽고만 싶었다.

이튿날 아침, 앓고 누워있는 넙순이 옆에서 맷돌질하듯 이를 갈고 있는 박쇠를 조 서방이 데리고 나갔다. 조 서방은 박쇠를 박 참봉이 기거하는 큰사랑으로 데리고 들어갔다.

큰사랑에는 박 참봉이 언제나처럼 발그레한 얼굴로 앉아 있었다. 그를 본 박쇠의 손에 힘이 불끈 솟으면서 목구멍이 꽉 메어왔다.

조 서방이 쇠말뚝처럼 서 있는 박쇠를 박 참봉 앞에 앉도록 했다. 박쇠가 사냥질할 때 설맞은 멧돼지한테 접근하듯 목에 힘을 주고 두 눈을 부릅뜨며 참봉 앞에 앉자 참봉이 문갑의 서랍에서 먹글씨가 씌어 있는 부엌에서 칼질할 때 받치는 도마 토막만 한 종이 두 장을 꺼내 박쇠 앞에 내밀었는데, 한 장은 누렇게 색깔이 바래고 희치희치 닳은 것이었고, 다른 하는 옥양목처럼 희고 깨끗한 것이었다. 박쇠는 얼추 두 장의 종이를 보고 누렇게 다 바랜 종이는 바로 그가 어렸을 때 그의 아버지가 내준 아버지의 종 문서라는 것을 알 수가 있었다.

"하나는 네 애비 종 문서고, 또 하는 족보에 오를 너와 네 아들놈의 이름이니라."

박 참봉은 불콰하게 술기운이 오른 것처럼 발그레한 얼굴에 알 수 없는 웃음을 슬며시 머금어 보이며 말했다.

"이 사람아, 족보에 올릴 자네 부자 이름이라고 허시잖는가!"

옆에 있던 조 서방이 팔꿈치로 옆구리를 찔벅거리며 대신 흰 종이를 집어 쑥떡 뭉쳐 놓은 표정으로 앉아 있는 박쇠 앞에 들이댔다.

"자네 이름이 쇠 철자에 소리 성이니 박철성이고, 자네 아들놈이 판단할 판자에 돌 돌이니 박판돌일세."

조 서방의 말에 박쇠는 떨리는 손으로 그들 부자의 이름이 씌어 있는 백지를 받아 들고 눈을 껌벅거리며 뚫어지게 들여다보다가는, 방바닥에 내려놓았다. 그의 눈에서 닭똥 같은 눈물이 백지의 먹글씨 위에 뚝뚝 떨어지자, 그는 눈물 때문에 글씨에 어롱이 생길까 봐, 때 묻은 소맷자락으로 종이에 묻은 눈물을 꾹꾹 찍어냈다.

"올가을에 맨드는 대동보에 실릴 네 부자 이름이니라. 처음엔 네 놈만 올리려다가 네 아들놈까지 올려주기로 작정했으니 그리 알어라. 자, 종문서하고 이름 지은 것허고 갖고 가거라. 이것으로 우리덜 지난 일들을 잊어뿔자."

그러면서 박 참봉은 넙순이를 읍내 의원한테 데리고 다니며 치료를 하라고 돈까지 주었다.

박쇠는 쏟아지는 눈물을 주체하지 못하면서, 조 서방이 다그치는 대로 종 문서와 그들 부자의 이름이 적힌 종이, 넙순이 치료비를 받아들고 몇 번이나 허리를 굽적거리며 큰 사랑에서 나왔다.

박쇠는 하염없이 눈물이 쏟아졌다. 그는 행랑채 넙순이가 앓아누워있는 그들 방에 돌아와서도 방바닥에 그들 부자 이름을 적은 종이와 아버지의 종 문서를 펴놓고 가슴에 오랫동안 홀맺힌 한을 풀 듯 쿠루루루 쿠루루루 한숨까지 섞으며 온몸을 쥐어짜듯 울고 또 울었다.

그는 눈물이 범벅된 얼굴로, 너덜너덜한 천장을 쳐다보고 누워서 찔레꽃 같은 얼굴로 벙싯벙싯 배냇짓을 하는 아들놈을 가깝게 들여다보면서,

"이놈아, 네 에미 덕분에 네놈까지 애비하고 나란히 족보에 오르게 되었어! 애비 이름은 박철성이고 네놈 이름은 박판돌이여! 박판돌 이놈아!"

하고 말하다가는 다시 얼굴을 돌리고 어깨를 심하게 출렁이며 울었다.

넙순이도 함께 울었다.

"아가, 아부지 말 들었쟈. 네놈 이름이 박판돌이란다. 아가, 네놈 이름 석 자 얻을라고 이 에미 간장이 을매나 매지매지 녹았는지 아남!"

그러면서 넙순이는 성한 왼손으로 갓난아기 판돌이의 고막막한 손을 으스러지도록 꼭 쥐었다.

이튿날부터 박쇠는 넙순이를 구례 읍내 위원에 데리고 다니면서 낫에 잘린 팔을 치료했다.

이틀째 의원한테 갔다 오면서, 그녀는 의원한테는 그만 다니고 남은 돈으로 검정 고무신이나 한 켤레 사 신으라고 했다가 남편한테 크게 한소리를 들었다.

"소갈머리 없는 여편네야. 여편네 팔아서 고무신을 사 신어? 내가 사랑놀이를 하는 한량도 아닌디 고무신은 무슨 얼어 죽을 고무신, 나헌테는 털메기가 편혀. 맨발로 댕겨도 좋으니께 이녁 팔이나 낫았으며 쓰겄어!"

박쇠의 그 말에 넙순이는,

"그래도 이 세상에 참봉 어르신만 한 분이 없어요. 참봉 어르신이 아니었으면 우리 팔자에 의원 출입이라니 말이나 돼유!"

하면서 시울이 크렁하게 젖은 얼굴로 남편을 보았다. 박쇠는 잠자코 지리산을 바라보면서 걸었다.

넙순이의 뭉뚝하게 잘린 팔의 상처가 간질간질 아물기 시작할 무렵, 박 참봉 아들은 또 사냥을 하러 가자고 했다.

사냥을 떠나던 날 새벽 박쇠는 넙순이한테, 늘 품속에 넣어 다니던 아버지의 종 문서와, 족보에 오를 부자 이름이 적힌 종이를 내어 주며,

"가을에 족보를 만든다니께, 그때꺼정만 죽은드끼 참드라고! 족보에 이름만 오르면 이 집에서 나가 지리산으로 들어가서 화전이나 부치고 살 작정이니께."

하고 말했다.

그러나, 뱀이 산다는 벽소령 깊은 골짜기로 참봉 아들을 따라 멧돼지 사냥을 나간 박쇠는 영영 돌아오지 않았다. 사냥을 떠난 나흘 만에 참봉 아들 혼자만이 죄지은 사람처럼 온몸에 물기가 좍 빠져 버린 걸음걸이로 돌아왔다. 박 참봉 아들의 이야기로는 박쇠가 설맞은 멧돼지한테 덤벼들었다가 멱통을 물려 죽었다고 하면서, 자기도 박쇠를 구하려고 했다가 하마터면 저세상 사람이 될 뻔했다고 그 순간의 기억을 떠올리고 싶지 않은 듯 썰레썰레 고개를 흔들었다.

참봉 아들의 이야기를 들은 박쇠 아내는 처음에 벼락 맞은 사람처럼 얼굴이 참나무숯 색깔로 변하면서 까무러치더니, 이내 정신을 수습하고는, 죽은 남편의 시신이라도 찾아오겠으니 변을 당한 곳까지 안내해 달라면서 성한 왼팔로 참봉 아들의 바짓가랑이를 붙들어 잡고 늘어졌다. 그러나 참봉 아들은 그런 박쇠 아내의 요구를 거절했다. 처음에는 자기가 죽은 박쇠의 시신을 잘 수습하여 묻어주었다고 했다가, 박쇠의 아내가 그렇다면 남편의 무덤이 어디에 있는지 알려 달라고 하자, 참봉 아들은 어물어물하고 말았으며, 박쇠의 아내가 땅바닥에 굼벵이처럼 데굴데굴 구르며

떼를 쓰듯 해서야 그는 또 실은 자기도 박쇠의 시신이 어디에 있는지 찾지 못했노라면서 어물어물해 버렸다.

박쇠 아내는 참봉 아들한테, 그렇다면 설맞은 멧돼지를 만난 곳이 벽소령 골짜기 어디쯤이 되냐고 다시 울면서 물었다. 참봉 아들 말로는, 처음에 그들이 멧돼지를 만난 곳은 벽소령 골짜기 첫 들머리 숯막 아래였었는데, 불질하여 설맞은 멧돼지가 숯막 위 참나무숲으로 도망치기에 신령바위 근처까지 뒤쫓아 갔으나, 설맞은 멧돼지도 뒤쫓던 박쇠도 흔적조차 찾아볼 수가 없었다고 했다.

참봉 아들의 이야기를 들은 박쇠 아내는 두렁치마에 모숨이 굵은 털메기를 끄집고 성한 왼팔 휘저으며 그 길로 벽소령 골짜기로 남편을 찾아가겠다고 대문을 박차고 나갔다. 해 짧은 겨울의 저녁나절 산그림자가 거뭇거뭇 왕시루봉 허리를 감고 있어, 동구 밖 바람 모퉁이를 돌아가기도 전에 해가 뚝 떨어질 듯싶은 어스름에, 혼자서 외팔 휘저으며 지리산으로 들어가겠다는 것을 본 솔매 마을 사람들이 그녀를 꽉 붙들어 잡았다.

마을 사람들한테 제지를 당한 그녀는 다시 질척질척 눈 녹은 고샅에 퍽 신하게 발을 뻗고 주저앉아 안산 너덜겅이 쩌렁쩌렁 울리도록 울어 버리고 말았다. 어려서부터 그녀가 자라 온 불쌍한 신세를 손금 들여다보듯 환히 알고 있는 솔매 마을 사람들은 애간장을 갈퀴질 해대는 듯한 서러운 울음소리에 그들 모두가 목구멍 속에 불잉걸을 문 듯 후끈후끈 달아올랐다. 마을 사람들은 다음날 새벽에 모두 벽수령 골짜기로 함께 가주겠다고 어렵사리 설득을 시켜서야 그녀의 발길을 돌려세울 수 있었다.

약속대로 이튿날 새벽에 솔매 마을 장정 다섯 사람이 엽총 대신 창과 낫들을 들고 마을을 떠났다. 참봉 아들은 끝내 몸이 아프다는 핑계로 함께 가주지 않았으며, 여자의 몸으로 지리산 깊숙이 따라올 수 없으니 마을 장정들이 돌아올 때까지 기다리고 있어 달라고 한사코 붙잡았는데도 박쇠의 아내가 자기는 죽어도 좋다면서 기를 쓰고 앞장을 섰다.

그들은 나흘 동안이나 징을 치면서 벽소령 골짜기를 이 잡듯 뒤졌으나 끝내 박쇠의 시체를 찾을 수가 없었다. 시체는 고사하고 그의 털메기 한 짝, 그가 짊어지고 따라다녔던 취사도구며, 이불 떼기 한 조각도 눈에 띄지 않았다.

남편의 시신을 찾지 못한 박쇠의 아내는 눈알이 철쭉꽃처럼 빨긋빨긋 충혈이 되어 자기 남편은 참봉 아들이 죽여서 감춰 놓았다고 동네방네 돌아다니면서 미친 듯 울부짖었다. 그러면서 그녀는 울부짖으며 자기는 시집을 오기 전부터 참봉의 노리개가 되어 온 것을 큰소리로 외쳐대고 자기 오른팔이 낫에 잘린 연유까지도 숨김없이 까발렸다.

결국 박쇠의 아내는 솔매 마을에서 미친 사람 취급을 받게 되었으며, 참봉 집에서도 쫓겨나고 말았다.

시아버지의 종 문서와 족보에 오를 남편과 자식의 이름이 적힌 종이쪽지만 품속에 넣고 갓난아기 판돌이를 왼손으로 들쳐 없고 박 참봉 집에서 쫓겨 나오면서도, 그녀는 가슴 속 깊숙한 곳에 응어리지고 홀맺힌 한을 풀듯 박 참봉과 참봉 아들에 대해서 두려움 없이 하고 싶은 대로 마음껏 욕을 퍼부어댔다. 두려움 없이 퍼부어 댄 욕은 울부짖음을 변했고 울부짖음은 다시 자신의 뼈를 깎는 듯한 처절한 울음, 남편의 죽음을 슬퍼하는 호곡으로 변했다.

박 참봉 집에서 쫓겨난 박쇠의 아내는 거렁뱅이 신세가 되어 지리산 밑 여러 마을을 떠돌아 다녔다. 그녀는 행여 남편의 뼈라도 찾을까 봐 지리산을 떠나지 못하고 산속 마을들을 찾아다니며, 닥치는 대로 목줄을 지탱하고 살았다.

그녀는 지리산 산골 마을을 5년 동안이나 떠돌다가, 판돌이가 여섯 살이 되던 해 봄에야 구례읍으로 나와, 그들 모자를 불쌍하게 생각한 사람 좋은 주막의 과부 도움으로 부엌데기 노릇을 하며 빌붙어 살게 되었다.

판돌이가 열한 살 되던 해 여름, 박쇠의 아내는 염병에 걸려 죽고 말았다. 죽기 전 그녀는 나이에 비해 몸집도 크고 마음이 슬거운 아들 판돌이를 옆에 앉혀 놓고, 그녀가 간직해 온 판돌이 할아버지의 종 문서와, 족보에 오를 부자 이름이 적힌 종이쪽지를 내주며 그녀가 당해 온 한 맺힌 이야기들을 실꾸리를 풀 듯 숨 가쁘게 토해냈다.

그녀는 죽으면서 열한 살 난 아들한테, 참봉 아들이 죽어서 지리산 어디엔가 버려두었을 아버지의 유골을 기필코 찾아내야 한다고 당부했다.

어머니를 지리산 자락에 묻고 난 판돌이는 엉겅퀴며, 톱풀꽃, 버들금불초꽃들이 어우러진 섬진강 둑에 온종일 앉아서, 어머니가 남긴 유언들을 되작거려 머리와 가슴 속에 깊숙이 접어 감추었다.

그 길로 판돌이는 어머니한테서 받은 할아버지의 종 문서와, 족보에 올려주기로 했다는 그들 부자 이름이 적힌 종이쪽지만을 품고 솔매 마을 박 참봉 집으로 찾아갔다. 박 참봉은 죽고 없었으며 그의 아들이 사랑채에서 북장구 뚱땅거리며 세상 좋게 살고 있었다.

판돌이는 자신의 박쇠의 아들이라는 것을 숨기고, 꼴머슴이라도 붙어 살게 해 달라고 간청했다. 그렇게 하여 박판돌은 박 참봉댁의 머슴이 된 거였다.

긴 이야기를 끝낸 판돌이는 무겁게 머리를 들어 올려 동굴의 천장처럼 칙칙하게 내려앉아 있는 하늘을 쳐다보았다. 별 하나 돋아나지 않은 어둡고 답답한 하늘이었다.

긴 이야기를 토해낸 판돌이도, 그의 이 이야기를 들으면서 어둠에 묻힌 먼 하늘을 바라보기조차 부끄러워 자꾸만 고개가 무겁게 내려앉은 나도, 마음이 별 없는 하늘처럼 숨 가쁘게 답답했다.

두 사람 사이에 산상의 밤보다 더 무겁고 답답한 침묵이 늪처럼 찐득하게 괴었다.

"우리 아버지한테 당신이 박쇠 아들이라는 건 언제 밝혔소?"

나는 바윗덩어리처럼 무겁게 나를 쪄 누르고 있는 판돌이를 마치 박쇠처럼 생각하며 우울하게 물었다.

"어디 기회가 있어야죠. 또, 같이 살다 보니께 마음이 약해집디다. 사실 지는 도련님댁 머슴이었재만, 두 어른들 도움도 많이 받고 자랐거든요. 그라고 도련님 식구들과 오래 한솥밥 묵고 살다 보니께 정도 붙고 해서…… 지난 일들을 잊어버릴까 하는 생각도 납디다. 또 어르신께서 우리 아버지를 쥑이지 않았을지도 모를 일이고……."

판돌이는 잠시 말을 멎고 머리를 무겁게 떨구었다가 천천히 들어 올렸다.

"육이오가 터지고 세상이 뒤집히니께, 지 마음도 세상과 함께 뒤집힙디다요. 좌우당간에 어르신한테 한번 따져 봐야겠다는 생각이 들드만요. 그래서 그 어른을 데리고 지리산으로 들어갔지요. 어르신한테 지가 오래오래 품속에 간직해 왔던, 지 조부님 종 문서허고, 도련님 조부님이 지어 주셨다는 우리 부자 이름이 적힌 종이를 보이면서, 지 신분을 밝혔어요. 그리고 우리 아버지를 어디서 쥑였느냐고 성질을 냈어요. 사실 그때 지는 어르신네께서 거짓말로라도 지 아버지를 절대 쥑이지 않았다고 말하기를 맘속으로 얼마나 바랬는지 몰라요. 그란디…… 그란디 말입니다요. 어른신께서는 지가 그렇게 바랬던 것과는 달리 우리 아버지를 세석평전에서 엽총으로 쏴 쥑였다고 쉽게 고백을 허시고 말았지요. 아버지가 언젠가는 낫으로 어르신의 아버지를 찍어 쥑일 것만 같았고…… 또 지 부자가 도련님댁 족보에 오르는 것이 싫어서 멧돼지 사냥을 나와 세석평전까지 끌고 가서 쏴 쥑였다고 허드만요. 어르신은 그러면서 보잘것없는 지한테 용서를 빌었어요. 지는 그런 어르신이 싫었든 거지요. 차라리 그때 나헌티 불호령을 치셨더라면 지 마음이 약해져서…….”

“그래서 판돌 씨도 우리 아버지를 세석평전까지 끌고 와서…….”

“어르신께서 지 아버지를 쥑인 곳을 알고 있다고 해서…….”

“그래 찾았나요?”

나는 판돌이가 그의 아버지 유골을 찾았기를 바라면서 물었다.

“워디가요. 세석평전을 다 뒤져봤재만 철 늦은 철쭉꽃만 휘너후러져서…… 허갸, 족보에도 못 오른 아버진데 무덤은 남겨서 뭘 허겠어요? 차라리 잘됐지요머. 물론 지도 아직 족보가 없습니다만. 그까짓 족보 있으면 어쩌고 없으면 어쩝니까. 지 아버지는 족보에 이름 석자 올릴 욕심으로 죽을 때꺼정 껑껑댔지만, 지는 족보 대신 돈을 갖기루 작정했구만요. 족보가 없는 대신 돈이라도 몽땅 벌자 혀는 생각으로 살았지요. 그래서 돈을 좀 모았지요. 이제는 백만 원만 주고도 지가 박 씨 문중에서 문벌 좋은 집안을 탈탈골라 족보에 이름을 올릴 수 있겠습니다만…… 그까짓 족보 있으면 뭘해요? 주민등록 하나면 얼마든지 출세를 허는 세상인듸. 지는 족보 대신에 아직도 우리 조부님 종 문서허고 도련님 조부님이 박판돌이라고 지어 주신 지 부자 이름이 적힌 종이쪽지를 소중하게 간직허고 있구만요. 으쩌면 족보보다는 그 거이 더 귀한 것일지도 모르재요."

판돌이의 이야기를 듣고 난 나는 마지막으로 그에게 아버지를 죽인 사람은 바로 판돌이 당신이었구만요 하고 물으려다가 끝내 입을 열지 못했다.

두 사람은 꽤 오랜 시간을 어둡고 답답한 침묵이 깊은 늪 속에 빠진 채 그대로 앉아 있었다.

갑자기 큰바람이 산정을 휩쓸면서 빗방울이 떨어졌다. 비바람이 휘몰아치자 판돌이는 으스스 몸을 털며 텐트 쪽으로 성큼성큼 걸어가 버렸다. 나는 그와 좀 더 많은 이야기를 하고 싶었지만, 비바람 때문에 그를 붙잡지 못했다.

바람이 드세어지고 빗방울도 굵어졌다. 하늘과 맞닿은 산정에서, 어둠에 묻힌 채 비바람을 맞고 있다니, 자신이 한갓 삐들삐들 말라비틀어진 떡갈나무 잎이거나 높은 산의 나무에 붙어서 진을 빨아먹고 사는, 다리가 빨간 비단사슴벌레와도 같다는 생각이 들면서, 거센 비바람이 휘몰아치던 낯선 어느 골짜기 엔가로 가볍게 날아가 버리게 될지도 모른다는 약해진 마음에 견딜 수 없는 외로움을 느꼈다.

칼날 같은 번갯불이 어둠을 갈기갈기 찢으면서 지리산을 허물어 버리기라도 할 듯 우르르 쾅 뇌성이 울렸다.

휘익 비바람이 몰아치자 몸뚱이가 낙엽처럼 가볍게 어둠이 꽉 찬 허공으로 날려 버릴 것만 같았다. 휘몰아친 비바람이 마치 아버지의 엽총에 맞아 죽어 지리산에서 떠돌고 있는 박쇠의 혼처럼 무섭게 느껴졌다. 원한에 찬 박쇠의 혼이 우두둑 내 머리칼을 쥐어뜯으며 나를 골짜기 후미진 곳에 돼지 치듯 메어칠 것만 같았다.

겁에 질린 나는 텐트 쪽으로 가보았으나 비바람이 텐트까지 걸어가 버리고 없었다. 나는 아버지 유골을 옆구리에 끼고 대피소로 뛰어갔다. 일행들이 대피소에 와 있었다. 저녁도 거른 채 대피소에 신꼴박듯 처박혀 앉아서 날이 새기를 기다렸다. 철쭉제에 참례했다가 비바람을 만나 찾아든 등반객들이 자꾸 몰려들어 대피소는 발을 들여놓을 틈도 없었다.

이따금 박 영감이 내게 말을 건네면서 큰 목소리로 박 검사, 박 검사 하고 불렀는데, 그때마다 대피소에 가득 처박힌 등반객들이 부러움도 존경도 아닌 눈으로 나를 가볍게 흘겨보았다. 나는 박 영감한테 제발 그 검사라는 말 좀 떼라고 호통이라도 치고 싶었지만, 기실은 박 영감한테 그런 말을 하기조차 나 자신이 부끄러워 눈을 감아 버렸다.

나는 무릎을 세우고 앉아 노루잠을 자다가 얼핏얼핏 잠에 빠지면서 갈피를 잡을 수도 없는 많은 꿈을 꾸었지만 하나도 머리에 남아 있는 것이 없었다. 한 가지 많은 꿈의 조각들 가운데서 아버지의 모습과, 꿈속에서 박쇠일지도 모르는 협수룩한 사람의 얼굴이 여러 차례 뒤바뀌어 나타난 것이었다. 꿈속에서 아버지의 얼굴이 순식간에 박쇠의 얼굴로 바뀌고, 박쇠의 얼굴이 다시 아버지의 얼굴로 영화의 필름처럼 여러 차례 겹쳤다.

꿈에서 깨어난 뒤에도 나는 마치 가위눌린 것처럼 가슴이 답답하고 손발이 나른했다. 대피소 안의 희미한 램프 등불 빛 속에서 세운 무릎 위에 고개를 꾸겨 박은 채 잠들어 있는 박판돌을 훔쳐보기조차도 부끄러웠다.

나는 마치 무거운 쇠망치로 계속해서 뒤통수를 얻어맞고 있는 기분으로 아침이 밝아오기만을 기다렸다. 박판돌이의 말마따나 그들 부자가 당한 내력을 미리 알았더라면 나는 아버지의 유골을 찾으러 고향에 오지 않았을지도 모를 일이었다. 그렇다고 해서 나는 결코 아버지의 유골을 조금도 주체스럽게 생각하지는 않았다. 죽은 사람들의 역사는 죽은 사람과 함께 무덤 속에 묻어 두는 것이 좋을 듯싶었다.

나는 지리산 골짜기에 떠돌음 하는 박쇠의 원혼과, 그런 아버지의 원혼을 달랠 길 없어 괴로워하는 박판돌이한테 죽은 아버지 대신 용서를 빌고 싶었다.

마지막 날

아침에 일어나 보니 언제 비바람이 휘몰아쳤냐는 듯 하늘과 산정이 조용하게 가라앉아 있었다.

하늘은 부우옇게 진한 우윳빛으로 밝아오기 시작했고 지척을 분간할 수 없을 정도의 짙은 안개가 뭉얼뭉얼 산을 덮었다. 처음에 나는 구름이 산 위에 내려와 덮인 것으로 잘못 알았다.

날이 밝긴 했으나 허리까지 스멀스멀 기어오르는 짙은 안개 때문에 산에서 내려갈 수가 없었다. 일행은 지리산 천왕봉에서 꼼짝 못 하고 안개에 갇혀 있었다.

동편에 해가 솟아오르자 순식간에 지리산은 허물을 벗듯 안개가 걷혔다. 안개가 걷힌 뒤의 산은 비질을 하고 물걸레로 닦아 놓은 것처럼 투명하고 깨끗했다.

비바람이 휘몰아치고, 지척을 분간할 수 없을 만큼 안개가 끼더니, 해가 떠오르자 수채화처럼 깨끗해진 하룻밤 사이의 변화를 보며, 마치 지리산 상상봉에서 봄, 여름, 가을, 겨울 사계절을 다 맛본 듯한 느낌이 들었다.

안개가 걷히고 산이 유리구슬 속처럼 깨끗해지자 일행은 멀리 출렁여 보이는 세석평전의 철쭉꽃밭 물결을 내려다보면서, 천왕봉을 내려왔다.

천왕봉을 내려오면서 일행은 미스 현과 예비군복의 젊은 인부가 보이지 않는 것을 알고, 큰 소리로 이름을 부르며 찾아보았으나 헛수고였다. 그러고 보니 미스 현과 예비군복 차림의 젊은 인부는 어젯밤 대피소에서도 눈에 띄지 않았던 것 같았다. 내가 그 말을 박 영감한테 했더니,

"엊그제꺼정만 해도 서로 고양이 쥐보듯 허드니 어느 사이에 배가 맞어버렸나 보구만. 산이란 그래서 좋은 거여. 어제의 미움이 오늘은 사랑으로 변허니 안 좋은감? 젊은 남녀가 잠시 자취를 감춘 것은 결코 나쁜 일이 아니니 내버려두고 먼저 내려가드라고잉! 안개에 길을 잃지만 안했음사 걱정 없을 거여!"

하면서 박 영감은 큰 소리로 말하고 웃었다. 그는 통천문 부근에 좋은 자리가 있을 듯싶으니 한번 보고 가지고 했으나, 내가 그럴 필요 없다고 하여 곧장 세석평전으로 내려갔다.

세석평전 철쭉꽃밭에 내려와 전날에 유골을 파냈던 바로 그 자리에 봉긋하게 봉분을 만들어 아버지 유해를 안장했다.

봉긋한 아버지의 무덤 위에 철쭉꽃 그늘이 우쭐거렸다.

"저 꽃들이 아버님의 모습같이 느껴지는군요."

내 말에 박 영감도 고개를 커다랗게 끄덕이면서,

"이름난 한량이었던 어르신은 죽어서도 저렇게 멋들어지는구먼!"

하고 푸실하게 웃어 보였다.

"내년 철쭉제에도 꼭 오겠습니다."

"그래야재. 철쭉제에 와서 어르신을 뵙고 가야재!"

멀리서 보는 아버지의 무덤은 탐스러운 철쭉꽃 묶음이었다.

"지도 후담에 죽으면 세석평전 철쭉꽃밭에 묻히고 싶구먼요!"

지금껏 말이 없던 박판돌이의 그 말에 나는 처음으로 그를 보며 씽긋

웃었다.

어둑어둑해서야 대성동 골짜기를 타고 신흥에 도착한 일행은 화개를 거쳐 구례읍까지 가는 마지막 버스를 탈 수가 있었다.

나는 쌍계사 입구 용강에서 내렸다. 마음이 착잡한 나는 쌍계사에서 하룻밤 쉬면서 이것저것 생각들을 정리한 다음 화개에 나가서 광주 가는 직행버스를 탈 요량이었다.

"판돌 씨, 내년 철쭉제 때 만납시다. 그리고 미안합니다. 아버지 대신 제가 사과하지요."

나는 버스가 용강에서 멎자 박판돌이의 코앞에 불쑥 손을 내밀었다. 박판돌은 엉겁결에 내 손을 잡고 악수를 하면서도 얼떨떨해하는 얼굴로 박영감을 돌아다보았다. 그때 박 영감은 방앗공이처럼 커다랗게 고개를 끄덕였다. 박판돌과 악수를 끝낸 나는 세석평전 아버지의 새 무덤 옆에서 꺾어 들고 온 철쭉꽃 한 가지를 그에게 주고, 여차장에게 떼밀리다시피 하여 버스에서 내렸다. 철쭉꽃을 받아 든 박판돌이가 차창 밖으로 손을 흔들었다. 나는 무심히 손을 들어 바람처럼 저었다.

쌍계사에서 종소리가 울렸다. 그 종소리의 긴 여운에 희끄무레한 밝음이 밀려가고, 그 위로 어둠이 무겁게 내리깔렸다. 버스가 사라질 때까지 멀뚱하게 서서 손을 흔들던 나는, 뒤로 돌아서서 두 팔을 벌리고 어둠 속에 아버지 같은 모습으로 웅숭그리고 앉아 있는 지리산을 가슴 안으로 힘껏 끌어안았다. 덩치 큰 지리산이 가슴 뼈근하게 와 안기면서 구멍이 뚫린 것처럼 허탈해졌다.

『한국문학』, 1981.6

미명未明의 하늘

비록 땅에 떨어져 발에 밝히는 낙엽처럼 시들어 버린 사람일지라도, 누구와 싸울 힘이 남아 있다는 것은, 어떤 어려움 속에서도 살아갈 용기를 가졌다고 할 수가 있다. 싸울 힘마저 잃어버렸을 때가 가장 절망적이다. 원망도, 한도, 앙칼스러움도 앙금처럼 가슴 밑바닥에 가라앉아 버린 사람이라면 그나마 생명도 없이 무감각하게 짓밟히는 돌멩이와 다를 바 없다. 체념과 한숨은 죽음과 가깝다. 원망과 한은 생명의 뿌리이며 희망이기도 하다.

김덕주 씨가 점례의 싸우는 광경을 보고 일단은 마음을 놓은 것도 그 때문이었다.

김덕주 씨가 31년 만에 양공주촌에서 오점례를 다시 보게 되었을 때, 그녀는 자신보다 대여섯 살쯤 나이 들어 보이는, 회갑 안팎의 겨릅대처럼 깡마르고 왜소한 여인과 싸움을 하고 있었다.

덕주는 첫눈에 그녀를 알아보았다. 쌍스러운 욕지거리를 거칠 것 없이 물을 뿜듯 펌프질해 대는 점례의 목소리는 젊었을 때처럼 목이 찢어지는 듯한 때까치 소리를 냈으며, 오른쪽 눈 밑에 먹물을 찍어 놓은 것 같은 까만 점이 쉽게 그녀를 알아볼 수 있게 해주었다.

옛날 고향 어른들은 점례의 그 때까치처럼 꺽꺽 울리는 목소리 때문에 팔자가 꺽지처럼 뻣세고, 눈물을 받아먹는 검은 사마귀가 있어 늘 외롭고 슬프게 살아갈 것이라고들 했었다. 그들은 점례의 삶을 미리 앞질러 보기라도 한 것처럼 말했다. 그런 점례의 얼굴은 늘 슬퍼 보였었다.

점례가 덕주를 싫다 하고 장터 마을의 장돌뱅이 소금장수한테 시집을 갔을 때, 덕주 어머니도 그런 말을 했다. 점례는 사내를 수도 없이 잡아먹고 과부가 될 팔자라는 것이었다. 그러면서 그의 어머니는 점례의 휘움한 안개 눈썹과, 입 바람을 부는 것 같은 그녀의 뾰족한 취화구吹火口에 대해서도 정이 너무 헤프다 거니 인덕이 없다 거니 좋지 않게 말을 했다.

지난 30여 년 동안 점례의 삶은 덕주 어머니의 예언대로 거의 들어맞았다. 그러나 덕주는, 점례가 그렇게 된 것은 그녀의 팔자가 그렇게 정해진 것이 아니라, 순전히 그의 탓이었다는 것을 알고 있다. 31년 만에 애써 점례를 찾은 것은 불행하게 된 그녀 앞에 그의 죄를 털어놓고 용서를 받고자 함이었다.

점례와 깡마른 노파가 싸움을 하는 하숙옥 앞의 공터에 공주촌 사람들이 예닐곱 몰려들었다.

공주촌은 광주에서 포주읍으로 가자면 읍 조금 못미처 극락교를 건너기 전, 4차선의 고속화 도로가 흑갈색의 철판처럼 곧게 뻗은 큰길에서, 비포장 황톳길로 꺾어 들면 아파트촌이 있고, 그 아파트촌에서 밋밋한 산등선이 쪽으로 2백 미터쯤 되는 거리에 재개발을 기다리는 폐촌처럼 을씨년스럽게 웅크리고 있다.

마을의 들머리에 시골 농협창고 같은 목욕탕이 있었는데, 미군 부대가 떠나고, 부대가 있던 그 자리에 아파트촌이 들어서면서부터 문을 닫았고, 문짝마저 떨어져 나간 목욕탕 건물 옆에는 돼지우리처럼 칸막이 방들이 즐비하게 잇대어 있는 단층 바라크의 하숙옥이 여름 한낮의 더운 햇살 속에 기다랗게 뻗대어 있었다. 하숙옥 앞에는 유리에 빨간 페인트칠을 한 술집의 하늘색 포렴布簾이 찢어진 깃발처럼 바람에 펄럭였고, 술집 옆에는 담배 간판이 붙은 구멍가게, 세탁소, 이발소, 미장원이 도토리 키 재기 하듯 어깨를 바짝 대고 있었다.

공터는 이들 낡은 목욕탕 건물과, 하숙옥, 술집, 구멍가게, 세탁소, 이발소, 미장원의 한가운데 있었다. 미군 부대가 옆에 있었을 때까지만 해도 이 공터에는 미군 지프와 트럭들이 빠져나갈 틈도 없이 빼곡하게 주차를 했으며, 창고 같은 목욕탕의 굴뚝에서는 젊은 욕망의 뜨거운 입김처럼 검은 연기가 하늘로 줄기차게 솟았고, 하숙옥에서는 군화 발소리와 알아들을 수 없는 지껄임, 배고픈 창자를 빨래처럼 비틀어 쥐어짜는 듯한 여자들의 웃음소리가, 공터에까지 낭자하게 흘러나왔다. 술집도, 세탁소도, 구멍가게도, 이발소도, 미장원도 온통 벅신거렸었다.

"개만도 못한 녀언! 양갈보질 이십 년에 누렁이, 깜둥이, 흰둥이 가지각색 골고루 새끼들을 퍼질러 놔놓고도 부끄러운 줄도 모르고 지랄이여 지랄이! 점례 네년은 얼굴에 개가죽을 둘러쓴 게여, 그러니께 늙어 곯아빠져서도 이 마을을 떠나지 않는 게여!"

깡마르고 키가 작은 초로의 여인이 탱글탱글 유리 조각이 깨지는 목소리로 욕질을 했다.

"힝! 똥 묻은 개가 재 묻은 개 나무라고 자빠졌네! 네년은 영자 춘자 두 딸년을 양공주 안 맹글았냐? 서방 가진 년이 뭣이 부족해서 두 딸년을 양갈보로 팔아먹어? 그래 부부간에 코 큰놈덜 똥구르마 끌다봉께 그놈덜 똥까지도 좋아 뵈더냐? 그렇게 딸을 하나도 아니고 둘씩이나 양갈보질을 시켰구만!"

점례도 지지 않고 장작 패는 목소리로 욕지거리를 퍼부어대며, 당장 춘자 어머니의 머리끄덩이를 잡아 동댕이칠 듯이 두 손을 휘저었다.

구경을 하고 있는 마을 사람들은 아무도 싸움을 말리려고 하지 않았다.

두 여자의 싸움은 좀처럼 끝나지 않았고, 오물을 토하듯 한 더러운 욕설은 팽팽한 햇살과 함께 잘 버무려져 칙칙한 여름의 열기를 더욱 뜨겁게 했다. 두 여자는 서로의 과거를 난도질했고, 쟁기의 날카로운 모습으로 갈아엎어 놓은 듯한 자신들의 지나온 삶에 대해 부끄러움을 느끼는 대신, 힘이 더욱 살아난 듯 오히려 앙칼스러워졌다.

구경하는 마을 사람들은 그들의 욕설이나 서로의 약점을 까발린 내용에 대해서는 흥미를 느끼지 못했다. 마을 사람들은 그들 두 여자의 과거와 현재를 자신들의 손바닥 들여다보듯 환하게 알고 있었기 때문이다. 마을 사람들은 차라리 그들 두 여자가 빗물이 질컥하게 괴어 있는 공터의 진흙 바닥에서 한바탕 붙들고 뒹굴기를 기다렸다. 그러나 그들은 두 여자가 언제나 그랬듯이 똑같은 욕지거리를 푸짐하게 쏟아놓은 것으로 싸움을 끝내게 되리라는 것을 알고 있었기 때문에 한바탕 엉클어지게 되리라는 것은 기대하지 않은 것인지도 몰랐다.

구경꾼 중에서 심장이 찐득거리도록 흥미를 느끼는 것은 덕주 혼자뿐인 듯싶었다. 그는 담벽도 대문도 없이 앞이 툭 터진 하숙옥 옆, 목욕탕 건물의 그늘에 무릎이 저리도록 쪼그리고 앉아서 점례와 춘자 어머니라는 여자가 뱉어내는 욕지거리들에 열심히 귀를 기울였다. 그는 곧 더 자세한 이야기를 듣지 않아도 점례가 살아온 과거를 선명하게 떠올릴 수 있을 것 같았다.

“양코배기 똥이나 퍼주고 살았음시롱 뭣이 잘났다고 지랄이여!”

“그래, 양코배기 똥구르마 끄집어서 우리 식구 안 굶어 죽고 살았다. 으쩔 래! 그래도 네년 모양으로 누렁이, 껌둥이, 흰둥이는 낳지 않았다, 으쩔래!”

“나도 그짓 해서 시부모님 자식새끼들 멕여살렸다, 왜?”

“양갈보짓 해서 시부모 멕여살렸응께 양갈보 효부 났구만그려!”

“양코배기 똥 퍼주고 묵고 살았으면 그만이재, 두 딸년은 왜 양갈보를 맹글어!”

“그것들도 묵고 살라고 그랬다, 으쩔래! 애비 에미 똥 푸는 짓 못허게 헐라고 말이여!”

“힝, 효녀 심청이가 둘이나 나왔구면!”

“네년의 껌둥이 흰둥이 새끼덜은 뭣이 잘났다고 자랑이여, 그까짓 것 덜도 자식이라고 자랑을 혀? 아이고, 오메 하늘 부끄르와라!”

“왜 자식이 아녀? 이 에미헌티 올매나 잘 허는디!”

점례는 결코 지지 않았다. 갈수록 힘이 더 솟구치는 것처럼 보였다.

점례와 춘자 어머니가 언제나 티격태격 싸움을 하게 된 발단은, 마을 사람들한테 미국에 가 있는 서로의 자식들 자랑을 하다가 시비가 붙곤 한 것이었다. 점례의 검둥이 흰둥이 두 아들이 미국 아버지를 찾아간 것처럼 양공주가 된 영자 춘자도 흑인 병사를 따라 태평양을 건넌 것이다.

덕주가 떨리는 손으로 담배에 불을 붙여 물고 연기를 빨다가 심한 기침 을 쏟고 말았다. 기침 소리에 마을의 구경꾼들 시선이 일제히 그에게로 쏠려왔다.

담배를 구두로 문질러 끄고 조심스럽게 숨을 쉬었으나 기침은 멎지 않 았다. 기침 소리에 가슴이 컹컹 울리는 것만 같았다.

덕주는 목욕탕 건물의 엷은 그늘 밑에 쭈그리고 앉아서 두 어깨를 들먹이며 고개를 세운 무릎 사이로 꿍겨박고 버르적거리듯 기침을 토해내고 있을 때, 담배 가게 앞에서 자랑스럽게 햄버거를 먹고 있던 초로 여인의 남편인 춘자 아버지가 공터로 천천히 걸어 나와 그의 부인을 끌고 갔다.

춘자 아버지는 오른손에 햄버거를 들고 왼손으로 부인의 손목을 잡은 채 집으로 들어갔다.

그렇게 싸움이 끝나자 기침도 멎었다.

싸움이 끝나고 점례가 두 팔을 휘저으며 공터에서 마을 안 길로 사라지자, 하숙옥의 여주인이 유일한 투숙객인 덕주에게 다가와서, 두 여자의 욕설에서 들을 수 없었던, 그녀들이 살아온 과거를 양파껍질 벗기듯 더 자세하게 이야기를 해주었다.

하숙옥의 여주인한테서 점례에 관한 자세한 이야기를 듣고 난 뒤, 죄책감에 오그라든 덕주의 심장은 꺼져가는 생명처럼 가까스로 팔딱거렸다. 그는 차마 고개를 쳐들고 태양을 마주보기조차 죄스러웠다.

그는 다시 기침을 쏟으며 비틀거리는 걸음으로 하숙옥의 음습하고 무더운 방으로 뛰어 들어갔다. 담배 연기로 칙칙하고 희누르스름하게 색깔이 바랜, 무덤 속 같은 직사각형 방의 벽지 틈새에, 알아들을 수 없는 미군들의 지껄임과 배고픔에 헐떡거리는 점례의 숨소리가 때 자국처럼 배어 있는 듯싶었다.

덕주는 그동안 점례의 목숨이 시나브로 꺼져가는 듯한 비명을 수없이 들으면서 살아왔다. 그녀의 비명은 보이지 않는 원한의 날카로운 화살로 그의 심장에 무수히 꽂혀왔으며, 그 때문에 그의 지난 삶의 절반은 활터의 과녁처럼 고통의 구멍들이 수없이 숭숭 뚫리게 되었다.

그가 살아온 58년의 생애에서, 6·25까지의 스물다섯 해는 죄를 짓는 기간이었고, 나머지 서른세 해 중에서 절반은 괴로운 양심의 가책으로, 그리고 지난 십수 년간은 점례를 찾아 헤매느라고 방황하다 지쳐버렸다.

그러나 그가 점례를 찾아 나선 것은 그 자신을 위한 처사였다. 이미 그는 점례를 위해서 아무것도 할 수 없었고, 속죄의 대가로 그녀에게 베풀어줄 아무것도 갖고 있지 않았다. 그가 할 수 있는 것이란 그녀에게 용서를 비는 것뿐이었고, 그렇게라도 하지 않으면 차마 눈 감고 죽을 수가 없었기 때문이었다. 그가 점례를 찾아 나선 것은 이처럼 순전히 이기적인 마음에서였다.

점례의 원한 맺힌 화살은 덕주가 살인죄로 15년 동안 형무소의 감방에 갇혀 있을 때도 그 두꺼운 벽을 뚫고 비명처럼 그의 심장에 꽂혀왔다. 그리고 15년 만에 차표만 있으면 어디든지 갈 수 있게 되었을 때도, 그녀의 화살은 하늘에서 혹은 인파가 북적대는 대낮의 큰 거리에서, 근로자 합숙소의 천장과 벽에서 쉴 새 없이 그의 심장과 눈과 목덜미를 향해, 푸른 칼날이 허공을 베는 소리를 내며 무섭게 날아왔다.

피붙이라고는 아무도 없고, 이미 그의 얼굴조차도 알아보지 못한 사람들만 사는 고향 달밭月田里에도 가 보았지만, 점례의 행방은 알아낼 수가 없었다. 6·25가 끝나고 줄포에 미군이 머물게 된 뒤 달밭을 떠나 양공주가 되었다는 것뿐이었다. 그 후 십수 년 동안 버려진 비닐봉지처럼 병들고 지친 몸으로 막일 공사판을 떠돌다가, 우연히 점례의 먼 친척 되는 사람을 만나 그녀가 살고 있는 곳을 알게 되었다.

덕주는 하루 전에 공주촌인 이곳 하숙옥에 들어왔으며, 점례가 살고 있음을 확인하고도 차마 그녀 앞에 얼굴을 나타내지 못하고 몸과 마음을 웅크리고 있었다.

덕주는 25년 전에 살인을 했다. 아내를 죽인 것이다. 그런데 이상하게
도 그가 죽인 아내한테는 그렇게 심한 죄책감을 느끼지 못했다. 그가 점
례한테 저질렀던 잘못에 비한다면 아내의 죽음을 오히려 당연한 것처럼
여겨지기까지 했다. 어쩌면 아내를 죽인 죄과까지도 점례에 대한 잘못으
로 가중된 것인지도 모른다.

아내는 그를 배신했다. 지서에서 당직 순찰을 하던 날 밤, 몸이 풀어 놓
은 실타래처럼 나른하고 찌부드드해서, 기운을 돋우느라 소주 몇 잔 마시
고 일찍 집에 돌아와 보니, 아내는 그의 상사인 지서장과 함께 벌거숭이
가 되어 뒤엉켜 있었다. 그는 메고 있던 총의 방아쇠를 잡아당겼는데 아
내만 죽고 지서장은 이불을 뒤집어쓴 채 부엌문을 박차고 튀어 나가 겨우
살아났다.

그는 아내를 죽인 것도 점례한테 저지른 죄업이라고 생각했다.

남쪽으로 밀려 내려갔던 경찰이 돌아와, 지리산 공비토벌 작전이 시작
되었을 때, 면당인민위원을 지낸 점례의 남편은 집에 숨어 있었다.

지서의 순경이었던 덕주는 점례의 남편이 그의 집 벽장에 숨어 있다는
정보를 입수했다. 점례네 뒷집에 사는 절름발이 통메장이가 덕주에게 밀
고를 해왔을 때, 그는 문득 1년 전 겨울 그녀를 기다리며 밤새도록 각시바
위 모퉁이 상엿집에서 떨었던 일이 떠오르면서, 온몸이 달빛에 흥건하게
젖은 순간처럼 짜릿한 쾌감을 맛보았다. 그날 밤에는 온통 하늘이 무너져
내리는 것처럼 눈이 내렸었다. 장터 마을 장돌뱅이 소금장수한테 시집을
가기로 한 점례를 마지막으로 한 번만 더 만나보고 싶었지만, 끝내 그녀는
나와 주지 않았다. 밤새도록 떨며 오지 않는 점례를 기다리다가 지쳐 후북

이 눈에 묻혀 집으로 돌아오면서, 덕주는 싸늘한 복수를 생각했다. 그날 밤 이후 그 심장은 겨울의 산처럼 비정하게 얼어붙어 버렸는지도 모른다.

서울이 탈환되고, 그가 부산에서 고향으로 다시 돌아왔을 때는, 집에 남아 있었던 어머니와 동생이 경찰 가족이라는 이유로 학살당한 뒤였는지라, 덕주는 이미 사람이 아니었다.

작전이 연일 계속되었기 때문에, 수면 부족으로 두 눈은 언제나 진달래 꽃잎처럼 벌겋게 핏발이 섰고, 신경줄은 바스락하는 소리만 들려도 방아쇠를 긁어당길 것처럼 팽팽하게 긴장되어 있었다. 마을 사람들은 그런 덕주를 피했다. 그가 낮에 총을 메고 술에 취해 달밭에 나타나면 마을 사람들은 고살에도 나오지 않고 집 안에만 들어박혀 있었다.

그 무렵 통메장이한테서 밀고를 받은 덕주는, 새벽에 혼자 총을 메고 달밭에서 2km쯤 떨어진 장터 마을 점례네 집을 기습하여 점례의 방으로 뛰어 들어갔다. 점례 혼자 자고 있었다. 그러나 덕주는 점례의 남편이 벽장 속에 숨어 있다는 것을 알고 왔기 때문에 실망하지 않았다. 총부리로 이불을 걷고 점례의 얼굴에 플래시를 비췄다. 점례는 두 팔로 가슴을 붙안은 채 학질을 앓는 것처럼 떨었다. 눈물을 받아먹고 큰다는 눈 밑 검정 사마귀까지도 파르르 떨고 있는 것 같았다. 손전등 불빛 속에서 몸을 웅크릴 수 있는 데까지, 조그맣게 웅크리고 떨고 있는 점례는 사람이라기보다 한 마리의 흰 토끼처럼 보였다. 떨고 있는 그녀 옆에는 돌이 지나지 않는 아기가 비둘기 날개 같은 얼굴로 자고 있었다. 덕주는 벽장문을 열어젖히고 총구와 플래시 불빛을 동시에 들이댔다. 점례의 남편은 두 발을 쭉 펴고 잠들어 있다가, 덕주가 손전등의 불빛으로 얼굴을 비추며 총부리로 옆구리와 머리를 쿡쿡 찌르자, 소금물 먹은 미꾸라지처럼 사지를 휘저으며 일어나 앉았다. 덕주는 총부리를 점례 남편의 양미간에 갖다 대고 낮게 다그치는 목소리로 벽장에서 내려오라고 했다.

점례의 남편이 벽장에서 생각보다는 침착하게 내려오자, 덕주는 준비해 간 철삿줄로 그의 두 손목을 묶고 펜치로 죄었다. 두 다리도 묶었다. 철삿줄이 살 속으로 파고 들어갈 만큼 펜치로 바짝 죄자 그는 아픔을 참지 못하고 짧게 비명을 질렀다. 그의 손과 발을 묶은 다음에는 점례가 벗어놓은 버선 짝을 입속에 처넣었다. 덕주가 그녀의 남편을 철삿줄로 묶고 있는 동안 점례는 떨고만 있었다. 덕주는 손발이 묶인 채 무릎을 꿇고 앉아 있는 그녀의 남편을 발로 걷어찼다. 그는 굼벵이처럼 넘어졌다. 덕주는 이불로 그를 덮어씌웠다. 그리고 손전등 불빛으로 물총 쏘듯 점례의 얼굴에 퍼붓고 나서 덕주 자신의 얼굴에 비쳤다. 점례한테 자신을 알리고 싶었기 때문이다. 그러자 점례는 비명과도 같은 경악의 소리를 토해냈다. 덕주는 그 소리에 뼛속으로부터 피어오르는 것 같은 쾌감을 맛보았다. 그는 잔인하고 흉측스럽고 만족한 미소를 쥐어짰다. 그리고 총과 손전등을 방바닥에 놓으며 점례를 덮쳤다. 그녀는 남편을 살려달라고 애원했다. 그를 알아본 순간부터 그녀는 떨지 않았다. 덕주는 그가 하자는 대로만 하면 남편을 살려주겠노라고 약간 누그러진 목소리로 말했다. 그녀는 처음에는 몸을 새우처럼 도사리며 심하게 버둥거렸으나, 남편을 살려 주겠다고 되풀이한 말에 체념한 듯 그가 하는 대로 가만히 있었다. 그는 점례의 배 위에서 그녀의 남편이 온몸을 흔들어 이불을 들썩이며 끙끙거리는 소리를 들었다. 그리고 점례가 울음을 터뜨리기 전에 총을 들고 밖으로 나왔다.

그 뒤 덕주는 지리산 공비토벌 작전에 투입되었다. 그로부터 석 달이

지나 산천이 그의 마음처럼 황량하고 냉혹하게 얼어붙어 버린 한겨울, 눈에 핏발이 가시지 않은 채 고향에 돌아왔을 때, 점례의 남편이 죽었다는 사실을 알았다. 덕주가 토벌대가 되어 떠난 다음 날, 자기 집 감나무에 목을 매달아 스스로 죽었다고 했다.

덕주는 그때 점례 남편의 죽음에 아무런 양심의 가책을 느끼지 못했다. 하루하루 삶이 죽음의 한가운데 있었기 때문이다. 그는 죽음을 너무 많이 보아왔고 자신도 토벌 작전을 하다가 어느 순간에 죽게 될지도 모른다고 생각했다. 그는 자기의 총에 맞아 죽은 사람들의 수를 헤아리기에도 지쳐 있었다. 총에 맞아 죽은 사람들의 얼굴을 기억한다거나, 그 수를 헤아리고 있다는 것이 너무도 무의미하게 생각됐다. 그는 이미 거의 본능적으로 방아쇠를 당기고 있었다. 총은 그의 주먹이나 발처럼 느껴졌고, 주먹질하거나 발길질을 하는 기분으로 방아쇠를 당기곤 했다. 때로는 그의 온몸이 총으로 변해버린 듯한 착각에 빠지기도 했다. 그렇게 되자, 총과 그 자신을 구별하기조차 어려웠다. 그 무렵 그가 믿을 수 있고 사랑하는 것이란 오직 그의 총뿐이었다. 그의 총은 어떤 경우에도 그를 배신하지 않았다.

점례는 남편이 죽은 여덟 달 후에 사내아이를 낳았다. 그리고 한 달쯤 지나, 시부모와 어린아이들을 남겨둔 채 집을 나가 버렸다.

덕주는 점례가 집을 나가서 돌아오지 않고 있다는 소문을 듣고도 아무런 마음의 동요도 느끼지 못했다. 설사 그녀가 남편의 뒤를 따라 스스로 목숨을 끊었다고 해도 조금도 마음 언짢아할 그가 아니었다.

달밭과 장터 마을 사람들은, 점례 남편이 목을 매 죽은 것도, 점례가 젖먹이들을 버려둔 채 집을 나간 것도 모두 덕주 탓이라는 것을 알고 있었다. 그러나 그들은 덕주를 비난하는 말 한 마디 뱉어내지 못했다. 그는 대낮부터 술을 마셔 목에 힘을 주어 불콰해진 얼굴을 바짝 쳐들고 마을 사람들 앞을 활개를 치고 다녔다.

그가 두 볼에 도화꽃이 핀 해반들한 여자와 결혼을 하여 지서가 있는 마을로 옮긴 것은 점례가 집을 나가고 2년쯤 지나서였다. 그때까지도 점례는 돌아오지 않았다. 대신 그녀의 시부모한테 매달 꼬박꼬박 네 식구가 살아갈 만큼의 돈을 부쳐오고 있었다. 얼핏 바람결에 들려오는 이야기로는 술집 작부가 되었다고도 했고, 갈보짓을 한다는 말도 있었다. 그러나 덕주는 점례가 갈보가 되었거나 거렁뱅이가 되었거나 관심을 두지 않았다. 그가 얻은 도화색 핀 아내가 점례보다 훨씬 더 잘나고 나긋나긋했기 때문이다.

다시 기침이 쏟아졌다. 목구멍을 쥐어짜는 것 같기도 하고 쇠갈퀴로 목구멍에서부터 창자까지 피가 나도록 긁어대고 있는 것만 같았다. 기침 소리가 그의 귀에는 마치 깊은 골짜기를 쨍글쨍글 울리는 총소리처럼 들렸다. 총구에서 불을 뿜듯 계속 기침이 쏟아졌다. 그는 기침 소리가 밖으로 크게 새어나가지 않게 하려고 배를 방바닥에 깔고 엎디어 두 손으로 어깨를 힘껏 그러안고 가슴팍에 얼굴을 묻었다. 보건소에서 무료로 준 약이 호주머니에 있었지만 먹지 않았다.

얼마 후 기침이 멎자, 방안은 마치 한바탕 교전이 끝난 골짜기의 고즈넉한 정적처럼 조용했다. 그는 방문을 열고 밖으로 나가면서 벽에 걸려 있는 거울을 들여다보았다. 한바탕 기침을 토하고 난 뒤라 얼굴이 구절초 꽃잎처럼 노래졌다. 두 눈 속까지도 노랗게 물든 것처럼 보였다. 눈의 핏발은 이미 가셔 버린 지 오래였다. 어쩌면 눈에 핏발이 사라진 뒤부터 그가 낙엽처럼 무기력해져 버렸는지도 모른다. 그가 점례한테 저질렀던 일을 뼈저리게 후회하기 시작하면서부터 두 눈의 핏발이 점차 사라져갔다.

덕주는 구두를 꿰고 하숙옥 앞 공터로 나갔다. 사흘 밤의 숙박비를 선불했기 때문에 하숙옥의 뚱뚱한 여주인은 그의 외출에 신경을 쓰지 않았다.

목욕탕 건물의 그늘 밑에, 조금 전 점례와 싸움을 하던 할망구를 끌고 갔던 춘자 아버지가 블로크 벽에 어슷하게 기대서서 아이들처럼 햄버거를 먹고 있었다. 그는 나이에 어울리지 않게, 미국에 있는 딸이 보내주었음 직한, 독특한 해작바지에 색깔이 알록달록한 반팔 샤쓰를 받쳐 입었으며, 양말을 신지 않은 맨발에 흰 고무신을 꿰고 있었다.

하숙옥의 뚱보 여주인의 말로는, 춘자 아버지는 아이들처럼 햄버거를 들고 다니며 마을 사람들 보는 앞에서 먹는 것을 큰 자랑으로 여긴다고 했다. 그 때문에 옛날 똥장군을 끌고 미군들의 똥을 푸고 살 때는 마을 사람들이 그를 조 장군, 조 장군하며 불렀었는데, 요즘에는 조햄벅, 조햄벅 한다는 것이었다.

덕주는 어울리지 않는 이상한 옷차림을 하고 햄버거를 맛있게 먹고 있는 그가 마치 유랑극단에 나오는 바보 주인공 같은 생각이 들어 속으로 피식 웃었다. 어쩌면 그는 일부러 햄버거를 들고 다니며 마을 사람들이 보는 앞에서 자랑스럽게 먹는 것으로 하여, 미군들의 똥을 퍼주고 살았던 과거의 기억들을 잊어주기를 바라고 있는 것인지도 몰랐다.

하숙옥의 뚱보 여주인 이야기로는 요즈막 그들 부부는 흑인 병사를 따라 미국에 간 두 딸 덕으로 집도 2층 양옥으로 새로 짓고, 먹는 것 입는 것 걱정 없이, 조햄벅이라고 부르는 것을 즐거워하며 산다고 했다.

덕주는 조햄벅의 앞을 지나, 여름 한낮의 햇살이 빈틈없이 가득 괴어 있는 공터를 가로질러, 때 묻은 하늘색 포럼이 펄럭이는 술집으로 향했다. 점심 대신 소주나 한잔 마시고 싶어서였다.

술집 안은 밖에서 보기와는 너무 딴판이었다. 생각보다 널찍한 홀에는 좌판 대신에, 비록 때가 묻고 비닐 커버가 너덜너덜 떨어지긴 했어도 낡은 나무 의자와, 빨간 페인트를 칠한 탁자들이 여러 개 적당한 간격으로 놓여 있었다.

네 벽마다 외국의 여자배우들 사진과 나체 사진들이 촘촘히 파리똥이 박힌 채 여러 개 붙어 있었고, 반원의 카운터 위에선 낡은 선풍기가 덜컹 거리며 돌아갔다. 밖에서 보기엔 시골의 주점같이 생각되었으나 안은 도 시의 바처럼 꾸며져 있었다.

출입구의 밀창문을 열어놓았는데도 술집 안은 어두컴컴했다. 술을 마 시는 손님들은 하나도 없었고, 마을에 사는 초로의 여인네들 넷과, 옆집 세탁소 남자, 이발소 주인 등 예닐곱 명이 선풍기를 둘러싸고 앉아서 잡 담을 하고 있었다. 술집이라기보다는 복덕방 같은 분위기였다.

덕주는 그들과 떨어진 구석 자리에 앉았다. 주인인 듯싶은 점례 나이 또래의 오십 대 여자가 다가와 선 채 말없이 덕주를 내려다보았다. 여자 에게서 화장 냄새가 역겹도록 풍겼다. 그녀는 나이에 어울리지 않게 아이 섀도를 검게 칠하고 립스틱까지 바르고 있었다. 덕주가 소주 있느냐고 했 더니 말없이 돌아섰고 잠시 후에 두 홉들이 소주 한 병과, 작은 유리 술잔, 된장에 오이를 썰어 박은 접시를 놓고 갔다.

덕주가 두 잔째 술을 비우고 있을 때, 뜻밖에 점례가 술집 안으로 들어 섰다. 그녀가 들어서자 선풍기를 둘러싸고 앉아서 큰 소리로 잡담들을 늘 어놓고 있던 마을 사람들이 자리를 비워주며 반갑게 맞았다. 점례는 점심 을 막 먹고 오는 것인지 술집에 들어서자 카운터에 놓여 있는 성냥 통에서 성냥개비 하나를 집어 허리를 동강 내더니 쩝쩝 입맛을 다셔대며 이빨을 쑤셔댔다. 덕주는 점례가 그를 알아볼까 두려워 애써 고개를 숙였다.

"아이, 옥자야, 나 쐬주 한 뱅 주라!"

점례는 의자를 끌어다 선풍기와 가까운 탁자 옆에 비집고 앉으며, 술집 여주인에게 소리쳤다.

"쪼니워까 시절이 그리워서 몸쌀이 나겄당께! 우리헌테는 그때가 황금 시절이었든개벼!"

점례는 그러면서 옆에 앉은 세탁소 남자의 와이셔츠 호주머니에서 담배를 나꿔 채 필터를 잘근거리며 입에 물고 불을 댕겼다.

"점례 저 잡것, 또 바다 건너간 쌕스폰쟁이 지 생각이 나는 모양이구나."

두 홉들이 소주 한 병과 안주 접시를 들고나오며, 술집 주인이 비아냥거렸다.

"지 생각도 간절허고, 토미 놈고, 쨕도, 무하마뜨도, 로버뜨도, 리짜드도…… 그 엠병할 놈들이 다 환장허게도 그립당께. 그래도 말이여, 젤루 그리운 건 역시 첫사랑이당께! 내 팔자를 개 창시처럼 횟가닥 뒤집어놓은 그 남자……."

점례는 타는 담배를 탁자 위에 놓고, 소주를 거푸 두 잔째 숨 돌릴 여유도 없이 목구멍으로 털어 넣더니, 술병과 잔을 옆에 앉은 세탁소 남자 앞으로 옮겼다.

"한 잔씩 빨어! 어야, 옥자야, 쏘주 한 뱅 더 있어야 쓰겄다. 쪼니워까는 못 마셔도 쐬주라도 빨자. 이 집도 쪼니워까 시절이 좋았제……."

"대낮부터 무슨 술을…… 아까 춘자 어메흐고 쌈해서 목구멍에서 불나는 모양이구만!"

좌중의 여자들 가운데서 누구인가 말했다.

"옥자야, 언능 술 더 갖고 와! 이 마을에서는 그래도 이 오점례 신세가 상팔자 아니여? 그까짓 똥장군 조햄벅이네보담이야 낫제! 미국에 간 깜둥이, 흰둥이 두 아들이 출세해갖고 매달 에미 용돈으로 백 딸라씩 보내주겠다, 본남편한테서 난 큰아들 서울에서 택시 운전사 허겠다, 두째놈 싸우디 가서 돈 벌겠다, 내가 그냥 복방석에 자뿌라져뿌렀당께! 그런디도 우리 아들덜을 조햄벅이네 딸헌티 비교해? 택도 없어! 클시 저번 때는 우리 깜둥이헌테서 편지가 왔는디, 요븐 가을에 즈그 내외가 한국에 나와서 나를 데리꼬 가겠다고 했당께! 자식 덕분에 비행기 타고 팔자에 없는 미국 귀경허게 생겼어! 또 우리 흰둥이 새끼는 어쩌고…… 그놈은 비까번쩍한 차가 두 대나 되고 대궐 같은 집에서 산다니께! 우리 네 놈 새끼들만 생각허면 옴찔옴찔 오져죽겄어."

점례는 어깨를 들먹이기까지 하면서 좌중의 마을 사람들에게 술을 따라주며 자랑스럽게 말했다. 그러나 마을 사람들은 점례의 그 같은 자랑을 텔레비전의 화장품 선전만큼이나 귀에 못이 박이게 들었던 터라 마지못해 가볍게 고개를 끄덕였다.

"점례는 좋겄어!"

"점례가 부러워서 죽겄당께!"

"오점례 혼자 우리들 한을 다 풀었어!"

"점례는 우리 마을 스타랑께!"

좌중의 사람들이 술잔을 비울 때마다 한 마디씩 뱉어냈고, 그때마다 점례는 자랑스러운 듯 어깨춤을 추듯 목을 휘저으며 행복하게 웃었다.

"그래도 조햄벅이 할망구는 내가 양갈보질해서 깜둥이 흰둥이 낳았다고 숭보지 않든가?"

"그럼시롱 두 딸년을 왜 그 짓을 시켜! 괜히 점례가 샘이 나서 그런거니께 마음 쓰지 말어. 시방 이 마을에서 점례를 숭보고 손가락질헐 사람이 누가 있다고 그려? 점례나 조함바꾸네나 다 안 굶어죽을라고 헌 짓이었으니께…… 공주촌 사람덜치고 양키들 X 안 빨고시리 춘향이처럼 깨끗하게 살아온 사람이 누가 있간듸? 쪼니워까며, 양담배며, 깡통 덕에 살아온 우리덜이 아닌감? 조함바꾸네는 양키들 똥 덕분에 살았고 말여. 점백이는 몸을 팔았지만 그렇지 않은 사람들은 양키들헌테 쓸개를 판 거여. 몸을 판 거나 정신을 판 거나 매한가지제 머. 모두 다 쌤쌤이여. 굶어 죽지 않으라고 한 짓이었응께, 공주질 해 갖고 떼돈 번 사람 있간듸?"

술집 주인 옥자의 말에,

"그 짓 안 했으면 우리 시부모와 두 새끼 모두 굶어 죽었을 것이여!"
하고 점례가 갑자기 착 가라앉은 목소리로 말했다. 그때 조함벅이네 부인이 손목을 팔랑개비처럼 돌려 목덜미 안에 손바람을 만들어 넣으며 쪼작걸음으로 옥자네 술집 안으로 들어섰다. 그녀는 좌중을 한번 두렷두렷 둘러보더니, 의자를 끌어다 점례 옆에 비집고 앉았다.

"옥자네, 나 션한 맥주 한 벵 주소. 한여름에 목타서 워치께 쐬주를 마신당가 원!"

춘자 어머니는 그렇게 말을 하고 나서 점례의 옆얼굴을 **빳빳한** 시선으로 쏘아보았다.

"아니구만. 사람이 모두 몇인가, 나까정 야들이구만. 그려 쐬주벵 치워 뿔고 히야시된 것으로 야들병 줘. 우리 영감 함바꾸만 처묵는듸, 나도 기분 좀 내야쓰겠어!"

춘자 어머니가 짧은 목을 길게 빼고 손까지 흔들어대며 소리쳤다. 그러자 점례는 소주병을 쥐어짜듯 하여 마지막 남은 한 방울까지도 깡그리 빈잔으로 따라 마시더니 벌떡 일어섰다.

"옥자야, 엠병할, 여기 쪼니워까 한 빡스 내와라. 이 집구석에 없으면 비행기 타고 미국에라도 가서 가져와!"
하고는 악에 박친 목소리로 울부짖듯 소리쳤다.

덕주가 또 필시 두 여자가 싸움이 벌어질 것 같은 분위기에 술값 계산하고 슬며시 밖으로 나와 버렸다.

하숙옥의 답답하고 무더운 방으로 돌아온 그는 점례에 비해 너무나 무기력하고 초라한 자신을 발견하고, 그녀를 만나려고 했던 마음이 희미하게 움츠러들고 말았다. 점례는 참나무처럼 굳세고, 싸움터에서 이기고 돌아온 병사처럼 떳떳하게 살고 있음을 발견했기 때문이다. 그런 그녀 앞에 무릎을 꿇고 용서를 빈다는 것이 무의미하게 생각됐다. 그녀를 만나면 오히려 그녀 쪽에서 자기를 그렇게 만들어준 것에 대해 감사하게 여기고 있다고 말하게 될지도 모른다는 끔찍한 생각이 들기까지 하여, 서둘러 그녀가 사는 곳에서 멀리 떠나고 싶었다.

점례한테 용서를 비느니 차라리 서둘러 달밭에 돌아가, 고향 사람들 앞에 무릎을 꿇는 것이, 마음속에 겹겹이 홀맺힌 회한을 푸는 데 도움이 될 것 같았다.

그러나 점례가 거리낌 없이 사는 것을 본 그는, 지난 30년 동안 스스로 묶여 있었던 가책의 무거운 쇠사슬로부터 풀려나는 것 같은 마음 후련함을 느낄 수 있었다. 이제는 30여 년 전 그의 총부리 앞에서, 비바람에 떨어져 짓밟힌 감꽃처럼 무수히 숨져간 사람들의 환영들도 뿌리쳐버릴 수 있을 것만 같았다.

덕주는 오랜만에 마음이 가벼워져서 서둘러 고향에 가야겠다고 생각했다.

고향에 달려가고 싶은 발싸심 때문에 그날 밤 잠을 이루지 못하고 뒤척이다가 꼭두새벽 미명이 되기도 전에 하숙옥에서 나왔다. 새벽바람을 헤치며 걷는데도 이상하게 단 한 번도 기침을 하지 않았다. 오히려 영생이의 잎을 씹은 것처럼 목구멍 속이 개운했다.

덕주는 십 리 길이 빠듯한 포주역까지 나가 첫차를 탈 욕심으로 새벽길을 재촉했다. 그리고 너무나 짧은 기간이었지만, 한때 풀잎 같은 마음으로 점례를 사랑한, 지난 그의 인생의 가장 아름다웠던 순간을 천천히 음미하듯, 기분 좋은 한여름의 새벽 공기를 폐부 깊숙이 빨아들이면서, 고향 뒷산의 양지 쪽에 평화롭게 누워 잠이 든 자신의 모습을 머릿속에 부지런히 그려 넣었다.

비포장 황톳길을 지나, 발바닥이 쩍쩍 달라붙는 4차선 포장도로에 이르렀을 때 채소를 가득 싣고 힘겹게 손수레를 끌고 가는 여자와 만났다. 머리에 큰 타월을 쓴 것을 보고 여자라는 것을 알 수가 있었다.

덕주는 손수레 앞을 그냥 지나치려다가 끙끙거리며 너무 힘들어하며 끌고 가는 것을 보고 가볍게 한 손으로 밀어주었다. 그러자 여자가 어둠 속으로 뒤를 돌아다보며 숨 가쁜 목소리로 고맙다는 인사말을 했다. 목소리로 보아 젊은 여자 같지가 않았다.

"새벽부터 어디까지 가시우?"

덕주가 손수레를 밀고 있는 한쪽 팔에 힘을 쏟으며 물었다.

"역에 가서 도회지 장사꾼들헌테 팔 꺼라우."

여전히 헐떡거리는 목소리였다.

"이렇게 한 구루마 끌고 가면 얼마나 버시오?"

"넘의 밭에서 새벽마다 한 구르마씩만 떼어다 파니까, 게우 내 혼자 목구멍 풀질이나 허지라우."

"혼자라니, 식구는 없소?"

"자식이 넷이나 있었는듸, 에미 몸뚱이가 걸레가 되도록 애써 키워논 께, 제 앞길 가릴 만허자 모두덜 에미 품을 떠나가뿔덩만. 뒈졌는지 살았는지 기별조차도 없당께요!"

"불효막심헌 자식덜이로군요."

"말짱 이 에미 잘못이지라우. 내 잘못이니께 그놈덜 원망 안 허요."

여자는 푸념처럼 숨 가쁜 목소리로 말하고 나서 잠시 손수레를 멈추고 얼굴을 알아볼 수 없을 만큼 깊숙이 머리를 싸맨 타월을 벗겨 얼굴과 목덜미의 땀을 닦았다.

아스팔트 위에 미명의 마지막 두꺼운 어둠이 괴로운 삶의 껍질처럼 천천히 벗겨지기 시작했다. 덕주는 수레를 끌고 있는 불쌍한 여자와, 아들 자랑으로 두 어깨를 춤추듯 들먹이던 점례를 비교하면서 몇 번이고 안도의 숨을 내쉬었다. 그러나 그런 생각은 순간이었다.

"담배 한 대 피우고 천천히 갈라니께 먼첨 가시씨요."

여자가 땀을 닦아낸 타월을 툭툭 털며 덕주를 돌아다보았다. 그 순간 그는 하마터면 소리를 지를 뻔했다. 동쪽 신작로 끝에서부터 트여오는 아침의 하늘빛에 희미하게 드러나고 있는 여자의 얼굴은 점례가 분명했다.

"내 걱정하지 마시고 먼첨 가시라니께요."

그제서야 점례의 때까치처럼 꺽꺽 울리는 목소리가 화살처럼 그의 심장에 섬뜩하게 꽂혀왔다. 갑자기, 점례가 30년 전 어둠 속에서 그가 들이 댄 총구를 두려워하며 떨었던 것처럼, 그 자신이 그녀 앞에서 무참하게 허물어지고 있는 것 같았다.

덕주는 날이 밝아오는 것이 두려웠다. 고향에 돌아가는 일이 천당에 가는 것보다 더 어렵게 생각되면서, 다시 기침이 쏟아지려고 했다.

자동차가 다급하게 클랙슨을 울리며 미명을 가르고 달려오자, 그는 헤드라이트를 피해 몸을 돌렸다.

"걱정 마시고 먼첨 가시라니께요."

점례가 담배를 피워 물고 새벽바람 속에 연기를 내뿜으며 덕주의 옆으로 왔다. 그는 고개를 숙이고 손수레의 손잡이를 잡았다. 그곳에서 도망치듯 손수레를 끌었다.

"나 혼자서도 문제없이 끌고 갈 수 있으니께 냅두시라니께요!"

덕주는 점례가 한사코 만류하는 것을 못 들은 척하고 더 빠른 속도로 손수레를 끌었다. 채소를 가득 실은 손수레는 점례가 살아온 삶처럼 무거웠다. 아니, 덕주 자신이 지난 30여 년 동안 짓눌려온 가책의 무게만큼이나 짐스러웠다.

새벽부터 둘이서 무거운 손수레를 끌며 밀며 지나온 아스팔트길의 등 뒤에는 희번하게 동이 터오고 있었으나, 수레가 도착해야 할 포주역의 서쪽 하늘은 아직 두꺼운 어둠 속에 덮여 있었다.

"혼자서도 문제없는듸……."

점례는 잰걸음으로 손수레를 따라오며 똑같은 말만 되풀이했다.

『현대문학』, 1983.1

살아있는 소문

그것은 소문이라기보다는 살아있는 역사의 실체를 경험한 것인지도 모른다. 이십만 명 월산시의 시민 중에서 대부분이 그것을 사실처럼 믿고 있었기 때문이다.

그것은 어쩌면 시간의 흐름이 엄청난 착오를 일으킨 것인지도 모른다. 과거에 이미 있었던 사건과 미래에 일어날 일들이 오늘이라는 시점 위에서 동시에 마주친 것인지도 몰랐다.

현재 엄연히 활개를 치고 어연번듯하게 살아있는 사람이 죽었다고 했고, 수십 년 전에 시민들이 보는 앞에서 죽임을 당했던 사람이 다시 살아났다는 것이었다. 나는 이 소문을 믿지 않았다. 이미 꿈을 갖기에는 지쳐 있을 정도로 나이가 많은 현세주의에 길들여진 사람들은 모두 그것을 믿지 않았다. 그 소문을 사실처럼 믿고 있는 사람들은 척박한 현실 위에 이상의 꽃을 피우려고 하는 이들뿐이라고 생각했다.

그런데 이상한 것은 박동인 사장이 죽었다는 소문이 지난 1년 동안 줄기차게 월산시의 시민들 마음을 혼란 속으로 휘몰아 넣은 후, 이러한 소문들은 한동안 잠잠했었다. 그런데 올봄 월산천에 노란 개나리가 흐드러지게 필 무렵부터 갑작스레, 봄날 안개 퍼지듯, 십수 년 전에 죽은 윤민주가 다시 살아났다는 소문으로 시민들을 혼몽하게 만들어 버린 것이다.

지난해 박동인 사장이 월산시에 한 대 밖에 없는 독일제 벤츠 승용차를 타고 시민광장의 분수대 옆을 지나가다가, 벼락에 맞아 즉사했다는 소문이 퍼지기 시작한 것도 이른 봄이었다. 그날은 먹장구름이 두껍게 깔려 하늘이 도시의 회색빛 빌딩들 위로 낮게 가라앉고, 음산한 바람이 왠지 시민들의 마음을 음울하게 휘젓는 것 같은 대낮이었다. 시민광장에 있던 많은 사람이 박 사장의 승용차에 불이 붙고, 잠시 후에 개처럼 검게 그을려 죽은 박 사장의 시체가 시립병원으로 실려 간 것을 보았다고 했다.

시민들은 시립병원 앞에 몰려들었다. 박 사장의 죽음은 그만큼 월산시의 시민들에게 충격을 주었다. 그러나 그 충격은 결코 애도의 감동을 불러일으키는 것은 아니었다. 오히려 시민들은 마땅히 죽어야 할 사람이 죽은 것뿐이라는 냉담한 표정이었다. 시민들이 그의 죽음에 대한 소문에 관심을 두는 것은 인과응보의 확인에 불과했다. 그러다가, 박 사장이 대낮에 생벼락을 맞고 죽었다는 소문과 동시에, 그가 벼락을 맞아 죽은 것이 아니라 유럽 관광 여행 중이라는 말이 떠돌기 시작하면서부터, 그의 생사 유무를 확인하기 위한 시민들의 관심은 기름통에 불이 붙은 것처럼 과열되었다. 시민들은 박 사장이 날벼락을 맞고 죽었다느니, 유럽 관광 여행을 마치고 돌아와 활개치며 돌아다니는 것을 보았다느니 하면서 장소를 불문하고 입씨름을 했다.

월산시의 하루하루는 박 사장의 생사 여부에 대한 이야기로 들끓었다. 시립병원 앞에서는 그의 생사를 확인하고자 하는 사람들이 연일 장사진을 이루었고, 시립병원에는 그의 생사 여부를 물어오는 전화가 빗발쳤다. 결국 시립병원의 업무가 마비 상태에 이르고 말았다. 병원 당국은 "박동인 사장의 시체가 병원에 들어온 바도 없고, 그의 생사 여부에 관해서 아는 바 없음. 월산 시립병원장 백"이라는 벽보를 써 붙이고, 걸려오는 전화마다 병원에서는 모르는 일이라고 낱낱이 답변을 했다. 그러나 시민들은 병원의 말을 믿으려고 하지 않았다. 시민들은 박동인 사장이 경영하고 있는 월산 방송국 앞과, 월산공원 너머 바람이 불 때마다 찰랑거리는 소리를 내며 물비늘이 곤두서는 모습까지 손에 잡힐 듯 내다보이는 작은 호수의 맞은편에 자리 잡은 그의 자택에까지 몰려갔다.

월산 방송국과 박동인 사장의 집 앞에도 "박동인 사장은 타계하시지 않고 건재하심"이라는 벽보가 붙어 있었으나, 며칠이 안 가서 선거가 끝난 후의 선거 벽보처럼 반쯤 찢긴 채, 볼썽사납게 봄날의 바람에 펄럭이고 있었다.

월산시의 여론을 만들어내기도 하고, 자잘한 뉴스까지도 빠뜨리지 않고 방송을 내보내고 있는 월산 방송국조차도 박동인 사장이 대낮에 벼락 맞아 죽었다는 드센 소문을 막아내지는 못했다. 그 소문은 태풍처럼 거세었고 쇠를 먹고 산다는 불가사리보다도 생명력이 강했다.

나는 처음에 시립병원을 기웃거리지도, 월산 방송국이나 박동인 사장의 자택 근처도 가지 않았다. 병원이나 방송국, 혹은 그의 가족들이, 죽은 사람을 짐짓 살아있다고 숨길 이유가 없다고 믿었기 때문이다. 소문대로 그가 죽었다면(벼락이 아니라, 복상사했다 치더라도) 방송국에서는 그의 업적들을 미화시켜 사망 뉴스를 내보낼 것이고, 그의 집 앞에는 애도를 표시하기 위해 몰려온 월산시에 살고 있는 유지들의 승용차들이 즐비하게 늘어서 있을 것이 분명했기 때문이다. 어쩌면 사회장이나 시민장, 아니면 방송국장으로라도 살아온 그의 일생처럼 요란하게 장례식이 치러질 것이 뻔한 일이었다.

그럼에도 나는 박동인 사장의 죽음에 대해서 시민들이 왜 그처럼 태풍과도 같은 소문에 휘말려 있는가를 이해할 수가 없었다.

일제 말기에 스무 살의 나이에 일본 헌병대 보조원으로 들어갔던 박동인은 해방이 되자, 월산시 경찰서의 임시경찰로 변신했고, 6·25 때 공비 토벌 작전에 투입되어 공을 세우고 승진한 뒤, 4·19 무렵에는 경찰서장의 자리에까지 올랐다.

박동인은 4·19 때 앞장서서 시위 학생들을 진압했다. 그는 시위대가 나라를 뿌리째 뽑아 무너뜨릴 것으로 생각했다. 결국 그는 시위대를 향해 권총을 뽑아 들었으며, 결국 진압 경찰들이 쏜 총에 많은 젊은이가 죽거나 다쳤다.

대학생이었던 윤민주는 그때 죽었다. 박동인이 쏜 총에 맞은 것은 아니었으나, 대부분 시민들은 박동인이가 윤민주를 죽였다고 생각했다.

민주당 정권이 들어서자 박동인은 경찰복을 벗고 부동산에 손을 대기 시작하여, 몇 년 사이에 떼돈을 벌었다. 60년대 말부터 시작된 도시 근대화 어쩌고 하는 바람에 끼어들어, 그가 차지하고 있던 땅에 역과 상가가 들어선 것이었다. 그리고 돈을 어지간히 벌자 토건업에 뛰어들어 도로를 넓히고 빌딩을 짓는 사업에 성공한 뒤 고급 호텔도 세우고, 몇 년 전에는 방송국까지 사들였다. 그는 방송국을 방패로 삼아 문어발처럼 사업을 확장했으며, 월산시에만 해도 그의 소유로 된 기업체가 열 손가락이 넘었다.

시민들은 박동인을 두려워했다. 재개발한답시고 산동네에 불도저를 들이대어 밀어버리고 아파트를 세웠는가 하면, 월산 시장이 민영화되자 현대식 점포를 지어, 수십 년 동안 노점으로 생계를 지탱해오던 서민들을 쫓아낸 일 등으로 적잖은 원성을 듣고 있었다. 대부분 시민은 그를 두려

위한 만큼 싫어했다. 그의 앞에서 굽신거리는 사람들은, 그의 기업체에 빌붙어 살아가고 있는 고용인들뿐이었다.

그렇지만 아무도 그에게 도전할 생각을 갖지 못했다. 그리고 한때 그가 시위대를 향해 실탄을 발사했던 사람이라는 것조차 잊어버렸다. 그는 이제 월산시를 대표할 만한 기업인이었으며, 도시개발 사업에 그의 입김이 닿지 않는 것이 없게 되었다. 그렇다고 그가 지역개발을 위해 내세울 만큼 공헌을 한 것도 아니었다.

박동인 사장에게는 아들이 없었다. 그 때문에 시민들은 그가 죽은 뒤에 재산처리 문제에 대해서도 비상한 관심을 갖고 있었다.

시민들은 박동인 사장이 죽었다는 소문이 나돌자,

"재산을 땅속으로 가지고 갈 수도 없고 어쩔까?"

"그 사람, 재산 두고 갈 수 없어서 죽지도 못할 것이여!"

하면서 빈정거리며 고소해 했다.

하기야 그의 욕심 같아서는 그동안 아득바득 모은 재산 깡그리 무덤 속으로 가져가고 싶을 것이다. 그는 수년 전, 이미 월산시가 한눈에 내려다보이는 월곡산 기슭에, 그가 묻힐 가묘를 만들어, 비석이며 석물들까지 세워놓았었다. 그리고 이따금 그의 사업체 간부들을 데리고 그의 가묘지에 가서는,

"이눔들아, 나는 죽어서도 네눔들이 나를 위해서 얼마나 잘 허는지를 여기서 빤히 내려다볼 꺼여!"

하며 농담 반 진담 반으로 호령을 한다는 것이었다.

한번은 그의 예순여섯 번째 생일날, 그의 사업체 직원과 그 가족들을 월곡산 기슭 그의 잘 다듬어놓은 가묘지 앞에 모두 모이게 하여 큰잔치를

벌였다. 그곳에 확성기까지 설치하여, 그가 경영하는 호텔의 나이트클럽 악사들과, 이름 있는 가수들을 불러, 만수무강을 축원하는 잔치를 열었는데, 월산시의 유지들과 기관장들까지도 참석했었다. 확성기에서는 악사들이 연주하는 음악소리와, 가수들의 노랫소리가 월산 시내에까지 찌렁찌렁 울려왔다. 이날 박동인 사장은 확성기를 통해 인사말을 했는데, 어쩌면 그 인사말은 월산시의 모든 시민에게 한 것인지도 몰랐다.

"나, 박동인은 지금까지 국가와 민족, 그리고 우리 월산시를 위해 분골쇄신 일해왔습다. 나는 월산시를 사랑함다. 그러길래 죽고 싶어도 죽지를 못함다. 앞으론 나 박동인은 월산시를 위해서 백 년쯤은 더 살것임다."

박동인 사장의 인사말에, 그곳에 모인 사람들은 박수를 쳤고, 시내에서 확성기 소리에 귀를 기울이고 있던 시민들은 쓴웃음을 날렸다.

그런 박동인 사장이 느닷없이 생벼락을 맞아 죽었다는 소문이 갑작스럽게 퍼지기 시작했으니, 시민들의 반응이 예사로울 수가 없는 일이었다.

소문이 가라앉지 않자, 월산 방송국에서는 박동인 사장의 근황을 텔레비전으로 방송하기에 이르렀다. 한 달 동안 유럽의 방송계를 시찰하고 돌아왔다면서 키가 크고 머리가 허연 외국인과 악수를 나누는 사진을 곁들였다. 그러고도 소문이 죽지 않자, 월산시의 실내체육관 기공식에 삽질하는 장면과, 불우 시설을 방문하여 텔레비전 수상기를 기증하는 장면, 중앙에서 내려온 고급 관리와 만나서 환담하는 장면 등 사나흘을 걸려 한 차례씩 박동인 사장의 근황을 텔레비전을 통해 내보냈다. 그러나 시민들은 믿지 않았다. 모두 옛날 사진들이라는 것이었다. 어떤 시민들은 이미 박동인 사장이 월곡산의 가묘지에 묻힌 지 오래되었다고 자신 있게 떠벌였으며, 어떤 사람은 또 방송국에서 한사코 그의 죽음을 숨기려는 것은 재산처리를 둘러싼 분규, 혹은 월산 시장과 산동네에서 쫓겨난 사람들이 들고일어날 가능성이 크기 때문이라고도 했다.

나는 박동인 사장이 공식 석상에 건강한 모습으로 나타난 것을 여러 차례 목격했다. 박동인 사장도 자신이 죽었다는 어처구니없는 소문에 대해 잘 알고 있는 터라, 아직 건재하다는 것을 보여주기 위해 부지런히 얼굴을 내밀고 있는 것 같았다. 그러나 내가 서너 차례 얼핏 그의 모습을 보았을 때, 그것이 소문 때문이었는지는 몰라도, 그의 태도가 예전처럼 당당하지도 못하고 어딘가 초조하고 맥이 없어 보였다.

"너는 박동인 씨가 죽었다는 소문을 어떻게 생각해?"

소문이 석 달째 무서운 전염병처럼 기승을 부리던 초여름의 어느 일요일, 나는 대학에 다니는 막냇동생 기태한테 뚜벅 물었다.

"나는 그 소문을 믿어요."

동생이 자신 있게 말했다. 총명하고 줏대가 강한 동생의 입에서 그 말이 자신 있게 튕겨 나왔을 때, 나는 마치 바늘에 오금을 찔린 듯 당황했다.

"기태 너, 제정신으로 한 말이야?"

"그럼 형님은 믿지 않으세요?"

동생은 오히려 의외라는 표정으로, 그리고 크게 실망한 눈빛으로 나를 빤히 들여다보며 반문해 왔다.

"인마, 내 눈으로 박동인 씨가 살아있는 것을 봤단 말야. 지난번 실내 체육관 기공식 때도, 지하도 개통식 때도 이 두 눈으로 똑똑히 봤다니까!"

이상하게도 나는 동생한테 짜증을 내고 있었다. 동생이 나를 믿지 않는 것에 대해 속이 상했기 때문이다.

"형님은 헛것을 본 것입니다. 형님이 본 것은 박동인의 그림자라구요!"

동생도 큰소리로 대꾸했다.

"너는 나를 정신병자 취급을 하는구나!"

나는 동생의 태도에 참을 수 없는 분노를 느꼈다.

"시민들이 박동인 씨가 죽었다고 한다면 그 사람은 죽은 것입니다."

동생은 조금도 생각을 굽히지 않고 말했다.

"그 사람들이 어떻게, 멀쩡히 살아있는 사람을 죽었다고 한단 말이냐?"

"시민들은 살아있는 사람을 죽일 수 있는 힘을 갖고 있습니다. 그러나 그것은 살인이 아닙니다."

"그래도 시민들 가운데서 상당수는 박동인 씨가 죽었다는 것을 믿지 않고 있다."

"그 사람들은 박동인과 같은 생각을 갖고 있기 때문이죠. 그들은 모르면 몰라도 자신이 박동인처럼 되기를 원하고 있을 겁니다. 큰형님처럼 말입니다."

나는 동생의 그 말을 충격으로 받아들였다. 그러나 반박할 수도 없었다. 동생이 말한 것처럼 기실은 내 마음 깊숙한 곳에 박동인처럼 되고 싶은 생각이 숨 쉬고 있었기 때문이었다. 나는 오히려 나의 위선을 꿰뚫어보는 동생이 두려웠다.

그런 일이 있은 후, 나는 동생 앞에서 박동인 사장의 죽음에 대한 소문의 이야기는 단 한 번도 입 밖에 내지 않았다. 나는 그저 마음속으로만, 너도 언젠가는 나처럼 박동인 사장 같은 사람을 부러워하게 될 날이 올 것이라고 생각했다.

박동인 사장의 죽음에 대한 소문은 여름이 지나고 가을이 저물 때까지도 기승을 부렸다. 그 소문은 월곡산의 칡덩굴처럼 줄기차게 뻗었다. 마치 어떤 괴로움 속에서도 지치거나 굽히지 않고 살아남은 시민들의 삶처럼 끈질긴 생명력을 갖고 있었다. 나는 그 소문의 질긴 생명력에 소외감을 느꼈다.

그 소문은 월곡산이 흰 눈에 덮이고 겨울 한풍이 매섭게 불어 닥쳐서야, 푸른 잎에 엽록소가 빠지듯 그렇게 사그라졌다. 그 소문은 겨울 동안 봄을 기다리며 잠시 동면에 들어간 듯싶었다.

월산시의 한복판에 널따란 광장이 있다. 역에서 월곡산을 향해 남북으로 뻗은 종간선 도로와, 도시의 동서를 관통한 횡간선이 마주치는 네 거리를 시민광장이라고 불렀다. 광장의 중앙에는 분수대가 시원스러운 물줄기를 뽑아 올리고, 분수대를 중심으로 둥그렇게 가슴 높이로 둘러막은 시멘트담 둘레에는 벤치가 놓여 있으며, 분수대 좌우에는 4·19 때 희생된 윤민주 동상과, 월산시 청년개발회에서 세운 대형 시계탑이 마주 보고 서 있다.

분수대 주위 시멘트 화단에는 봄부터 가을까지 꽃들이 다투어 피었다. 봄에는 빨간 철쭉, 여름에는 노란 버들금불초, 가을에는 흰 국화가 번갈아 피었다.

한때는 노인들의 휴식처이기도 했던 시민광장은 윤민주군의 동상이 세워진 후부터 젊은이들의 차지가 되어버렸다. 이제 노인들은 광장 모퉁이, 월산천으로 통하는 좁은 골목의 입구에 있는 늙은 팽나무 밑으로 밀려나고, 광장 분수대 주변의 벤치에는 젊은이들이 벅신거렸다. 월산대학의 하루 강의가 끝날 무렵이면 광장은 젊은이들로 꽉 메워졌다.

젊은이들은 이곳을 속칭 시민다방이라고 부른다. 창문도, 의자도, 탁자도, 음악도, 주인도 없는 광장 대합실에는 언제나 대화가 넘친다. 온종일 분수대의 시멘트벽에 두 다리를 대롱거리고 걸터앉아 있어도 누구 한 사람 자리를 비켜달라고 하지 않는다. 그들은 이곳에 나와서 신문에서는 볼 수 없는 더 큰 뉴스와 소문들을 들어 알게 된다. 이곳에만 나오면 봄이 어디쯤에 와 있고, 요즘 읽을 만한 책은 무엇이며, 어느 가게에 가면 철이 지난 옷들을 싸게 살 수 있고, 시민들 가운데서 누가 욕을 얻어먹고, 누가 좋은 일을 하는 것 따위 등 자잘한 소식들을 환히 알 수가 있다. 어쩌면 박동인 사장이 생벼락을 맞아 죽었다는 소문의 진원지도 바로 이곳일지도 모른다.

시민다방은 월산대학 입학 철이 되면 한결 더 붐비기 시작한다. 월산시로 유학을 온 시골 출신의 대학생들이 대부분 시민다방에서 만나자는 약속을 하기 때문이다.

"오늘 강의 끝나고 어디서 만날까?"

"시민다방에서 만나지 뭐."

"거기가 어딘데?"

"시민다방도 몰라? 윤민주 동상 서 있는 데 말야."

"그래그래, 거긴 알어."

"난 커피숍 같은 덴 질색이야. 요즘은 커피 한잔에 오백 원이나 받더라. 오백 원이면 우리 엄마가 목이 부러지도록 고구마를 한 부대 이고 장에 나가서 팔아야 벌 수 있는 돈이거든."

"걱정 마. 시민다방은 공짜야. 그곳에서 커피 대신에 시원한 분수대의 물줄기와 꽃향기와 윤민주의 혼을 마시는 거야."

"자동차들이 내뿜는 배기가스도 마셔야 할걸!"

"염려 마, 우리들의 폐는 건강하니까."

농촌 출신의 대학 신입생들이 주고받는 말이다. 그들의 목소리에는 아직도 상큼한 흙냄새와 비릿한 갯내음, 향긋한 송진 냄새가 풍겼다.

시민광장에 따스한 봄볕이 화사하게 꽂혀 내리고 있었다. 아직 바람은 스산했지만 햇살이 넉넉하게 쏟아져 시민광장의 첫봄은 훈훈하기까지 하다. 젊은이들이 주고받는 감정 있는 대화가 뜨겁기 때문이리라.

광장에서 맞바래기로 바라다보이는 월곡산에 눈이 녹고, 월산천 상류의 계곡에 노란 개나리꽃이 흐드러지게 피고, 박동인 사장의 가묘지가 있는 야트막한 산자락에 세잎양지꽃이며, 벌깨덩굴, 홀아비꽃대, 애기나리, 노루귀풀들이 봄볕을 받아 파릇하게 돋아나기 시작하자 월산시에 또 하나의 소문이 꿈틀거리기 시작했다. 그것은 추운 겨울 동안 땅속 깊숙이 뿌리를 갈무리해 두었다가, 남쪽에서 불어오는 넉넉한 훈풍과 월곡산의 눈을 녹이는 따사로운 햇살을 받고 뽀곰히 움을 틔우는 질경이풀처럼 그렇게 소생한 것이었다.

"윤민주가 살아왔다더라."

시민광장에 모인 누군가의 입에서 그 말이 튀어나왔다.

"그래. 나도 그 소문 들었어."

"말도 안 되는 소리! 윤민주가 죽은 건 사일구 때야!"

"혹시 동상을 보고 착각한 건 아닌지 몰라?"

"아냐, 분명히 살아있는 것을 보았다는 사람한테서 들었다구!"

"그럼, 사일구 때 죽지 않았단 말이야? 살아있다면 사십 대 중년인데!"

"죽긴 분명히 죽었었지."

"죽은 사람이 어떻게 다시 살아났다는 게지?"

"부활한 것일까?"

"그럴지도 모르지. 예수처럼……."

처음, 윤민주가 다시 살아났다는 말을 들었을 때 그들은 믿지 않았다. 그러나 그 말을 자주 듣게 되자 반신반의하게 되었고, 한 달쯤 지난 뒤에는 월산시의 모든 젊은이가 사실처럼 믿었다.

"부활한 것이 틀림없어! 예수만 부활하라는 법은 없지!"

그러면서 그들은 오른손을 허공으로 힘차게 뻗어 주먹을 불끈 쥐고 뛰는 모습의 윤민주 동상을 쳐다보았다. 청동색의 윤민주는 살아 움직이고 있는 듯했고, 그가 울부짖는 소리가 고막을 찢는 듯했다.

윤민주가 살아있다는 소문이 퍼진 후, 시민광장에는 더 많은 젊은이가 몰려들었다. 분수대의 시멘트 화단을 철쭉꽃이 윤민주의 넋처럼 핏빛으로 꽉 메웠다. 그 무렵에는 윤민주가 며칠에 한 번씩 새벽 한 시쯤에 시민광장에 나타난다는 소문까지 퍼지고 있었다. 그 때문에 젊은이들은 윤민주의 얼굴을 보기 위해 자정이 넘도록 광장을 떠나지 않았다.

젊은이들은 윤민주의 얼굴을 알지 못했다. 대부분 그들이 태어나기도 전에 윤민주가 죽었기 때문이다. 그들은 아침 해가 월곡산 기슭으로부터 눈부시게 떠오를 때, 월곡산을 향해 서 있는 윤민주 동상의 청동색 얼굴을 눈여겨보고 제 나름대로 윤민주의 모습을 상상할 뿐이었다.

윤민주는 죽었지만 젊은이들의 우상이었다. 그가 살아있을 때, 월산시의 모든 시민은 그를 사랑했었다.

윤민주는 월곡산 만큼이나 꿈이 컸다. 시민들은 그가 장차 월산시를 크게 빛내줄 사람이 될 것으로 믿었다.

나는 윤민주를 잘 안다. 그와 나는 월산대학의 같은 철학과 학생이었으며, 4·19 때는 함께 스크럼을 짜고 시위에 가담했었다. 그때, 윤민주는 움직일 수 없는 우리들의 우상이었다. 대학 시절, 윤민주는 웅변가였고 시인이었다. 그의 웅변을 들으면 가슴에 불기둥이 뻗질러 오르는 듯한 충동과 감동을 느꼈다. 그의 말은 사람을 설득시키고 흥분시키는 마력을 갖고 있었다. 논리에 막힘이 없어 교수들도 그의 주장을 꺾지 못했다. 웅변을 할 때면, 그는 언제나,

"여러분, 나는 자유를 내 몸만큼이나 사랑합니다. 왜냐하면 나는 자유롭게 살고 싶기 때문입니다."

하는 말부터 시작하곤 했다.

또 윤민주가 쓴 시는 쉬우면서도 감동을 주었다. 그 때문에, 월산 시장에서 장사하는 장사꾼들도, 건축공사장에서 일하는 막벌이 노동자들도, 넥타이를 맨 회사원들도, 통금시간에 쫓기는 주정뱅이들도, 술집 여자들, 구두닦이, 껌팔이, 공장 직공들까지도 그의 시를 좋아하여 큰소리로 읊었다.

　　가슴이 찢어지도록 가난한 그대

　　공장에서 돌아오는 지친 발자국 소리에

　　행복의 눈을 뜨고 나를 바라보네.

이렇게 시작하는 「행복한 사람들」이라는 시를 나는 지금도 외고 있다.

윤민주가 죽었을 때, 월산시민들은 큰 슬픔에 잠겼었다. 꿈도 자유도 함께 잃어버린 듯했다. 시민들은 오래도록 그를 잊지 않기 위하여 서둘러 동상을 세우고 "그대 우리들 품안에서, 죽어서도 영원히 살리라"는 그가 쓴 시의 한 구절을 새겼다.

그러나 시민들은 이내 그를 잊었다. 시민광장 앞을 지나다가 윤민주 동상을 보게 되면, 마치 수백 년 전의 전설 같은 인물을 얼핏 떠올리는 담담한

표정들이었다. 기껏해야 20년 남짓 지난 사이에 윤민주는 잊혀진 과거 속의 사람이 되어버린 것이었다. 그의 시를 노래하는 사람조차 없어졌다. 그와 같은 또래들이 훨씬 더 빨리 그를 잊었다. 오히려 윤민주의 이름을 되새기며 기억하고자 하는 것은 그의 얼굴조차도 본 일이 없는 젊은이들이었다. 이상한 것은 얼굴을 아는 사람들은 되도록 그의 이름을 잊어버리려고 했으며, 얼굴조차도 모르는 젊은이들이 그의 행적에 대해서 더 많이 알고 있다는 사실이다.

나는 지난해 박동인 사장이 죽었다는 소문을 믿지 않았던 것처럼, 윤민주가 살아있다는 소문 역시 믿지 않았다. 적어도 윤민주의 얼굴을 기억하는 사람들은 아무도 그 소문에 귀를 기울이지 않았을 것이다. 그 때문에, 나이가 지긋한 시민들은 오히려 시민광장을 피했다. 어쩌다가 자정이 지나도록 술을 마셔 곤드레가 되었을지라도, 그들은 취중에서나마 시민광장 앞을 지나치는 것을 싫어했다.

"너도 밤늦게 시민광장에 나타난다는 윤민주를 보려고 나가는 게냐?"

어느 날 밤, 나는 집을 나서는 동생을 불러 세우고 나무람하는 말투로 물었다.

"그래요. 형님."

동생은 미적거리지 않고 대답했다.

"뚱딴지같은 소문을 너도 믿고 있다는 게야?"

"믿고말고요."

"박동인 사장이 죽지 않은 것처럼 윤민주는 살아있지 않아!"

"형님은 우리들의 꿈을 모르고 있네요."

동생의 목소리는 갑자기 우울하게 가라앉았다.

"꿈이라니!"

"그래요. 우리한테는 꿈이 있어요."

"무슨 꿈인데?"

"윤민주 선배의 꿈과 같은 거죠. 형님도 한때는 그런 꿈을 가져봤겠지요."

"이루어질 수 없는 꿈은 악몽만도 못한 것이다. 그러니 그따위 꿈에서 깨어나 현실을 똑바로 보면서 살아라."

"우리들의 꿈은 현실 속에 있습니다."

그러면서 동생은 나를 비웃는 듯한 묘한 미소를 머금고 횡하니 밖으로 나가버렸다.

동생이 밖으로 나간 지 두어 시간쯤 후, 식구들이 잠든 사이에 슬며시 집을 나온 나는 뜻밖에 시민광장 쪽으로 걸어가고 있었다. 자정이 가까운 거리는 을씨년스러울 만큼 텅 비어 있었다. 푸르스름한 가로등 불빛이 깔린 거리에 이따금씩 주정뱅이들이 혀 꼬부라진 소리로 노래를 흥얼거리며 바람처럼 흐느적거렸다.

나는 멀찍이 서서 시민광장에 몰려 있는 젊은이들을 바라보았다. 그들은 벤치와 분수대 시멘트벽에 걸터앉거나, 수은등 불빛이 푸르스름하게 깔린 광장에 빳빳하게 서서, 어둠에 묻힌 윤민주 동상을 올려다보고 있었다.

"윤민주가 살아났다는 말이 정말인가?"

광장 가까이 조심스럽게 다가간 나는 은행나무 가로수에 기대서 있는 젊은이에게 넌지시 물어보았다.

"글쎄, 내 눈으로 직접 본 것은 아니고, 들었을 뿐이야!"

옆구리에 책을 낀 젊은이가, 동상에서 눈을 떼지 않은 채 반말로 대답했다. 그는 나를 자기와 같은 또래로 여긴 듯싶었다. 하기야 시민광장에 모인 사람들은 모두 젊은이들뿐이었기 때문에, 반말로 대꾸하는 것이 당연한 것인지도 몰랐다.

"환상이 아닐까?"

내가 다시 물었다.

"환상이라도 좋으니 한번 봤으면 좋겠어!"

젊은이는 기도하듯 간절한 목소리로 말했다.

그러나 그날 밤, 자정이 넘고 한시가 되어서도 윤민주는 나타나지 않았다. 나는 서둘러 집으로 돌아왔다. 왠지 허탈했다. 어쩌면 나도 윤민주의 환상이라도 좋으니 다시 한번 그의 모습을 보고 싶었는지도 몰랐다. 나는 동생한테 시민광장에 나갔었다는 말을 하지 않았다. 스물네 번째 맞는 4·19 기념일인 목요일은 아침부터 실비가 내렸다. 젊은이들은 비를 맞으며 시민광장으로 몰려들었다.

"오늘 밤에 저 못 들어올지도 모르니 기다리지 마세요."

저녁상을 물리기가 바쁘게 외출을 서두르던 동생이 내게 말했다. 나는 그날이 바로 4·19 기념일이었기 때문에 여느 때보다는 각별한 관심을 갖고 동생을 지켜보고 있었는데, 집에 들어오지 못할 것이라는 말에 가볍게 긴장했다.

"왜 못 들어온다는 거야?"

나는 따지듯 물었다.

"암턴 기다리지 마세요."

동생의 목소리는 차갑게 굳어 있었다. 나는 동생의 태도에서 심상치 않은 분위기를 감지했다. 무엇인가 내게 숨기고 있다는 것을 눈치챘다. 나는 그날 밤만은 동생이 외출을 못 하도록 붙잡아야 한다고 생각했다. 무슨 엄청난 일을 저지를 것만 같았기 때문이다. 24년 전 나를 붙잡은 것은 아버지였다. 아버지가 나를 붙잡고 끝내 놓아주지 않았던 바로 그 날, 윤민주가 죽임을 당했다. 그 당시에는 아버지가 나를 배신자로 만들어 버린 것만 같아, 그렇게 원망스러울 수가 없었다. 윤민주와 함께 죽지 못한 것이 부끄럽고 억울하고 분했다. 그러나 장가를 들고 자식을 낳아 기르면서부터 아버지를 이해하게 되었다. 그리고 나는 24년 전의 아버지처럼 동생을 붙들어야 한다고 생각했다.

"오늘 밤 아무 데도 못 나간다!"

나는 동생한테 단호하게 말했다.

"왜요? 왜 못 나간다는 겁니까?"

동생은 큰소리로 따지듯 반문했다.

"나는 너희들이 무슨 일을 꾸미고 있다는 것을 알고 있어! 멀쩡한 박동인 사장이 죽었다고 하고, 죽은 지가 이십사 년이나 된 윤민주가 다시 살아났다는 엉뚱한 소문을 퍼뜨린 것은 무슨 일을 꾸미려는 것이 아니고 뭐냐!"

내 말에 동생은 싸늘하게 냉소적으로 말했다.

"형님은 굿이나 보고 떡이나 얻어 잡수세요!"

동생은 그렇게 퉁겨대고 도망치듯 집을 뛰쳐나갔다. 나도 동생의 뒤를 따라나섰다. 동생을 보호하기 위해서였다. 동생은 설마 내가 뒤를 밟고 있다는 것을 모른 채 시민광장을 향했다.

시민광장에는 어느 때보다 많은 젊은이가 몰려 있었다. 그날 밤은 날씨가 흐려 하늘에는 별빛조차 반짝거리지 않았다. 푸르스름한 불빛으로 광장을 밝혀주던 수은등도 꺼져 있었다. 광장은 먹물을 흩뿌린 듯 어두웠다. 그 어둠 속에서, 그들은 윤민주 동상을 쳐다보며 자정을 기다렸다. 나는 동생이 눈치채지 못하도록 초록색 모자의 차양으로 얼굴을 가린 채 그의 곁에 바짝 붙어 따라다녔다.

"자정이 되었다아……."

누구인가 금속의 쨍글쨍글한 목소리로 외쳤다. 젊은이들은 술렁이면서 별빛조차 구름에 감추어진 먹장 같은 밤하늘을 올려다보았다. 그들은 마치 청동으로 만들어진 윤민주 동상이 그들에게로 뛰어내리기를 기다리기라도 하는 듯 어둠에 묻힌 허공을 쳐다보고 있었다. 광장은 조용했다. 절경절경 쇠바퀴가 레일을 물어뜯는 소리를 내며 기차가 월산역으로 휘어 들어오는 소리가 정적을 깨뜨렸다. 월산공원의 동물원에서 호랑이가 포효하는 소리가 들려왔다. 그들은 고층 아파트 밑에 발톱처럼 붙어 있는 작은 구멍가게에서 울려 나오는 노인의 기침 소리까지도 듣고 있었다.

"윤민주가 나타났다아, 학생회관 쪽으로 가고 있다아!"

누구인가 목쉰 소리로 울부짖듯 외쳤다. 그러자 젊은이들은 앞을 다투어 두 손을 허우적거리며 학생회관 쪽으로 몰려갔다. 그러나 학생회관 쪽은 깜깜한 어둠뿐이었다. 젊은이들은 학생회관 앞에서 우왕좌왕했다.

"광장 쪽이다. 광장으로 가고 있다아!"

누구인가 다시 다급하게 소리쳤다. 그들은 우르르 광장으로 달려갔다. 광장에도 어둠만이 끈끈하고 육중하게 덮여 있었다. 동상도 그대로 어둠 속에 묻혀 있었다. 잠시 후에는 다시, 우체국 앞에 윤민주가 나타났다고 소리쳤다. 그때마다 그들은 이리 몰리고 저리 몰리곤 했다. 그러기를 여남은 번이나 계속했다. 그들은 지치지 않고 계속 소리치는 쪽으로 몰려다녔다.

나는 숨이 턱끝까지 차올라, 아무 데나 주저앉고 싶었다. 동생을 놓쳐버린 지도 이미 오래전이었다. 모자를 벗고 이마에 맺힌 땀을 훔쳤다. 누구인가 윤민주가 나타났고 외쳐댈 때마다, 그 소리를 믿지 않으면서도 헐떡거리며 부질없이 뛰어다녔던 자신을 향해 희미하게 웃고 있었다. 그러나 그 웃음은 결코 비웃음도 냉소도 아니었다. 나 자신이 24년 전으로 되돌아간 듯싶어 조금은 대견스럽기까지 한 것이었다.

"윤민주가 가고 있다아! 월곡산 쪽으로 가고 있다아!"

누구인가 다시 날카롭게 소리쳤을 때, 나는 자신도 모르게 고개를 들어 월곡산 쪽을 바라보았다. 성냥을 그어 손목시계를 보니 새벽 두 시가 조금 넘어 있었다. 나는 그제서야 맥이 빠져 후줄근한 모습으로 몸을 돌려세웠다. 집으로 휘적휘적 돌아오는 길에 비를 만났다. 도시는 깊은 잠에 빠져 있었으며, 드세어진 빗줄기만이 어둠 속에 잠든 도시의 지붕과 아스팔트를 줄기차게 때렸다. 깨어 있는 것은 시민광장의 젊은이들뿐이었다. 나도 그들과 함께 깨어 흠씬 비를 맞고 있었다.

"어젯밤에 윤민주가 정말로 나타났다냐?"

아침을 먹으면서 나는 시치미를 떼고 차분하게 가라앉은 목소리로 동생한테 물었다.

"우리가 박동인 씨가 죽었다고 하면 죽은 거나 마찬가지로, 윤민주 선배가 살아났다고 하면 틀림없이 살아난 것입니다."

동생은 무겁게 고개를 떨군 채 말했다. 나는 동생의 말에 트집을 잡거나 다른 설명을 요구하지 않았다.

다음날도 그다음 날도 소문은 죽지 않았다. 소문은 다시 봄을 기다리고 있었다.

『소설문학』, 1984. 10

어둠의 강

북행 특급열차는 단 한 번의 짧은 기적조차 없이 슬며시 출발했다. 레일 위로 굴러가는 열차 소리는 마치 썰매가 얼음을 가르며 가볍게 미끄러져 가는 것처럼 부드럽고 쾌적하게 느껴졌다. 열차는 기적 대신에 감미로운 서양음악으로 객실의 어수선한 분위기를 한껏 촉촉하게 녹여주었다.

열차가 방송 음악의 박자에 맞춰 적당히 좌우로 흔들리며 역 구내를 빠져나가 절뚝거리듯 낡은 철교를 지나자, 차창 밖이 서서히 어두워지기 시작했다. 그제서야 열차는 어둠이 덮쳐오는 것을 알리기라도 하는 것처럼 두어 번 짧게 금속성의 마찰음과도 같은 기적을 울렸다.

특실은 거의 비어 있었다.

열차를 타고 떠나는 사람들은 언제나 버릇처럼 차창 밖을 보기 좋아한다. 비록 창밖에 끈끈한 어둠이 성벽처럼 단단하게 쌓여 있다 할지라도, 그 어둠 속에서 자신의 과거와 미래를 한꺼번에 헤집어보기라도 하려는 듯 한동안 그렇게 시선과 생각들을 먼 곳에 집중시킨다. 그 순간의 표정은 시인처럼 경건하고 풀잎처럼 약해 보이며, 때로는 자신이 괴력을 지닌 거대한 열차의 한 부분이 되기라도 한 것처럼 강해지기도 한다. 비록 그곳이 미지의 땅이라 할지라도 목적지에 대해서 강렬한 흥미를 느끼면서, 그리고 그들에게 있어서 과거는 흘러간 시간이 아니고 출발 이후 얼마만큼 멀리 왔는가 하는 거리가 기준이 되며, 미래 역시 도착해야 할 목적지까지 여정으로 생각하게 마련이다. 시간은 언제나 삶의 뚜렷한 궤적 위에 점으로 나타나기 때문에, 멈추는 곳이 현재일 뿐, 지나온 곳은 과거이고 가야 할 곳은 미래인 것이다. 그것은 마치 짧은 인생의 경로와도 같다.

열차 여행을 떠나는 사람들이 기대에 찬 표정으로 차창 밖에 시선을 멀리 던지는 것은 어쩌면 어두웠던 과거의 기억을 잊고 희망이 가득한 미래를 보고자 하는 기대 때문인지도 모른다.

아내와 두 아들을 데리고 동생을 만나기 위해 북행 열차를 탄 유만길 씨도, 특실의 짙은 보라색 우단을 씌운 안락한 좌석에 앉자마자, 아무것도 보이지 않는 차창 밖의 어둠을 응시하고 있다. 유만길은 차창 밖의 육중하게 느껴지는 어둠 속에서 살아온 과거의 편린들을 하나하나 찾아내어 그것들을 기억이라는 끈으로 보석처럼 꿰어보려는 듯 조금은 초조하고 안타까운 모습으로 유리창에 눈을 바짝 대고 앉아 있다. 그는 북행 열차가 동생이 사는 서울이 아니라, 35년 전의 과거로 달려가 주었으면 하고 꿈꾸어 본다.

"밖이 수챗구멍 속 모양으로 깜깜하구만 뭣을 그렇게 열심히 내다보시우?"

유만길의 옆에 어색하게 상반신을 앞으로 깊숙이 꺾어 불안하게 앉아 있는 그의 아내 곡성댁이 불만스레 입을 비쭉거렸다.

'모르는 소리 말어. 나는 지금 어둠 저쪽에 있는 내 과거를 보고 있는 거여. 어둠 저쪽에 동생 천길이와 내가 자란 고향이 있다니께. 예성강 건너편의 배천 땅을 보고 있는 거여.'

유만길은 마음속으로 말하며 얼핏 어둠으로부터 회한에 젖은 시선을 회수하여 그의 아내와 두 아들을 무심히 바라본다. 아내와 두 아들도 모두 약속이나 한 것처럼 어둠뿐인 창밖을 바라보고 있었다.

"너네들은 뭘 보고 있는 게냐?"

유만길이 겸연쩍은 얼굴로 두 아들을 보며 나지막하게 무슨 큰 비밀이라도 캐내려고 하는 것처럼 물었다. 아버지의 그 같은 목소리 때문인지, 고등학교 2학년짜리 순석이 푸실푸실 웃었다. 이번 여행을 즐겁게 받아들인 것은 순석이뿐이었다.

"지금 섬진강을 지나고 있어요. 조금만 더 가면 외가가 있는 곡성에 닿을 겁니다. 열차가 굉장히 빠르네요. 꼭 어둠 속을 날아가는 비행 열차 같아요."

슈퍼마켓 배달원인 큰아들 순남이 여전히 창에서 시선을 떼지 않은 채 말했다.

"아무것도 보이지 않는데, 강을 지나고 있다는 것은 어찌 아느냐?"

어머니 곡성댁이 물었다. 그녀는 친정 땅이 가까워져 오고 있다는 말에, 지난봄에 세상을 뜬 어머니 생각이 구물구물 살아나 울컥 설움이 복받쳤으나, 자신의 그런 얼굴을 자식들에게 보이지 않으려고 억지로 미소까지 머금었다. 친정어머니는 자기 죽음보다 가난한 딸의 삶을 더 슬퍼하면서 눈을 감았었다.

"물비린내가 나지 않아요?"

"여름도 아니고 겨울에 무슨 물비린내가……."

"어머니도 참, 섬진강 강가에서 사신 분이 그것도 몰라요? 여름 물비린내는 비릿하지만요, 겨울 물비린내는 황토밭 무 맛처럼 맵싸하다구요."

순남이가 큰소리로 자신 있게 말했다.

"그건 첫째 말이 맞아요. 겨울철 강에서 풍겨오는 물비린내는 매운 풋고추 냄새 같거든."

유만길은 문득 고향 예성강의 향기로운 물비린내를 떠올리며 큰아들 편을 들어주었다.

"강물에서 풋고추 냄새가 난다는 건 내 생전 당신한테서 처음 듣수."

그러면서 곡성댁은 그 맵싸하다는 겨울 강의 물비린내를 맡아보기라도 하려는 듯 윗몸을 유리창 쪽으로 어슷하게 꺾어 콧구멍을 벌름거리기까지 했다.

유만길의 가족들은 다시 약속이나 한 것처럼 동시에 창밖의 어둠 속을 바라보았다. 어둠은 흐르지 않는 거대한 강물처럼 보였다. 어둠 속을 바라보고 있는 유만길의 머릿속에 예성강의 휘움한 물줄기가 조용히 굽이쳐왔다. 강둑 위로 굴렁쇠를 굴리며 달려가는 그들 형제의 모습도 퇴색한 사진처럼 희미하게 어둠 속에 찍혀왔다. 그는 눈을 감아버렸다.

유만길의 가족들은 특급열차의 안락한 특실 칸에 앉아 있으면서도 어딘가 안정감이 없어 보였다. 앉음새가 마치 하인이 몰래 주인의 비단 방석에 옹색하게 엉덩이를 붙이고 있는 것처럼 부자연스러웠거니와, 저마다 가장 좋은 나들이옷을 골라 입기는 했어도 어딘가 특실 손님으로는 어울리지 않는 초라한 행색이었다. 그들 네 사람도 자신들의 그런 입장을 잘 알고 있는 터였다. 그 때문에 애써 시선을 창밖의 어둠 속으로만 던지고 있는 것인지도 몰랐다. 자신들의 삶이 그렇듯, 그들은 차라리 어둠 속에서 더 자유스러웠고, 산동네의 가난한 사람들 속에서 훨씬 편안함을 느꼈다.

"풋고추 냄새켕이는 느 아부지 입에서 시금창 썩는 냄새만 난다."

곡성댁이 허리를 곧추세워 남편을 향해 눈의 흰자위를 샐그러뜨렸다.

기실은 유만길도 풋고추같이 싸한 물비린내는 맡을 수가 없었다. 다만 그가 그렇게 말한 것은, 가족 중에서 유별나게 감각이 예민한 순남이를 의도적으로 두둔해 주려고 한 것이었고, 거기에다 그의 고향 예성강을 머릿속에 잠시나마 가두어놓고, 지난날의 기억들을 한껏 떠올려보고 싶었을 뿐이었다.

"물비린내뿐만 아니라, 진짜 강이 우는 소리까지도 들을랴면 강물로 농사를 지어봐야제."

"당신, 농사꾼 같은 소릴 다 허시네."

"나도 농사꾼이었제. 어렸을 적엔 부모님이 농사를 짓는 것을 도왔고, 월남한 후에는 당신한테 장가들기 전까지만 해도 섬진강 물로 농사짓는 머슴이었으니께."

"아이구, 그것도 자랑이라고!"

곡성댁은 누가 들을까 싶다는 얼굴로 남편을 쥐어박는 듯한 목소리를 퉁겨내며 밉지 않게 눈을 흘겼다.

"예성강 물과 섬진강 물은 물비린내부터 달러!"

"예성강에서는 왜 지분 냄새라도 난답니까?"

"젖 냄새!"

"예?"

"예성강 물에서는 우리 어머니 젖 냄새가 나고, 섬진강 물에서는 이녘 냄새가 풍기제."

"내 냄새가 어떤 냄샌듸요?"

"시지근한 행주 냄새에 구정물 냄새, 마늘 냄새, 깍두기 냄새에 된장 냄새, 설렁탕 국물 냄새……."

"그야 식당 주방에서 쌔빠지게 일만 하니께 그런 냄새가 날 수밖에요. 허제만 이 몸에도 향수 뿌리고 분 바르면 향수 냄새나고 분 냄새도 난답니다요. 그러는 당신한테서는 무신 냄새가 나는 줄이나 아시우?"

곡성댁은 전에 없던 앙칼을 보이며 따지듯 되쏘았다. 기실 그녀는 남편의 성화에 떼밀리다시피 하여서 하는 수 없이 열차에 오르긴 했으나, 찜찜한 기분이 좀처럼 가라앉지를 않았는데, 남편이 구정물 냄새, 시지근한 행주 냄새를 들먹이는 바람에 울컥 심사가 꼬였다.

"그야 뭐, 청소부인 나한테서는 온갖 쓰레기 썩는 냄새가 진동하겠지."

유만길은 갑자기 비감에 젖은 목소리를 한숨처럼 토해내며 어쭙잖은 눈으로 아내를 보았다.

"잘 아시는구려!"

곡성댁의 말투는 여전히 퉁명스러웠다. 그녀는 어쩌면 자신에게 화를 내는 것인지도 몰랐다. 남편이 그녀 자신을 업신여기거나 마뜩찮게 생각하여 그런 말을 한 것이 아니라는 것은 분명히 알고 있으면서도, 아무것도 아닌 말 한마디에 버르르 성깔을 곤두세우고 툭툭거리게 된 자신이 미웠다. 그녀는 자신이 남편을 늘 애잔하게 여겨온 것처럼, 남편 역시 그녀 자신을 이 세상에서 누구보다 더 찐덥게 생각하고 있다는 것을 잘 알고 있는 터였다. 그런데도 그녀는 걸핏하면 남편에게 쥐어박는 듯한 말투로 툭툭거리고 대들었다. 그것은 다만 삶이 너무 고달프기 때문이었다. 온종일 쓰레기 수레를 끌고 비척거리며 거리를 꿰고 다니는 남편을 생각하면 살점을 저미듯 속이 아렸지만, 남의 식당 주방에서 두 다리가 참나무 토막처럼 빳빳하게 굳어지도록 덤벙이다가 밤늦게 산동네까지 휘돌아 올라오자면, 세상만사가 다 귀찮을 정도로 부걱부걱 짜증만 들끓곤 했다.

3년 전, 서울에 사는 시동생을 만나게 된 후부터 곡성댁의 짜증은 더욱 심해졌다. 그것은 삶의 고달픔 때문만도 아닌 듯싶었다. 그것은 자신의 운명을 거역하는 데서 비롯된 스스로에 대한 좌절감 때문인지도 몰랐다. 예전에 그녀는 "이것도 타고난 팔자가 아니우? 타고난 팔자는 독에 들어가서도 못 고친다고 안 합디까?" 하는 말을 버릇처럼 뇌까리면서, 삶의 고달픔과 불행을 팔자소관에 돌리곤 했었다. 그러던 곡성댁이 3년 전 서울에 사는 시동생을 처음 만나고 난 후부터는 팔자소관에 순응해온 자신을 무섭도록 심하게 꼬집기 시작했다. 그것은 자신의 운명에 대한 무서운 반란이었다. 그녀는 이제 걸핏하면 남편에게 "한 핏줄을 타고난 형제가 그렇게도 팔자가 다를 수가 있단가요. 세상에 원, 못 믿을 것은 팔자여. 당신이 참새 팔자라면 서울 시동생은 황새 팔자를 타고났다니께요. 어쩌면 한 뱃속에서 참새랑 황새가 따로 생겨날 수 있다요?" 하면서, 팔자 탓을 하기 시작한 것이었다.

차창 밖의 어둠 속에 불빛이 흘렀다. 열차는 그곳에서 잠시 쉬면서 하행 열차가 도착하기를 기다렸다. 잠시 후에 유난히 다급하게 기적을 울리며 서서히 역 구내로 들어서고 있는 하행 열차의 객실은 승객들이 가득가득 들어차 있었다. 텅 빈 북행 특급열차와는 대조를 이루었다.

"남들은 설을 쇠려고 남쪽으로 내려오는데, 우리는 거꾸로 올라가고 있네요."

한동안 잠자코 있던 큰아들 순남이 그들 옆으로 천천히 비켜 지나가는 하행 열차를 바라보며 불만스럽게 말했다. 유만길의 가족들은 모두 한결같은 기분이었다. 그들은 기실 보이지 않는 혈연이라는 밧줄에 묶여 끌려가고 있는 듯한 기분이었다.

"찾아갈 작은댁이라도 있으니 얼마나 다행한 일이냐. 명절 때 갈 곳이 있다는 건 좋은 게다."

아들의 불만 섞인 말에 유만길은 못 들은 척하려다가 한마디 타일렀다.

"너무 차이가 나니까 그렇다우."

유만길의 아내가 큰아들의 편을 들었다.

"잘 된 동생이 있다는 건 큰 자랑거리가 아니우? 나는 쓰레기꾼들한테 얼마나 동생네 자랑을 한다고 그려."

"저도 친구들한테 작은아버지 자랑을 해요."

둘째 순석이 큰 소리로 말했다.

열차는 다시 다급하게 움직였으며 불빛들은 지나온 날들의 기억처럼 희미하게 사라져갔다. 창밖은 암담한 유만길의 마음을 홍건하게 토해놓은 것처럼 어두웠다. 유만길은 우울했다. 우울이라는 말보다는 슬프고 답답하다는 표현이 더 어울렸다. 그의 속은 여름휴가 뒤끝의 고급아파트 쓰레기처리장처럼 어질더분했다. 유만길은 여름철 아파트의 쓰레기처리장에서 온종일 쓰레기 썩는 냄새에 시달리다 보면, 그의 삶도 그렇게 쾨쾨한 냄새를 피우며 무클하게 썩고 있는 것만 같은 생각에 사로잡혔다. 그때마다 유만길은 한여름 고향 예성강의 향기로운 물비린내를 그리워했다.

"다음부터는 동생이 우리 쪽으로 내려오도록 해요. 남부끄럽게 형이 동생한테 찾아가서 명절을 쇠는 법이 어디 있답디까?"

곡성댁은 애써 목소리를 부드럽게 가라앉히며 말했다.

"당초에 그렇게 하기로 했었지 않은가. 그래서 작은집 식구들이 우리 쪽에 와서 쇠었지 않아?"

"그건 3년 전이었지요. 그것도 딱 한 번뿐이었고요."

"동생이 회사 일로 워낙 바빠서 그리된 것 아니오. 우리가 이해합시다."

"바쁘다는 건 다 핑계라고요. 정성의 문제지요. 아니지요, 정성이 이전에 정이 없으니까 그래요. 아무리 친형제라고는 하지만 33년 만에야 만났으니 무슨 정이 있겠어요? 정이라는 건 가깝게 얼굴 맞대고 살아야 생기는 거라구요. 멀리 있는 친척이 이웃사촌만도 못하다는 말이 백번 옳은 말이제."

"동생의 생각은 고향이 가까운 임진각에 가서 실향민들과 함께 망향제를 지내자는 뜻도 있을게요."

"망향제는 무슨…… 제사 잘 지낸다고 해서 귀신과 사람이 가까워진답디까? 중요한 것은 사람과 사람이 가까워져야지요."

유만길은 아내의 그 말이 뼛속을 파고드는 듯했다. 그는 아내의 말에 뼈저리게 공감하면서 다시 비감에 젖었다.

3년 전, 33년 만에 동생을 처음 만나기 위해 완행열차를 탔을 때까지만 해도 그의 마음은 날개의 힘이 가장 강한 한 마리의 자유로운 군함새가 된 기분이었다. 그러나 동생을 만나는 횟수가 늘수록, 차츰 희망과 기다림의 날개가 퇴화하여 버린 듯싶었다.

유만길은 동생이 차표만 보내오지 않았어도 북행 열차를 타지 않았을 것이었다. 동생은 지난 3년 동안 명절 때마다 그렇게 했던 것처럼 네 가족의 특실 차표와 약간의 돈을 보내오곤 했다.

"왜 이 기차표가 꼭 경찰서나 검찰청에서 보내는 출두명령서같이 생각되는 거죠? 아무 날 아무 시까지 출두하지 않으면 어쩌고저쩌고하며 겁을 주는 출두명령서 말입니다."

기차표를 본 큰아들 순남이는 대뜸 그렇게 불평을 하면서 자기는 이번 여행에서 한사코 빠지겠다고 했었다. 북행 열차를 타지 않겠다고 한 것은 순남이뿐만 아니었다. 유만길의 아내도 북행 열차를 타는 것을 거부했다.

아내는 같은 나이인데도 영화배우처럼 화려한 동서가 싫다는 것이었다. 동서에 비해 자신이 쭈그렁 밤처럼 참담하게 늙어버렸다는 것이었다.

"나는 작은아버지고 작은어머니고 사촌들이고 다 싫습니다. 작은집 식구들을 만난 후부터 이상하게도 물건을 배달할 때, 나도 모르게 자전거 페달을 밟는 다리에 힘이 쫙 빠져요. 아마 열등감 때문인지도 모르죠. 차라리 만나지 말았어야 좋았을 것을 그랬어요. 아버지도 예전보다 어깨가 더 축 처지신 것 같아요."

순남이는 언제나 그렇듯이 그의 생각을 거침없이 뱉어냈다.

"비교하려고 애쓰지 말아라. 그래도 작은집 식구들을 처음 만났을 땐 순남이 네가 젤루 많이 울었지 않았느냐?"

유만길은 3년 전의 일을 떠올리며 말했다.

"그때, 전 작은아버지에 비해서 아버지가 너무 늙고 초라하게 보였기 땜에, 속이 상해서 울었던 거예요. 어머니도 그래서 우셨잖아요?"

"아니다. 나는 그때 네 아버지가 너무 기뻐하시는 것을 보자, 나도 모르게 눈물이 쏟아지더라."

"나는 눈물이 안 나오던데……."

둘째였다. 네 가족 중에서 눈물을 한 방울도 흘리지 않은 것은 둘째뿐이었다.

"넌 그때 중학생이었으니까."

"고등학생이었던 사촌들도 울지 않던데 뭘!"

"네 작은어머니도 안 울드라."

"기뻐서 운 사람은 아버지와 작은아버지뿐이었어요. 어머니와 저는 그 냥 괜히 우리 가족의 고달픈 삶 때문에 복받쳤던 것이었구요."

유만길은 아들의 혀끝에 가시 돋친 그 말을 굳이 탓하지 않았다.

그는 이제 스물두 살이 된 아들 순남이를 좋은 쪽으로 이해하려고 노력했다. 부자지간의 사이가 버성기게 된 이유는 십중팔구 아버지 쪽의 몰이해와 독단에서 비롯된다는 것을 알고 있었기 때문이다. 게다가 유만길은 아들에게 아버지 노릇을 제대로 못 해주고 있다는 죄책감에 사로잡혀 있었기 때문에, 사소한 일에는 결코 아들을 탓하려 들지 않았다. 순남이 역시 그런 아버지의 마음을 잘 알고 있었기에, 대학에 보내주지 못한 부모를 조금도 원망하지 않았다. 그러나 그에게는 꿈이 있었다. 그의 소망은 사이클 선수가 되는 것이었다. 슈퍼마켓 물건들을 자전거에 싣고 배달을 하면서도 그의 꿈은 언제나 일직선으로 곧게 뻗은 아스팔트 도로처럼 변함이 없었다. 자전거에 물건을 가득 싣고 사이클 선수 흉내를 내며 허리를 구부리고 페달을 밟을 때마다, 그의 꿈은 허벅지 근육과 함께 열차 레일처럼 단단해져 가고 있는 듯했다.

"아버지는 어땠어요?"

갑자기 순남이가 밑도 끝도 없이 뚜벅 물었다.

"뭐가?"

"작은아버지를 만났을 때, 아버지가 젤루 많이 우셨잖아요."

"글쎄다."

유만길은 부끄러운 듯 어색하게 웃었다.

"아버지께서도 아버지 신세가 서러웠기 때문에 더 많이 우셨던 것은 아니었어요?"

"그냥 눈물이 쏟아지더라."

유만길은 순남이의 물음에 마음속으로는 깊이 공감하면서도 겉으로는
애매한 표정을 지어 보였다. 기실 유만길 자신은 그때 처음에는 잃었던
동생을 다시 찾은 기쁨 때문에 울었지만, 잠시 후에 그 울음은 기쁨이 아
닌 원망과 설움으로 변했던 것 같았다. 그리고 지금 와서 생각하니 그것
은 순남이의 말마따나 억울하기까지 한, 잃어버린 세월에 대한 한탄이었
던 것 같기도 했다.

열차는 또 하나의 역으로 진입하기 위해 속력을 늦추면서 서서히 불빛
사이로 미끄러져 갔다. 오르는 사람도 내리는 사람도 없었다. 가로등에
비친 역 구내는 경기가 끝난 운동장보다 더 을씨년스럽게 보였다. 오만하
게 느껴지는 열차는 여전히 기적도 없이 출발했다.

유만길은 역 구내의 싸늘하게 얼어붙은 불빛이 그의 시야에서 완전히
사라진 후에도 차창에 얼굴을 바짝 대고 있었다. 차창 밖의 어둠 속에 쓰
레기 수레를 끌고 헉헉거리는 자신의 모습이 보였다. 멋지게 차려입고 제
수의 배웅을 받으며 잘 익은 알밤 색깔의 자가용을 타고 출근하는 동생의
모습도 보였다. 그는 그런 동생에게 초라한 자신을 한사코 비교해보려는
자신의 심사가 얄밉고도 서글펐다.

차창 밖의 어둠 속에 다시 어렸을 때의 자신과 동생 모습이 서서히 비
쳐 지나갔다. 동생 천길이는 자기중심적이고 이기심이 강했다.

유만길이가 열두 살 때이고, 동생 천길이가 아홉 살 때의 여름이었다.
딸네 집에 다니러 온 외할머니를 따라 예성강 건너 토성의 외가에 간 동
생이 개학날이 가까워져 오는데도 돌아오지 않자, 유만길이 기차를 타고

데리러 갔었다. 배천에서 토성까지 기차를 타고 가는 동안 유만길은 어른
이 되기라도 한 것처럼 가볍게 들떠 있었다. 배천에서 예성강 철교만 넘
으면 바로 토성으로, 한 시간도 못 걸리는 거리였으나, 혼자 기차를 타고
동생을 데리러 간다는 생각에, 온몸의 힘이 어깨와 턱끝으로 쏠렸다. 그
는 형의 입장에서, 개학날이 되도록 집에 돌아오지 않고 있는 동생을 아
버지가 그에게 한 것처럼 호되게 꾸짖어주어야겠다고 벼르면서, 미루나
무가 두 줄로 가지런히 늘어선 외가 동네로 들어섰다.

　동생 천길이는 외가 동네의 같은 또래 아이들과 동구 밖 물레방앗간 모
퉁이의 서늘한 벚나무 그늘에서 한창 땅뺏기 놀이를 하고 있었다. 천길이
는 얼핏 형을 쳐다보더니, 모른 척 외면을 하고 놀이에만 열중했다. 만길
은 그런 동생의 시건방진 태도가 쥐어박아 주고 싶을 만큼 얄미워 귀싸대
기를 갈겨주려다가 참고서 놀이가 끝나기를 기다렸다. 그러나 땅뺏기 놀
이 한 판이 다 끝났는데도 천길은 형에게 왔느냐는 말 한마디 없이, 새로
사귄 외가 동네 친구들과 함께 어울려 멱을 감으러 가버렸다. 만길이 동
생의 뒤통수에 대고 다급하게 이름을 불렀으나, 천길은 뒤 한번 돌아보지
않고 휘파람을 불며 강 쪽으로 뛰어가 버렸다. 만길이는 동생의 뒤를 따
라 강까지 가서 서둘러 집에 가자고 좋은 말로 타일렀다. 그러나 동생은
형과 함께 가지 않겠다고 했다. 외가 동네에서 더 놀다가 개학 하루 전날
혼자서 집에 갈 테니, 걱정하지 말고 형더러 먼저 돌아가라는 것이었다.
그러면서 동생은 자기도 얼마든지 기차를 타고 혼자 집에 돌아갈 수 있다
는 말을 힘주어 되풀이했다.

　만길은 하는 수 없이 싸움에 진 수말처럼 풀이 죽어 혼자 돌아오고 말
았다. 집에 돌아와서 아버지한테 동생의 건방지고 당돌한 태도를 그대로

일러바쳤더니, 아버지는 오히려 만족스럽게 웃으면서 그런 동생을 똘똘한 아이라고 했다. 그리고 동생은 개학 하루 전날 개선장군처럼 당당하게 혼자 빼기며 집에 돌아왔다.

또 한 번은, 동생과 함께 예성강으로 낚시를 하러 갔다. 동생은 만길이의 말을 듣지 않고 한사코 강의 상류로만 올라갔다. 만길은 내버려 두었다. 해 질 무렵, 만길은 집에 돌아가기 위해 동생을 찾아 상류로 올라갔으나 동생의 모습이 보이지 않았다. 다급해진 만길은 동생의 이름을 외쳐 부르며 강기슭을 헤맸다. 그는 날이 어두워지자 어쩔 수 없이 혼자 울면서 집으로 돌아왔지만 동생이 물에 빠져 죽었을지도 모른다는 생각이 들자, 차마 집 안으로 들어설 용기가 없어, 오랫동안 대문 밖에서 서성거렸다. 아무래도 동생이 사라져버린 것을 아버지, 어머니에게 알려야겠다는 생각에 용기를 내어 집 안으로 들어가 보니 천길은 안방에서 세상모르게 자고 있었다. 만길은 다짜고짜 잠든 동생의 허구리를 걷어찼고, 잠을 자다가 느닷없이 발길질을 당한 천길은 옆구리를 감싸 안고 버르적거리며 죽는다고 소리소리 질러댔다. 이날 만길은 아버지로부터 잠자는 동생을 걷어찼다는 이유로 핏발이 솟구치도록 종아리를 맞았다. 이처럼 잘못은 언제나 만길에게로 돌아갔다. 형이라는 이유로 그는 늘 지청구의 대상이 되었다. 동생은 언제나 만길에게서 자유롭게 벗어나려고 했고, 만길은 그런 동생을 미워하면서도 가까이서 돌보아주고 싶어 했다.

1951년 1월, 그들 형제가 포화 속에서 비극적으로 헤어지게 된 것도 따지고 보면 형에게 의지하지 않고 제힘으로 따로 서고 싶어 하는 동생의 그 지나친 외고집 때문이었다.

6·25가 터진 그해 겨울, 예성강이 꽁꽁 얼어붙은 어느 날 밤에 강 건너

토성에 사는 외삼촌이 가족들을 이끌고 유만길의 집으로 왔다. 결혼한 지 반년도 안 된 외삼촌은 외숙모와 함께 남으로 내려가겠다고 하면서, 다시 돌아올 때까지 외할머니를 모셔달라고 부탁했다. 그때 유만길의 아버지는 장모를 맡는 대신 만길이와 천길이 형제를 함께 데리고 가달라고 부탁했다. 그때 만길이는 열네 살이었고, 천길이는 열한 살이었으며, 천길이 밑으로 네 살 터울의 막내 백길이가 있었다. 아버지는 백길이만을 집에 있게 하고, 두 아들은 남쪽으로 보내고 싶어 했다. 그러면서 아버지는 세상이 좋아지면 곧 다시 만날 수 있다고 말했다. 아버지는 사태를 낙관하고 있었다. 한 나라가 남북으로 오래도록 동강 난 채 굳어지리라고는 생각하지 않았던 것이다. 다만 두 아들을 남쪽으로 내려보낸 것은 당분간 생명을 부지하기 위해서는 남쪽이 더 안전할 것으로 믿었기 때문이었는지 모른다.

유만길은 집을 떠나가고 싶지가 않았다. 칼날 같은 바람이 그치지 않고 앵앵거리는 추운 겨울에 집으로부터 멀리 떠나기가 불안했고, 어머니와 헤어지기도 싫었다. 어머니는 언제나 만길의 편을 들어주었다. 그가 동생 때문에 엉뚱하게 아버지한테 꾸중을 듣거나 종아리를 맞을 때, 어머니만이 만길이를 두둔해 주었다.

유만길은 더구나 뚝보라는 별명이 붙은 것처럼 성질이 무뚝뚝하고 거친 외삼촌과 함께 떠난다는 것이 싫었다. 아버지는 늘 동생 천길이가 외가 쪽을 닮았다면서 외삼촌의 성격이 사내답다고 칭찬했다. 어머니만은 성질이 괴벽스러워 조그만 일에도 성을 잘 내는 퍅성愎性의 외삼촌을 달갑지 않게 생각하고, 천길이가 고집을 부리고 떼를 쓸 때마다, 외삼촌의 못된 성질을 닮았다면서 친정 동생과 천길이를 싸잡아 비난했었다.

동생 천길이는 외삼촌과 함께 집을 떠나게 된 것을 즐거워했다.

"천길이는 나를 닮아서 천마산 꼭대기에 올려놓아도 혼자 끄떡없이 살아날 수 있을 텐데, 나이가 열넷이나 되면서도 풋병아리같이 잔약하기만 한 만길이 네가 큰 걱정이다."

네 사람이 예성강 하구의 벽란이라는 곳에서 작은 전마선을 타고 강화를 향해 바다를 건널 때, 외삼촌이 한 말을 그는 아직껏 잊지 못하고 있다.

강화도 철산이라는 곳에 배를 댄 네 사람은 집을 떠난 지 사흘 만에야 서울 변두리에 당도했다. 그때 서울 사람들도 북쪽에서 들려오는 포성에 쫓겨 줄을 지어 피난을 떠나고 있었다. 외삼촌 내외와 만길이 형제도 남으로 내려가는 피난민 대열에 끼었다. 남으로 내려가는 피난민 대열은 끝이 없었다. 그들은 뚜렷한 행선지도 없이, 휴지조각들이 바람에 날리듯 무작정 떠밀려갔다.

유만길이 보기엔, 건듯 부는 북새에 어지럽게 흩날리는 허섭스레기 모양으로 갈피를 못 잡고 우왕좌왕 밀리는 피난민 중에서, 제정신이 똑바로 박힌 사람은 도무지 찾아볼 수가 없는 듯했다. 모두 흐물흐물한 연체동물처럼 중심을 잃고 있었다. 부사리보다 뚝심이 센 외삼촌도 예외는 아니었다.

유만길은 집을 떠나 외삼촌을 따라오게 된 것을 다시 한번 후회했다. 그는, 부라퀴 같던 외삼촌이 완전히 기세가 꺾여 흐물흐물 중심조차 가누지 못하게 된 것을 알아차리고, 무엇 때문에 집을 떠나 무작정 남쪽으로 내려가야만 하느냐고 따지듯 물었다. 유만길은 다시 집으로 돌아가고 싶었다.

"북쪽에서는 외삼촌의 모험심과 뚝심이 안 통해. 외삼촌과 천길이는 뚝심이 통하는 세상이라야 살기가 편하거든."

외삼촌은 그 와중에 중심을 잃고 있으면서도, 만길이한테만은 큰소리를 쳤다. 만길은 그런 외삼촌이 비겁한 사람으로 보였다.

서울에서 출발한 지 이틀째 되던 날 밤, 그들은 미군 부대 옆 바라크의 땅바닥에서 신골 박히듯 무릎을 세우고 앉은 채 노루잠을 잤다. 바라크 바로 앞에 철조망이 쳐져 있었는데, 그 철조망 너머의 미군 막사에선 밤새도록 색소폰 소리가, 얼어붙은 예성강의 수면을 훑는 칼바람처럼 가슴을 후벼 팠다.

아침이 밝아오자, 외삼촌 내외는 먹을 것을 구해 오겠다면서 미군 부대가 자리 잡은 야트막한 구릉을 넘어갔다. 만길이는 동생과 함께 바라크 밖으로 나와 외삼촌 내외가 사라진 구릉 위로 눈부시게 떠 오른 아침 해를 바라보았다. 해가 떠오르기 전에 바라크를 나선 외삼촌 내외는 한낮이 되도록 돌아오지 않았다. 피난민들이 모두 떠나버린 낡은, 바라크엔 만길이 형제만이 덩그렇게 남아서 외삼촌 내외가 돌아오기만을 기다렸다. 천길이마저 외삼촌을 찾으러 나가겠다고 바라크에서 뛰쳐나갔다. 만길은 앉은뱅이 소나무가 듬성한 구릉 너머로 동생을 뒤쫓아 가면서 외삼촌 내외가 돌아올 때까지 바라크에서 함께 기다리자고 사정도 하고 윽박질러 보기도 했다. 그러나 천길은 외삼촌과 함께 돌아오겠다면서 철로를 가로질러 마을 쪽으로 뛰어가 버렸다.

그것이 동생과는 마지막이 되고 말았다. 밤이 되도록 바라크엔 아무도 다시 돌아오지 않았다. 만길은 추위와 배고픔과 두려움으로 떨면서 어두운 바라크 구석에 혼자 앉아서 밤을 보냈다. 철조망 너머 미군 막사에서 들려오는 색소폰 소리마저도 소름 끼치도록 무섭게 들렸다. 음습하고 썰렁한 바라크 바닥에서 혼자 떨고 있을 때, 그에게 위로가 될 만한 것은 아무엇도 없었다. 유만길은 열네 살 나이에 겪었던 그 날 밤의 일을 잊을 수가 없었다. 색소폰 소리마저도 죽어가는 사람의 마지막 슬픈 비명처럼 들렸던 그 뼈저리게 외롭고 두려운 밤의 긴 시간은, 그 후 33년을 살아오는 동안 그를 불안이라는 굴레로부터 영원히 벗어날 수 없게 만들고 말았다.

춥고 어두운 바라크 바닥에서 떨면서 하룻밤을 보낸 만길은 다음 날 해가 떠오르기도 전에 동생을 찾아 철로 건너편 마을로 달려갔다. 그러나 외삼촌 내외도, 동생도 보이지 않았다. 철길을 타고 남쪽으로 내려가더라는 마을 앞 주막집 노파의 말만을 믿고, 그는 두 가닥의 철길을 따라 무작정 내려갔다. 철길은 끝이 없었다. 동생을 찾아야 한다는 그의 간절한 생각도 끝없이 뻗질러 올랐다. 철길을 따라 남쪽으로 더 멀리 내려갈수록 동생에 대한 그리움은 더욱 부풀었다.

유만길은 한 달이나 걸려 철길이 끝나는 남쪽 끄트머리까지 내려가 보았지만, 평행선으로 달리던 두 가닥의 레일이 교차하지 않은 것처럼 끝내 동생을 만나지 못했다. 그 후 33년 동안 그의 마음속에는, 열네 살의 나이에 잃어버린 동생을 찾아 발이 물커지도록 걸었던 곧게 뻗은 두 가닥의 철길이 언제나 동생의 모습처럼 살아있었다.

"바라크에 나 혼자만 두고 나가서 어디로 갔었디?"

33년 만에 동생을 만난 자리에서 유만길은 그것부터 먼저 물었다.

"외삼촌을 찾아다녔지요. 그때 나는 마음 약한 형님보다 뚝보 외삼촌이 더 미더웠으니까요."

"그래 외삼촌을 만났던?"

"만나지 못했지요. 사흘이 지난 후에 바라크로 돌아왔더니, 형님도 없고 바라크엔 미군들이 가득 들어와 있었어요."

동생 천길은 그곳 바라크에서 한동안 미군들과 함께 살았다고 했다. 그리고 로버트라는 흑인 군목의 양아들이 되어 미국으로 들어가 대학교까지 졸업했다고 했다. 지금 그의 아내는 그가 플로리다 주립대학에 다닐 때 알게 된 유학생이라고 했다.

"형님도 바라크에서 나를 기다리고 그대로 남아 있었더라면 나처럼 미국에 건너가 박사가 되었을지도 모르지요."

동생이 그의 미국 생활에서부터 한국 유학생을 만나 결혼을 하고, 공학 박사가 되어 귀국하여 큰 회사의 실험실 연구원이 되기까지를 자랑스럽게 설명하고 나서 한 말이었다. 유만길은 동생의 그 말에 쓸쓸하고 공허하게 웃었다. 그리고 그의 청소구역인 아파트촌 쓰레기처리장을 떠올렸다.

33년 만에 다시 만난 그들 형제의 거리는 공학 박사와 청소부의 차이만이 아니었다. 유만길의 아내는 그것을 황새와 참새에 비교했고, 첫째 놈은 고급 승용차와 쓰레기 손수레로, 둘째 놈은 버터와 된장으로 각각 비유했다.

"숙부님이 지난 삼십삼 년 동안 앞을 향해 뛰어다녔다면, 아버지는 여지껏 뒷걸음질을 쳐온 것 같아요."

동생과 그 가족들을 처음 만나고 돌아와서 첫째가 무심히 튕겨낸 말끝에, 유만길은 높이 날리던 연의 연줄을 놓쳐버린 듯한 안타까움과 허전함을 느꼈다. 형제는 그동안 서로 다른 세상에서 살아온 것만 같았다. 한 핏줄이라는 것 외에는 모든 것에 차이가 있었다. 생각도 말투도 환경도 달랐다.

유만길이 동생을 다시 만난 감격으로, 세상에서 태어나서 처음으로 가장 많이 눈물을 흘렸던 그 날 밤, 형제는 같은 잠자리에 들었다. 그날 밤 유만길은 동생과 함께 자랐던 고향에서의 어린 시절의 이야기를 한 반면, 천길은 그의 미국 생활과 그가 다니고 있는 회사 규모와 자신의 위치, 그리고 그의 앞날에 대해 말하기를 좋아했다. 유만길이 자신 있게 이야기할 수 있는 것은 오직 과거뿐이었다.

"우리 생전에 다시 고향에 돌아갈 수 있을지 모르겠구나."

하고 유만길이가 고향 이야기를 꺼낼라치면 동생은,

"아무래도 저는 괜히 귀국했나 싶어요. 봐서 다시 미국으로 되돌아갈까 합니다."

하면서, 예성강변의 고향보다는 마이애미가 있는 플로리다를 그리워하는 것이었다. 함께 있는 동안 유만길과 동생은 서로 다른 쪽을 바라보고 있는 듯 했다.

그때마다 유만길은 마음속으로, 우리의 만남이 너무 늦었구나, 33년 동안 긴 세월의 이별 뒤에 만남은 단 하루만으로 끝나고 마는 것 같구나 하는 안타까움을 되씹으며 울고 싶도록 통탄했다.

그런대로 형제의 만남에는 한 줄기 끈끈한 핏줄로 이어진 친애의 정이 앙금처럼 남아 있었으나, 부인과 아이들끼리는 민물고기와 바닷고기를 한 어항에 넣어놓은 것처럼 심한 이질감으로 오히려 불편한 사이가 되었다. 불편을 느낀 것은 유만길의 가족들이 더했다. 유만길의 두 아들은 사촌이 생겼다는 반가움보다는 심한 열등감으로 위축되어 있었다. 그들 사촌끼리의 만남에는 눈물도 뜨거운 포옹도 없었다. 간단히 악수한 후에 나이를 따져, 그 자리에서 형과 아우를 결정하고 이름을 알리는 형식으로 끝났다.

그들 사촌끼리의 대화는 처음부터 통하지 않았다. 유만길의 장남 순남이는 미국 유학을 준비하고 있다는, 그보다 한 살 위인 숙부의 큰아들에게 슈퍼마켓 자전거 이야기를 할 수가 없었고, 차남 순석이 역시 동갑내기 숙부 딸에게 자신을 자랑할 만한 것이 아무것도 없었다.

유만길의 가족들이 같은 식탁에 앉아 한식으로 아침 식사를 하는 대신, 동생의 가족들은 우유와 빵을 먹었고, 형의 아이들이 텔레비전 연속극을 볼 때, 동생의 아이들은 우리말 자막도 없는 외국영화를 즐겼다.

물론 동생 내외와 사촌들이 형의 가족들을 소홀하게 대접한 것은 아니었다. 끼니때마다 식탁에 불고기 요리가 푸짐하게 올려 졌고 외국에서 들여온 갖가지 과일이며 과자 등으로 잠시도 입을 놀게 하지 않았다. 동생네 가족들은 먹는 것으로 모든 친절을 표현했다.

서울의 볼만한 곳을 모두 구경시켜주고, 큰 식당에서 두 가족이 한데 어울려 여러 차례 즐겁게 외식도 했으며, 네 식구에게 값비싼 옷을 사서 입혀주기도 했다. 시쳇말로 유만길네 가족들은 난생처음으로 꿈인가 생신가 싶게 호강을 한 것이었다.

그런데도 이상하게 유만길네 가족들은 하나같이 먹은 것이 아까울 만큼 서울에 머무는 동안 줄줄 설사를 쏟아 얼굴들이 창백하게 야위어갔으며, 입고 있는 값비싼 새 옷도 어딘가 걸맞지가 않아 어색하게만 느껴졌다. 유만길네 가족들은 모든 것이 부자연스러워 서둘러 집으로 내려갈 것을 원했으나, 동생 쪽에서 하루만 더 하루만 더 하며 붙잡는 바람에 일주일 동안이나 답답한 시간과의 치열한 싸움을 벌여야만 했었다.

그때 동생은 이산가족 재회 보너스로 회사로부터 일주일 동안의 특별 휴가까지 얻어 형님의 가족들을 위해 최선을 다하고 있었다. 그러나 유만길네 가족들에게 그 일주일은 참으로 길고도 지루한 속박의 시간이었다.

시간이 갈수록 두 가족 사이의 버성김이 하나하나 드러나기 시작했다. 그것은 마치 33년 동안 요지부동으로 굳어져 이제는 사선처럼 되어 도저히 넘을 수 없는 남과 북의 군사분계선만큼이나 엄연하고 소름 끼치는 한계로 느껴졌다.

"어렸을 때 두 분 사진은 쌍둥이처럼 똑 닮았는데, 지금은 모습이 서로 전혀 달라요. 누가 두 분을 친형제라고 믿겠어요?"

형제가 처음 만나고 며칠이 지난 후 유천길의 처가 뚜벅 입을 열었을 때 유만길은 핏줄이 철조망처럼 굳어져 버린 그 엄연한 사실에 마음이 찢어지는 듯 아팠다.

"너무 시간이 많이 흘러 서로 변해버렸기 때문이지 뭐. 그래도 우리가 친형제라고 하는 것은 날마다 다시 해가 떠오르는 것만큼이나 확실한 거야."

동생이 그렇듯 강조한 것을 곰곰이 생각해보면 그 자신도 지난 긴 시간이 갈라놓은 불일치의 비극을 의식하고 있는 것이 분명했다. 유만길은 33년 만에 동생과 재회하여 일주일 동안 함께 있었지만, 한 부모의 자식이라는 것 외에는 아무런 일치점도 발견하지 못했다. 그것은 마치 그가 33년 전에 동생을 찾아 철길이 끝나는 남쪽 끄트머리까지 내려갈 때, 맛보았던 소름 끼치는 절망감과 같았다.

'북에 있는 셋째 백길이를 만나게 된다면 어떻게 될까?'

유만길은 절망에 가까운 탄식을 쎕으며 중얼거렸다. 둘째 천길이를 만났을 때보다 몇 배나 더 먼 거리감을 느끼게 될 것이 뻔했다.

유만길은 열차의 쇠바퀴가 절경거리며 구르는 레일의 싸늘한 금속성의 감촉을 온몸으로 느끼고 있었다. 그것은 마치 식어버린 핏줄의 감촉과도 같이 싸늘했다.

"너무 늦었어!"

유만길은 차창 밖 어둠 속을 바라보며 탄식하고 있었다.

"안 늦었어요, 아버지. 이 열차는 젤 빠른 특급인걸요. 늦어도 새벽 한 시 반 안에는 서울에 도착할 거예요."

둘째 순석이는 아버지의 슬픈 얼굴로 토해낸 탄식의 뼈저린 내용을 알지 못했다.

"더 일찍 서둘렀어야 했어. 아니, 지금이라도 늦지는 않을 게야. 더 굳어지기 전에 지금이라도 만나야지. 어차피 만날 사이라면 서둘러야지."

유만길은 열병을 앓고 있는 환자가 헛소리하듯 중얼거렸다.

"아버지, 저는 내일 내려와야겠어요. 아버지와 어머니는 어쩌실래요?"

장남인 순남이가 말했다. 그는 슈퍼마켓 배달 때문에 서울에 오랫동안 머무를 수 없다고 했다.

"네 작은아버지가 하루 만에 내려가게 하겠느냐?"

유만길은 그렇게 말하고 나서,

"순석이도 네 형과 같이 내일 내려올 셈이냐?"

하고 물었다.

"전 두 분과 함께 내려갈래요. 그런데 아버지, 작은아버지께서 절 대학에 보내주시겠다고 하신 거 이번에는 거절하지 않을래요."

순석의 그 말에, 유만길 내외와 장남 순남이의 시선이 일시에 충격적으로 뒤엉켰다. 지금껏 작은아버지의 호의를 거절하겠다고 하던 순석이의 돌변한 태도를 이해할 수 없었기 때문이었다.

"바보같이, 넌 자존심도 없니?"

순남이가 동생을 나무랐다.

"작은아버지는 미국 흑인의 도움으로 공학 박사가 되셨다는데, 조카가 한 핏줄인 작은아버지 도움 받는 건 그렇게 자존심 상할 게 못 된다고 생각해. 형두, 슈퍼마켓 배달 집어치우고 작은아버지 호의를 받아들이는 게 어때? 형이 원하기만 하면 작은아버지께서 언제든지 전문대학이라도 보내주시겠다고 하시잖았어? 나 말이야, 그동안 좀 생각해봤는데, 우리가 사촌들과 가까워지려면 작은아버지의 호의를 받아들여서 우리도 출세해야 한다는 결론을 얻었어! 형도 훗날 나하고 멀어지지 않으려면 생각을 바꿔야 해. 내가 대학을 졸업해서 근사하게 된 후에도 형이 슈퍼마켓 배달원이라면 어쩔 수 없이 멀어지게 되지 않겠어?"

순석이의 말에, 그의 부모와 순남이는 동시에 경악하는 얼굴로 서로를 마주 볼 뿐이었다.

"그래, 이 형 걱정하지 말고 너나 많이 출세해라! 그래서 훗날 나도 네가 기차표 보내주면 지금 아버지처럼 내 자식들 물고 네 집으로 설 쇠러 가마!"

순남이는 잔뜩 비위가 뒤틀려 동생을 아니꼬운 눈빛으로 흘겨보며 비아냥거렸다.

"애비와 네 작은아버지가 사이가 이렇게 된 건 육이오 탓이다."

유만길의 목소리는 힘이 빠져 슬픈 탄식처럼 들렸다.

"육이오 탓만도 아녀요."

순남은 여전히 뒤틀린 목소리였다.

"그것은 순남이 말이 맞다. 네 작은아버지는 되레 육이오 덕분에 잘 되시지 않았냐."

유만길의 아내는 장남의 편을 들었다. 그것은 남편에 대한 비난의 소리이기도 했다. 그 순간, 유만길의 눈빛이 서슬처럼 날카로워졌다. 눈심지가 바르르 떨고 있었다.

"아니, 내가 고향에 못 가는 것도 내 탓이란 말여?"

유만길은 울부짖듯 소리쳤다. 그 바람에 특실 안의 몇 사람 안 되는 손님들이 놀란 얼굴로 일제히 유만길 쪽을 쳐다보았다.

열차는 네 가족의 우울한 침묵과 함께 절겅거리며 터널 속으로 기어들고 있었다. 터널을 통과하자 창밖으로 별빛과도 같은 도시의 불빛들이 우줄거리며 춤을 추었다. 유만길은 불빛의 출렁임을 바라보면서 흥분된 마음을 가라앉혔다. 그는 아무도 탓하고 싶지가 않았다. 그들 형제를 남쪽으로 데리고 온 외삼촌도, 그를 썰렁한 바라크에 혼자 남겨둔 채 뛰쳐나가 버렸던 동생도 탓하고 싶지가 않았다. 이렇게 동생을 다시 만날 수 있게 해준 하느님께 감사하고 싶은 마음뿐이었다. 그는 이번에 동생 내외와 조카들을 만나면 지금까지보다 더 친절하게 대해주어야겠다고 생각했다.

이상하게도 도시의 불빛들이 그의 흥분된 마음을 따뜻하게 위로해주는 듯싶었다. 그리고 열차가 한강 철교를 지나자. 3년 전 동생과의 감격스러운 재회를 위해 정신없이 서울로 올라왔을 때처럼 걷잡을 수 없을 만큼 가슴이 설레었다. 그는 잠시 목구멍 깊숙한 곳으로부터 또 하나의 그리움이 불길처럼 뜨겁게 솟구쳐 오르는 것을 느꼈다. 순간, 자신도 모르게 눈시울이 크렁하게 젖었다.

그는 어둠 속의 한강으로 시선을 던졌다. 강을 건너고 있다는 사실에 가볍게 술기운이 퍼지는 것처럼 다시 흥분이 되살아났다. 그러나 어둠 속에 얼어붙은 한강에서는 아무런 냄새도 맡을 수가 없었다. 유만길은 문득 물비린내를 맡을 수 없는 강은 이미 굳어버린 핏줄과도 같다는 생각을 했다.

열차는 정확하게 1시 25분에 도착했다. 그들은 무기력하게 굳은 표정으로 새벽의 냉기 어린 지하도를 지나 에스컬레이터에 실려 플랫폼을 빠져나갔다. 빨간 스키복을 입은 동생의 큰아들이 마중 나와 있었다.

"아버지와 어머니께서는 외할머니 전화 받고 외가에 설 쇠러 내려가셔서, 제가 차를 가지고 나왔어요. 두 분은 오후 늦게야 돌아오실 거예요."

영화배우처럼 잘생긴 동생의 장남 민구는 그들을 역 광장 모퉁이의 승용차 주차장 쪽으로 안내하며 말했다.

"어머니가 외가에 가시면서, 파출부를 시켜 시장을 봐다놨으니 그걸로 큰어머니께서 음식 장만해서 설을 쇠라고 하셨어요."

그러면서 민구는 두 손을 바지 주머니에 깊숙이 찌르고, 빨간 볏이 탐스러운 싸움닭처럼 어깨에 힘을 주어 상반신을 심하게 흔들면서, 귀성객들이 꽉 들어찬 광장을 헤엄치듯 가로질러 나갔다.

새벽 한 시 반의 서울역 광장에는 고향으로 가는 귀성 열차를 타기 위해, 겨울 찬바람을 맞아가며 날을 샌 귀성객들이 꼬불꼬불 여러 가닥으로 줄을 서 있었다. 유만길의 눈에 수많은 가닥의 귀성객 대열이 마치 살아서 꿈틀거리는 거대한 핏줄처럼 느껴졌다. 그리고 그들에게서 예성강과 섬진강 물과 같은 비릿한 물비린내를 맡을 수 있었다.

유만길은 가족들과 함께 한여름의 강물과도 같은 귀성객의 기나긴 대열 속을 헤쳐나가다 말고 문득 걸음을 멈추어 섰다. 그리고 오랫동안 귀성객 대열 속에 우두커니 서 있었다. 그 자신도 대열의 맨 끝에 서서 고향으로 가는 열차를 기다리고 싶었다.

"큰아버지 빨리 오세요."

자가용을 세워둔 광장 모퉁이의 주차장까지 인도하던 민구가 소리쳤다.

"민구형, 서울 하늘에도 별들이 꽤 많이 반짝이네!"

"임마, 별이 반짝이지 않는 세상은 아무 데도 없어!"

유만길은 둘째 아들 순석이 제 사촌과 함께 어깨를 나란히 하고 걸으며 주고받는 이야기를 들으면서, 오랫동안 귀성객 인파 속에 얼어붙은 듯 서 있었다.

유만길은 얼어붙은 듯, 서울역 광장의 한가운데 선 채 간절한 얼굴로 북쪽 하늘을 올려다보았다. 별들이 반짝이는 깜깜한 새벽하늘이 흐르지 않는 강물처럼 오만하게 느껴졌다.

『현대문학』, 1986.5

안개섬

1

땅끝의 항구로부터 정기여객선에 실려 다섯 시간이나 파도에 흔들리고 나서야 비단섬의 선착장에 내리자, 비로소 바람과도 같은 자유로움을 느낄 수가 있었다. 한낮이 훨씬 지났는데도 비단섬의 선착장 주변은 짭잘한 갯내음과 함께 엷은 물안개가 느슨하게 깔려 있었다.

여객선의 종점이 비단섬이라 그곳에서 내린 여객은 스무 명 남짓에 지나지 않았다. 배는 비단섬에서 하룻밤을 쉬었다가 다음 날 아침에 땅끝 항구로 떠난다고 했다. 길섭은 선착장에 내리자 비단섬의 한가로운 모습을, 오랜만에 긴장을 풀고 천천히 휘둘러보았다. 포구에는 방금 길섭이 타고 온 여객선 외에 낡은 동력 어선 몇 척이 정박해 있었다. 그리고 선착장 방파제를 따라 술집, 여관, 미장원, 이발소, 구멍가게 식당들이 한 줄로 늘어서 있었고, 어판장이며 냉동창고, 수산업협동조합 같은 큰 건물도 눈에 띄었다. 그러나 길섭의 눈에는 이런 비단섬의 풍경이 마치 꿈속에서처럼 환상적으로 느껴졌다. 그것은 한낮의 안개 때문인지도 몰랐다. 그리고 그가 가야 할 안개섬에 대한 간절한 동경이 잠시 그의 시야를 흐리게 한 것인지도 몰랐다. 그가 가야 할 안개섬은 그의 생명이며 자유이기 때문이었다.

길섭은 낚시꾼들이 쓰는 챙이 유난히 넓은 진홍빛 모자를 깊숙이 눌러 얼굴을 가리고 대합실을 빠져나갔다. 비단섬의 여객 대합실에도 어김없이 사진까지 곁들인 수배자 광고물이 붙어 있었다. 길섭은 수배자 광고물에서 얼핏 자신의 사진을 발견했다. 안경을 쓰지 않은 얼굴 부분만을 100원짜리 동전 크기의 원형으로 인쇄한 그 사진 옆에는 그의 본적지와 현주소 외에, 직업은 전직 출판인, 168센티의 작달막한 키에 깡마른 편이고, 눈은 크고 근육질의 얼굴에 이마가 넓으며, 왼쪽 발은 약간 절고, 남도 지방의 사투리를 섞어 쓴다는 그에 대한 특징들이 쓰여 있었다.

길섭은 서울을 떠나 비단섬에까지 오는 동안 자기의 사진이 들어 있는 그 수배자 전단지와 수없이 마주치곤 했으만 한 번도 검문을 당하지는 않았다. 그것은 그가 바다 낚시꾼 차림을 한 때문인지도 몰랐다. 그는 챙이 넓은 낚시꾼 모자와 등산화를 신었으며, 등산복 차림에 등산백을 짊어졌다. 그 등산백 속에는 바다낚시 도구 외에 간단한 취사도구며, 담요, 일인용 텐트, 미숫가루, 쌀이 들어 있어 어디에서든지 먹고 자고 할 수가 있었다.

선착장 대합실을 빠져나간 길섭은 방파제를 따라 걸었다. 방파제에는 출어를 준비하는 어부들이 그물을 손질하고 있었고, 가까운 머리 위로 갈매기 몇 마리가 한가롭게 날고 있었다. 그는 김 선배가 일러준 대로 비단섬에 살고 있는 흰 눈썹 노인의 움막을 찾기 위해 방파제의 끝에서 갯바위가 튀어나온 산자락을 끼고 돌았다. 산자락을 안고 돌자 포구는 눈에서 사라지고 자갈이 깔린 해안이 휘움하게 굽어 파도를 끌어안고 몸부림치고 있었다. 인가는 눈에 띄지 않았으며 후박나무와 동백, 해송들이 우거진 야트막한 산과, 자갈이 깔린 해안과, 끝없는 바다만이 펼쳐져 있었다. 자갈이 깔린 해안을 끼고 돌자, 넓지 않은 모래밭 해안이 나타났고 그 모래밭 위 동백나무 사이로 작은 움막이 보였다. 길섭은 그 움막이 바로 흰 눈썹 노인의 집이라는 것을 알 수가 있었다. 길섭은 가파른 후박나무 숲길을 추어 올라 마치 당집처럼 조금은 음산한 기분이 들기까지 하는 단칸 움막으로 들어섰다. 돌담 안에 흙벽으로 쌓아 갈대로 지붕을 덮은 움막은 비어 있었다. 길섭은 한동안 움막의 판자문 앞에 서서 통기를 했으나 기척이 없기에 안으로 들어가 방문을 열어 보았다. 거적을 깔아 놓은 움막에는 담요와 헌 옷가지들이 너절하게 흩어져 있었고 한쪽 구석에는 먹다 남은 삶은 고구마 몇 알이 찌그러진 양은그릇에 담겨진 채, 파리 떼를 불러 모았다. 움막 안에서는 약간은 퀴퀴하고도 새큼한 사람 냄새가 풍겨왔다. 길섭은 그것이 그를 안개섬까지 데려다줄 흰 눈썹 노인의 체취라는 것을 알 수 있었다. 길섭에게 그 냄새는 자유와 생명의 섬으로 안내해 줄 마지막 희망이기도 한 것이었다.

잠시 후 길섭은 움막에서 다시 해안으로 내려와 갯바위가 삐주룩이 튀어나온 벼랑 쪽으로 향했다. 그 갯바위 모퉁이에 흰 눈썹 노인이 있을 것만 같았기 때문이다. 갯바위의 벼랑을 간신히 안고 돌자, 낡은 회색빛 점퍼 차림의 사내가 벼랑에 바짝 붙어 앉아 낚싯줄을 드리우고 있는 모습이 보였다. 가까이 다가갈수록 그가 흰 눈썹 노인이라는 확신이 굳어졌다. 체구가 작고 희끗한 머리가 쑥대머리처럼 헝클어져 바닷바람에 곤두선 노인은 길섭이 가까이 다가갈 때까지 눈 한번 들지 않고 낚싯대 끝에 시선을 매달고 있었다. 그는 분명 누구인가 자신에게로 가까이 오고 있다는 것을 감지하고 있으면서도 짐짓 모른 척하고 있는 듯싶었다. 노인은 세상의 어떤 일에도 관심이 없다는 듯 수 천년 무심히 파도에 씻겨온 갯바위의 모습을 하고 바다를 향해 앉아 있을 뿐이었다.

"저어, 저어······ 동백 영감님이시죠?"

길섭은 노인의 희끗한 눈썹을 확인하고 나서 어눌하게 입을 열었다. 그제서야 노인은 흰 눈썹의 눈두덩에 경련을 일으키듯 바르르 눈꺼풀을 떨며 천천히 길섭을 올려다보았다. 노인은 누구냐고 묻지도 않고 그렇게 올려다보기만 했다.

"저는 서울에서 왔습니다. 제 이름은 이길섭이구요."

길섭은 허리를 꺾어 다시 한번 정중하게 인사를 하며 자신의 이름을 밝혔다. 그러나 흰 눈썹 노인은 길섭의 이름 따위에는 별로 관심이 없다는 듯 다시 시선을 낚싯대 끝에 매달았다. 길섭은 이럴 때 어떻게 처신해야 한다는 것을 알고 있었다. 그가 할 수 있는 것은 노인 쪽에서 무슨 말이건 물어 올 때까지 잠자코 노인 곁에 서 있는 일뿐이었다. 길섭은 은회색의 물억새꽃같이 거칠게 엉클어진 노인의 쑥대머리칼이 바닷바람에 일어서는 모습을 내려다보며 서 있었다. 물억새의 잎처럼 꺼끌꺼끌하게 느껴지는 노인의 머리칼이 그에게는 한줄기 거센 바람으로 보였다. 그는 흰 눈썹 노인의 생애에 대해서는 아는 바가 없었지만, 거친 바람처럼 느껴지는 그 머리칼과 갯바위와도 같이 표정이 단단하게 굳은 모습에서 노인의 삶이 어떤 궤적을 그어 왔는가를 대충 짐작할 수 있을 것 같았다.

길섭은 노인이 그에게 어떤 말이고 물어 올 때까지 끈기 있게 기다렸다. 적어도 길섭에게만은 기다림에 대한 인내는 잘 길들여진 셈이었다. 그에게 있어서 기다림은 투쟁이며 희망이기도 한 것이었다. 그가 안개섬으로 피신하려는 것도 따지고 보면 포기하지 않고 그날이 오기까지 기다리기 위한 최후의 방법이기도 했다.

"젊은이는 비단섬 사람이 아니우?"

한참 후에 연한 갈색에 청색 빛깔을 띤 손바닥만한 용치놀래기 한 마리를 낚아 올리고 나서야 노인이 물었다.

"아닙니다. 비단섬엔 처음입니다."

길섭은 노인의 물음에 흥분하여 대답했다. 그러나 노인은 길섭에게 더이상 묻지 않았다. 길섭은 흰 눈썹 노인에게 자신이 비단섬에 온 뜻을 자세하게 말해 주려다가 노인의 표정이 다시 무관심하게 굳어져 버린 것을 보고, 노인이 무엇인가를 물어 올 때까지 기다리기로 했다. 노인은 다시 오랫동안 단단하게 굳어졌다. 물억새꽃 같은 머리칼만이 바닷바람에 풀잎처럼 일어섰다가 다시 눕곤 할 뿐이었다. 길섭의 눈에 흰 눈썹 노인이 갯바위의 모습에서 고목의 그루터기로 변한 듯했고, 잠시 후에는 한줄기 거센 바람과 햇살로 바뀌는 듯했다.

"비단섬에는 뭣 하러 왔수?"

노인은 여전히 시선을 낚싯대 끝에 매단 채 무감각한 어조로 물었다.

"아, 네, 동백 영감님을 뵈러 왔습니다."

길섭의 말이 떨렸다.

"나를? 나를 만나러 왔다고 했수?"

노인은 잠시 낚싯대 끝으로부터 시선을 회수하여 길섭을 올려다보며 물었다.

"그렇습니다. 지금 마악 비단섬에 도착하여 영감님의 움막에도 들렀었습니다."

길섭의 말에 노인은 한동안 말없이 멀뚱한 표정으로 그를 보았다. 그 표정이 너무 공허하게 느껴져 질식할 것만 같았다. 노인은 오랫동안 그렇게 공허한 표정으로 길섭을 바라보았다. 그의 표정은 길섭이 무엇 때문에

그를 찾아온 것인지 알고 싶지 않은 듯했다. 잠시 후 노인은 공허한 시선을 낚싯대 끝에 던지며,

"그래 뭣땜시 나를 만나러 왔수?"

하고 묻는 것이었다.

"예, 저를 안개섬까지 좀 데려다 주십사 하고요."

길섭의 말에 노인은 한동안 아무런 반응을 보이지 않았다.

"서울에서 김길종 선배님의 소개를 받고 왔습니다. 저는 이길섭이라는 사람인데 꼭 안개섬으로 가야만 합니다. 저는 다시 뭍으로 돌아갈 수 없는 몸입니다. 영감님 제발 저를 좀 살려 주십시오."

길섭은 노인의 곁에 바짝 다가앉으며 간절한 목소리로 매달렸다. 그의 목소리는 마치 하느님을 외쳐 부르는 기도보다 더 간절했다. 노인은 바위처럼 냉정했다.

"안개섬이 어디에 있는디?"

노인은 길섭을 보지도 않고 건성으로 물었다.

"죄를 지은 사람들이 피신을 하러 가는 섬 말입니다. 일단 한번 들어가게 되면 아무도 붙잡아 올 수 없다는 안개섬 말입니다."

길섭은 다급하게 말했다.

"그런 섬이 어디에 있답디까?"

"영감님께서 그 섬을 알고 계신다고 들었습니다."

"내가? 난 모르오. 그런 섬이 이 세상 어디에 있겠수?"

노인은 바위처럼 냉정하게 잡아뗐다. 순간 길섭은 너무 낙심하여 자기도 모르게 무서운 한숨을 토해냈다. 그것은 한숨이라기보다 절망의 밑바닥에서 뻗질러 올라온 탄식이었다.

"영감님 저를 좀 도와주십시오. 저는 안개섬으로 도망가지 않으면 곧 붙잡히게 될 것입니다. 저를 붙잡기 위해 비단섬에까지도 제 사진이 담긴 수배 전단지가 붙어 있습니다. 지금 붙잡히게 되면 제 인생은 끝장입니다."

"그건 내가 알바가 아니우."

노인의 말에 길섭은 눈을 감아버렸다. 파도 소리가 고통스러운 울부짖음처럼 밀려왔다. 때로는 그 울부짖음이 총소리로 변했다. 울부짖음과 총소리에 길섭의 사지가 참나무 토막처럼 빳빳하게 굳어졌다. 왼쪽 대퇴골이 따끔거려왔다. 그가 다시 눈을 떴을 때 바다는 구월의 자르르한 햇살과 함께 어우러져, 충만된 생명력으로 뒤척였고, 바다 위로는 갈매기 서너 마리가 느슨하게 날개를 펴 선회하고 있었다.

흰 눈썹 노인은 오랫동안 말이 없었다. 그는 오랜 세월 침묵에 길들여진 사람답게 말을 싫어하는 듯싶었다. 아마 길섭의 생각에 노인은 종일토록 말 한마디 없이 지내는 날이 많을 것 같았다. 그렇다고 그가 외로움에 찌들어 보이지는 않았다. 다만 그가 공허하게 느껴진 것은 갯바위와 고목의 그루터기, 바람과 햇살을 닮아 보인 때문일 것이다. 길섭은 노인이 먼저 말하기 전에는 입을 열지 않겠다고 공그른 터라 오랫동안 침묵의 담을 쌓고 있었다. 그는 말하기를 싫어하는 사람에게 집적거리면서 말을 거는 것은 호감을 사지 못한다는 것을 잘 알고 있었다. 그러나 생소한 두 사람이 같은 장소에서 말없이 시간을 보낸다는 것이 얼마나 무료하고 답답한 일인지 몰랐다.

바다 끝으로 하루의 해가 해당화의 무수한 꽃잎 같은 가을을 휘 뿌리며 기울기 시작했다. 그것은 장렬한 최후라기보다는 위대한 탄생과도 같이 엄숙하고 경건했다. 하루의 마지막 해가 바다 끝으로 붉게 부서져 수면으로 깔리는 모습을 보는 순간 길섭은 문득 자신의 이름을 잊고 말았다. 그 순간만은 굳이 안개섬으로 도망치고 싶은 생각마저 무의미하게 느껴졌다. 아마도 흰 눈썹 노인은 언제나 그런 생각으로 살아가고 있기 때문에, 길섭의 눈에 갯바위나 고목의 그루터기 모습으로 보이는 것인지도 몰랐다.

바다의 서쪽 끝에 붙은 빛깔이 자취를 감추면서 짙은 안개와도 같은 어둠이 스멀스멀 깔리기 시작했다. 그때까지도 바다는 다만 물억새꽃 같은 노인의 머리칼 빛으로 바뀌었을 뿐 어둠의 두께는 엷었다. 바다와 하늘이 한꺼번에 짙은 회색빛으로 변해서야 노인은 낚싯대를 거두고 동백나무 숲 속의 움막으로 향했다. 움막으로 가는 가파른 숲길을 오르면서도 두 사람은 말이 없었다. 노인의 뒤를 따라 어둠이 깔린 숲길을 오르면서, 길섭은 두 사람 사이에 가로 놓인 벽을 허물자면 하루나 이틀로는 어렵겠다고 생각했다.

길섭은 노인으로부터 하룻밤 그의 움막에서 묵을 수 있는 허락을 받아낸 것만으로 일단 만족하게 생각할 수밖에 없었다. 그가 노인에게 밤이 되었으니 하룻밤 쉬어 갈 수 없겠느냐고 조심스럽게 청을 넣었을 때 노인은 마뜩찮은 목소리로 "잠자리가 편치 않을 거유" 하고 응낙도 불응도 아닌 애매한 대답을 했다. 그런 것을 길섭은 비록 노인의 대답이 쾌락은 아닐지라도 일단 응낙으로 받아들여 끄덕끄덕 움막을 향해 따라나선 것이었다.

그날 밤 길섭은 노인의 움막에서 삶은 고구마와 구운 용치놀래기 두 마리로 저녁을 때웠다. 저녁을 먹고 나자 노인은 석유등잔불을 꺼버렸다. 죽음처럼 답답한 어둠 속에서 두 사람은 말없이 서로의 숨소리만을 가늠하며 앉아 있었다. 길섭은 노인이 잠들기 전에 그가 지은 죄를 털끝만큼의 숨김도 없이 모두 털어놓을 기회를 엿보고 있었다. 그가 서울을 떠나올 때 김 선배는 터미널까지 따라 나와 버스표를 사주면서 "동백 영감에게는 아무것도 숨겨서는 안 된다. 안개섬으로 가려면 그 노인에게만은 진실을 이야기하지 않으면 안 돼. 어떻게 해서라도 너는 그의 마음을 움직여야 해. 동백 노인은 스스로 마음이 움직이지 않으면 어떤 경우에도 안개섬에 데려다주지 않을 거야"라고 당부하지 않았던가.

"저어…… 영감님은 죄를 짓고 도망 다녀 본 일이 있으십니까?"

길섭은 어둠 속에서 자신의 신경을 악기의 현처럼 팽팽하게 잡아당기며 뚱딴지 같은 질문을 했다. 그것은 질문이라기보다는 차라리 자신의 고백에 더 가까운 것이었다.

"죄를 짓고 도망쳐다닐 때 무엇보다 참을 수 없는 것은, 붙잡히게 되면 어쩔까 하는 불안감이나 두려움보다는 외로움이죠. 때로는 그 외로움 때문에 숨어다니는 일을 포기해 버리고 싶어집니다. 숨어다니는 사람은 언제나 혼자라는 생각이 들거든요."

길섭은 더욱 힘을 내서 자신의 몸속 깊숙한 곳에 고통과 분노와 불안과 외로움으로 얽힌 여러 가닥의 현들을 한꺼번에 잡아당겨 울부짖음의 소리를 내듯 말했다. 그리고 나서 한동안 노인의 반응을 기다렸다. 그러나 노인은 그를 붙잡기 위해 그의 친구들과 친지들의 집을 샅샅이 뒤지던 사람들처럼 비정했다.

"저는 이제 더 이상 피해 다닐 만한 곳이 없습니다. 얼마 후에는 내가 비단섬에 들어온 사실도 밝혀지게 될 테니까요."

길섭은 포기하지 않고 다시 입을 열었다. 길섭은 노인이 무슨 말이든 해주기를 원했으나, 그의 기대는 쉽게 이루어지지 않았다. 그는 노인이 잠에 떨어진 것이나 아닐까 하고 한동안 어둠 속에서 숨을 죽이고 귀를 기울여 보았다. 그때 노인이 마른기침을 했기에 길섭은 다시 입을 열었다. 그는 노인이 그의 이야기를 듣고 싶어 하지 않는다는 것을 알면서도 자신의 고백 같은 이야기를 계속했다.

"피해 다니다 보니 모두들 내 곁에서 떨어져가고 말았어요. 가깝게 지내던 친구들과 친척들까지도 멀어져 갔습니다. 결혼을 약속했던 여자까지도 외면했습니다. 모두들 나를 전염병 환자처럼 취급을 하고 가까이하려고 하지 않았습니다. 마치 내가 콜레라와도 같은 무서운 전염병을 자신들에게 옮기기라도 할 것처럼 나를 멀리했습니다. 그래서 결국 나는 혼자 남게 되었습니다."

길섭은 잠시 말을 멈추고 혹시나 하고 노인의 반응을 기다렸다. 그러나 노인은 갯바위와도 같은 무관심, 바로 그것이었다.

"차라리 숨어다니는 것을 포기하고 싶은 생각이 간절해질 때가 있습니다. 감옥에 가면 뜻을 같이한 동지들을 만날 수가 있을 테니까요. 물론 그렇게 되면 우리들의 일은 끝장이 나고 말겠지요. 그동안 우리가 투쟁해왔던 결과가 모두 물거품이 되는 거지요. 저는 어쩔 수 없이 내가 가지고 있는 동지들의 명단과 원고를 내놓을 수밖에 없으며, 그렇게 되면 많은 사람이 붙잡혀 고통을 겪게 되겠지요."

길섭은 갑자기 허탈해졌다. 심한 조갈증으로 목구멍 속이 후끈거렸지만 노인의 반응을 애타게 기다리며 참았다. 피해 다니는 사람에게 필요한 것은 인내심과 임기응변이었다.

"도대체 젊은이가 지은 죄가 뭐유?"

마침내 노인이 물어왔다. 길섭은 자꾸만 불꽃처럼 일어서려는 마음을 가라앉히기 위해 마른기침을 두어 번 쥐어짠 다음, 자신의 죄를 어떻게 한마디로 요약해서 설명할 수 있을까 하고 생각을 굴려 보았다.

"사람을 죽였수?"

노인이 다시 물었다.

"아닙니다. 저는 한번도 누구를 죽이거나 다치게 한 적이 없습니다."

"그렇다면 도둑질을 한 게로구면."

"도둑질도 하지 않았습니다. 전 빼앗긴 적은 있어도 빼앗아 본 적은 없습니다."

"그렇다면 무슨 죄를 졌다는게유?"

"뭐랄까요, 어떤 당에 해가 될 만한 비밀 자료를 소지하고 있는 죄라고나 할까요?"

"당에 해가 되다니, 무슨 말이오? 또 그 비밀 자료라는 건 뭐유?"

노인은 관심을 보이며 물었다. 길섭은 노인의 조금은 다급하게 떨리는 목소리에서 관심의 도를 가늠할 수가 있었다.

"영감님, 몇 년 전에 남쪽에서 일어났던 칠일 공화국 사건이라고 들어 보셨지요?"

"아다마다. 아주 대단하고 끔찍했다면서요?"

"그때의 진상을 폭로한 원고가 제게 있습니다. 저는 오 년 동안 온갖 어려움을 겪으면서 그 원고를 모았습니다. 저는 그것을 책으로 펴내서 진실을 세상에 알리려고 했습니다. 그런데 당에서 그 기미를 알고 저를 붙잡으려고 한 것입니다."

"그 진상을 폭로한 원고를 젊은이가 썼단 말이유?"

길섭이 가늠하기에 노인의 관심이 차츰 고조된 듯했다.

"아닙니다. 칠일 공화국 사건에 가담했다가 감옥살이를 하고 나온 사람들과, 부상자들, 그리고 희생자들의 유가족이 썼는데, 그 사람들은 지금 그 원고를 쓴 죄로 붙잡혀 곤욕을 치르고 있습니다."

"젊은이는 그 글을 쓰지도 않았는데 무슨 죄가 있누?"

노인은 다소 실망한 듯 목소리를 낮게 가라앉히면서 가볍게 혀끝까지 차는 것이었다.

"제가 붙잡히게 되면 그 원고를 송두리째 압수당할 뿐만 아니라, 붙잡힌 필자들이 벌을 받고, 또 아직 붙잡히지 않은 필자들까지 끌려가게 됩니다. 하지만 무엇보다 중요한 것은 제가 붙잡히면 칠일 공화국 사건의 진실이 영원히 역사 속에 인멸되어 버린다는 점입니다. 그렇게 되면 저는 역사의 죄인으로 평생 고통받으며 살겠지요. 저는 그렇게 살고 싶지는 않습니다요. 저는 어떻게 해서든지 그 원고를 살려야 합니다. 그것은 제 생명과 같습니다. 아니 생명보다 더 소중합니다."

"젊은이가 지금 그 원고를 가지고 있수?"

"제 목숨보다 소중하게 간직하고 있습니다."

움막 안은 잠시 안개처럼 조용해졌으며 바람에 요동을 치는 파도 소리만이 눅눅한 갯가의 어둠과 함께 넉넉하게 넘쳐흘러 들어왔다. 노인의 다음 반응을 기다리는 길섭의 심장은 심해어처럼 납작하게 갈앉았다.

"내 생각에 젊은이는 아무 죄도 없는 것 같구먼."

노인은 길섭을 안개섬에 데려다줄 수 없다는 투로 말했다. 길섭도 더 이상 노인에게 매달릴 만한 기력을 잃어버렸다. 그는 잠시 후 노인의 코 고는 소리를 들으며 절망의 깊은 늪 속으로 빠져들고 말았다. 그날 밤 길섭은 색안경을 낀 사람들에게 붙들려가는 꿈을 꾸었다. 그들은 길섭을 포승줄로 묶어 군중들 사이를 헤치고 갔는데, 그가 붙잡혀가는 것을 구경하던 군중들이 갑자기 그를 향해 돌을 던지며 욕설을 퍼부어댔다. 그런데 그 군중 중에는 길섭의 부탁으로 원고를 썼다가 붙들려간 사람들도 끼어 있었다. 그들은, 배신자! 배신자! 나약한 패배자! 역사의 죄인! 하고 소리치며 돌을 던졌다.

2

"젊은이 냉큼 일어나슈! 얼은 일어나서 서두르슈!"

길섭은 노인이 그를 깨우는 소리를 듣고 산 조가비처럼 찐득하게 달라붙은 눈꺼풀을 뗐다. 움막 안이 안개 낀 바다처럼 희번하게 트여왔다.

"안개섬까지 갈려면 사흘 낮 사흘 밤을 꼬박 노를 저어야 한다우."

노인의 말에 길섭은 너무 감격하여 멀뚱히 앉아 있기만 했다. 노인은 사흘 낮 사흘 밤 동안 먹을 식량과 마실 물을 준비하여 나서고 있었다. 길섭도 허둥대며 등산백을 메고 노인의 뒤를 따랐다. 그들은 아직 어둠의 허물이 벗겨지지 않은 가파른 숲길을 더듬어 내려가는 동안 아무 말도 하지 않았다. 길섭은 차라리 노인에게 고맙다는 말을 하지 않기로 했다. 때때로 말은 오히려 혀끝에 퉁겨짐으로 하여 그 말이 지닌 뜻과 가치를 반감시키는 결과를 가져오기 때문이다. 말로 나타낼 수 없을 만큼의 감격스러움을 느낄 땐 차라리 침묵이 더 가치 있고 효과적일 수 있다.

길섭이 노인을 따라 동백나무 숲길을 내려가자 만조의 해안에 작은 전마선 한 척이 파도에 흔들리고 있었다. 그가 전날 흰 눈썹 노인을 만나러 처음 이 해안에 왔을 때는 그 전마선을 볼 수가 없었는데, 밤사이에 모래밭 바다 위에 떠 있다는 것이 이상하게 생각되었다.

해안에 내려온 노인은 점벙점벙 바다로 걸어 들어가, 먹을 것과 마실 것 등을 담은 더럽고 낡은 마대를 전마선 안에 내려놓고 길섭에게 빨리 배를 타라는 손짓을 했다. 길섭은 건듯 부는 한 가닥 하늬바람에도 떡갈 나무 잎처럼 발랑 뒤집힐 것만 같은 작은 전마선을 타고 안개섬까지 간다 는 것이 너무 불안해서 잠시 미적거리고 있었다.

"안개섬에 갈 수 있는 것은 이 작은 배뿐이라우. 기계배를 타고 가다가 는 안개섬을 둘러싸고 있는 암초에 걸려 꼼짝 못 하게 되지라."

노인은 길섭이가 배에 오르기를 미적거리는 것 같자 그렇게 말했다. 길 섭은 하는 수 없이 바다로 걸어 들어가 오른손으로 놋좆 언저리를 붙잡고 배에 올랐다. 그가 전마선에 오르자 노인은 배를 매 두었던 밧줄을 걷고 놋대를 잡아 삐그덕 삐그덕 소리를 내며 움직였다. 배는 만조의 넘실거리 는 파도에 심하게 부대끼며 바다 안쪽으로 깊숙이 들어갔다. 길섭은 배의 심한 흔들림에 너무 불안하여 안개섬으로 가고 있다는 감격을 되새겨 볼 만한 겨를조차 없었다. 그들은 한동안 말이 없었다. 놋대의 삐그덕거림 과, 배 주위를 낮게 선회하는 갈매기의 울음과, 뱃전을 핥아대는 물결의 찰랑거리는 소리만이 넓은 바다를 꽉 메웠다.

길섭은 작은 배가 바다 깊숙이 들어갈수록 불안해졌다. 혹시 노인이 그 를 죽음의 바다로 끌고 가고 있는지도 모른다는 생각에 심장이 마른나무 잎처럼 바싹 죄어들었다. 길섭은 갑자기 노인이 두려워졌다. 노인을 소 개해 준 김 선배까지도 믿을 수 없는 사람으로 생각되었다.

"영감님, 저는 겁이 많습니다. 용기 없는 남자입니다. 아직 저는 누구하 고 싸워본 일도 없습니다. 말로만 정의를 부르짖었을 뿐 옳은 일을 위해 서 저 자신을 희생해 본 적이 단 한 번도 없었습니다. 그건 제가 겁쟁이기 때문이겠지요."

배가 바다 한가운데 들어오고 9월의 태양이 머리 위에 떠올랐을 때, 길섭은 노인에게 푸념처럼 말했다. 그것은 어쩌면 노인의 동정심을 불러일으키기 위한 나약한 심사에서 비롯한 것인지도 몰랐다. 길섭은 그런 자신이 비굴하게 생각되어 울고 싶어졌다.

"이 세상에서 자기가 강한 사람이라고 생각하는, 그런 멍텅구리가 워디 있을랍디까? 그냥 남이 보기에 용감한 것처럼 사는 것 뿐이제! 그동안 내가 안개섬에 데려다 준 사람들은 이 땅에서 붙잡히는 날에는 목숨을 부지 못할 살인자들이었는디, 그들은 모두 형편없는 겁장이들이었수. 한 번은 비단섬을 떠난 지 이틀째 되는 날 폭풍을 만났었는디 어찌나 겁에 질려 발발 떨던지 웃음이 다 나왔다니께."

노인은 소리 없는 웃음을 쌜긋 쌜긋 삼키며 말했다. 그 야릇한 웃음이 마치 길섭을 비웃고 있는 듯했다.

"영감님께선 안개섬에 몇 사람이나 데려다 주었습니까?"

길섭의 물음에 노인은 잠시 생각을 굴려 보는 것 같더니,

"글세, 몇 사람이나 될지……."

하며 말끝을 흐렸다.

"안개섬에 가는 동안 사고는 없었습니까?"

"사고라니?"

"태풍을 만났다던가, 뱃길을 잘못 잡아 엉뚱한 곳으로 갔다든가……."

"그런 사고를 당했다면 내가 여지껏 살아 있겠수? 그리고 이 배는 기계배들이 댕기는 항로를 타는 게 아니라, 나만이 아는 뱃길을 찾아가기 땜시……."

"그들은 어떻게들 살아가고 있을까요?"

"그들이라니?"

"영감님께서 안개섬에 데려다 준 사람들 말입니다."

"그야 모르지유. 허나 안개섬에 들어갔다가 다시 붙잡혀 온 사람은 아직 하나도 없답니다. 세상 사람들은 안개섬이 어디에 있는지조차 모르니 당연한 일이지유. 설사 안개섬의 위치를 안다고 해도 그들을 붙잡으러 섬으로 들어갈 수 없으니께요."

그러면서 노인은 버릇처럼 씰긋 쌜긋 소리 없는 웃음을 삼켰는데 길섭은 그 웃음이 싫었다.

"섬에 들어갈 수 없다니요?"

"섬 가까이 간다 해도 안개에 가려서 섬이 뵈이지 않는답니다. 더군다나 아까 내가 말했듯이 안개에 덮힌 섬 둘레에 톱날 같은 초석들이 겹겹이 둘러 있어서 이런 전마선이 아니고는 접근조차 할 수 없으니께요."

배는 떡갈나무 잎처럼 흔들리며 망망대해에 이르렀다. 물결은 견딜 수 있을 만큼 적당하게 넘실거렸고, 햇살은 점점 날카로워졌다. 그들은 점심으로 삶은 고구마와 물을 마셨을 뿐이었다. 그러나 길섭은 이내 먹은 것들을 깡그리 토하고 말았다. 그는 속이 메슥거려 토악질을 계속했다. 한바탕 토악질을 하고 나자 바다가 철판처럼 빳빳하게 곤두서는 듯했으며, 하늘이 바다 밑으로 곤두박질치는 것만 같았다. 바다와 하늘을 분별하기조차 어려웠다.

"안개섬에 가기가 절대 쉬운 일이 아니라는 것을 알아야 할 게유. 아무나 가는 곳이 아니라는 게지유. 아마도 죽는 것만큼이나 힘들 거웨다. 허나 정작 힘든 건 나유. 젊은인 그곳에 남으면 되지만 나는 혼자서 이 망망

대해를 노를 저어 되돌아와야 허지 않수. 혼자 사흘 낮 사흘 밤 동안 바다 위에 떠 있기란 얼마나 힘든 일인지 모를 게유.”

갑자기 노인의 목소리가 소소리바람처럼 쓸쓸해졌다.

“영감님께서도 안개섬에 남으시지 그래요.”

길섭은 가까스로 현기증을 참고 나서 말했다.

“나는 아무런 꿈도 없는 사람이외다. 내가 왜 안개섬에 남아유? 나는 죽는 날까지 안개섬엔 남지 않을 거외다.”

뜻밖에도 노인의 태도는 단호했다. 노인은 마치 안개섬이 지옥이라도 되는 것처럼 그곳에 남기를 완강히 거부했다. 길섭은 그런 노인의 태도를 이해할 수가 없었다.

“나는 그동안 어쩔 수 없이 죄 지은 사람들을 안개섬에 데려다주기는 했어도 그들을 부러워하거나 안개섬을 동경해 본 적은 없쉐다.”

“안개섬은 별로 좋은 곳이 아닌 모양이군요?”

길섭은 힘없이 물었다. 노인 앞에서 그동안 안개섬을 동경해온 자신이 초라하게 느껴진 것이었다. 노인은 안개섬을 좋은 곳으로 생각하고 있지 않은 것이 분명했다.

“안개섬은 죄를 지은 사람들에게는 낙원이겠지유. 암도 그들을 벌하지 않으니께유. 그곳에는 죄 지은 사람을 심판하지 않는답니다. 안개섬에는 하느님도 통치자도 없기 땜시······.”

“그런 섬이 있다니, 참 신기합니다.”

“젊은이는 이제 곧 안개섬 사람이 되는 겁니다유. 그곳에만 가게 되면 아무도 젊은이가 갖고 있다는 그 목숨 같은 원고를 압수하려고 하지 않을 거외다. 그 원고를 목이 째지도록 큰 소리로 읽어도 탓하는 사람이 없을

겝니다."

　노인은 쉬지 않고 노를 저었다. 그는 지치지도 않았다. 이따금 노인은
이상한 노래를 불렀는데 그 노래의 가사가 마치 귀신을 달래는 주문 같기
도 했다.

　　　동해 바다 놀던 님아

　　　남해 바다 놀던 님아

　　　서해 바다 놀던 님아

　　　북해 바다 놀던 님아

　　　칠성 바다 놀던 님아

　　　일산 바다 놀던 님아

　　　동해 바다 놀던 님아

　　　남해 바다 놀던 님아

　　　서해 바다 놀던 님아

　　　북해 바다 놀던 님아

　　　정이월달 초보리고개

　　　삼월 사월달에 풀려난 큰 고기

　　　머리 큰 민어 머리 큰 상어 머리 큰 농어 눈 큰 준어 오색 수색 양색 천 가지
만 가지

　　　생민방어 안성방어 안대들고 복덕방어로 받아들고 사해용왕의 성왕님……

　이상하게도 노인의 노래를 듣고 있자면 길섭 자신이 배를 타고 있는 것
이 아니고 바다 위에 바람처럼 가볍게 떠서 흘러가는 것만 같았다. 현기

증만 아니라면 황홀하기까지도 한 것이었다. 노인은 밤이 되어도 지치지 않고 주문 같은 노래를 부르며 노를 저었다. 길섭은 물귀신을 달래는 듯한 노인의 이상한 노랫소리를 들으면서 계속 졸았다. 밤이 깊어지자 하늘은 회색빛으로 낮아졌고 바다는 검은 빛깔로 넓어졌다. 밤바다, 그것은 암흑이라기보다는 끝없는 미지의 기나긴 터널처럼 느껴졌다.

낮게 반짝이는 별들만이 큰 위안이 되어 주었다. 회색빛 어둠의 점액질 속에서 별들의 반짝임은 길섭의 살아있음을 축복해 주고 있는 것처럼 포근하게 느껴졌다. 노인의 노래와 별들의 반짝임마저 없다면 외로움의 공포에 질식해버릴 것만 같은 밤이었다. 때때로 어둠이 육중하게 깔린 바다의 수면 위로 푸르스름한 불빛이 빠른 속도로 흘렀다. 길섭은 노인의 노래가 끝나기를 기다렸다가 그 이상한 불빛의 정체에 관해서 물어보았다.

"저건 바다도깨비불이랍니다. 바다도깨비불이 밝아야 고기가 많이 잡힌다우."

노인은 간단하게 대답하고 나서 다시 노래를 불렀다.

선왕님이 꿈에 선몽되도 메위게 메선왕 치마자락 부여잡고 앉아서 삼천리 보고 메위게로 다 불러 드리고 실어 드리고 이 배 무사하게 하소서. 재수 대통 하게 하소서.

노인의 카랑카랑하면서도 울림이 좋은 노래 소리는 어둠을 타고 하늘로 울려 퍼지고, 넘실대는 물결을 타고 바다 밑까지 닿을 듯싶었다.

길섭이 깜빡 잠이 들었다가 깨어 보니 노인은 여전히 쉬지 않고 노를 저으면서 간절한 목소리로 노래를 부르고 있었다.

아침이 되자 눈앞에는 다시 망망대해가 열려 있었다. 시야를 가리는 것이라고는 언제나 바다의 끝과 맞닿아 있는 하늘에 걸린 몇 조각의 청자구름뿐이었다. 햇살이 수면에 깔리자 바다는 하늘보다 더 넓어진 듯싶었다. 모든 신비로움은 관심 밖으로 잠들고 권태만이 심신을 짓눌러왔다. 노인의 노랫소리로 움직이는 배는 언제나 바다 한가운데 떡갈나무 잎처럼 부대꼈다. 길섭의 생각에 배는 그 자리에 마냥 떠 있기만 한 것 같았다. 그것은 어쩌면 자신의 삶과도 같은 것일지도 모른다는 생각이었다. 길섭의 삶은 언제나 똑같은 자리에서 맴돌고만 있었다.

대학을 졸업하고 시골의 마지막 남은 땅을 팔아서 차린 출판사는 시작한 지 8년째 되도록 겨우 사원 한 사람 꿰매 차고 친구의 사무실을 전전하는 신세를 면하지 못했다. 그나마 칠일 공화국 사건의 진상을 밝히는 책을 준비한 후부터는 당의 감시가 바늘 끝처럼 날카로워져 아무도 그를 빌붙어 있지 못하게 했다. 5년 동안 그의 밑에서 편집을 도왔고 결혼까지 약속했던 선영이 마저 곁을 떠나버리고 말았다. "아무나 영웅이 되는 건 아녜요. 영웅이 되려고 하는 사람은 영웅이 못 된다는 사실을 왜 모르는 거예요? 나는 갑작스럽게 영웅을 꿈꾸는 길섭씨가 싫어요. 나는 용기도 없고 나약하지만 평범하게 살기를 원했던 옛날의 길섭씨가 좋았어요." 마지막 만난 그녀는 이미 길섭의 여자가 아니었다. 길섭이 마지막으로 찾아갔을 때 그녀는 배가 불러 있었다. 길섭의 밑에서 영업을 맡아왔던 미스터 손의 아기를 가졌다고 했다. 미스터 손은 그녀보다 5살이나 아래였다. 길섭은 마지막으로 선영의 자취방으로 찾아가서 그녀를 만나고 나오다가 골목 어귀에서 미스터 손과 마주치고 말았는데, 그때 미스터 손은 길섭을 붙들고, 칠일 공화국의 원고를 자기한테 넘겨주면 그녀를 돌려주겠다고 했다. 길섭은 그런 미스터 손이 두려웠다. 그는 미스터 손이 뒤쫓아 올까 불안하여 여러 차례 버스와 전철을 바꿔 타고 술래잡기를 할 때처럼 분주하게 돌아다니다가 밤늦게야 은신처로 돌아왔었다.

태양이 머리 위에서 해당화의 꽃잎처럼 붉게 이글거리자 바다가 온통 노랗게 곤두섰다. 길섭은 배 멀미 때문에 다시 토악질을 하기 시작했다. 그는 배의 날개 판에 턱을 걸치고 엎디어 창자 속의 모든 내용물을 토해 냈다. 노랗게 곤두서는 바다 위로 선영과 미스터 손의 모습이 파도처럼 일렁거렸다. 불쌍한 선영이…… 길섭은 갑자기 울부짖고 싶어졌다. 나는 영웅이 되고 싶은 게 아니야. 나는 영웅 따위는 되고 싶지도 않아. 이름조차 없이 죽어간 사람들을 오래도록 기억하자는 것뿐이야. 길섭은 혼몽해진 정신을 가다듬어 열병환자처럼 노랗게 보이는 바다를 향해 소리쳤다.

"젊은 사람이 너무 약하구먼! 자 이걸 좀 마시우."

노인이 마대에서 물빛 됫병을 꺼내 길섭에게 내밀었다. 그는 됫병의 마개를 뽑아 입에 물고 고개를 뒤로 젖혔다. 알콜 냄새와 함께 느끼한 액체가 목구멍 안으로 쏟아지면서 창자 속이 후끈거려왔다.

"숨 쉬지 말고 한꺼번에 반쯤 마셔봐유!"

노인이 소리쳤다. 길섭은 노인의 말대로 단숨에 됫병을 반쯤이나 비웠다. 갑자기 그의 몸이 바람을 타고 연처럼 하늘로 솟구치는 것만 같았다. 바람아 불어라. 새야 솟아라. 길섭은 미친듯이 소리쳤다. 그리고 잠시 후엔 뱃머리에 머리를 꿍겨박고 엎딘 채 의식을 가누지 못했다.

길섭이 다시 눈을 떴을 때는 하늘에서 별빛이 뚝뚝 떨어져 내리고 있었다. 그는 밤하늘의 별빛을 보고 있자니 한결 머리가 맑아지는 것 같았다. 그는 오랜만에 별을 보고 아름답다는 생각을 했다. 지금까지 그는 별이 아름답다고 노래한 시인들을 경멸해 왔었다. 별은 언제나 그에게 슬픈 과거를 강요했다. 고향의 마지막 남은 땅을 팔아 출판사를 차렸다가, 거덜이 나고 겨우 칠일 공화국 사건의 진상을 담은 원고 뭉치만을 싸매고 숨어다니기 시작하면서부터, 밤하늘의 별들은 그에게 더욱 끈끈한 슬픔을 강요했다.

노인은 노를 부둥켜안은 채 무릎을 세우고 앉아 잠들어 있었다. 길섭은 비단섬을 떠나온 지 이틀 만에 노인의 잠든 모습을 처음으로 볼 수가 있었다. 노인이 잠을 자는 동안 배는 움직이지 않고 그 자리에서 흔들리고만 있었다. 길섭은 이상하게도 밤에는 멀미를 하지 않았다. 그는 어둠 속에서는 머릿속이 맑아졌다. 그는 낮에는 뱃멀미로 토악질을 해대고 밤에는 하늘의 반짝이는 별과 함께 어둠이 걷힐 때까지 맑은 정신으로 바다위에 누워있었다. 어쩌면 낮에 토악질을 심하게 해대는 것은 뱃멀미 때문이 아닐지도 몰랐다. 노를 저어야 조금씩 움직이는 작은 전마선 위에서뱃멀미한다는 것이 믿기지 않았다. 낮에 그가 심하게 토악질을 하는 것은 강렬한 햇살과, 속박의 현실에서 떠나 아무도 그를 탓하거나 유린함이 없는 미지의 섬으로 가까이 가고 있다는 조금은 아쉽고 불안하기까지 한 기분 때문일지도 몰랐다. 기실 그는 안개섬으로 가는 동안 때때로 꿈을 꾸고 있는 듯한 기분이기도 했다.

노인은 다시 일어나서 노를 젓기 시작했다. 길섭이 노인에 가까이 다가가서 대신 노를 저어보겠다고 했으나,

"노 젓는 일은 내 일이라우. 젊은이는 그저 하늘의 별들을 쳐다보면서지나간 일들은 잊어버리구려."

하면서 노를 넘겨주지 않았다.

"지나간 일들을 잊다니요?"

길섭은 꿈꾸는 듯한 목소리로 물었다. 그는 자신의 목소리가 마치 바다 밑에서 울려 나온 것처럼 현실감이 없음을 느끼고 우울한 기분에 사로잡혔다.

"안개섬에 가게 되면 뭍에서 있었던 지난 일들은 잊어버리고 만답니다."

길섭의 귀에 노인의 말도 현실감이 없게 들렸다.

"저는 잊어버리지 않을 것입니다. 지난 일들을 잊지 않기 위해서 안개섬으로 가니까요."

"젊은이가 모르고 하는 소리유. 안개섬에 가면 결국 뭍에서 있었던 일들은 모두 잊고 말거외다. 고통스러웠던 일, 기뻤던 일, 미운 사람, 고운 사람 다 잊게 될거유."

노인은 말을 하고 나서 다시 주문 같은 노래를 부르기 시작했다. 길섭은 더 이상 아무것도 묻지 않았다. 자신은 안개섬이 아니라 지옥에 떨어지는 한이 있어도 뭍에서 있었던 슬프고 즐거웠던 일, 밉거나 고마운 사람들을 결코 잊지 않을 것이라고 확신하고 있기 때문이었다.

다시 어둠이 허물을 벗고 아침이 왔다. 사흘째 되는 날 정오쯤 그들은 도시의 높은 빌딩처럼 생긴 바위들이 질서정연하게 솟아있는 섬을 지났다. 나무 한 포기 자라지 않는 바위섬을 지나자 떼를 지어 삼치잡이를 하는 어선단과 만났다. 노인은 한사코 어선단을 피해 우회했다. 길섭이 어선들을 향해 손을 흔들었을 때도 노인은 이를 말렸다.

"그들은 우리에게 아무런 도움도 줄 수 없답니다. 그들이 노를 젓고 있는 우리를 발견하면 저들의 고깃배에 태우려고 할 거유."

길섭은 노인의 말대로 두 번 다시 어선들을 향해 손을 흔들지 않았다.

어선단이 시야에서 사라지고도 작열하는 태양이 머리 위로 두어 뼘쯤 기울었을 때 노인은 노를 밧줄에 묶어 움직이지 않게 한 후 바다에 낚싯바늘을 던졌다.

"내일 아침이면 우리가 헤어질 테니까 고기를 잡아 잔치를 하는 것이……."

노인은 말끝을 흐리며 그의 특유한 웃음을 길섭에게 보내왔다.

"안개섬에 다 왔습니까?"

길섭은 흥분을 감추지 못해 벌떡 일어서다가 배가 기우뚱 흔들리는 바람에 겁을 먹고 조심스럽게 주저앉았다.

"거진 다 왔쉐다. 오늘 밤만 지나면 안개섬에 닿게 된다우."

노인의 말에 길섭은 지나온 사흘 낮과 이틀 밤의 길고도 험했던 바다의 여정을 돌이켜 보고 혼자 다시 돌아가야 할 노인의 외로움을 생각했다.

"영감님은 왜 이런 일을 하시게 됐습니까?"

길섭은 처음으로 노인을 동정하는 말투로 물었다. 그는 노인을 동정한 것은 비단섬으로 다시 돌아가야 할 외로운 바닷길이 죽음처럼 아뜩하게 생각되었기 때문이다.

"젊은이가 원하지 않았수!"

노인은 미리 준비하고 기다리기라도 한 것처럼, 길섭의 물음이 끝나기도 전에 용수철이 튀듯 대답했다.

"부탁을 거절하실 수도 있지 않습니까? 몸이 아프다든가, 배의 밑창이 나갔다든가, 이유는 얼마든지 있겠지요. 처음 제게 그러셨던 것처럼 이 세상에 안개섬 따윈 없다고 딱 잡아떼시든가요. 이유야 많겠지요. 안 그래요, 영감님?"

"거절을 할 수도 있었겠재유."

"그런데요?"

"실은 이 늙은이도 안개섬에 가고 싶기 땜시 끝까지 거절하지 않은 건 지도 모르쥬."

"죽어도 안개섬엔 남고 싶지 않다면서요?"

길섭은 따지듯이 물었다. 그는 노인의 종잡을 수 없는 마음의 움직임에 짜증스러움을 느끼며 불신의 감정마저 싹트려고 했다.

"나는 죽었다가 다시 살아난 사람이외다."

얼마 후에 노인이 나지막한 목소리에 한숨을 섞어 말했다. 길섭은 노인이 무슨 말을 하고 있는지 알 수가 없었으나 곧 되묻지 않고 기다렸다. 그러자 노인은 낡은 회색 점퍼의 지퍼를 내리고 홀쭉하게 말라붙은 자신의 뱃구리를 드러내 보였다. 노인의 배꼽 위 명치 끝에 거머리가 달라붙은 듯한 흉터가 길섭의 시선을 붙잡았다. 길섭이 보기에 그 흉터는 수술 자국이 분명했다. 노인은 다시 점퍼의 지퍼를 올리고 나더니 목에 걸고 있던 목걸이를 보여주었다. 노인은 갓난애의 새끼손가락만 한 총알에 구멍을 뚫고 낚싯줄을 꿰어 목에 걸고 있었다.

"무슨 목걸입니까?"

"이 총알이 내 뱃속에 삼십 년 동안이나 박혀 있었다우. 오 년 전에야 이 비단섬에 무료진료를 나온 의사가 꺼내 주었구먼유."

"총알이 몸속에 박혀 있는 것을 알고도 삼십 년 동안이나 그대로 참고 계셨단 말입니까?"

길섭은 노인의 말이 믿어지지가 않은 듯 의심쩍은 눈빛으로 고개까지 갸웃거리며 물었다.

"나 혼자 살아남았다는 것이 죽는 것만큼이나 싫었으니께유. 한 날 한 장소에서 우리 조부님과 부모님, 여동생, 내 처와 두 아들, 그리고 나, 이르케 여덟 식구가 총을 맞았는듸…… 나 혼자만이 배에 총알이 백힌 채 살아나고 나머지 일곱 식구는 옴씰하게 눈을 감고 말았구먼유. 그때 나 혼자 살아남은 것부터가 죄지유."

노인은 6·25를 유월 전쟁이라고 불렀다. 그의 가족이 학살을 당한 것은 동생이 총을 맸기 때문이라고 했다.

"나는 무참히 죽은 가족들의 원수를 갚기 위해 뱃속에 총알을 담은 채 오랫동안 총을 맸다우. 유월 전쟁 때 나도 사람을 많이 죽였지라. 따지고 보면 나도 용서받을 수 없는 죄인이지유. 그래서 나도 안개섬으로 가려고 육 년 전에 비단섬에까지 오게 된기라."

"그렇다면 왜 안개섬에 가기를 싫어하시죠?"

"내 가족이 잠든 땅을 차마 떠날 수가 없어서쥬. 안개섬으로 가기보다는 차라리 내 고향으로 돌아가고 싶수. 나는 안개섬에 가는 것보다 차라리 내 고향으로 돌아가기가 훨씬 어려운 것 같구먼유. 내 고향에 돌아가면 유월 전쟁 때 내가 죽였던 사람들의 가족이 살아 있으니께유. 나는 그들을 다시 만나기가 죽기보다 두렵다우."

노인은 자신의 과거를 말하는 사이에 팔뚝만 한 크기의 농어 두 마리를 낚아 올렸다. 그러나 길섭은 노인의 충격적인 이야기를 들은 탓으로 고기를 낚아 올리는 것을 보고도 별로 흥분되지 않았다. 길섭의 눈에 노인이 갑자기 다른 사람으로 보였다. 전쟁으로 두 아들을 잃어버린 후 삶의 즐거움뿐 아니라 죽음의 고통스러움까지도 잊고 살아가는 그의 외할아버지처럼 가깝게 느껴졌다.

"나도 이 땅에서 언제까지나 살아남을 수는 없겠지라. 언제까지라도 없어지지 않는 것은 아무것도 없능게라. 모든 것은 떠나지유. 변하는 것은 무엇이고 떠나는 게라. 변하지 않는 것만 남게 되지라. 젊은이는 천년만년 되도록 없어지지 않는 것이 뭐라고 생각하시는감? 변하는 것 중에서 없어지지 않는 것이 있으면 가르쳐 주시우."

그렇게 묻고 나서 노인은 한동안 길섭을 바라보았다. 노인이 지난 사흘 동안 길섭을 그토록 오래 바라보기는 처음이었다. 노인이 길섭을 볼 때는 언제나 버릇처럼 씰긋씰긋 야릇한 미소와 함께 짧은 시선으로 스쳐보는 것이 고작이었다.

"없어지지 않는 것이 있지요. 있고말고요. 내가 가지고 있는 칠일 공화국 사건의 진실을 밝힌 이 원고는 우리가 죽은 후에도 남게 되겠지요. 이거야말로 목숨보다 영원하지요."

길섭은 확신을 두고 자신 있게 말했다.

"그러나 그것은 확실하지 않지유. 그 원고는 아직 생명을 얻지 못했지 않우? 내 생각에 그 원고가 안개섬에서는 생명을 얻기가 더욱 어렵게 될 것 같수. 안개섬 사람들이 그 내용을 알려고 하지 않을 텐게유."

노인의 말에 길섭은 우울해졌다. 노인의 말이 옳을지도 모른다는 생각이 들었다.

"언제까지라도 없어지지 않는 것이 뭘까유? 땅? 바다? 하늘? 섬? 그리고 또 뭐가 있을 것 같수? 정의? 진실? 사랑이라고 하는 것? 아니지유. 그런 것들도 없어졌다가 다시 살아날 뿐이쥬."

노인은 한숨을 섞어 푸념처럼 말했다. 길섭은 잠자코 듣고만 있었다.

"그렇다고, 말이우…… 모든 것이 떠나가고 없어져 간다고 해서 슬퍼할 것까지는 없다우."

노인의 말이 길섭의 귀에는 마치 바람 소리처럼 들렸다.

3

나흘째 되는 날 아침에 눈을 떠보니 갑자기 아무것도 보이지 않았다.
안개 때문이었다. 바다 한가운데에 안개가 성벽처럼 높고 육중하게 쌓여
있어, 어디가 어딘지 분별할 수조차 없었다. 안개는 움직이지도 않았다.
노인은 노를 붙들고 앉은 채 잠들어 있었다. 전마선은 안개에 묶여 있기
라도 한 듯 움직임이 없었다. 흔들리지도 않았다. 길섭은 갑자기 두려움
을 느꼈다. 그는 처음으로 안개에 대한 공포를 의식하고 노인을 흔들어
깨웠다.

"엉? 안개섬에 다 왔구먼!"

노인은 성벽처럼 배를 에워싸고 있는 안개를 휘둘러보며 당황해 했다.

"안개섬은 어디 있습니까?"

길섭은 안개 속을 여기저기 쑤석여보면서 감격과 불안감이 엉킨 목소
리로 물었다.

"안개섬은 보이지 않는다우."

"안개 때문인가요?"

"글쎄다."

노인은 애매하게 대답했다. 대답뿐만 아니라 목소리 역시 자신이 없게
들렸다.

"가까이 왔어도 보이지 않는다면 어떻게 섬에 닿죠?"

길섭이 불안한 목소리로 물었다. 노인은 대답을 해주지 않고 노를 젓기
시작했다. 작은 전마선은 안개 속으로 천천히 움직였다. 그러나 아무리

노를 저어도 배는 안개의 성벽 속에 갇힌 채 그 자리를 맴돌고 있는 것만 같았다. 그것은 실로 견딜 수 없을 만큼 엄청난 속박이었다. 길섭은 아직 까지 그렇듯 절망적인 속박감을 느껴본 적이 단 한 번도 없었다. 작은 전 마선뿐만 아니라 길섭 자신마저도 안개의 밧줄에 묶여 있는 듯했다.

잠시 후에 노인은 노를 멈추고 서서 바다와 하늘까지도 두껍게 가려 버 린 안개의 숲을 향해 조용하고 경건하게 귀를 기울였다.

"왜 배를 멈추십니까?"

길섭이 노인을 쳐다보며 물었다.

"소리를 듣는 거라우."

"소리라뇨? 무슨 소리 말입니까?"

"안개섬은 소리로 알아내지유."

그러면서 노인은 두 손바닥으로 귓바퀴를 만들어 조금 전보다 더 진지 하고 경건한 모습으로 고개를 좌우로 돌려가며 안개의 숲으로부터 들려 나오는 소리를 감지해 내려고 했다. 길섭은 그 소리가 무엇인지 알 수가 없었으나, 그 역시 숨을 죽이고 귀를 기울이지 않을 수 없었다. 노인은 눈 을 감았다. 길섭도 노인처럼 눈을 감고 귓바퀴에 모든 신경을 집중시켰 다. 그러자 안개 속에서 희미하게 소리가 들려왔다. 그것은 느린 진양조 가락의 판소리 애원성 같기도 하고, 낮게 울리는 징소리거나 아니면 애끓 게 가야금 산조를 뜯는 소리, 흐느끼는 듯한 대금 소리 같기도 하고, 여인 네들이 한숨 섞어 떼 지어 울부짖는 울음소리거나, 남정네들의 아우성 같 기도 했다. 때로는 소소리바람에 갈잎 떠는 소리거나 소름이 돋는 비명처 럼 들리기도 했다.

"저, 저, 저 소리가 들리쥬?"

노인은 탄성을 지르듯 소리쳤다.

"영감님 귀에는 어떤 소리가 들립니까?"

"안개섬 사람들의 뱃노래 소리가 들리는구먼유."

그러나 길섭의 귀에는 이것이다라고 말할 수 있을 만큼 확실한 소리는 들리지 않았다. 다만 이것은 판소리 애원성이다라고 생각하면 판소리 애원성으로 들렸고, 여인네들이 떼 지어 울부짖는 소리다 싶으면 그 역시 또한 그렇게 들렸을 뿐이었다. 노인의 말대로 뱃노래 소리 같다는 생각을 하고 귀를 기울여 보았더니 역시 뱃사람들이 떼 지어 뱃노래를 부르는 소리로 들렸다. 그리고 잠시 후 그 소리는 다시 상두꾼들이 상여를 어우르는 상엿소리처럼 들려왔다.

"이젠 다 왔수다. 안개섬이 지척간에 있수다."

노인은 흥분한 목소리로 말하며 힘을 내어 노를 젓기 시작했다. 순간 길섭의 귀에 여러 가지 소리들이 한꺼번에 혼란스럽게 들려왔다. 상엿소리, 판소리 애원성, 가야금 현 뜯는 소리며, 뱃노래, 울부짖음, 징소리 등 온갖 소리들이 한꺼번에 어우러져 들려왔다. 길섭은 무엇인가 확실하지 않은 그 소리들에 두려움을 느꼈다.

"영감님 잠깐 배를 멈추십시오."

길섭은 다급하게 소리쳤다.

"왜 그러슈? 안개섬에 다 왔는 뎁슈."

노인은 노를 멎으며 길섭을 돌아보았는데, 어쩐지 그 눈길이 섬칫하게 느껴졌다. 순간 길섭은 그 노인이 이 세상 사람이 아닐지도 모른다는 생각이 들었다.

"저는 언제쯤 다시 돌아갈 수 있습니까?"

길섭이 다급하게, 그러나 되도록이면 두려움을 나타내 보이지 않으려고 가벼운 미소를 흘리며 물었다.

"어떻게 하면 안개섬에서 다시 뭍으로 돌아갈 수 있는지 알고 싶습니다."

"젊은이두 참? 벌을 받지 않는 안개섬에 왔으면 그만이제, 돌아가긴유?"

"벌 받는 것이 무서워서 안개섬에 온 것은 아닙니다. 제가 갖고 있는 이 귀중한 원고를 살리기 위해서죠."

"다시 돌아갈 수 없수. 안개섬에 일단 오게 되면 아무도 다시 돌아갈 수 없다니께유!"

"다시 돌아갈 수 없다구요?"

길섭은 배에서 벌떡 일어나며 경악하여 소리쳤다. 그가 일어서는 바람에 작은 배가 기우뚱 흔들렸다. 하마터면 배가 뒤집힐 뻔했다.

"영감님께서 저를 데릴러 오시면 되지 않습니까? 그렇게 할 수 있지 않아요!"

길섭은 다급하게 노인에게 매달리는 목소리로 간청을 해보았다.

"언제 다시 데릴러 와유?"

"당에서 저를 찾지 않게 될 때요. 제가 갖고 있는 원고를 압수하려고 하지 않을 때요."

"젊은이두 참 답답하시네유. 그때는 내가 이미 이 세상 사람이 아닐 거외다. 그리고 그때는 젊은이가 갖고 있는 그 원고도 별 가치가 없게 될 게 아니우?"

순간 길섭은 노인의 말에 절절하게 공감했다. 노인의 말대로 그때가 되면 길섭 자신과 그 원고는 존재의 의미가 없게 될 지도 모를 일이다.

"배를 돌려요! 빨리 되돌아갑시다!"

길섭은 미친 듯이 소리쳤다. 그러나 노인은 배를 돌릴 생각은 하지 않고 꿈꾸듯 안개의 숲을 휘둘러보고만 있었다.

"뭘하고 있어요. 빨리 배를 돌리라니까요!"

길섭은 화난 목소리로 노인을 다그쳤다. 그는 될 수 있으면 한 시간이라도 빨리 육지에 닿고 싶은 생각뿐이었다. 그 생각이 너무 간절하여 미쳐버릴 것만 같았다. 이제 그는 아무것도 두렵지가 않았다. 그를 붙잡기 위하여 지명수배 전단지를 수없이 붙인 당조차도 두렵지가 않은 것이었다. 이제 그가 두려워하는 것은, 한번 들어가면 되돌아올 수 없다는 안개섬 가까이에 와 있다는 사실이었다. 그리고 자신이 그 이상한 섬 가까이 접근할수록 현재의 그의 존재가 점점 희미하게 죽어가고 있다는 사실이 불안하고 두려운 것이었다. 노인은 고집을 부리기라도 하는 것처럼 배를 돌리지 않았다.

"나는 돌아가야 해요!"

길섭은 다시 소리치며 노인에게로 다가가서 노를 움켜잡고 있는 노인을 바닷속으로 떼 밀쳐버리기라도 할 것처럼 밀어붙이고 나서 그 자신이 노를 잡았다. 길섭은 서투른 솜씨로 노를 저어 가까스로 뱃머리를 돌렸다. 노인은 허탈해진 모습으로 배의 난간을 잡고 앉아서, 갑자기 전혀 딴 사람으로 변해 버린 길섭을 멀뚱히 쳐다보고 있을 뿐이었다.

길섭은 서투른 솜씨로 계속 노를 저어 완전히 뱃머리를 돌린 다음 있는 힘을 다하여 배를 움직였다. 겁 많고 나약하기만 했던 길섭이 어디에 그와 같은 용기와 힘이 숨어 있었는지 길섭 자신도 놀라고 있었다. 길섭이 미친 듯 노를 저어 배를 움직였을 때, 그의 귀에는 비로소 아무 소리도 들려오지 않았다. 그가 들을 수 있는 것이라고는 바람 소리뿐이었다. 그의 귀에서 어떤 소리라고 분명히 단정 지을 수 없는 이상하고도 혼란스러운 여러 가지 소리가 뚝 그치고 다만 바다의 수면을 핥는 바람 소리만이 들려왔을 때, 속박의 성처럼 그를 두껍게 에워싸고 있던 안개가 서서히 풀리기 시작했다. 잠시 후 안개는 완전히 사라지고 마침내 하늘과 바다가 맞닿는 수평선 끝까지 선명하게 모습을 드러내고 있었다.

"안개섬! 안개섬이 어디로 사라져버렸수?"

안개가 말끔히 걷히고 야청빛 바다와 짙은 회색의 하늘이 완연히 모습을 드러내는 순간, 노인이 실성한 사람처럼 소리쳤다.

『한국문학』, 1986.9

일어서는 땅

"우리 토마스 찾으러 가야지요."

미명이 밝아오기도 전에 새벽보다 빨리 일어난 아내의 입에서 오랜만에 다시 아들 토마스를 찾는 되뇌임이 흘러나오자, 박요셉은 비로소 아내가 정신을 수습했음을 알고 벌떡 일어나 앉았다. 해마다 아내는 아카시아꽃이 필 무렵이면 아들의 세례명을 떠올리며 동면보다 더 깊고 깜깜한 오랜 실신으로부터 깨어났다. 아내는 지난 5년 동안 해마다 아카시아꽃이 피는 5월이면 아들의 세례명을 떠올리며 오랜 망각으로부터 깨어났다가, 아카시아꽃이 시들고 새콤한 냄새의 밤꽃이 너울거리기 시작하면 소리도 없이 꽃이 지듯 아들의 세례명을 잊고서 다시 실신의 깊은 늪에 빠져들었던 것이다.

"당신 이제야 깨어났구려!"

박요셉은 반가움에 두 손으로 아내의 어깨를 잡아 흔들며 소리쳤다. 그는 아내마저, 40년 전 남쪽 끝 항구도시에서 일어났던 여순반란사건 때 행방불명이 된 큰아들을 찾아 헤매다가 실신하여, 시름시름 앓은 후에 끝내 정신을 되찾지 못하고 세상을 뜬, 어머니처럼 될까 싶어 무서운 불안에 짓눌린 채 아카시아꽃이 다시 피기만을 애타게 기다려 왔었다.

실신하여 아들의 이름을 잊어버린 뒤 어머니의 삶은, 달걀껍데기처럼 흰 공백으로 텅 비고 말았다. 비와 바람과 눈을 구별할 줄도 몰랐고, 사람들에 대한 그리움과 사랑, 미움마저도 잃어버리고 말았던 것이다. 어머니는 정신의 태엽이 모두 풀린 채 아침부터 밤늦게까지 바람처럼 마을 근처의 들과 골짜기를 흐느적거리다가, 어느 추운 겨울날 눈을 후북이 맞고 잎도 없이 가시만 남은 앙상한 아카시아 숲속에 편안하게 잠들듯 죽어 있었다.

그러나 박요셉의 아내는 신통하게도 해마다 5월이 되면 어김없이 아들의 세례명을 부르며 다시 깨어나곤 하는 것이었다.

"토마스, 하느님의 아들, 우리 토마스를 찾으러 가야지요."

아내는 꿈을 꾸듯 깔깔하게 목마른 소리로 말하며 서둘렀다.

"암, 찾으러 가야지. 날이 밝으면 차를 타고 가야지."

박요셉은 어둠 속에서 아내의 얼굴을 가깝게 들여다보면서 더욱 거칠게 두 어깨를 흔들었다. 그는 아직 날이 밝지 않았는데도, 5년째나 소식이 없이 이미 죽은 것으로 믿고 있는 아들을 찾으러 가자고 보채는 아내에게서, 아들과 아내의 생명을 한꺼번에 되찾은 기분이었다. 그때마다 그는 아들이 죽지 않고 아내와 함께 살아 별처럼 반짝이고 있는 듯한 황홀한 착각에 빠지곤 했다.

"차가 있을까요?"

"있고말고. 날이 새면 첫차를 타야지."

"그때 모양으로 도중에 우리를 내려놓지나 않을지 모르겠어요."

"누가 우리를 막겠어. 아들 찾는 건 죄가 아닌데."

"예수님을 잃은 성모님의 고통은 얼마나 컸을까요. 그렇지만 성모님은 아드님을 찾으셨지요. 우리도 꼭 토마스를 찾을 수 있을 거라고 믿어요.

날이 샐 때까지 기도해야겠네요."

그러면서 박요셉의 아내는 무릎을 꿇고 두 손을 모으며 간절하게 기도를 올렸다. 박요셉이 보기에도 아내의 기도는 너무 간절하여 고통스럽게 느껴지기까지 했다. 아내는 잊고 있었던 아들이 떠오르는 순간에는 언제나 길고도 간절한 기도를 올렸다.

박요셉은 아내의 기도 소리를 들으며 미명이 밝아오기를 기다렸다. 아내의 기도가 아침을 밝게 열어 주었다. 그는 죽음의 두꺼운 그림자와도 같은 어둠이 서서히 침묵의 허물을 벗으며 날이 밝아오기 시작하자, 아내의 정신도 기도와 함께 맑아지고 있음을 알았다. 날이 완연히 밝아졌을 때, 아내의 머릿속은 태양만큼이나 선명해져 아들을 찾아 떠날 준비에 바빴다. 그런 아내의 모습을 본 박요셉은 바람에 짙게 실려 온 아카시아꽃 향기와, 동편 하늘의 끝으로부터 서서히 뻗질러 오는 햇살에까지 감사하는 마음을 보냈다.

그는 남쪽 항구도시 반란사건 때 행방불명이 된 아들을 찾아 한동안 정신없이 헤매었던 어머니를 생각해보았다. 그리고 어머니와 아내를 비교해보았다. 어머니와 아내는 다 같이 아들을 잃어버리고 마을 사람들로부터 미쳤다는 말을 들었다. 그러나 그는 어머니도 아내도 미쳤다고는 생각하지 않았다. 형의 행방불명이 어머니의 정신을 송두리째 훔쳐 가 버렸던 것처럼, 5년째 소식이 없는 아들이 아내의 모든 기억의 미세한 끈을 끊어버린 것으로 생각하고 있었다. 40년 전 어머니에게 형의 죽음을 말하지 못했던 것처럼, 그는 아내에게 아들의 죽음을 인식시키려고 하지 않았다. 아내가 아들 찾기를 포기했을 때, 아내는 동면과도 같은 깊은 실신의 망각으로부터 영원히 깨어날 수 없을 것이라고 생각했기 때문이다.

"우리 토마스는 죽지 않았어. 언젠가는 그놈을 다시 찾을 수 있을 게야. 이 땅을 다 뒤지고 하늘의 구름을 헤쳐서라도 꼭 그놈을 찾아내고야 말 테여."

그는 해마다 똑같은 말로 아내를 일으켜 세웠다.

"오늘은 꼭 만날 수 있을 것 같아요."

아내는 우리를 위한 영의 탑이 있는 광주로 아들을 찾으러 가기 위해 정신을 되찾았을 때만 꺼내 입곤 하는, 흰 바탕에 빨강보라색의 구름송이 풀꽃 모양의 무늬가 박힌, 낡은 포플린 원피스에 흰 고무신을 깨끗하게 닦아 신고 토마루에 쪼그리고 앉아, 5월 아침의 눈부신 햇살을 쳐다보며 혼잣말처럼 중얼거렸다. 그녀는 남편이 서둘러 행장을 차리기를 기다리고 있었다.

"그 녀석 꿈이라도 꾸었남?"

박요셉은 검은색의 특특한 겨울 바지에 목깃이 희치희치 닳은 헌 와이셔츠를 갈아입고, 푸수수한 머리를 손가락으로 갈퀴질하듯 여러 차례 익숙하게 긁어 올리고는 몽유병자처럼 흐느적거리며 마루로 나왔다. 그의 모습은 도열병에 오그라든 벼 포기처럼 사뭇 절망적이었고, 표정을 잃어 버린 얼굴은 그가 입고 있는 낡은 와이셔츠만큼이나 휘주근하게 구겨져 있었다. 그는 우리를 위한 영의 탑이 있는 광주로 아들을 찾아 떠나고 싶지가 않았다. 그곳에 가봤자 아들 녀석을 찾을 수 없으리라는 것을 잘 알고 있었기 때문이다. 그는 아들을 찾아 떠난다기보다는 아내를 위해 절망과 끝없는 슬픔의 궤적을 다시 한번 더듬고 오는 것으로 생각했다. 그것만이 해마다 5월이 되면 놓아 버린 기억의 끝을 다시 붙잡은 아내를 위로해 줄 유일한 일이었기 때문이다.

"하기야, 우리가 언제 꿈을 꾸고 살아왔었나."

박요셉은 푸념처럼 말했다.

"토마스는 우리들 꿈이었어요. 아직 그놈은 우리들 꿈이지요. 우리가 죽은 후에라도 토마스는 우리들의 꿈으로 남겠지요."

박요셉의 아내는 아카시아 꽃잎처럼 화사하게 쏟아져 내리는 햇빛을 쳐다보며 꿈꾸듯 말했다. 눈부신 햇살 속에 아들의 모습이 무등산만큼이나 커다랗게 떠오르자, 그녀는 옆구리에 끼고 있던 짙은 갈색의 낡고 오래된 비닐 핸드백 안에서 퇴색한 아들의 사진을 꺼내 햇살에 비춰 보았다. 우리를 위한 영의 탑이 있는 광주의 분수대 광장 앞에서, 뒤꼭지를 바짝 쳐올려 깎은 상고머리에 빨간 티셔츠를 입고 연탄집게처럼 다리를 쩍 벌리고 서서 찍은 사진 속에서 아들 토마스가 5월의 태양처럼 환하게 웃고 있었다. 사진 속 토마스는 구두통을 메고 있지 않았다.

"오늘은 이놈을 만나게 될 거로구만요. 내 기도가 하늘에 닿았을 거예요."

그녀는 자신 있게 말했다.

"당신은 언제나 토마스를 찾아 나설 때마다 그렇게 말했지. 작년에도, 그 작년에도 그랬다가, 토마스를 찾지 못하고 돌아와서는 하느님이 기도를 들어주시지 않는다면서 십자가를 항아리 속에 처넣어 버리고선……."

"그건 육 년 전 일이었어요."

"신부님이 모르고 계시기에 다행이지."

"신부님껜 말하지 말아요."

박요셉의 아내는 작은 보퉁이를, 들돌을 들어 올리듯 힘겹게 들고 일어섰다. 그 보퉁이 안에는 토마스의 여름옷과 속옷, 양말, 손수건 외에 그가 좋아하는 달걀 부침개가 들어 있었다.

그들 부부가 찌그러진 백철문을 열고 집을 나서 두껍다리 건너 돈들막에 이를 때까지, 누렁이 암캐가 상쇠 머리 돌리듯 길고 탐스러운 꼬리를 회회거리다가, 박요셉이 집에 돌아가라며 던진 돌멩이에 다리를 맞고 깽깽 울며 돌아갔다.

햇살은 적당하게 눈부셨고 바람도 넉넉한 초여름이었다. 박요셉의 아내는 돈들막을 반달음으로 내려가, 버스가 멎는 비석거리를 바라보며 아카시아꽃이 흐드러지게 핀 야트막한 황토밭 산모롱이를 돌았다. 아카시아꽃 향기가 너무 짙어, 처음에는 달콤하게 느껴지던 것이 이내 생머리가 지끈거렸다. 그즈음 밤이면 바람 모퉁이의 아카시아꽃 향기가 안방까지 바람에 묻혀 와 머릿속을 감미롭게 어지럽혔다.

토마스는 아카시아꽃 향기를 좋아했다. 우리를 위한 영의 탑이 있는 도시로 떠나기 전, 5월 한 달 내내 그의 방에는 아카시아꽃이 꽂혀 있었다. 그의 어머니가 아카시아꽃 향기를 많이 맡으면 생머리가 지끈거린다면서 화병에 꽂아 둔 꽃들을 두엄자리에 내버리고 나면, 그는 다시 바람 모퉁이에 가서 새 아카시아꽃을 꺾어다 꽂곤 했다.

"토마스를 가졌을 때, 아카시아꽃 향기 때문에 오월 한 달 내내 속이 울렁거렸었는듸……."

앞서 바쁘게 걸어가던 박요셉의 아내는 속이 메슥거리는지 손으로 코를 쥐어 싸매며 잠시 걸음을 멈추고, 여남은 걸음 뒤에서 참담한 모습으로 따라오고 있는 남편을 돌아보았다.

박요셉은 마을 앞 비석거리 버스 정류장으로 나가면서 40년 전의 일을 떠올리느라 자꾸만 발걸음이 무거워졌다. 그는 열두 살 때 어머니를 따라 남쪽 항구도시에서 반란군이 되었다는 형을 찾으러 먼 길을 떠났었다. 그 무렵 어머니는 일본에 노무자로 끌려간 아버지가 끝내 돌아오지 않아 눈물로 세월을 보내고 있었다.

해방된 지 3년이 지나도록 돌아오지 않는 아버지에 대해 분명 죽었거니 하고 가까스로 기다림의 탄식을 접첨접첨 접을 무렵에, 아들마저 반란군이 되어 행방을 감추었다는 소식을 들은 어머니는 아버지를 잃은 설움까지 한꺼번에 복받쳐 거의 정신을 가눌 수가 없었다. 어머니는 아들을 찾으러 남쪽 항구도시로 가기 위해 마을 앞 바람 모퉁이를 돌면서, 눈물 때문에 앞이 보이지 않아 몇 번이고 발을 헛디뎌 넘어지곤 했다. 그러나 철없는 열두 살의 그는 처음 도시 구경을 할 수 있다는 기대에 신이 나서 쌩쌩 휘파람이라도 불고 싶은 기분이었다. 그는 아버지를 잃어버린 것도, 형이 행방불명이 되었다는 사실도 마치 남의 일처럼 생소하게 느껴졌다. 아버지가 다시 살아서 돌아온다고 해서, 지리산 후미진 산골짜기 마을의 삶이 달라질 수 없는 것처럼, 행방불명된 형을 다시 찾는다고 해도 그의 하루하루가 크게 달라질 것이 없다고 생각했다.

아들을 찾아 항구도시로 떠날 때까지만 해도 어머니는 비록 눈물을 주체하지는 못했지만 정신 하나만은 또렷했다. 열흘 가깝게 항구도시를 헤매다가 실신하여 고향으로 돌아올 때의 어머니는 허수아비처럼 말이 없었다. 울음 대신 공허한 헛웃음만 웃어댔다. 갈 때는 어머니의 뒤를 따르기만 했었는데, 돌아올 때는 어머니의 손을 놓치지 않고 잡아끌어 앞장을 섰다. 울음이 없는 어머니는 뿌리가 뽑힌 고사목처럼 주체스럽게 느껴지기까지 했다. 차라리 항구도시로 떠날 때처럼 슬픈 목소리로 울어 주었으면 싶었다. 울음을 잃어버린 어머니는 끝내 정신을 되찾지 못했다. 고향으로 돌아올 때는 어머니 대신 박요셉이 울었다. 그러나 그의 울음은 형을 잃은 슬픔 때문이 아니라 숨 쉬는 나무토막처럼 정신의 중심을 잃고 실신해 버린 어머니를 머나먼 고향까지 놓치지 데리고 끌고 갈 일이 너무 암담하고 무서워서였다.

40년이 지난 이제, 그는 다시 아내에게서 어머니의 모습을 발견하고 참담한 기분으로 하늘을 쳐다보았다. 40년 전 그의 어머니가 겪었던 고통을 아내가 다시 걸머지고 있다는 생각에 슬픔이 아닌 분노가 불길처럼 뻗질러 올랐다.

"아카시아꽃이 지려면 아직도 멀었지요."

박요셉의 아내는 남편이 가까이 오기를 기다렸다가 함께 걸으며 뚜벅 입을 열었다.

"큰비가 한바탕 쏟아지고 나면……."

"우리 토마스를 가졌을 때는 저놈의 아카시아꽃 향기가 유난히 더 진동했었지요. 당신도 기억하고 있지요? 토마스를 임신했을 때, 아카시아꽃 향기가 싫어서 바람 모퉁이 길을 피해 다니던 일 말이우."

"아카시아꽃 이야긴 제발 그만 좀 해."

박요셉은 아내를 향해 내질렀다.

5월에 잉태한 토마스는 태어난 지 스무 해째 되는 5월 어느 날 아카시아꽃이 비바람에 흩날리듯 어디론가 사라져 버렸다. 박요셉은 아들 토마스가 이미 6년 전 아카시아꽃이 한창 흐드러지게 필 무렵에 죽었을 것이라고 믿고 있었다. 40년 전 그의 형처럼 사망자 명단에 이름도 남기지 않은 채 죽임을 당했을 것으로 생각했다. 살아있다면 그동안 소식이라도 한 번쯤 있을 법한데, 저녁연기가 밤하늘로 사라져버리듯 행방이 묘연했기 때문이다.

6년 전, 그들 부부는 초여름부터 늦가을까지 우리를 위한 영의 탑이 있는 도시를 샅샅이 찾아 헤매었다. 후미진 하수구며, 광주천의 다리 밑, 토마스가 자리를 잡고 구두닦이를 하던 관광호텔 부근과 사람이 많이 죽었다는 형무소 근처의 잡목 숲속이며, 무등산의 깊고 얕은 여러 골짜기를 날마다 헤집고 다녔었다. 그러나 토마스가 남긴 흔적은 바람이 거칠게 흔들고 지나간 메마른 땅 위의 자국처럼 아무것도 없었다. 토마스의 흔적을 찾아내지 못한 그들 부부는 우리를 위한 영의 탑이 있는 도시 전체가 죽음의 골짜기처럼 황량하고 음산하게만 느껴졌다.

"오늘은 병원을 몽땅 뒤져 봅시다요."

박요셉의 아내가 말했다.

"병원에 누워있으면서도 소식이 없을까 원!"

"총소리에 놀래서 혼이 빠져 버렸는지 누가 알아요? 당신 어머니도 그래서 정신이 나가 버렸다면서요?"

"우리 어머니는 총소리에 놀라 정신을 잃어버린 것이 아니었어. 세상에 그까짓 총소리에 놀래 정신을 잃을 사람이 누가 있겠어."

"그러면 당신 어머니는 왜 그랬대요?"

"그건……."

박요셉은 아내에게 그 말만은 하고 싶지가 않았다. 40년 전 어머니와 함께 항구도시의 산동네 기슭에 장작더미처럼 쌓여 있는 시체 무더기를 보고 한동안 심하게 구역질을 했던 일을 말하고 싶지가 않았다. 그의 아내도 6년 전 시쳇더미를 본 자리에서 마구 구역질을 하면서 눈이 뒤집히더니 이내 실신을 하지 않았던가.

비석거리 정류장에는 우리를 위한 영의 탑이 있는 광주로 가는 버스를 기다리는 마을 사람들 대여섯 명이 느티나무 그늘 밑에 풍뎅이들처럼 납작하게 퍼질러 앉아 있다가, 박요셉 부부가 가까이 오는 것을 보고 뭐라고들 숙덕거리기 시작했다. 박요셉은 마을 사람들의 이야기를 듣지 않고도 그들이 무슨 말들을 하고 있는지 알 수가 있었다. 그들은 필시 박요셉 내외의 나들이 차림을 보고, 이미 6년 전에 죽은 것이 분명한 토마스를 찾아 나서고 있는 부질없는 행동에 조소와 답답함을 삼켰을 것이며, 하루 전까지만 해도 넋이 나간 모습 그대로 하릴없이 들판을 흐느적거리던 박요셉의 아내가, 지난 5년 동안 이맘때쯤이면 다시 깨어나곤 했던 것과 같이, 올여름에도 어김없이 정신을 돌이키고 우리를 위한 영의 탑이 있는 도시로 아들을 찾아 떠나는 모습에 귀신에 홀린 듯 경탄을 금치 못하고 있을 것이었다.

그러나 정류장에서 그들 부부를 만나게 된 마을 사람들의 마음은 아프기만 했다. 더욱이 박요셉의 아내가 다시 정신을 수습하여 아들을 잃은 어미답지 않게, 조금도 슬픈 기색 없이 오히려 기가 펄펄하여 활개 치고 정류장에 나타나서, 버스를 기다리고 있는 마을 아낙들을 휘둘러보며,

"날씨 한번 조오타, 이 화창한 날씨에 왜들 그렇게 울상이여. 나, 우리 요셉님이랑 토마스 아들놈 만나러 가는구먼."

하고 마치 아들과 만날 약속이라도 해놓은 듯 자신 있게 말했을 때, 정류장에 나와 있던 마을 아낙들은 차마 요셉의 아내를 마주 보지 못하고 저마다 슬픈 얼굴로 고개를 돌려 버렸다.

"오늘은 꼭 우리 토마스를 만나게 될 거로구먼."

박요셉의 아내는 토마스라는 세례명에 힘을 주어 말했다. 그녀는 마을 사람들에게 말할 때도 또박또박 아들의 세례명을 불렀다. 마을 사람들 또

한 그녀가 아들의 세례명을 불러 주기를 좋아하기 때문에, 그녀에게 말을 건넬 때면 언제나 토마스 어머니, 토마스 어머니하고 허두를 붙이곤 했다. 그녀는 또한 남편까지도 어김없이 요셉이라는 세례명으로 불렀다.

"세례명은 성당에서 교인들끼리나 부르게 하고 평상시 집에서는 속명을 부르는 것이 좋지 않겠는가, 이 사람아."

토마스가 행방불명이 되기 훨씬 전에 박요셉이 말하자, 그의 아내는 버르르 성깔을 곤추세우고,

"가난한 탓으로 제대로 가르치지 못했으니 이름이라도 남달리 불러 주어야지요. 그래야 성 토마스님의 영혼이 그 애 옆에서 늘 돌보아주시지 않겠어요?"

하면서 아들에게 누구이든 토마스라고 부르지 않으면 대답을 하지 말라고 당부까지 하던 것이었다.

박요셉의 아내이며 토마스의 어머니인 조마리아는 여름이 끝나는 무렵부터 이듬해 5월까지 정신병자처럼 넋을 잃고 있다가도, 아카시아꽃이 피기 시작하면 죽었던 사람이 되살아나듯 그렇게 망각의 긴 잠에서 깨어나 아들 토마스를 찾아 나서는 것이었다.

박요셉이 보기에도 그의 아내는 아들을 찾아 나서는 그 5월 한 달만을 위해 살아가고 있는 것 같기도 했다. 일 년 열두 달 중에서 열한 달은 죽은 듯 넋이 빠져 있고, 5월 한 달 동안만 생명이 붙어 있는 듯했다. 그 한 달을 위하여 열한 달 동안 죽어 있는 아내. 어쩌면 그녀는 그 한 달 동안 아들과 함께 자신의 생명과 영혼을 되찾기 위해 처절한 몸부림을 하고 있는 것인지도 몰랐다.

박요셉은 그런 아내를 볼 때마다 안타까움에 심신이 죄어들었다. 그들

부부는 아들 토마스의 하나하나의 행적에 대해서는 생각하고 싶지도 알고 싶지도 않았다. 다만 구두통을 맸던 아들이 어떤 연유로 하여 총을 메게 되었으며, 어디서 어떻게 하여 모습을 감추게 되었는가 하는 의문뿐이었다. 40년 전 남쪽 항구도시에서 일어난 반란 사건으로 형을 잃었을 때도, 그는 비록 어린 마음이었지만 같은 나라 사람끼리 무엇 때문에 편을 갈라 총부리를 들이대고 싸우는 것인지, 흉몽에 시달리고 있는 것처럼 답답하기까지 했었다. 그는 처자식을 남겨둔 채 일본에 노무자로 끌려가서 소식이 없는 아버지와 스무 살 나이에 반란군이 되어 개죽음을 당한 형, 그리고 구두통 대신 총을 메고 울부짖다가 흔적조차 없어져 버린 아들 토마스를 생각하면, 그의 가족이 내림으로 환란의 검은 구름 속에 갇혀 있는 것 같은 불안 때문에, 하루하루의 삶이 부질없이 느껴졌다. 비극적 운명의 밧줄에 결박당한 듯한 압박감과 절망감에 모든 희망을 잃어버렸다. 그리고 그가 발을 딛고 선 이 땅과 하늘이 저주스럽기까지 했다.

버스가 푸석푸석한 비포장도로의 건조한 땅껍질을 부옇게 벗기면서 장터 모퉁이를 느릿느릿 서리 먹은 버마재비처럼 기어와 비석거리 정류장에 멎었다. 다른 때 같았으면 서로 먼저 차에 오르려고 한꺼번에 우르르 승강대 앞으로 몰아닥쳤을 터인데, 이날만은 모두 박요셉 내외가 먼저 오르도록 양보를 해주었다. 그러자 박요셉의 아내는 마을 사람들을 향해 어색하게 미소까지 날려 보내며 의기 있게 가장 먼저 차에 올라, 남편과 함께 운전사 등 뒤 빈자리에 앉았다. 그리고 버스가 꽁무니에서 뿌연 매연을 뿜으며 미끄러지기 시작하자, 그녀는 차장 밖으로 손을 나붓거리며 싱긋싱긋 웃기까지 했다.

콩 꽃잎 같은 햇살의 파편들이 차의 유리창을 날카롭게 핥고는 박요셉

아내의 얼굴에 엉겨 붙었다. 그녀는 얼굴에 햇살을 담뿍 받은 채, 눈부신 창공의 한복판에서 아들의 모습을 찾아내기라도 하려는 듯, 초록빛 야산 위로 휘붐이 열린 하늘을 올려다보았다.

버스는 뿌옇게 먼지를 일으키며 비포장도로를 달렸다. 야트막한 산허리를 안고 어슷하게 돌아 고개를 넘어서자 고속도로가 햇살을 받고 뻗어 있었다. 고속도로에는 버스며 트럭, 승용차들이 쉴 새 없이 바람처럼 내달았다.

고속도로는 남북으로 끝없이 뻗어 있었다. 40년 전 반란 사건이 터졌던 항구도시는 고속도로의 남쪽 끄트머리에 있고, 토마스가 혼적도 없이 사라져 버린 우리를 위한 영의 탑이 있는 도시로 가자면 고속도로를 따라 북쪽으로 40분쯤 달려야 한다.

40년 전 박요셉은 어머니를 따라 형을 찾기 위해, 미루나무 가로수가 두 줄로 늘어선 비포장 국도를 따라 남쪽으로 남쪽으로 걸었었다. 바람은 거칠었으나 햇살이 넉넉한 늦가을이었다. 추수를 끝낸 들판은 황량하고 을씨년스럽게 사람이 살지 않는 집의 마당처럼 텅 비어 있었고, 신작로를 오가는 소달구지 하나 눈에 띄지 않았다. 길은 있어도 오가는 사람이 없었다. 어머니는 신작로를 걸으면서도 울음을 그치지 못했다. 박요셉은 크렁한 눈을 들여다보지 않아도, 쪽빛 저고리의 두 어깨가 물결처럼 들먹이는 것 때문에 어머니가 계속 흐느끼고 있다는 것을 알 수 있었다. 그러나 박요셉은 머나먼 첫 여행길이 마냥 즐겁기만 하여, 형에 대한 걱정도 잊은 채 보랏빛 용담꽃을 귀에 꽂고 휘파람을 쌩쌩 불어 댔다.

날이 밝기도 전에 집을 나와서 해가 머리 위에 떠 오를 때까지 한 번도 쉬지 않고 걸었으나 사람이라고는 그림자조차도 만날 수가 없었다. 너무도 적막하여 마치 꿈속을 걷고 있는 기분이었다. 처음엔 여행길이 신나기만 했던 박요셉도 오가는 사람 하나 없이 깊은 산골짜기처럼 적막하기만 한 신작로를 끝없이 걷게 되자 차츰 불안해지기 시작했다. 어머니의 흐느끼는 소리가 더 그를 불안하게 했는지도 모른다. 그는 난생처음으로 적막감에 대한 두려움을 느낀 것이었다.

마을 앞을 지날 때마다 사람의 그림자 대신 개들이 신작로까지 뛰어나와 미친 듯 짖어 댔다. 개 짖는 소리까지도 공허하게 느껴졌다. 온 세상이 깊은 지리산 골짜기 안처럼 텅 비어 버린 듯했다.

"엄마, 왜 사람들이 없어? 다들 어디로 갔어?"

박요셉이 불안한 목소리로, 울고 있는 어머니 옆에 바짝 달라붙어 걸으면서 물었다.

"난리가 났기 때문이다. 난리가 났을 때는 사람들이 젤로 무섭기 때문이란다. 모두들 낯선 사람이 무서워서 문을 걸어 잠그고 방안에 틀어박혀 있을 게다."

어머니는 콧물을 훌쩍거리며 말해 주었다.

긴 강을 가로지른 콘크리트 다리를 건너자 개다리 초가의 주막이 있었다. 그들 모자는 주막의 술청으로 들어갔다. 주막에는 늘그막의 주인 내외만이 있었다. 모자는 국수 두 그릇을 시켜 요기를 했다.

"쌍암재를 넘을 수 없을게요. 진압군들이 쌍암재를 지키고 있으면서, 개미 새끼 한 마리 얼씬 못허게 헌다우. 맘 고쳐먹고 그냥 돌아가시우. 지금 쌍암재 너머는 생지옥이라니께요."

주막집 남자가 손을 거칠게 휘저으며 답답하게 느껴지는 코맹맹이 소리로 말했다. 주막집 남자의 말로는 지난밤에 반란군을 소탕하기 위한 진압군을 실은 트럭이 그칠 새 없이 땅을 울리며 쌍암재를 넘어갔다고 했다.

"쌍암재를 넘는 건 죽으러 가는 거나 마찬가지요. 반란군들이 한바탕 도리깨질을 해댄 자리에, 이번엔 진압군들이 들이닥쳤으니, 도시가 성하겠수? 아마도 거리에는 송장이 산더미처럼 쌓여 있을게요. 필시 그곳 사람들 목숨 보전하느라고 반란군들을 도왔을 텐디, 진압군이 이를 모른 척하진 않을게요."

그러면서 주막집 남자는 그들 모자에게 한사코 집으로 되돌아갈 것을 권했다. 그러나 어머니는 주막집 남자의 말을 듣지 않았다. 박요셉의 어머니는 막걸리 한 사발을 청하여 단숨에 마시고는 거슴츠레한 시선으로 쌍암재를 올려다보았다. 그러고는 헉헉 숨을 몰아쉬며 재를 오르기 시작했다. 재를 오르기 시작하면서부터는 어깨를 들먹이며 흐느끼지 않는 대신, 술에 취한 탓으로 얼굴이 벌겋게 되어 비틀거렸다.

재 너머 쪽에서 총소리가 들려왔다. 박요셉은 총소리에 놀라 어머니의 등 뒤로 몸을 조그맣게 꿍겨 움츠리며 말기끈을 잡고 늘어졌다. 그러나 어머니는 조금도 겁내지 않고, 오히려 더욱 의기양양하게 싸움터로 나가는 전사처럼 고갯마루를 향해 비틀거리며 올라갔다. 박요셉은 어머니의 그런 태도가 두렵게 느껴지기까지 했다. 예전의 어머니가 아니었다. 지금까지의 어머니는 술은 입에 대지도 못했거니와, 부끄러움과 눈물과 겁이 많은 여자였다.

"쌍암재 꼭대기에 당도할 때까지는 한 발짝도 걸음을 멈추어서는 안 된다. 에미 모양으로 턱을 쳐들고 고개를 빳빳하게 세워 하늘을 쳐다보면서 걸어라. 이 재를 넘지 못하면 네 형은 다시 만날 수가 없게 될 테니께. 사내답게 걸어라."

어머니는 하늘을 쳐다보며 헐근거리는 목소리로 말했다. 어머니는 마치 쌍암재 마루에서 형이 그들 모자를 기다리고 있기라도 한 것처럼 말했다.

형은 어머니의 가장 큰 꿈이었다. 아버지가 노무자로 끌려간 뒤 모든 기대를 형에게 걸었고, 형을 위해 자신의 삶을 송두리째 희생했다. 어머니는 형을 항구도시의 중학교에 보내기 위해 정수리의 머리칼이 닳아빠지도록, 날마다 미역이나 멸치를 이고 지리산 근동을 헤매었다.

그들 모자가 쌍암재 마루턱을 향해 작은 모퉁이를 감고 도는 순간 다시 총소리가 짜글짜글 산을 흔들었다.

"엄니, 그만 돌아가요."

박요셉이 어머니의 말기끈을 잡고 늘어졌다. 그러나 어머니는 끙끙 두 다리에 힘을 쏟아내리며 계속 걸었다.

"네 형을 못 찾으면 네 아버지도 만날 수 없단다. 네 형을 만나야 아버지도 만날 수 있는겨."

박요셉은 그런 어머니의 말을 이해할 수가 없었다. 형을 만나야 아버지도 만날 수 있다는 어머니의 그 말이 무엇을 뜻하는 것인지 몰랐다. 어린 박요셉의 생각에도 아버지는 노무자로 끌려가 죽은 것이 분명한 듯싶었는데, 죽은 아버지를 다시 만날 수 있다고 생각하는 어머니. 어쩌면 어머니는 형과 아버지를 혼동하고 있는 것인지도 모른다고 생각했다. 아니 형을 아버지로 잘못 생각하고 있는 것인지도 모를 일이었다.

"아버지가 보고 싶으면 네 형을 보거라. 너는 외삼촌을 닮고, 네 형은 아버지를 빼다 박았다."

어머니는 늘 그렇게 말했다. 그리고 아버지를 닮은 형을 더 사랑하는 것 같이 느껴져, 때로는 의뭉스럽게 질투심이 뻗질러 오르기도 했었다.

덜컹거리며 비포장도로를 빠져나온 버스는 미끄러운 고속도로에 접어들어 북쪽을 향해 달렸다. 박요셉 부부가 나란히 앉은 좌석의 차창에는 여전히 초여름의 싱그러운 햇살이 아교처럼 엉겨 붙어 있었다.

6년 전, 아카시아꽃 향기가 물씬 바람에 묻어오던 그 무렵에도, 그들 부부는 아들 토마스를 찾기 위해 북쪽으로 달리는 버스에 몸을 싣고 초여름의 툭툭 쏘는 햇살 속에서 처절하게 녹아내렸다. 그때도 햇살은 은박지 껍질처럼 흰빛으로 눈부셨지만, 그들 부부의 마음은 죽음을 맞으러 가기라도 한 듯 슬픔에 젖어 있었다.

그들 부부는 텔레비전 화면에서 아들의 모습을 똑똑히 보았다. 아들은 머리에는 남사당패들처럼 흰 수건을 질끈 동이고 트럭에 올라 오른손에 총을 들고 흔들면서, 고층 건물이 보이는 큰 거리를 바람처럼 지나갔다. 텔레비전 화면 속의 아들 모습은 이내 자취를 감추었지만, 그들 부부의 머릿속에 생생하게 찍혀 좀처럼 지워지지 않았다. 텔레비전을 본 마을 사람들이 마당 안으로 가득 몰려와서 뭐라고들 쑤알거리며 웅성이는 모습까지도 화면의 한 장면처럼 느껴졌다. 그때 마을 사람들은 구두닦이 토마스가 구두통 대신 총을 메고 텔레비전 화면에 나온 것을 가증스러워하는 눈치들이었다.

"구두닦이가 총을 멨으니 난리는 난리로구먼!"

마을 사람들이 퉁겨 내는 말이 호비칼처럼 그들 부부의 심장을 깊숙이 후볐다.

토마스가 총을 멘 모습으로 텔레비전 화면에 비치던 다음 날, 우리를 위한 영의 탑이 있는 도시 광주에서 대학에 다니는 토마스의 친구들이 난리가 난 그곳을 탈출하여 고향으로 돌아왔다.

"토마스가 광장 앞에서 총을 메고 담벽에 기대고 앉아 꾸벅꾸벅 졸고 있는 것을 봤어요. 그래서 내가 말했지요. 총을 버리고 함께 고향으로 돌아가자고 말입니다. 도시를 빠져나가는 모든 길목마다 진압군이 진을 치고 있었기 때문에 무등산을 넘으면 고향으로 갈 수 있을 거라고 귀띔을 해줬어요. 그때 나는 머지않아서 진압군이 탱크를 앞세우고 도시로 쳐들어올 거라는 걸 알고 있었거든요. 바보 같은 토마스는 내 말을 듣지 않았어요. 오히려 내 말을 듣더니 피식 웃더군요. 나를 비웃었어요. 자기는 민주주의를 위해서 구두통 대신 총을 멨노라고 용사처럼 말하더군요. 죽는 것도 두렵지 않다고 했어요. 그래서 난 설득을 포기했어요."

친구 하나가 마을 사람들 앞에서 토마스를 만났던 이야기를 자랑스럽게 떠벌려 댔다.

"내가 토마스를 만난 건 은행 앞이었어요. 비도 오지 않았는데 그 바보 같은 놈은 군용 우비를 입은 채 총을 두 팔로 보듬고 앉아서, 셔터를 내린 은행 문을 지키고 있었어요. 무척 피로해 보였어요. 토마스와 함께 은행 문을 지키고 있던, 몸집이 토마스의 반도 못 되는 쬐금한 놈은 나와 같은 서클의 멤버였어요. 셔터가 내려진 은행 문은 무엇 때문에 지키고 있느냐고 물었더니, 은행의 금고 안에 많은 돈이 있기 때문이라고 말하더군요. 바보 같은 소리에 나는 웃고 말았습니다. 토마스의 말로는 구두닦이를 해서 모은 자기 돈 육만 원도 그 은행의 금고 속에 있다고 했어요. 내 눈에 그들은 은행을 털 강도로만 보였어요. 나는 그 바보를 따로 은행 모퉁이로 데리고 가서 총을 버리고 구두통을 메야 살 수 있을 것이라고 말해 주었습니다. 그랬더니 그 바보는 내 말을 들은 척도 않고, 턱끝으로 나와 같은 서클의 멤버를 가리키며, 저 꼬마 친구한테 내가 구두닦이라는 말하지 말았으면 좋겠다. 쟨 내가 대학생인 줄 알고 형 형 한단 말야. 구두닦이가 부끄러워서 숨기려는 게 아니구, 쟨 내가 대학생이 아니라는 걸 알게 되면 나를 무시해서 믿고 따르지 않을 것 같아 그래. 쟨 겁이 많아 갖구, 나만 졸졸 따라다니거든. 어젯밤엔 쟤와 함께 진압군이 우글거리는 외곽도로 쪽을 지키고 있었는데 말야, 밤새도록 별을 향해 총을 쏘아 대더라구. 귀창 떨어지겠으니 제발 총 좀 그만 쏘라구 했더니, 너무 무서워서 총이라도 쏴대야만 견딜 수 있다고 하더라. 쟨 되게 겁쟁이인데도 아는 게 많더라구. 그런데도 겁쟁이인 쟨 내 용기를 부러워하고, 용기 있는 나를 의지하려고 하거든, 하고 말하지 않겠어요? 난 바보와 헤어져서 하숙집으로 돌아왔어요. 그리고 다음 날 친구들과 함께 도시를 탈출했어요. 내가 보기에 그 바보는 총을 버리지 않을 것 같았어요. 개죽음하는 거지요. 제까짓 게 자유가 뭔지나 알겠어요? 하숙집 주인이 신문사 기잔데, 그 사람 말로는 그곳에 내려와 있는 외신기자들한테 본사로부터 빨리 인근 도시로 탈출하라는 전문을 보낸 텔렉스를 읽었다고 하데요. 비행기에서 독가스를 뿜어내려 폭도들과 함께 남아 있는 사람들을 모두 질식사시킨다는 유언비어까지 나돌았다니까요. 토마스한테 그 이야기를 했더니 그 바보 같은 놈은 잠이 부족하여 눈알이 벌겋게 충혈된 눈으로 나를 쏘아보며, 곧 우리를 구하러 올 거야 하고 자신 있게 말했습니다. 그들은 누군가 도시를 구해줄 것이라고 믿고 있었어요. 그래서 내가 물었지요. 도대체 누가 구해주러 온다는 거냐, 너희들이 기다리고 있는 건 누구냐, 네 하느님이냐 하고 따져 물었어요. 그랬더니 그 바보 같은 놈이 뭐라고 한 줄 아세요? 시민들이 도시를 구해 줄 것이라고 했습니다. 하느님은 그들을 버리지 않을 것이라고 했습니다. 그 바보 같은 놈은 얼뜨기 시인처럼 지껄였습니다."

도시를 빠져나온 다른 친구 하나가 말했다.

토마스는 아버지한테 보낸 편지에서 자기는 시인이 되는 것이 소원이라고 했었다. 한번은 그가 다니는 야학에서 만들어 낸 『등대』라는 글모음집에 자신의 시를 써서 보내오기도 했었다. 그 시의 제목은 「구두 닦기」였다.

어머니 나는 지금
십자가를 닦고 있어요.
아버지가 아침마다
숫돌에 낫을 갈고
밤마다 어머니가 우물가에서
맑은 샘물을 퍼올려
누더기 헌옷들을
깨끗하게 빨아 말리듯
별처럼 빛나는 우리들의
꿈을 닦고 있어요.
나의 꿈은
더러운 구두창이 아니고
서슬이 퍼런 아버지의 낫이며
낡은 누더기일지라도
부끄러움을 가리는

어머니의 흰 빨래이고 싶어요.

시가 무엇인지도 모르는 박요셉이었지만, 토마스가 쓴 「구두 닦기」라는 시를 읽은 그는 아들이 서슬이 퍼런 아버지의 낫처럼 되고 싶다는 대목이 마음에 들어 빙긋이 미소를 지었었다. 그는 토마스가 아버지의 서슬이 퍼런 낫이 되고 싶다는 말을, 아들이 고향에 돌아와 아비처럼 농사꾼이 되겠다는 뜻으로 받아들였기 때문이다. 요셉은 아들이 고향으로 돌아오기를 기다렸다. 고향에 돌아와서 하늘의 땅을 가꾸는 충실한 하느님의 농사꾼이 되기를 바라고 있었다.

「구두 닦기」라는 시를 보낸 그해 추석에 박요셉은 집에 온 아들에게,

"네 꿈은 이 애비의 서슬이 퍼런 낫이 되는 것이라고 했는듸, 그렇다면 장차 고향에 돌아와서 농사꾼이 되고 싶다는 게냐?"

하고 물었었다.

아들은 빙긋이 웃으며,

"농사꾼도 좋지요. 그렇지만 아버지, 제 낫은 풀이나 벼를 베는 것이 아니고 역사를……."

하고 말끝을 흐려 버렸다. 박요셉은 아들의 말뜻을 잘 이해하지 못했다. 낫이라면 풀이나 나무, 보리와 벼를 베는 것인데, 아들 녀석의 말은 그런 것이 아니었기 때문이다.

"잡초보다 더 나쁜 것을…… 그리고 때로는 벼보다 더 소중한 것을 베는 낫 말입니다."

하고 아들은 시인 같은 말을 했다.

"역사를 벤다는 게 무슨 말이냐? 그것은 사람을 베겠다는 것이 아니냐?

시를 쓰겠다는 놈이 왜 그런 끔찍한 생각을 하는 게냐?"

박요셉은 이미 그때부터 불안해졌다. 그들 내외는 아들이 시인 같은 말을 하는 것을 대견스럽게 생각하기보다는 오히려 불안해했다. 그리고 아들을 도시로 보낸 것을 후회했다.

토마스는 자랄 때부터 마을의 같은 또래 아이들보다 훨씬 야무지고 당찬 데가 있었고, 중학교에 다닐 때는 언제나 우등생이었다. 그는 그를 가르치는 학교 선생의 말에 트집을 잡기 일쑤였고, 성당에서도 다윈의 진화론을 들먹이며 신부님의 강론에 대해서 비판을 할 때가 많았었다.

"저놈은 잘 가르쳐야지, 그렇지 못하면 큰일 저지르게 될 거로구만."

마을의 어른들까지도 토마스의 장래를 걱정했다. 그런 말을 들을 때마다 박요셉 내외는 심장이 뜨끔거렸다. 박요셉은 그런 아들이 지난날 반란군으로 몰려 죽임을 당한 그의 형을 닮은 것인지도 모른다는 생각에 온몸의 힘줄이 산조를 뜯는 가야금의 가느다란 현처럼 떨리는 듯한 전율과 슬픔에 젖었다.

"빌어먹을 자식, 애비의 낫이 되겠다고 했다면 고향에 돌아와서 풀이나 벨 것이지 가당찮게 세상을 베려고 들어? 그놈은 별을 닮은 게 아니고 앙칼과 저주를 닮은 게여."

아들을 데려오기 위해 질금거리는 아내와 함께 버스에 오른 박요셉은 가슴이 미어지는 듯했다. 집을 나서기 전부터 눈물을 질금거리던 아내는 버스에 오르자 얼굴을 보퉁이에 묻고 앉아서 친정어머니의 부음을 받았을 때보다 더 격렬하게 사뭇 어깨를 들먹이며 훌쩍거렸는데, 박요셉은 몇 번이고 그런 아내를 향해 청승 좀 그만 떨라고 쥐어박듯 내질렀다. 그러나 사실은 박요셉 자신도 소리 내어 울고 싶은 심정이었다. 아내의 청승

맞은 모습을 보지 않으려고 차창 밖으로 시선을 멀리 던진 그의 눈에는, 두 손을 휘저으면서 비명처럼 울부짖으며 트럭을 타고 지나가던 텔레비전 화면 속의 아들 모습이, 신록으로 치장한 높은 산만큼이나 큰 덩치로 덮쳐오곤 하여, 가슴 한복판에서 무수히 많은 돌담이 마구 허물어져 내렸다. 그리고 순식간에 그 자신이 가슴속에서부터 허물어져 내린 돌무더기에 파묻혀 버린 듯싶었다. 박요셉은 어머니를 떠올렸다. 그리고 실망과 슬픔을 이겨 내지 못하고 오열하고 있는 아내를 보았다. 아내는 영락없이 지난날 어머니의 모습 그대로였다. 다른 점이라면 버스를 타고 있다는 것과 옆자리에 남편인 박요셉 자신이 앉아 있다는 것뿐이었다. 아내는 좀처럼 고개를 들지 않았다. 아들을 다시 만나기 전에는 그대로 얼굴을 꿍겨박은 채 영원히 눈 감아 버리기라도 할 것처럼 낙망의 깊은 진흙 속에 침잠해 있었다. 그는 아내에게 고개를 들고 눈을 떠보라는 말을 할 수가 없었다.

고속도로 위를 바람처럼 잘 달리던 버스가 갑자기 멎었다. 버스가 멈춘 곳은 우리를 위한 영의 탑이 있는 도시인 광주까지는 8km쯤 떨어진 곳이었다. 차창 밖으로 무등산이 5월의 눈부신 햇살 속에 꿈꾸듯 출렁여 보였다. 그때까지도 아내는 고개를 들지 않았지만 흐느끼는 소리는 멎어있었다.

"모두들 내리십시오. 여기서부터는 도시로 들어가는 모든 길이 차단되었습니다. 버스는 더 이상 가지 못합니다. 여기서부터는 걸어가도록 하십시오. 이 버스는 한 시간 후에 되돌아가니 다시 돌아가실 손님들은 한 시간 후 다시 승차하십시오."

버스 운전사의 명령하는 듯한 말에 승객들은 한 마디의 불평도 없이 서둘러 내렸다. 20명 남짓 되는 승객들은 버스에서 내려 저마다 무등산을 한 번씩 올려다보고 나서, 고속도로를 따라 도시를 향해 걷기 시작했다. 그들은 모두 박요셉 부부처럼 아들을 데리러 가는 사람들이었다.

박요셉은 담배에 불을 붙여 물고 천천히 걷기 시작했다. 햇볕이 넉넉하게 쏟아지는 고속도로에는 차량의 통행이 뚝 끊겨, 달빛이 깔린 지리산의 깊은 골짜기처럼 을씨년스럽고 황량하게 느껴졌다. 고즈넉한 대낮의 고속도로에는 목을 죄는 듯한 정적만이 깔려 있었다.

박요셉은 다시 지난날 어머니와 함께 형을 찾아 쌍암재를 넘던 때를 떠올렸다. 그때 그 길도 이렇듯 오싹한 정적과 알 수 없는 공포, 주검처럼 음습한 냉기만이 감돌고 있었다. 행인이 없는 길은 길이 아니듯이, 차량의 통행이 끊긴 찻길은 이미 생명을 잃고 있었다. 그것은 다만 역청瀝靑을 뒤발질해 놓은 아스팔트 바닥이거나 길게 자빠져 누운 나무토막이 아니면, 입구도 출구도 없이 휑하게 트인 텅 빈 광장 같은 것이었다. 생명이 없는 그 길로 어머니와 박요셉 두 사람만이 그림자처럼 휘적이며 걸었다. 그 길은 폐광의 긴 터널처럼 정적의 한가운데를 뚫고 있었으며, 이들의 생사를 확인하기 위해 먼 길을 떠나온 어머니는 곡괭이를 든 광부와도 같이 헐근거리며 무섭게 내달았다.

"댁의 아들은 어느 대학에 다닙니까?"

박요셉한테서 담뱃불을 빌린, 짙은 감색 점퍼 차림의 중년 남자가 버릇처럼 금테안경의 콧대를 손가락으로 밀어 올리며 건성으로 물었다.

"대학생이 아닙니다."

박요셉은 한숨 깊숙이 담배 연기를 빨아 햇살이 눈부시게 엉킨 도로 왼편의 밋밋한 산등성이를 향해 투우하고 품어 내며 대답했다.

"그러면 댁은 아들을 데리러 가시는 게 아니로군요."

금테안경은 그러면서 그의 생애에서 이렇듯 찻길이 끊긴 것은 6·25 때와 지금, 두 번 겪는다고 말했다. 그의 말끝에 박요셉은 혼자 마음속으로 나는 세 번째요 하고 말하고 있었다.

"그러면 뭣 하러 가시오?"

"나도 아들 녀석을 찾으러 가오."

금테안경이 묻고 박요셉이 받았다.

"아들이 뭣하는데요?"

"글쎄요, 뭐 시를 쓴다든가요. 그놈은 늘 십자가와 별을 닦고 있다고 허드만요."

박요셉은 그렇게 말하기를 잘했다고 생각하면서 집을 나선 후 처음으로 가볍게 웃었다. 그것은 5월의 햇살보다 더 끈끈한 자조였다.

"속깨나 썩겠군요. 나는 댁의 심정을 이해할 수 있겠소. 내 친구 아들 중에도 그런 놈이 있지요. 멀쩡한 놈이 시를 쓴답시고 헷소리를 해대니깐, 그 놈의 애비인 내 친구 말이 그의 아내가 그앨 임신했을 때 몸에 좋으라고 메추라기를 여러 마리 고아 먹은 탓이라고 그럽디다. 내 친구도 아들 녀석 때문에 속깨나 썩고 있지요. 우리 애는 장차 교수가 될 거랍니다. 나는 의사가 되기를 원했는데 그놈은 한사코 교수가 되겠다지 뭡니까. 하기야 요즘 같은 세상엔 대학교수도 좋겠기에 너 알아서 하거라고 했지요."

금테안경이 자랑스럽게 말했다. 박요셉은 그의 말에 위축되지 않으려고 턱끝을 쳐들고 걸었다. 그는 여전히 턱끝에 힘을 주고,

"아무나 시인이 될 수 있는 것이 아니라고 헙디다."

하고 말했다.

"그렇겠지요. 아무나 점쟁이나 무당이 될 수 없는 거나 마찬가지겠지

요. 그렇지만 나라면 아들이 시인이 되는 것을 말리겠소. 시가 뭐 밥 멕여 준답디까?"

"그럴까요?"

"댁도 참, 이 세상에서 돈을 주고 시를 사는 미친 사람이 어디에 있겠소?"

그 말에 박요셉은 풀이 죽어 턱끝을 힘없이 내려, 아스팔트 위에 시선을 꽂았다. 갑자기 그의 마음이 아스팔트 바닥처럼 검은 색깔로 굳어져 버린 기분이었다.

어머니도 늘 큰아들 자랑이었다. 어머니는 그에게,

"네 형만 졸업하고 오면 네 아부지를 잡아갔던 일본놈 앞잽이들을 가만 놔두지 않을 게다. 네 형이 꼭 웬수를 갚을 게다."

하고 말했었다. 형을 믿고 살아온 어머니는 고개가 휠 만큼 무거운 도붓짐을 머리에 이고 지리산 골짜기 마을들을 휘젓고 다니면서도 쇳소리 나는 목청처럼 기세가 당당했었다.

박요셉은 얼핏 아내 쪽을 보았다. 아내는 울고 있지는 않았으나 고개를 깊숙이 숙인 채 걷고 있었다. 오늘따라 아내의 모습이 유난히도 궁색해 보였다. 지금껏 살아오면서 아내는 단 한 번도 아들을 자랑해 보지 못했다. 도시 자랑할 만한 건더기가 없었다. 아들 토마스가 우등상을 받아 왔을 때도 그런 아들을 자랑하기는커녕 오히려 슬픈 표정을 지었다. 박요셉은 아무것도 자랑할 건더기가 없이 살아온 여자의 모습이 그렇게 궁색하고 초라해 보일 줄은 미처 몰랐다. 한 마을의 아들 친구들이 고등학교에 들어갔을 때와 대학에 입학했을 때, 그의 아내는 성당에 나가 철야기도를 하고 돌아왔다.

"이것 봐. 나는 우리 아들이 대학에 간 것보다 하느님 나라의 백성이 된 것을 더 자랑스럽게 생각허는구먼. 그러니께 말여, 속상해 허지 말어. 우리가 참말로 자랑스러워해야 할 것은 우리 아들이 토마스라는 본명을 가졌다는게여."

박요셉은 철야기도를 마치고 집에 돌아와서도 잠을 이루지 못한 아내를 그렇게 위로해주었을 뿐이었다.

박요셉은 지싯지싯 아내의 옆으로 다가가서 다른 사람이 눈치채지 않게 옆구리를 가볍게 찔벅거려 눈짓으로 뒤에 처지라는 시늉을 했다. 그들 부부는 일행들로부터 뒤처지고 있었다. 그제서야 아내는 고개를 들었다. 박요셉은 그들 부부가 일행들로부터 뒤처져 걸으면서, 어쩌다가 명절이 되어 고향에 돌아온 아들이 마을의 친구들과 어울리지 않고 방구석에만 처박혀 지내던 심정을 헤아릴 수 있게 되어 잠시 슬픔에 젖었다. 그리고 그 슬픔은 아들에 대한 간절하고도 고통스러운 그리움으로 변했다. 아비 된 자신이 지금껏 아들을 위해 해준 것이라고는 구두닦이가 되기 위해 도시로 떠나기 전까지 주일마다 마을에서 십 리나 떨어진 성당에 데리고 가서 미사에 참여하고 토마스라는 세례명을 안겨 준 것뿐이었다. 세례를 받던 날, 초등학교 5학년인 토마스는 "이제 하느님이 내 편이 된 거지?" 하고 뚜벅 물어, 박요셉 부부를 당황하게 했었다. 그때 박요셉이 "하느님께서 네 편이 되신 게 아니라, 네가 하느님 편이 된 거제잉" 하고 대답해 주었는데, 토마스는 싱글싱글 웃으면서 "하느님이 내 편이 되었으니께, 나도 하느님 편이 된 거제" 하고 말하면서 "이젠 하느님이 내 편이 되었으니께 아무 걱정 말어라우. 내 편인 하느님이 우리 집에 식량이 떨어지지 않게 해주고, 내가 중학교, 고등학교, 대학교꺼정 다닐 수 있게 도와주실 테니께" 하고 자신 있게 말하는 것이었다. 그러던 토마스가 구두닦이가 되기 위해 도시로 떠날 때, 그의 어머니가 토마스 방의 벽에 걸어 두었던 작은 십자가를 가지고 가라면서 낡은 비닐 가방 속에 넣어 주려고 하자 한사코 거절했었다. 그러다가 「구두 닦기」라는 시를 써 보낸 두어 달쯤 뒤에 부쳐 온 편지에서 토마스는 '나는 십자가에 의탁하지 않고 내 스스로가 십자가가 되고 싶어요. 어쩌면 낮이 십자가인지도 모르겠어요'라고 말하고 있었다.

그로부터 한 달쯤 후에 토마스는 십자가 모양과 같은 자신의 사진을 보내왔다. 초원과 하늘을 배경으로 찍은 그 사진은 토마스가 두 다리를 똑바로 모으고 두 팔을 양옆으로 수평을 유지하여 쩍 벌리고 있어, 영락없는 십자가의 모습이었다. 토마스는 더구나 그 사진 뒷면에 '나는 십자가다'라는 메모까지 써 보냈던 것이다. 박요셉 부부는 아들의 그 같은 사진을 받아본 순간 걷잡을 수 없는 흥분을 느꼈다. 그 흥분은 신비로움과 두려움을 한꺼번에 느끼게 했다. 박요셉은 '나는 십자가다'라는 사진을 가브리엘 신부에게 보이며, 어떻게 했으면 좋겠느냐고 물었다. 가브리엘 신부는 토마스의 사진을 되작거려 살펴보더니 병긋이 웃으면서 "참 좋은 사진이로군요. 사진보다는 나는 십자가다라는 말이 더 마음에 듭니다. 우리가 모두 십자가가 되어야지요. 십자가는 부활의 증거이니까요"라고 말했었다.

고갯마루 쪽에서 간헐적으로 총소리가 들려왔다. 총소리가 들릴 때마다 적막과 긴장감이 주검처럼 깔린 아스팔트 넓은 도로가 조금씩 삐걱거리는 것 같았다. 그들은 대나무골로 들어가는 인터체인지를 지나 작은 방죽 옆을 걸어가고 있었다. 물달개비며 노랑머리연의 잎들이 가벼운 5월의 바람에 너울거리며 방죽의 수면을 덮고 있었고, 방죽 너머에는 작은 마을이 한가롭게 누워있고, 마을 앞에는 첨탑이 유난히 높은, 붉은 벽돌의 교회에 십자가가 쪽빛 무등산을 향해 두 팔을 벌리고 서 있었다. 박요섭은 첨탑이 높은 교회의 십자가를 바라보기 위해 고개를 왼쪽으로 꺾은 채 걸었다.

아스팔트 고속도로는 도시에 가까울수록 점점 고개를 쳐들었다. 그 고개를 넘어서면 우리를 위한 영의 탑이 있는 광주가 한눈에 들어오게 될 것이었다. 도로의 언저리에 이를 무렵 고갯마루 쪽에서 20여 명쯤 되는 사람들이 산발적으로 흩어져 고속도로를 타고 쫓기듯 내려오는 모습이 보였다. 그들은 박요섭 일행과 비슷한 행색이었다.

"어디서들 오십니까?"

박요섭의 일행 중에서 금테안경의 점퍼 차림이 고갯마루 쪽에서 내려오는 서른 안팎의 젊은이를 붙들고 물었다.

"아무도 도시로 들어갈 수 없습니다. 도시로 통하는 모든 길이 차단됐어요. 도시는 완전히 고립되었습니다. 고갯마루 산에 진압군들이 쫙 깔려 개미 새끼 한 마리 얼씬 못하게 합니다. 우리가 막 고개를 넘어가려고 하는데 총알이 쏟아져서 허겁지겁 뛰어 내려오는 길입니다."

젊은이가 흥분한 목소리로 고갯마루 쪽을 가리키며 숨을 몰아쉬었다.

"도시에 있는 자식들을 데리러 가는 길인데 설마 우리를 쏘겠소?"

금테안경이 말하자,

"나도 동생을 데리러 가던 중이었어요. 우리 일행도 모두 자식들을 데리러 가는 중이었다니까요. 죽고 싶으면 가보시우!"

개구리처럼 눈이 툭 튀어나온 젊은이가 신경질적으로 퉁겨 댔다.

"그냥 돌아가시는 게 좋을 겁니다요. 도시로 들어가면 모두가 그물 속의 고기가 될 테니까요. 누구를 구하겠다는 생각은 안 하시는 게 좋아요.

이럴 때일수록 자기 목숨은 자기 스스로가 지켜야 하는 게 아니겠어요?
그물 속의 고기를 구하자면 그물 속으로 들어가야만 하는데, 그러자면 구
하러 들어간 사람까지도 그물 속에 갇힌 고기가 되지요. 이제 그물을 끌
어 올릴 시간이 임박했어요."

개구리눈의 젊은이가 그들을 둘러싼 채 우왕좌왕하고 있는 박요셉 일
행을 향해 연설하듯 말했다.

"도시는 완전히 고립되어, 이미 식량이 바닥나고, 라면 한 봉지도 구할
수 없게 되었답니다. 그렇게 되면 모두 굶어 죽겠지요. 지금 도시 안에 있
는 사람들에게 가장 필요한 것은 자유가 아닌 식량이랍니다."

개구리눈과 함께 고갯마루에서 내려온 육질이 많은 얼굴에 키가 작달
막한 중년 남자가 말하자, 박요셉 일행들이 저마다 짧은 탄식을 토해내고
그 탄식 끝에 자식들의 이름을 얹었다.

"북에서 쳐들어온 것도 아닌데 도대체 뭣 때문에 싸운답니까?"

박요셉의 일행 중에서 누구인가가 물었다.

"발단이야 뻔하죠. 꼭 그걸 말해야 아나요? 그러나 지금은 자신들이 살
기 위해서 싸우는 거겠죠."

개구리눈이 말했다.

"진압군들은 왜 빨리 쳐들어가지 않는답니까? 시민들이 모두 도둑이나
강도가 될 때까지 기다린답니까? 아니면 모두 굶어 죽기만을 기다린답니까?"

"저항이 완강하기 때문이겠지요."

"라디오에서는 평정이 시간문제라고 합디다만."

"진압군이 쳐들어오면 도시를 떡가루가 되도록 모두 폭파시키겠다는
위협 때문이지요."

"너무 끔찍해요. 일찍이 이런 일은 없었지요."

"장차 어찌 될까요?"

"모두 죽게 될 겁니다. 살아난다 해도 결국은 죽게 되겠지요."

박요셉의 일행과 고갯마루 쪽에서 내려온 사람들이 한 덩이가 되어 서로 묻고 대답했다.

"저…… 어떻게 하면 도시로 들어갈 수 있을까요?"

박요셉이 개구리눈의 젊은이를 가볍게 찔벅거리며 은밀하게 물었다.

"모든 길이 차단되었다니까 그래요."

"산을 넘으면 안 될까 모르겠네요."

"날아갈 수도 없을걸요."

"그래도 가야만 해요. 우리는 도시로 들어가서 아들놈을 데려와야 한답니다."

박요셉은 울먹이는 목소리로 말하며 천국의 계단만큼이나 아뜩해 보이는 고갯마루 쪽을 올려다보았다.

"가시겠다면 관을 짊어지고 가십시오."

개구리눈의 젊은이가 여전히 신경질적인 목소리로 빈정거렸다.

그때 박요셉의 아내가 슬그머니 남편의 팔을 잡아당기더니 고갯마루를 향해 바쁜 걸음으로 올라가기 시작했다. 박요셉도 아내의 뒤를 따라 올라갔다. 그들 부부를 지켜보고 있던 일행들의 표정이 마치 죽으러 가는 사람을 바라보는 것처럼 굳어졌다.

"저 사람들 미쳤나, 아니면 심장에 철판을 깔았나?"

개구리눈의 젊은이가 뱉은 목소리가 박요셉의 뒤통수에 꽂혀 왔다. 박요셉은 그러나 잠시도 걸음을 멈추지 않고 아내를 따라 걸었다. 아내를 따라잡으려고 서둘렀으나 아내와의 간격은 좀처럼 좁혀지지 않았다. 고 갯마루 쪽에서 다시 총소리가 들렸다. 총소리가 오히려 그들 부부의 걸음 을 재촉했다. 그들은 총소리가 들려오고 있는 고갯마루를 향해 곧바로 걷 고 있었다. 박요셉의 몸은 흠씬 땀에 젖어 있었다.

박요셉은 다시 지난날 형을 찾기 위해 어머니와 함께 쌍암재를 넘던 그 때의 일을 떠올렸다. 그의 어머니도 지금의 아내처럼 총소리를 두려워하 지 않고 고갯길을 추어 올라갔었다. 총알이 발부리 언저리에 튕겼으나 어 머니는 잠시도 걸음을 멈추지 않았었다. 그들 모자가 쌍암재의 마루턱에 올라섰을 때 떡갈나무잎 색깔의 제복을 입은 사람들이 막아서며 총을 들 이대서야 어머니는 비로소 걸음을 멈추어 섰다. 그러나 어머니는 조금도 겁내거나 떨지 않고 턱끝에 힘을 주어 그들을 마주 보았다. 총부리를 가 슴팍에 들이대며 어디를 가는 거냐고 총알처럼 싸늘하고도 날카롭게 물 었을 때도 어머니는 중학교에 다니는 아들을 찾으러 가는 길이라고 당당 하고도 분명하게 대답했었다.

"아들이 어느 쪽이오?"

"예?"

"아들이 우익이오, 좌익이오?"

어머니가 묻는 말의 뜻을 정확하게 헤아리지 못하고 미적거리자,

"아들이 오른쪽이오, 왼쪽이오?"

하고 물었으며, 그제서야 어머니는 자신 있게,

"아, 우리 아들은 오른손잽이요."

하며 오른쪽 손으로 밥을 떠먹는 시늉을 해 보였다.

"좋소. 가시오. 총을 쏠지도 모르니 두 손을 머리 위로 힘껏 치켜 올리고 걸으시오."

제복을 입은 사람들이 총부리를 거두며 말하자, 어머니는 만세를 부를 때처럼 두 손을 머리 위로 버쩍 쳐들고 종종걸음으로 걷기 시작했다. 뒤를 따르던 어린 박요셉도 어머니처럼 두 손을 쳐들고 걸었다. 모자는 고개를 다 내려갈 때까지 단 한 번도 손을 내리지 않고 걸었다. 고개를 내려와 작은 마을 앞에서야 모자가 함께 손을 내렸는데, 그때 박요셉의 두 팔은 나무토막처럼 빳빳하게 굳어 있었으며 목뼈가 바스러지는 듯했다. 박요셉이 잠깐만 쉬어 가자고 칭얼댔지만 그의 어머니는 듣는 시늉조차 하지 않았다.

고갯마루 쪽에서 다시 총소리가 들려왔다. 박요셉은 섬뜩 걸음을 멈추어 섰다. 총알이 날아와 자신의 심장을 꿰뚫을 것만 같았기 때문이었다.

"여보, 그냥 돌아갑시다. 이러다가 아들놈 찾기 전에 우리가 먼첨 죽겠소."

박요셉이 그보다 십여 보 앞에 반달음을 치듯 고갯마루를 향해 바쁘게 추어 오르고 있는 아내를 향해 소리쳤지만, 그의 아내는 지난날의 어머니처럼 듣는 시늉조차 하지 않았다. 그는 한참이나 총소리의 두려움 때문에 걸음을 옮기지 못한 채 서서 활갯짓을 하며 고갯마루를 향해 올라가고 있는 아내의 뒷모습을 겁먹은 눈으로 바라볼 뿐이었다. 아내는 영락없이 지난날 어머니 그대로였다. 그는 문득 지난날의 어머니와 오늘의 아내가, 총소리만이 정적과 긴장을 깨뜨리는 주검과도 같은 절망의 도로에서 똑같은 생각과 모습으로 숨 가쁘게 뛰고 있음을 의식하고 다시 한번 가슴이 미어졌다. 다만 다른 것이라면 그때는 태양이 식어 가는 늦가을이었고,

지금은 태양이 열기를 더해 가는 초여름이라는 것뿐이었다. 계절만 다를 뿐, 32년 전의 과거와 오늘이, 장소만 다를 뿐 통행이 차단된 도로 위에서 두 여인이 똑같은 모습으로 일치하고 있다는 엄연하고도 슬픈 사실이었다. 더구나 박요셉에게는 그때의 어머니가 지리산만큼이나 덩치가 커 보였던 것처럼, 지금 그의 앞에 걷고 있는 아내의 모습 또한 무등산만큼이나 우람하고 거대하게 보인 것이었다. 그리고 자신은 그들의 덩치 큰 모습에 비해 자꾸만 왜소하게 느껴지고 있다는 사실이 똑같이 일치하고 있었다.

박요셉은 아내를 바짝 따라잡기 위해 두 다리에 힘을 모아 뛰었다. 그러나 여전히 아내와의 거리는 좁혀지지 않았다.

"여보, 두 손을 치켜 올리고 걸어요. 그래야 총을 쏘지 않을 거요."

박요셉은 어머니와 함께 형을 찾기 위해 쌍암재를 오르던 때를 생각하고 아내를 향해 소리치며 두 손을 버쩍 올리고 뛰었다. 그가 가까스로 고갯마루에 도착했을 때, 아내는 어느 틈에 고개 너머 굴참나무 숲정이 자락을 안고 내려가고 있었다. 이상하게도 아무도 그들 부부의 앞을 막지 않았다. 총소리마저도 잠잠했다. 그는 도시로 꺾어 들어가는 인터체인지 부근에 이르러서야 아내를 따라잡을 수가 있었다.

"참 알 수 없는 일이여. 왜 아무도 우리를 붙잡지 않았을까?"

박요셉은 마치 지옥을 빠져나오기라도 한 듯 긴장을 풀고, 무덤 속과도 같은 정적만이 끈끈하게 깔린 인터체인지 주위를 천천히 둘러보며 다급하게 말했다. 그러나 그의 얼굴에는 여전히 불안이 짙게 깔려 있었다. 아내의 표정이 신기할 정도로 차분한 것에 비해 자신은 여전히 겁에 질려 떨고 있음이 부끄럽기까지 했다.

그들은 인터체인지를 지나 도시의 외곽도로로 접어들었다. 사람들의 그림자는 눈에 띄지 않았고, 도로 양쪽에 은행나무 가로수들만이 전열을 가다듬은 병사들처럼 질서정연하게 늘어서 있었다. 바람조차 불지 않았기 때문에 넓은 외곽도로는 더욱 을씨년스럽게 느껴졌다. 아무도 그들의 앞을 막지 않았지만 그것이 오히려 칼날과도 같은 긴장을 느끼게 했다. 어둠에 덮인 지리산의 깊은 골짜기에서도 이렇듯 무시무시한 허적감을 느끼지 못했었다. 그러나 박요셉과 그의 아내는 아무렇지도 않게 외곽도로를 따라 도시로 접근하고 있었다. 철도 건널목을 지나자 인가가 보였고 빠끔히 문을 열어 놓은 변두리의 상점들이 눈에 띄었다. 상점들 앞에 사람들도 보였다. 박요셉은 비로소 가볍게 한숨을 토했다. 변두리에서 시내 중심부 쪽으로 가까이 들어갈수록 거리에 사람들도 더 많아졌고, 이따금 텔레비전 화면에서 보았던 것처럼 이마에 수건을 동이고 총을 멘 젊은 이들을 태운 트럭들이 무서운 속도로 질주하는 모습도 보였다. 그 트럭들이 지나갈 때마다 박요셉 내외는 한동안씩 걸음을 멈추고 서서 아들의 모습을 찾아보았다.

거리에는 여기저기 불에 탄 자동차들이 바퀴를 하늘로 쳐들고 죽은 송장벌레처럼 을씨년스럽게 엎어져 있었고, 그 옆으로 시민들이 창백한 표정의 몽유병자처럼 약속이나 한 듯 말없이, 똑같은 방향으로, 물이 흐르듯 휩쓸려 갔다.

"모두들 어디로 가는 거요?"

박요셉이 노동자 차림의 중년 사내에게 나지막하게 물었다.

"우리는 도청 앞 광장으로 가고 있답니다."

노동자 차림이 무표정하게 대답했다.

"광장에 뭣이 있는데요?"

"시민들이 있지요."

"시민들이 그곳에서 뭘하는데요?"

"당신은 이곳 사람이 아니오?"

노동자 차림이 조금은 경계하는 눈빛으로 말했다.

"나는 아들을 찾으러 지금 막 도착했다오."

"이곳으로 들어오는 모든 길이 끊겼다는데 어떻게 왔소?"

노동자 차림이 더욱 경계하는 눈빛으로 말했다.

"아무도 우리를 막지 않습디다."

"참 이상하군요?"

"내 생각도 그래요."

"아들을 찾으시려면 도청 앞 광장으로 가보시오."

"그런데 당신은 몇 끼니나 굶었소?"

이번에는 박요셉이 노동자 차림을 바투 살펴보며 물었다.

"굶긴 왜 굶으우? 뱃속에 난리가 난 것도 아닌데."

"그러면 남의 집 식량을 도둑질했소?"

"아니, 이 사람이?"

노동자 차림이 당장 박요셉의 멱살을 움켜잡을 기세로 무섭게 노려보았다.

"이곳 사람들은 모두 굶어 죽어가고 있다던데요?"

"아, 그 소문을 들은 게로군요. 난리 통에는 소문이 무성한 법이지요."

그러면서 노동자 차림은 표정을 누그러뜨리며 짧고 희미하게 웃었다.

그때 확성기를 단 뚜껑 없는 지프 한 대가 느릿느릿 그들 가까이 다가오고 있었다. 지프에 탄 스무 살 안팎 여자의 가냘프고도 울부짖는 듯한 목소리가 확성기를 통해 거리를 죄 흔들었다. 박요셉은 확성기에서 울려 나오는 슬픈 노래처럼 처량한 목소리가 마치 언젠가 토마스가 써 보낸 시의 내용처럼 호비칼로 가슴을 쥐어뜯는 듯하여 잠시 걸음을 멈추어 섰다.

"광장으로 가시려면 타십시오."

확성기를 단 지프가 그들 옆에 멎더니 토마스 또래의 총을 멘 청년이 말했다. 지프의 뒷좌석에 앉아 있던 스무 살 안쪽의 두 소년이 엉거주춤 일어서며 앉을 자리를 마련해 주었다. 박요셉 부부에게 자리를 만들어 준 소년은 자신의 키보다 긴 총을 힘겹게 메고 있었다.

지프가 움직이자 마이크를 든 앳된 소녀가 다시 슬픈 목소리로 시를 읊듯 울부짖기 시작했다. 아담한 키에 곱상한 얼굴이 수면 부족으로 푸석푸석해 보이는 그 소녀의 울부짖는 목소리 때문인지, 박요셉의 마음이 걷잡을 수 없을 만큼 산란해졌다. 울고 있는 것만 같은 목소리였다. 어쩌면 이 소녀도 토마스처럼 시를 쓰고 있는 것인지도 모른다는 생각이 들었다. 소녀의 뺨 위로 눈물이 흘렀다. 그 눈물은 5월의 눈부신 햇살에 빛났다. 바람이 박요셉의 마음처럼 어지럽게 헝클어져 있는 소녀의 머리칼을 흩날려 주었다.

"우리는 죽음을 두려워하지 않습니다. 우리는 십자가가 될 것입니다."

박요셉은 소녀의 울음 섞인 목소리에 정신이 아찔해졌다. 토마스와 똑같은 말을 하고 있었기 때문이었다.

어느덧 노을이 도시의 서쪽 하늘을 붉게 물들였다. 그날의 노을은 철쭉꽃처럼 붉고 아름다웠다. 마이크를 들고 울부짖는 소녀의 눈물 젖은 얼굴 위로 한줄기 가느다란 노을의 그림자가 머물고 있었다. 그녀의 슬픈 목소리마저도 노을처럼 붉게 타오르고 있는 듯싶었다.

광장에도 노을이 타고 있었다. 광장 맞은 편 빌딩의 옥상에 펄럭이는 태극기도 노을 속에서 붉고 뜨겁게 타오르고 있었다.

광장에서도 토마스의 모습은 찾을 수가 없었다. 아무도 토마스를 아는 사람이 없었다. 은행 앞과 전화국 앞이며, 광장 부근의 큰 건물들을 다 찾아다녔으나 토마스의 모습은 보이지 않았다. 박요셉의 아내는 여러 차례 큰소리로 하느님을 외쳐 부르고 있었다.

형을 찾기 위해 남쪽 항구에 갔을 때, 어머니는 하느님 대신 형의 이름만을 미친 듯 외쳐 불렀었다. 파도 소리가 성가시게 귓전을 핥아대는 선창가의 생선가게 처마 밑에 쪼그리고 앉아 하룻밤을 떨며 지새운 어머니는 새벽이 밝아오기도 전에 거리를 갈퀴질 하듯 훑고 다니며 형의 이름을 외쳐 불렀다. 형이 다니던 학교와 자취방에도 가보았다. 거리마다 시체들이 휴짓조각처럼 널브러져 있었다. 큰 건물의 담 밑에도, 시궁창에도, 학교 운동장과 교실 모퉁이에도 시체들이 나자빠져 있었다.

박요셉은 처음에 시체가 무서워 가까이 다가가지도 못했지만, 그의 어머니는 하나하나 죽은 이의 얼굴을 되작거려 가며 확인했다. 박요셉은 한 차례 심한 토악질을 하고 나서야 시체에 대한 무섬증이 조금씩 사그라지기 시작했다. 그제서야 그도 어머니와 함께 시체들을 들여다볼 수 있었다. 반란군들에 대한 총살은 계속되었으며, 그들 모자는 죽음의 현장들을 모두 찾아다녔다.

이틀째 밤, 형의 자취방에 돌아와 누워있는데 방안의 것들이 모두 시체로 보였다. 형이 입었던 헌 옷가지들이며 낡은 책상과 책들까지도 총구멍이 난 시체로 보이는 것이었다. 그날 밤 그들 모자는 잠을 이루지 못했다.

아침부터 아무것도 먹지 않았는데 자꾸만 토악질이 치밀어 올랐다. 박요셉이 얼핏 잠이 들었다가 흉몽으로 버르적거리며 눈을 떴을 때 어머니는 수돗가에 앉아서 심하게 토하고 있었다.

다음날 그들은 다시 거리를 헤매었다. 이미 그들은 살아있는 형을 찾는 것이 아니고 죽은 형의 시체를 찾고 있는 것이었다.

"시체라도 찾아야 헌다. 그래야 집에 돌아갈 수가 있다."

어머니는 *끄억끄억* 헛구역질을 하면서 푸념처럼 말했다. 그들은 구역질을 하면서 산동네 뒷마당에 있는 시체 더미를 찾아갔다. 그들 마을에서 제일 부자인 박 참봉네 뒷마당의 두엄자리보다 더 큰 시체 더미였다. 그것은 사람의 형체라고 하기에는 너무 끔찍했다. 그것은 서리를 맞아 시든 풀잎이나, 봄이 와도 잎이 피어나지 않는 고사목, 발부리에 차이는 돌멩이, 이 세상에서 가장 흔한 한 줌 흙보다 보잘것없고 추하고 쓸모없이 썩어 가는 물체에 지나지 않았다. 그것들이 기쁠 때 뛰고 춤추며, 슬플 때 눈물 흘리며 울고, 화 날 때 소리 지르고 싸우며, 즐거울 때 쓰다듬고 핥으며 노래하고 살았다는 것이 믿어지지 않았다. 박요셉은 시체 더미를 보는 순간 이미 죽음이 그렇듯 보잘것없는 바에야 삶 자체 또한 별다른 의미가 없을 것이라고 생각했다.

어머니는 시체들을 하나하나 되작거리며 얼굴을 확인하다가 갑자기 얼굴이 애기나리꽃처럼 얇아지더니 심하게 토악질을 한 다음 까무러치고 말았다. 박요셉은 어머니를 시체 더미로부터 멀찌막이 끌어다 풀섶 위에 뉘어 놓고, 어머니가 까무러친 이유를 알아보기 위해 다시 시체들 가까이 가 보았다. 박요셉은 혹시 어머니가 형의 시체를 발견한 것인지도 모른다는 생각을 하면서, 죽은 얼굴들을 하나하나 들여다보았다. 그러나 형의 시체는 없었다.

　노란 산국이며 보랏빛의 쑥부쟁이꽃, 황록색의 한삼덩굴꽃들이 핀 가을의 푹신한 풀숲 위에 오랫동안 누워있다가 부시시 이마를 들고 일어난 어머니는 말없이 하늘만 쳐다보았다. 박요셉은 어머니의 눈에 흰자위의 부위가 차츰 넓어지면서 눈빛이 희미해지고 있다는 것을 알았다.

　"네 형이 집에 와 있단다. 닝큼 집으로 가보자."

　어머니는 헛소리를 하기 시작했다. 박요셉은 어머니의 손을 잡고 산동네를 휘돌아 대밭 앞을 지났다. 대밭 앞 흙구덩이에 시체들이 널려 있었다. 어머니는 시체들을 보고도 가까이 가지 않고, 가파른 흙구덩이 위쪽으로 기어올랐다. 흙구덩이 위에는 잎과 열매가 빨갛게 어우러진 산검양옻나무 한 그루가 앙증스럽게 햇살 속에 가볍게 가지들을 흔들고 있었다. 어머니는 산검양옻나무의 빨간 빛깔에 이끌려 흙구덩이 위로 올라갔고, 박요셉은 흙구덩이 쪽으로 시체들을 확인하러 갔다. 그곳에 형이 구름 한 점 없이 맑게 갠 가을 하늘을 향해 조용히 꿈꾸듯 누워있었다. 형의 얼굴은 피투성이였고 넝마 조각보다 심하게 발기발기 찢긴 바지사이로 녹청색의 독청버섯 색깔처럼 푸르뎅뎅한 아랫도리의 살갗을 드러낸 채였다. 박요셉은 손가락으로 헝클어진 형의 머리칼을 이마 위쪽으로 가지런히 긁어 올려 주고 나서, 자신의 소맷자락에 침을 묻혀 가며 형의 얼굴을 닦았다. 그때 어머니는 산검양옻나무 열매를 따면서 노래를 부르고 있었다.

　　가지가지 움이 나고
　　봉지봉지 꽃이 피어
　　그 꽃 한 쌍 꺾어 들고

님의 방에 들어가서

님아 님아 정든 님아

꽃이 곱냐 내가 곱냐

어머니의 노래를 들은 박요셉은 눈시울이 크렁하게 젖었다. 그는 울면서 형을 흙구덩이 안 깊숙이 끌고 가서 자신의 검은색 조끼를 벗어 깨끗하게 닦은 얼굴에 덮었다. 박요셉은 어머니에게 형의 죽음을 말하지 않았다. 어머니는 박요셉에게 이끌려 흙구덩이로부터 큰 거리로 내려오면서 쉬지 않고 노래를 불렀다.

형의 어두운 자취방에 돌아와 누운 박요셉은 잠을 이룰 수가 없었다. 어머니는 형을 찾아 나선 후 처음으로 깊이 잠들었다. 그날 밤 박요셉은 형의 옷가지며 이불, 자취 도구 외에 자질구레한 소지품들을 밤늦게까지 꾸리고 새벽 무렵에야 얼핏 잠이 들었는데, 그가 며칠 동안 형을 찾아다니며 봤던 무수히 많은 시체들이 꿈속에 나타났다. 시체들은 도시의 한복판 네거리 모퉁이에 산처럼 한 곳에 쌓여 있었다. 그런데 이상하게도 그 시체들이 곤충의 애벌레들처럼 한꺼번에 굼지럭거리더니 날개가 돋아나 아름다운 청띠제비나비로 변하는 것이었다. 시체들이 소똥에만 모여 사는 수많은 청띠제비나비로 변하여 날개를 너울거리며 은회색의 하늘 끝으로 날아가 버렸다. 시체들이 청띠제비나비로 변한 꿈을 꾸고 난 후부터는 토악질을 하지 않게 되었다.

박요셉은 훗날 어른이 되어, 지난날 그곳에 가보았더니, 그 자리에 고등학교가 세워져 죽기 전의 형 나이 또래 사내아이들이 운동장에서 축구를 하고 있었다. 박요셉은 축구를 하고 있는 그 아이들 중에 형이 끼어 있는 것만 같았다.

박요셉의 아내 역시 시체들을 보자 심하게 토악질을 하기 시작했다. 그러면서도 일일이 시체의 얼굴을 확인하는 것이었다. 박요셉은 지난날과 같은 참상들을 보고도 조금도 구역질을 느끼지 않았다. 다만 그는 마음속으로 그 시체들도 지난날 자신의 꿈속에서처럼 모두 청띠제비나비로 변하기를 기원했다.

그들 내외가 힘없이 은행나무 가로수 밑을 걷고 있는데, 맑은 날씨인데도 자락이 땅에 닿을 만큼 길고 헐렁한 군용 레인코트를 걸친 꼬마 사내아이가 뛰어오더니,

"토마스 형을 찾으세요?"

하고 묻는 것이었다.

"네가 우리 토마스를 어찌 알아?"

박요셉 내외가 동시에 귀가 번쩍하여 반문했다.

"우린 같은 성당에 다녔거든요. 전 프란치스코라구 해요."

"토마스가 성당에 다녔어?"

박요셉의 아내는 토마스가 도시로 나온 후 세상과 담을 쌓고 성당에도 나가지 않는 것으로 알고 있었는데, 아들이 그동안 성당에 나갔다는 것을 알자 아들을 찾기라도 한 듯 기뻐했다.

"그래 토마스는 어디 있어?"

박요셉은 거추장스럽게 느껴지는 레인코트만큼이나 긴 총을 힘겹게 메고 있는 소년의 나이를 가늠하며 물었다. 그러나 프란치스코라는 소년은 그의 키보다 긴 총을 어깨에 고쳐 메며 한사코 미적거렸다.

"저도 토마스 형을 찾고 있어요. 토마스 형이랑 같은 구두닦이 센터에

있다가 함께 총을 지급받았는데……."

소년은 말끝을 흐렸다. 그리고 박요셉은 소년의 흐린 말끝 때문에 불길한 예감에 사로잡혔다.

"어디서 어떻게 헤어졌는지 그대로 말해 보그라."

박요셉의 아내가 다그치듯 물었다.

"토마스 형은 이틀 전에 트럭을 타고 무등산으로 갔어요."

"무등산에는 왜?"

"토마스 형은 시체운송반이었어요."

"우리 토마스가 사람을 죽였다고?"

박요셉의 아내가 질겁하여 까무러칠 것 같은 얼굴로 다급하게 물었다.

"그게 아니라 토마스 형은 도처에 흩어진 시체들을 찾아서 광장으로 옮기는 일을 맡았다니까요."

소년은 잠이 부족하여 자꾸만 졸음이 쏟아지는지 거슴츠레하게 감기는 눈을 크게 뜨려고 양미간의 주름을 펴며 말했다. 소년은 곧 땅바닥에 주저앉을 것만 같았다. 그러면서도 소년은 그들 내외를 무등산까지 안내를 해주겠노라고 하면서 총이 무거웠는지, 총을 오른쪽 어깨에 바꿔 멨다.

"우리 걱정은 말고 그 총이나 버렸으면 좋겠다. 이기지도 못하는 총을 왜 메고 다녀, 위험하게. 그놈에 총이 들어온 후로 이 땅이 작살이 나기 시작했다는 것을 모르는게로구나."

박요셉은 소년을 처음 만난 순간부터 상제가 짚고 있는 상장처럼 꺼림칙하고, 신들린 무당이 휘두르는 삼지창보다 더 섬짓한 그 총을 소년에게서 **빼**앗아 시궁창에 처박아 버리고 싶은 충동을 느꼈다.

"보초를 서야 하는데요!"

소년은 불만스럽게 퉁겨 댔다.

"무슨 보초를 선단 말이냐?"

"시체들을 지켜야지요."

"누가 죽은 사람을 훔쳐 가기라도 한다더냐?"

"그들은 죽지 않았어요."

"죽지 않았다니?"

"그들은 잠시 눈 감고 기다리고 있을 뿐이라고 했어요."

"기다린다고? 무엇을 말이냐?"

"나도 몰라요. 토마스 형이 그렇게 말했으니까요."

"우리 토마스가?"

"나는 토마스 형의 말을 믿어요."

박요셉은 소년이 측은해져, 당장 그의 고향으로 데리고 가고 싶었다. 그는 소년이 제정신이 아니라고 생각했다. 소년뿐만이 아니라 그렇게 말한 그의 아들 토마스까지도 제정신이 아닐 것으로 생각했다.

"우리는 잠든 사람이나 깨어 있는 사람이나 다 같이 기다리고 있어요."

소년이 거슴츠레하게 실눈을 뜨고 꿈꾸듯 말했다.

"아가, 너 그 총 내버리고 한잠 푹 자야 쓰겠다. 이럴 때는 푹 자는 것이 약이야. 자고 나면 정신이 맑아질 게다."

박요셉은 타이르듯 말하고 무등산 쪽으로 걸음을 옮겼다.

"무서워서 잠을 잘 수가 없어요."

소년이 그들 내외의 뒤를 따르며 말했다.

"무서워서 잠이 안 오다니?"

"잠든 사이에 일이 어떻게 변해 버릴 줄 몰라서요."

박요셉은 소년이 말한 일이라는 뜻을 확연하게 이해할 수가 없어 되물어보려다가,

"우리 따라올 생각 말고, 어서 총 버리고 가서 푹 자라니까 그러는구나."

하고 다시 부드럽게 타일렀다.

"총이 없으면 더 무서운걸요."

"난 그 총이 무서워서 네 옆에 서 있기만 해도 간이 바싹바싹 타는 것 같다."

"우리는 너무 무서워서 밤이면 별을 향해 마구 총을 쏘곤 합니다."

"제발 총을 버리고 구두통을 메거라. 그래야 살 수 있어."

"구두통을 왜 다시 메요?"

"그래야 살 수 있다니까 그러네. 구두를 닦아야 돈을 벌 게 아니냐. 돈을 벌어야 먹고 살 수 있고."

"이 도시에서 시방 구두를 닦을 만한 한가한 사람은 하나도 없어요. 구두에 비까번쩍하게 광을 내는 사람들은 모두 도망쳐버렸거나 지하실에 깊숙이 숨어 있을 겁니다. 이 난리 통에 구두는 닦아서 뭘 하겠어요? 전 이제 구두통을 메지 않을래요. 돈을 벌어서 뭘해요?

"우리 토마스도 앞으로는 구두를 닦지 않겠다고 하더냐?"

"아, 아뇨. 토마스 형은 그런 말 하지 않았어요. 토마스 형은 구두닦이가 좋은가 봐요. 형은 구두를 닦으면서도 늘 신나는 노래만 부르거든요. 토마스 형은 슬픈 노래는 딱 질색이었어요. 토마스 형이 좋아하는 노래가 뭔지 아세요?"

소년이 네 번째 총을 고쳐 메며 물었다.

박요셉은 아들이 무슨 노래를 좋아하는 것인지 얼른 생각이 나지 않아

잠시 미적거리고 있다가,

"구두를 닦지 않겠다면 너는 뭣이 되고 싶은 게냐? 설마 너도 시인이 되고 싶은 건 아니겠지?"

하고 물었다.

"되고 싶은 게 없어요."

"되고 싶은 게 없다고? 꿈도 없어?"

"너무 피곤해서 꿈 같은 거 꿀 수조차 없어요."

"이 나이에 꿈도 꿀 수가 없다니, 쯧쯧쯧……."

박요셉의 아내는 소년이 안쓰러운지 시울이 펑 젖은 연민의 눈으로 한참이나 뒤돌아보다가 다섯 번째 총을 바꿔 메는 것을 보고 이맛살을 구겼다.

"지금은 살아남고 싶은 생각뿐이어요. 죽는 건 무섭거든요. 밤에 시체를 지키면서도 그 시체들은 조금도 무섭지 않은데 내가 죽게 될지도 모른다는 생각을 하면 너무 무서워서 마구 하늘에 대고 총을 갈긴답니다. 죽는 게 무서우니까 가끔 하느님께 기도 하기도 해요."

소년은 자신이 메고 있는 총 한 자루도 이겨 낼 수 없을 정도로 지쳐 보였으나 목소리만은 카랑카랑했다.

"토마스 형도 가끔 기도해요?"

"어떤 기도 말이냐? 토마스가 뭐라고 기도를 했는지 아는 대로 말해 주면 고맙겠다."

이번에는 박요셉의 아내가 소년과 나란히 걸으며 말했다.

"내게 말해 주지는 않았지만, 난 토마스 형이 무슨 기도를 하는 건지 눈치로 알 수 있다구요. 형도 저와 마찬가지일 테니까요. 하늘에 계신 우리 아버지, 나를 살려 주십시오 하고 기도했겠지요. 형은 늘 내게 살아있는 십자가가 되고 싶다고 했어요. 요즘엔 사람들이 걸핏하면 하느님을 찾는데, 어쩌면 이 도시의 모든 사람들이 똑같은 내용으로 하느님께 기도를 하고 있는 것인지도 몰라요. 밤에는 더 많은 사람이 간절히 기도하는가 봐요. 하느님을 보았다는 사람도 있어요."

"하느님을 보았다고?"

"그래요. 내가 분명히 들었어요. 그 사람 말로는 하느님은 우리 편이래요."

"혹시 토마스가 그러던?"

"아녜요. 토마스 형은 그런 말 하지 않았어요."

그들은 도심을 꿰고 쾨쾨하게 물 썩은 냄새를 날리며 흐르는 하천을 따라서 무등산 쪽으로 걸어가고 있었다. 광장에서 종합병원 부근의 하천까지 오는 동안 소년은 열 차례도 더 총을 바꿔 멨다. 그는 총을 왼쪽 어깨에서 오른쪽 어깨로, 다시 오른쪽 어깨에서 왼쪽 어깨로 바꿔 멜 때마다 걸음을 멈추고 서서 버릇처럼 한쪽 눈을 씰룩거렸는데, 그것은 졸음을 쫓기 위해 눈꺼풀에 힘을 주는 것 같기도 했다. 박요셉 내외는 그 소년이 너무 측은하고 걱정이 되어 총을 바꿔 멜 때마다 그만 돌아가서 한잠 푹 자라고 거듭 타일렀지만 말을 듣지 않고 끄덕끄덕 따라오고 있었다.

"아가, 네 고향은 어디니?"

"무등산 너머예요."

"고향에 혹시 동생 있어?"

박요셉은 소년의 모습을 통해서 지난날의 형 생각이 그의 머릿속에서 희미하게 되살아났기 때문에 그렇게 물었다.

"고향엔 엄마와 동생이 살고 있어요. 아버진 월남전에서 돌아가셨구요."

소년은 마치 남의 이야기를 하는 것처럼 담담한 표정이었다.

"네 어머니와 동생도 너를 찾아 헤매는지도 모르겠구나."

박요셉은 머릿속에 지난날 어머니와 함께 형을 찾아 남쪽 항구도시를 헤매던 모습을 떠올리며 말했다. 박요셉은 소년에게서 지난날의 형의 모습을 발견하고, 갑자기 울부짖고 싶을 만큼 비감에 젖었다. 그 슬픈 느낌에 박요셉은 한동안 걸음을 멈추고 서서 오랫동안 거슴츠레한 눈이며, 납작한 코, 유난히 빛깔이 붉고 두툼한 입술, 뾰족한 턱끝을 가진 팽이 같은 소년의 얼굴을 되작거려 살펴보았다.

얼마 후, 박요셉은 마구 큰소리로 화까지 내며 억지로 소년을 돌려보냈다. 소년을 보고 있으면 지난날의 아픈 기억들이 되살아나 온몸이 죄어오는 것 같았기 때문이었다. 그는 형의 시체를 항구도시와 흙구덩이 속에 처박아 두고 온 일로 하루도 마음이 편한 날이 없이 심한 자괴지심에 떨었으며, 나이가 들수록 그것은 견딜 수 없는 고통으로 변했다. 어린 마음에, 형의 시체를 그대로 흙구덩이 속에 놓아둔 채 집으로 돌아와 버린 것은 어머니에게 형의 죽음을 숨기려는 생각에서였지만, 훗날 그것이 씻을 수 없는 오한의 상처로 남을 줄은 몰랐다.

"언제든지 광장의 시체 안치소로 오시면 저를 만날 수 있어요. 그땐 토마스 형과 함께 자취하는 산동네 자취방으로 모실게요."

소년은 총을 고쳐 메고 나서 큰 소리로 말하고 허리를 굽적이다가 돌아섰다. 박요셉 부부는 한동안 그대로 멀뚱히 서서 우스꽝스럽기도 하고 측은하기도 한 소년의 진흙처럼 지친 뒷모습을 바라보았다.

무등산 가까이 갈수록 거리가 한산했다. 도시 어디를 가나 곧 큰 태풍이 몰아쳐 올 것만 같은 불안한 정적이 휘감기었다. 이따금 총을 멘 젊은이들이 트럭을 타고 뭐라고 울부짖으며 지나갔고, 외곽지대의 시민들이

해가 서쪽으로 기울기 시작하는 하늘을 안타깝고 불안한 얼굴로 쳐다보며 지프 앞을 서성거리고 있었다. 담벽마다에는 급하게 갈겨 쓴 벽보의 글씨들이 바람에 뒤척였고, 인적이 드문 보도 위엔 잉크 냄새가 미처 마르지도 않은 채 삐라가 몸부림치며 바람에 날렸다.

그날 박요셉 내외는 핏빛 같은 노을이 깔릴 때까지 무등산 입구를 더듬고 다녔으나 토마스를 찾지 못했다.

"혹시 무등산을 넘어서 집으로 갔을지도 모르겠네요. 그랬으면 얼마나 좋을까요. 토마스가 집에 돌아와 있다면 얼마나 좋을까요. 오, 하느님!"

박요셉의 아내는 또 버릇처럼 하느님을 외쳐 불렀다. 그때마다 박요셉도 오! 하느님 하는 아내의 짧은 외침이 끝나는 것과 때를 맞춰 마음속으로 화살기도를 했다.

박요셉은 황혼에 밀려 도심지로 내려오면서 여러 차례 발걸음을 멈추고 돌아서서 대지로부터 빨아올린 어둠의 점액을 하늘로 뿜어 올리기 시작하는 무등산을 바라보았다. 박요셉의 생각에 아들 토마스는 틀림없이 무등산 어디엔가 슬프고도 화난 모습을 하고 웅크리고 있을 것만 같았다. 어렸을 때부터 토마스는 기분이 언짢거나 화가 날 때면 산으로 기어들어 가는 버릇이 있었기 때문이다.

그날 밤 박요셉은 블로크담 하나를 사이에 두고 교회와 이웃한, 냄새나는 쓰레기 하치장 뒤쪽의 판잣집과도 같은 토마스의 자취방에서, 토마스가 무등산의 모습으로 변하는 꿈을 꾸었다. 그는 꿈속에서 멍한 기분으로 아들이 무등산으로 변하는 모습을 먼발치로 바라보고 있었다. 지난날 어머니와 함께 형을 찾으러 항구도시에 갔을 때, 무수히 많은 시체가 청띠제비나비로 변하여 하늘 끝으로 날아가는 꿈을 꾸었던 것처럼, 이상한 기분이 들어 꿈에서 깨어난 후로 잠을 이루지 못했다.

꿈속의 멍한 기분이 서서히 사그라지면서 토마스가 죽었을지도 모른다는 불길한 예감에 일어나 앉는 순간, 울부짖는 듯한 여자의 슬픈 목소리가 확성기를 통해 꿈속에서처럼 어슴푸레하게 들려왔다. 귀에 익은 목소리였다. 절규하는 것 같기도 하고, 두려움에 호소하는 것 같기도 한 그 목소리는 한동안 박요셉의 뼛속으로 쩌릿쩌릿 전율을 일으키며 파고들었다. 그리고 잠시 요셉의 아내가 소스라치며 깨었다. 그들은 여태껏 그처럼 무서운 폭발음을 들어 본 적이 없었다. 폭발음 뒤의 죽음과도 같은 정적감에 한동안 현기증을 느꼈다. 그날 새벽에는 성당의 종소리마저 울리지 않았다. 핏줄이 팽팽해진 긴장 속에 새벽이 밝아 왔다. 아침이 되자 이미 세상이 뒤바뀌어 있었다.

박요셉 내외는 해가 뜨기 전에 거리로 나갔다. 눈부시게 해가 떠오르고 있었으나 거리는 폐광의 입구처럼 음산한 긴장감만이 감돌았다. 여기저기서 목을 조르는 듯한 호각 소리만이 다급하고도 날카롭게 음산한 아침을 혼들어 댔다. 도시 안의 모든 길은 물샐틈없이 차단되어 경계가 심했고, 철저한 검문검색으로 폭도들을 가려내기에 바빴다. 박요셉 내외는 광장으로 나가려고 시도했지만 광장으로 통하는 모든 길은 철저하게 통행이 차단되어 접근조차 할 수가 없었다. 하는 수 없이 통행이 자유로워질 때까지 기다리기로 작정하고, 다시 토마스의 자취방으로 돌아와, 온종일 갇혀 있다시피 패각 속의 대사리처럼 잔뜩 몸을 웅크리고 박혀 있었다.

박요셉은 어머니와 함께 지난날 형의 자취방에 와 있는 듯한 착각에 빠졌다. 토마스의 자취방 역시 형의 자취방처럼 지저분하고 쾨쾨한 곰팡이 썩는 냄새가 후각을 찔렀다. 토마스의 방에는 십자가 대신 십자가처럼 두 팔을 벌리고 찍은 자신의 사진과, 빨간 볼펜 글씨로 시를 쓴 종잇조각들을 거리의 벽보처럼 나닥나닥 압정을 눌러 붙여 놓았는데, 그중에는 「구두 닦기」 외에도 「나는 십자가가 되고 싶어요」, 「일하는 아침」, 「아버지의 낫」, 「고무신과 어머니」, 「구두닦이 센터에서」, 「하느님은 누구 편인가」 같은 시의 제목들이 눈에 띄었다.

박요셉은 앉은뱅이책상으로 쓰고 있는 사과 궤짝 위에 놓여 있는 토마스의 일기장도 읽었다.

1980년 5월 ×일, 태양은 빛나고 바람은 잔잔하다. 나는 왜 여기에 와 있는가. 이 물음에 대한 대답은 오직 자신만이 가능하다. 온종일 한 켤레의 구두도 닦지 못했다. 닦을 구두가 없는 나는 할 일이 없다. 이럴 때 나는 무엇이란 말인가. 닦아야 할 구두가 없게 되어, 물 적신 타월에 치약을 뒤발질하여 군중들에게 나누어 주었다. 최루탄의 적은 치약 바른 물수건이었다. 총소리와 비명과 함성이 들끓자 내 마음은 벌집이 되어 갈피를 잡을 수가 없었다. 이럴 때 시를 쓴다는 것은 얼마나 비겁한 짓인가. 내 자신이 십자가가 될 수 있는 기회가 왔는지도 모른다. 오후 늦게 프란치스코와 함께 광장으로 달려나가서 구두통 대신 총을 멨다. 나는 왜 광장으로 뛰어나가야만 했는가. 징용에 끌려가 머나먼 이국땅에서 눈감으신 할아버지를 생각했다. 할아버지를 위하여 그리고 나의 십자가를 위하여 나는 마음속으로 소리쳤다. 그리고 결심했다. 오늘보다 내일이 더 두렵다. 총성과 함성과 비명이 내 목을 죄어 오는 것만 같다.

박요셉은 아들의 일기를 읽다 말고 쇠망치로 뒤통수를 얻어맞은 것처럼 아찔한 현기증을 느꼈다. 순간, 어머니와 함께 남쪽 항구도시에 갔을 때, 형의 자취방에서 읽었던 형의 일기 한 토막이 번갯불처럼 뇌리에 찍혀왔다.

1948년 10월 20일에 쓴 일기에서 형은 징용에 끌려가서 돌아오지 않는 아버지를 회고하고 있었다. '돌아오지 않는 아버지를 위하여 나는 무엇을 할 수 있을까'로 시작된 형의 일기 한 대목을 아직도 기억하고 있는 박요셉은 울컥 아버지에 대한 그리움에 떨었다. 아버지와 형과 아들 토마스에 대한 그리움은 곧 바다 건너 왜놈들을 겨냥한 날카로운 분노로 변했다.

"이 모든 것이 그놈들 때문이다. 아버지와 형을 잃은 것도, 토마스가 모습을 감춘 것도 다 왜놈들 때문이야. 내 형과 토마스는 그것을 알고 있었는데 왜 나는 아직 미처 모르고 있었을까. 우리가 싸워야 할 사람이 바로 그들이라는 것을 왜 모르고 있었을까."

박요셉은 고통스럽게 중얼거렸다.

밤이 늦도록 토마스는 돌아오지 않았다. 프란치스코마저도 돌아오지 않았다.

다음 날 아침 해가 떠오르기를 기다렸다가 통행이 풀리자 광장으로 나가 보았으나, 그곳에는 눈부신 햇살과 바람과 정적만이 가득 괴어 있었다. 시민들도 시체도 프란치스코도 없었다. 태풍이 휩쓸고 간 후의 허탈한 고적감과, 장례를 치른 후의 상가 분위기처럼 무겁게 갈앉은 광장은 쓸쓸하기만 했다.

다음날도 그다음 날도 토마스와 프란치스코는 소식이 없었다. 광장이 텅 빈 지 나흘째 되는 날 박요셉 부부는 어쩌면 토마스가 집에 돌아와 있을지도 모른다는 한 가닥 희미한 기대를 붙들고 고향으로 돌아왔다. 그러나 토마스는 집에 와 있지 않았다.

"무등산 아직 안 보이요?"

박요섭 부부를 태운 버스가 보성강을 가로지른 다리를 건너자, 요섭의 아내가 한사코 상반신을 들썩이며 달뜬 목소리로 물었다. 그녀에게 무등산은 이제 가슴을 설레게 할 만큼 그리운 것이 되어 있었다. 그것은 이미 흙과 돌과 바위와 나무와 풀로 이루어진 자연의 총체로서의 거대한 무더기라기보다는, 슬픔과 기쁨과 꿈과 기억들을 불러일으켜 주는 하나의 생명체였던 것이다. 박요섭의 아내는 오랜 망각의 늪 속에서 허우적거리면서도 이따금 무등산을 들추어 말하곤 했다.

"무등산이 보이려면 아직 멀었어."

박요섭은 창밖으로 시선을 멀리 보내며 퉁명스럽게 말했다. 그러나 그가 거칠은 말을 퉁겨 낸 것은 본심이 아니었다. 그는 괜히 짜증이 난 것이었다. 구름 속을 헤치듯 허탈한 하루를 보내고 다시 돌아갈 일이 심란했기 때문이었다. 순간 그 짜증스러움의 밑바닥으로부터 무등산에 대한 그리움이 서서히 솟구쳐 오르고 있었다. 그는 아직은 무등산의 모습이 나타나기에는 멀었거니 생각하면서도, 자꾸만 시선을 창밖으로 멀리 던졌다. 6년째 해마다 아들 토마스를 찾아서 버스를 타고 우리를 위한 영의 탑이 있는 도시로 달려가곤 하는 박요섭은, 차창 밖 하늘의 한가운데에 야청빛 무등산이 돌올한 모습을 드러내는 순간만은 신비로운 황홀감에 젖어, 그의 온몸이 바람이 넉넉한 한겨울의 연처럼 산꼭대기 위로 가볍게 떠 오르는 듯했다. 그리고 6년 전 쓰레기 하치장 옆 아들의 자취방에서 토마스가 우람한 무등산으로 변하는 꿈을 꾸었을 때처럼, 모든 절망과 슬픔과 고통이 서서히 마음의 밑바닥으로 앙금처럼 차분히 가라앉았다.

박요섭은 무등산의 모습을 키우기 위해 조용히 눈을 감았다. 그 머릿속

에서 무등산이 우줄거리며 가까이 다가오고 있었다. 박요셉이 해마다 아
카시아꽃이 흐드러지게 필 무렵이면 아내를 따라 버스를 타고 우리를 위
한 영의 탑이 있는 도시로 달려가곤 하는 것은, 어쩌면 아들을 찾기보다
는 무등산의 모습을 바라보기 위한 것인지도 몰랐다. 이상하게도 그는 아
들에 대한 체념이 강해질수록 무등산에 대한 그리움이 커지고 있음을 알
았다.

"아, 저기 무등산이 보이는구만!"

버스가 6년 전 처음으로 토마스를 찾아 나선 그들을 내려놓았던 노랑
머리연꽃 방죽 옆에 가까이 이르렀을 때, 마침내 무등산이 5월의 눈부신
햇살 속에서 천천히 모습을 나타내기 시작하자, 박요셉은 너무 감격하여
큰 소리로 말하며 아내의 옆구리를 찔벅했다.

"나도 보고 있구만요. 그런디, 무등산이 구름을 헤치고 우리 쪽으로 날
아오는 것 같네요. 산에 날개가 달렸을까?"

박요셉의 아내가 꿈꾸듯 말했다. 박요셉의 눈에도 무등산이 분명 그들
쪽으로 날아오고 있는 것 같았다. 어쩌면 무등산은 땅에서 솟은 것이 아
니고, 하늘의 구름 위에 태양과 함께 높이높이 떠 있으면서, 그 모습을 가
장 그리워하는 사람 쪽으로 날아다니고 있는 것인지도 모를 일이었다.

"그런디 말이요, 저 산이 꼭 우리 토마스 같당게요. 당신은 그런 생각
안드요?"

"산은 산이고 토마스는 토마스인 게지."

박요셉은 아내의 물음에 두 번째 본심을 감추고 말했다. 그는 아내를
더 이상 약하게 만들고 싶지가 않았다.

"날마다 저 산을 볼 수 있으면 얼매나 좋을까요. 그렇게만 된다면 내가

토마스 옆에 있는 것 같을 거로구만요."

박요셉의 아내는 무등산이 고속도로변 야트막한 잡목숲의 야산에 서
서히 가리어지기 시작하자, 안타까운 마음에 조금이라도 더 무등산을 바
라보려고 한사코 고개를 창밖으로 길게 빼며 푸념처럼 말했다. 그러다가
잠시 후 버스가 잡목숲의 휘움한 산자락을 감고 돌며 고갯마루를 넘어서
자, 모습을 감추었던 무덤 같은 봉우리부터 서서히 아래쪽으로 야청빛 덩
치를 드러내는 것을 보더니,

"무등산이 훨훨 우리 쪽으로 날아오는구만요."
하고 남편의 귀에 입을 바짝 대고 마치 큰 비밀이라도 말하듯 나지막이
속삭였다. 박요셉은 속삭이고 있는 목소리가 가볍게 떨고 있음을 알고,
아내의 까칠까칠할 손을 꼭 쥐었다.

그때 박요셉의 아내는 무등산만큼이나 덩치가 큰 아들 토마스가 소리
를 치며 경중경중 그들에게로 달려오고 있는 모습을 보았다. 그녀는 너무
감격하여 눈물을 흘렸다.

버스는 톨게이트를 지나 도시로 진입하고 있었다.

"저 산이야 죽지 않고 언제까지나 저기 있겠지요?"

"하먼, 천년만년 살아 있겄제."

"참말로 다행이네요."

"무등산은 언제까지라도 우리가 토마스를 찾으러 올 때마다 반겨 줄 거
로구만."

"그렇네요. 우리를 반겨 주는 것은 저 산뿐이로구만요."

"참말로 다행이여."

"날마다 저 산을 바라볼 수 있으면 얼매나 좋을까."

박요셉의 아내가 꿈꾸듯 무등산을 바라보며 혼잣말처럼 중얼거렸다.

"날마다 무등산을 바라보고 싶은 겐가?"

"말이라고 허시오?"

"그거야 그리 어려운 일이 아니로구만."

박요셉은 아내와 함께 날마다 눈이 시리도록 무등산을 보면서 사는 꿈을 머릿속에 그려 보았다. 그는 세상 사람들이 눈을 뜨기 전, 맨 먼저 일어나서 새벽의 빛으로 밝아오는 무등산을 아내와 함께 두 팔로 힘껏 끌어안고 아침을 맞으며, 하루의 마지막 황혼으로 붉게 타오르다가 서서히 어둠 속에 잠길 때까지 그 산을 바라보는 길고도 황홀한 꿈을 꾸고 있었다. 그리고 그 빛나는 꿈을 현실로 바꾸어 보고 싶었다. 그렇게 되면 해마다 아카시아꽃이 필 때를 맞춰 버스를 타고 여행을 하지 않아도 될 것이었다. 어쩌면 그렇게만 된다면 그의 아내도 1년 중 늦여름에서부터 다음 해 초여름까지 기나긴 망각의 늪 속에서 헤매지 않고, 1년 내내 정신이 맑게 살아있어, 토마스의 모습으로 저만치 다가와 선 무등산을 아침마다 두 팔로 힘껏 껴안으며 모든 기억을 놓치지 않게 될지도 모를 일이라고 생각했다.

"옳거니, 무등산이랑 토마스랑 우리 내외랑 함께 살기로 해야겠구만."

아내의 손을 잡고 버스에서 내린 박요셉은 혼잣말처럼 말하면서 오랜만에 밝게 웃었다. 그들은 터미널의 대합실을 빠져나와, 긴장과 정적감이 사라진 지 오래인 도심의 큰길로 휘어들었다. 그들은 다정하게 손을 잡고 광장 쪽으로 향했다. 광장으로 통하는 모든 길은 이제 아무런 통제도 없이, 활짝 열어젖힌 성문처럼 그렇게 뚫려 있었다.

광장 남쪽의 흰 건물 위로 무등산 봉우리가 거대한 육송의 우듬지처럼 눈부신 햇살 속에 비주룩이 솟아있었다.

"우리 토마스 찾으러 냉큼 갑시다."

아내가 갑자기 새벽의 무등산처럼 벌떡 일어서며 실성한 목소리로 말하자, 박요셉은 자동차들이 물결처럼 흐르고 있는 금남로를 멍하니 꿈을 꾸듯 바라보았다.

1986

한국의 벚꽃

1

수업이 끝난 토요일 하오의 교정은 담홍색의 벚꽃잎과도 같은 4월의 화사한 햇살이 가득 괴어, 썰물이 빠져나간 해변처럼 고즈넉했다. 정년을 1년 앞둔 정담진 교장은 교장실의 등받이 회전의자에 상반신을 뒤로 젖버듬히 젖히고 앉아서, 학교를 에워싼 늙은 버찌나무들마다 담홍색의 구름덩이 같은 큰 꽃다발을 만들어 띄우고 있는 널따란 교정을 넉넉한 눈길로 바라보고 있었다. 그의 마음은 벚꽃 물결로 출렁이는 교정의 분위기처럼 한갓지고 평화로웠다. 1년 후 정년을 맞아 43년 동안의 교직 생활을 청산한다 해도 전혀 아쉬움이 남지 않을 듯싶었다. 그는 무엇보다 자신의 모교에서 정년을 맞게 된 것이 더없이 기뻤다. 정담진 교장은 그가 마지막 교직에 몸담은 지금의 중원중학교를 졸업한 후 43년 동안 교직 생활을 해오면서 오늘에 이르기까지, 수천 명의 제자를 가르쳐왔고, 세 아들과 두 딸을 모두 대학에 보내, 큰아들과 둘째 사위는 대학교수가 되었으며, 둘째 아들은 큰 전자회사의 간부에, 큰딸은 의학 박사한테 시집 가서 미국에 나가 살고 있고, 마흔이 넘어서 낳은 막내아들도 올봄에 이른바 일류 대학의 법과대학에 합격했으니, 시쳇말로 자식 농사 하나는 남들이 부러워할 만큼 무던하게 지은 셈이었다. 정담진 교장은 자신이 육십 평생을 살아오는 동안 집안에 별 탈이 없었고 5남매 모두 대학에 보내 저마다 평탄한 살길을 열어준 것은 세상이 어지러울 때마다 요령껏 처신을 잘 해왔기 때문이라고 자부했다.

기실 그가 살아온 지난날들을 되돌아보면 순간순간이 살얼음을 밟는 듯한 불안의 연속이었다. 그가 소학교에 다닐 때는 어른들이 징용과 정신대로 끌려가는 굿이었고, 중학교 2학년 때는 광복을 맞아 한동안 사회가 어지럼병을 앓고 있는 듯 혼란스러웠다. 그리고 시골 초등학교에서 교편을 잡을 무렵에는 6·25가 터져 걸핏하면 생목숨이 죽어 나가는 생사의 아귀다툼이 극에 달했으며, 전쟁의 상처가 가실 무렵에는 자유당 정권이 무너지면서 또 한바탕 총소리가 천지를 흔들었다. 그 후에도 5·16이다, 5·17이다, 5·18이다 하여 나라 안이 통째로 흔들리면서 위아래가 서로 뒤바뀌고, 자칫하면 반체제니, 용공이니 하는 딱지가 붙는 불확실성의 혼란 속에서도 그는 단 한 번도 일자리에서 밀려난 일이 없었으며, 그의 자식들도 그의 교육지침대로 잘 따라주어 한 사람도 낙오자 없이, 그가 바라던 대로 사회의 선진적인 위치에 서게 되었다. 그는 자식들에게 뿐만 아니라 제자들에게도 그의 인생 철학이며 교육철학이기도 한 중용지도를 되풀이하여 강조해왔다. '용의 꼬리는 되어도 창의 끝이 되어서는 안 된다. 용의 꼬리와 창의 끝은 다르다. 창의 끝은 사람을 상하게 할 뿐만 아니라 결국은 자신이 찔리고 만다는 것을 알아야 한다. 모난 돌이 정 맞는다는 말은 진리이다. 그것은 중용지도에 어긋난다. 가장 좋은 처세는 물이 흐르듯이 대세에 따라 세상을 살아가는 것이다. 물은 절대로 낮은 곳에서 높은 곳으로 역류하지 않으며, 흐르다가 바위 같은 장애물을 만나면 자연스럽게 돌아 흐른다. 그것이 순리라는 것이다.' 정담진 교장의 제

자치고 이 말을 한두 번쯤 안 들어본 사람이 없었다.

정담진 교장은 4월의 햇살보다 더 눈부시고 아름답게 피어 있는 교정의 벚꽃나무들을 보고 있었다. 그 나무들은 그가 이 학교에 입학하던 해 봄에 요시다 선생과 함께 심은 것으로 해방이 되던 해의 봄부터 해마다 흐드러지게 꽃을 피웠다. 정담진 교장은 그가 심은 모교 교정의 벚꽃나무들이 45년 동안 아무 탈 없이 자라서 해마다 4월이 되면 담홍색의 화사한 꽃을 피우는 것과 마찬가지로, 그 자신도 그 벚꽃나무처럼 큰 변고 없이 어지러운 세상의 한가운데를 뚫고 살아와 이만큼이나 남이 부러워하는 결과를 누리게 된 것이 자랑스러웠다. 그렇기에 그는 해마다 모교 교정에 흐드러지게 피어 있는 벚꽃들을 볼 때마다, 마치 자기 인생의 보람찬 결실을 보는 것 같아 마음이 뿌듯해지곤 했다. 특히 그가 다행스럽게 생각한 것은 이 학교에 처음 입학하여 요시다 선생과 함께 벚꽃나무를 심었던 서른다섯 명의 1회 졸업생 가운데서 열다섯 명의 일본인 학생을 제외한 나머지 스무 명을 대표하고 있다는 사실이었다. 스무 명의 조선인 학생 중에서 열한 명은 6·25 때 죽었고, 다섯 명은 병들어서 회갑도 맞지 못하고 흙으로 돌아갔으며, 지금껏 살아남은 네 명 중에서도 두 사람은 공무원 생활을 하다가 자유당 때 목이 잘려 반거충이가 되었고, 다른 한 명은 서울로 옮겨간 후 소식이 끊기고 말았으니, 남천시에 남아서 행세깨나 하는 인물로는 정담진 교장 자신 한 사람뿐이었다.

작년 봄 그의 생일날이었다. 그는 생일잔치를 위해 집에 온 자식들을 그의 모교이며 마지막 정년을 맞게 된 중원중학교에 데리고 와서 그가 심은 벚꽃나무를 자랑스럽게 보여주었었다.

"이 나무들은 내가 사십사 년 전에 삼십오 명의 학생들과 같이 심었단다. 그 삼십오 명 가운데서 조선 학생은 나를 포함해서 스무 명이었는데, 지금 살아있는 사람은 넷뿐이다. 육이오 때 좌익이네 우익이네 잘난 체하다가 열한 명이 죽고 나머지는 병들어 죽었다. 지금 살아남은 그 네 명 가운데서 가장 행복하게 살고 있는 사람은 애비란다. 애비가 이렇게 아무 탈 없이 네놈들을 잘 가르치고 나 자신 모진 세파 속에서 단 한 번도 꺾이지 않고 오늘날까지 평탄하게 살아온 것은 이 나무들 덕분이다. 애비는 지금까지 저 나무들처럼 살아왔단다."

정담진 교장은 그의 자식들에게 그렇게 말하고 다시 한번 물 흐르듯이 사는 것이 현명한 처세술이라는 것을 강조했다.

"해방되던 해에 학생들이 이 벚꽃나무는 일본 국화이기 때문에 뿌리째 뽑아버려야 한다고 했을 때도 이 애비가 앞장서서 말렸다. 그때 말리기를 잘했다고 생각한다."

정담진 교장은 그러면서 43년 전 그가 벚꽃나무를 뿌리째 뽑아버리려고 했던 친구들을 말렸던 것은, 이 나무는 어차피 이 땅에 뿌리내린 지 오래되었고, 또 그 자신이 일본사람들한테 아무 피해도 입지 않았기 때문이라고 했다. 그러고 나서 그는 자식들에게 "너희들은 지금껏 일본사람들 때문에 손해 본 적이 있느냐?"고 물었으며 그의 자식들은 정 교장의 물음에 고개를 가로저었었다.

정담진 교장은 얼굴에 웃음을 가득 머금어 뒷발질하며 넉넉한 눈빛으로 벚꽃나무를 바라보았다. 그는 며칠 후면 그의 학교를 찾아올 요시다 선생과 함께 벚꽃나무를 심었던 일본인 동창들에게 45년 동안 단 한그루도 뽑히거나 꺾이지 않고 서른여섯 그루가 그대로 잘 자라서 해마다 4월이 되면 어김없이 아름답게 눈부신 꽃을 피우고 있음을 보여줄 수 있는 것이 기뻤다. 이제 그가 바라는 것은 요시다 선생과 일본인 동창들이 모교를 방문하는 그날까지 맑은 날이 계속되어 꽃들이 떨어지지 않고 만개한 모습을 그들에게 보여주는 것이었다. 요시다 선생과 일본인 동창들이 귀국 날짜를 4월 20일로 잡은 것도 그들이 심은 모교의 교정에 만개한 벚꽃들을 보기 위해서라는 것을 잘 알고 있었기 때문이다. 이제 4월 20일까지는 겨우 닷새가 남았으며, 정담진 교장은 모교를 방문하게 될 요시다 선생과 일본인 동창들을 맞을 계획으로 들떠 있었다.

그날은 바로 모교를 방문하게 될 요시다 선생과 일본인 동창들을 맞이하기 위한 교직원 회의가 열리는 날이었다. 정담진 교장은 약간 상기된 얼굴로 교직원들을 둘러보았다. 그는 교정에 어우러진 벚꽃의 향기에 취한 듯 연방 콧구멍을 벌름거리면서 홍건한 눈빛으로 교정을 한 바퀴 쓸어보고 나서 교직원들을 향해 입을 열기 시작했다. 그는 교직원 회의를 주재할 때마다, 교장실 앞 화단에 세워진 이순신 장군 동상의 표정처럼 청동빛으로 무겁게 굳어진 채, 납부금 실적 부진에서부터 교사들의 근무태도에 이르기까지 시시콜콜 따져가며 질책하게 마련이었는데, 이날은 교무실에 모습을 나타내는 순간부터 어울리지 않게 벙싯거리더니 "선생님들, 벚꽃을 좀 보십시오. 금년 벚꽃은 유난히 더 아름답고 탐스럽지 않습니까?" 하고 허두를 떼었다.

"선생님들, 앞으로 닷새 후면 우리 학교에 참으로 귀한 손님들이 오시게 됩니다. 그분들 중에 요시다 선생님은 이 학교 개교와 함께 부임하여 가르치셨으며, 요시다 선생과 같이 오시는 여섯 분은 이 사람과 함께 이 학교 동창입니다. 그분들은 사십오 년 만에 모교를 찾아오시게 되는 것이지요. 따라서 그분들의 모교 방문에 즈음하여 우리 학교에서는 대대적인 환영식을 가질 계획입니다. 아무쪼록 선생님들께서는 그분들에 대해서 적대감을 갖지 마시고, 이 학교에 재직했고 또 이 학교에 다녔던 사람이라 생각하고 우호적인 감정으로 맞이해 주기를 바랍니다. 그러면 이 학교 동창회의 총무를 맡고 있는 서무과장께서 그분들의 환영 스케줄을 말씀하실 것입니다."

정담진 교장은 말을 끝내고 교감의 책상 옆 소파에 앉았다. 그러자 서무과장이 일어나서 요시다 선생 일행의 모교 방문 스케줄을 말했다.

"이번에 모교를 방문하게 될 분은 열두 분입니다. 여섯 분의 동창과 요시다 선생 외에 동창 되시는 분들의 부인 다섯 분이 동행하시기 때문입니다. 그분들은 이십일 오전 열 시 정각에 남천 비행장에 도착하셔서 이틀 동안 이곳에 머무르시고 경주로 떠나십니다. 숙소는 중원 관광호텔에 예약을 해두었으며, 도착한 날과 그다음 날 밤에는 동원장에서 대연회를 베풀 계획입니다. 물론 동원장의 연회에는 이 학교 출신만 참석하게 됩니다. 그리고 그분들이 도착할 때와 떠날 때는 동창회장님이신 교장 선생님과 동창회 간부들, 그리고 우리 학교에 재직 중인 교직원 전원이 나가서 환영하고 배웅을 하게 됩니다. 그러면 다음에는 모교 방문시의 환영식 계획을 말씀드리겠습니다. 그분들이 모교에 오시는 시각은 도착 당일인 사월 이십일 하오 두십니다. 비행장에 도착하신 후 숙소인 관광호텔에 여장을 푼 연후에 점심을 드시고 곧 모교를 방문하실 계획입니다. 그분들이 모교를 방문하실 때는 수업을 전폐하고 전교생이 우체국 앞에서 우리 학교 교문까지 두 줄로 늘어서서 박수와 환호로 맞을 것입니다. 그리고 그분들이 학교에 도착하시는 대로 곧 대강당에서 역시 전교생이 모인 가운데 환영식을 가진 다음 교장 선생님의 안내로 학교를 둘러보시고, 기념식

수와 기념 촬영을 마치고 하오 네 시쯤 다시 숙소인 호텔로 돌아가실 계획입니다. 기념식수는 교장 선생님의 지시대로 삼 년생 벚꽃나무를 준비할 것이며 기념 촬영 시에는 교직원 전원이 참가하셔야 합니다. 그리고 또…… 교문에는 재일본 스승 요시다 선생과 동문 일행 모교 방문 환영이라는 대형 아치를 세울 계획이며, 환영식장인 강당에는 일장기를 내걸 것이니, 미술선생님께서는 아치와 일장기를 만들어주시기 바랍니다."

서무과장이 여기까지 말했을 때였다.

"일장기를 걸겠다고 하셨습니까?"

"아니, 일장기를 강당에다 걸어요?"

"무슨 국제회의가 열리는 것도 아닌데 왜 일장기는 걸어요?"

"서무과장님, 그건 누구의 발상입니까?"

"지금이 무슨 일제 식민지시대인가요?"

"그건 식민지적 잔재의식입니다. 강당에 일장기를 걸 수는 없습니다."

교사들이 저마다 불만과 야유를 뱉어냈으며 교무실 분위기가 어수선해졌다. 서무과장은 더이상 말을 못 하고 어리둥절한 표정으로 정담진 교장의 표정을 살피기에 바빴다. 교사들은 계속하여 환영식장에 일장기를 내걸어서는 안 된다고 불퉁거렸는데 그들은 대부분 이삼십 대의 젊은 축들이었으며, 특히 결성된 지 얼마 안 된 평교사협의회 멤버들이 표가 나게 적극적으로 반대 의사를 밝혔다.

정담진 교장은 갑자기 비 맞은 동상처럼 얼굴빛이 거무죽죽하게 굳어지면서 일장기를 걸어서는 안 된다고 불만을 표시하는 교사들의 얼굴을 하나하나 활시위를 당기듯이 무섭게 찔러보면서 그들의 고과표에 점수를 매기기에 바빴다. 그러나 정담진 교장은 겉으로 불쾌한 표정을 나타내

보이지 않으려고 짐짓 애를 썼다. 그는 교직원들 앞에서 좀처럼 화를 내지 않았다. 그는 속으로 칼을 갈고 있을 때 오히려 부드러운 표정을 지어 보였기 때문에 얼굴에 나타난 것만으로 그의 마음을 읽을 수가 없었다.

"에, 또, 뭣이냐…… 요번 환영식 계획은 모두 본인이 세운 것입니다. 물론 교문에 환영 아치를 만들고 강당에 일장기를 걸자는 것도 본인의 생각입니다. 나는 여러분들 중에서 일장기를 거는 것을 반대하는 선생님들이 있으리라는 것도 예상하고 있었습니다. 그리고 이런 반대는 너무나도 당연합니다. 나는 일장기를 거는 것에 대해서 반대하는 선생님들의 민족적 자긍심을 높이 평가하며, 한편 존경하는 마음을 금할 수가 없습니다. 어쩌면 나도 일장기를 내거는 것에 대해 반대하고 있는 선생님들과 똑같은 심정일지도 모릅니다. 아니, 일제 치하에서 살아왔기 때문에 내가 여러분들보다 더 민족적 자긍심이 분명히 강할 것입니다. 그러기 때문에 나는 내 계획에 반대하는 젊은 선생님들에 대해서 손톱만큼도 서운한 생각을 품지 않습니다. 오히려 마음속으로 존경하고 싶습니다."

정담진 교장은 여기까지 말하고 나서 잠시 숨을 돌린 후, 천천히 교무실 안을 둘러보았다. 정담진 교장의 요변스러운 성격을 익히 알고 있는 나이 많은 교사들은 그의 다음 말을 예상하면서 조심스럽게 고개를 움츠렸으나, 젊은 교사들은 교장의 호의적이고도 동지적인 말에 대해 적이 놀라는 한편, 그들의 반대로 교장의 생각을 꺾고 말았다는 승리감에 취한 듯한 표정들이었다. 그러나 젊은 교사들은 정담진 교장의 다음 말에서 심한 충격과 함께 견딜 수 없는 곤혹스러움을 느끼지 않을 수가 없었다.

"물론 나도 여러분들 생각과 같습니다. 하나, 나는 젊은 선생님들의 단세포적인 감상주의에 대해서는 실망 또한 크다는 것을 말씀드리지 않을 수가 없습니다. 젊은 선생님들은 진취적이고 미래지향적인 인생관보다는 퇴행적이고 과거지향적인 사고방식에 얽매여 있는 것 같아 참으로 실망했습니다. 흔히 나이 많은 사람들은 과거 지향적이고 젊은 사람들은 미래지향적이라고들 합니다. 그런데도 오늘 보니 우리 학교 젊은 선생님들은 젊은이다운 진취적 인생관보다는 과거에만 집착하고 있는 퇴행적이고 고루한 인생관에 얽매여 있으니 참으로 한심한 일이 아닐 수가 없습니다. 이렇게 고루한 사고방식에 묶여 있는 선생님들한테 앞길이 양양한 학생들의 미래를 맡긴다고 하는 것 자체가 문제라고 생각합니다. 지금이 어느 시대입니까? 지구촌의 시대, 즉 하나의 세계 속에 살고 있는 우리들이 아닙니까? 그런데도 젊은 선생님들은 도대체가 세계관이 손바닥만도 못하니 한심하다 이것입니다. 민족주의니 국가주의니 하는 말은 구시대의 유물입니다. 그런데도 여러분들은 과거에만 집착하여 일본을 마치 원수의 나라처럼 적대시한다는 것은 그만큼 구시대적 사고방식에 묶여 있다는 증거입니다. 지금 일본과 우리나라는 대등한 협력국가입니다. 따라서 적대 감정은 청산해야 합니다. 어떤 경우에도 적대 감정은 좋지 않습니다. 결국 그 사람의 인생을 망치는 것은 적대 감정 때문이지요. 지금은 화해의 시대라는 것을 왜 모르십니까? 그리고 냉철하게 생각해보면 지금 일본은 우리나라를 우호적으로 대하고 있을 뿐만 아니라 경제적인 도움을 주고 있지 않습니까? 지금의 시점에서 우리에게 일본이나 미국이 없다면 우리는 국제적으로 얼마나 고립되어 있을까요. 암튼 나는 젊은 선생님들께서 좀 더 거시적인 안목으로 세상을 살아가 줄 것을 바라는 바이며, 아울러 이번 요시다 선생 일행의 모교 방문 환영식장에 일장기를 거는 것을 이해해 주셨으면 합니다."

정담진 교장은 일장 연설을 마치고 나서 그가 지난달 개교 45주년 기념으로 써서 교무실 출입구 쪽 벽에 걸어 둔 '풍우부동안여산風雨不動安如山'(비바람에도 끄떡하지 않으니 편안함이 산과 같다)이라는 액자를 담담한 표정으로 쳐다보았다. 그는 지금껏 자신이 위기에 처할 때마다 두보가 쓴 칠언고시의 한 구절을 마음속으로 읊조리면서 스스로 안정을 찾곤 했다.

정담진 교장의 일장 연설에 젊은 교사들은 다시 어리둥절해졌다. 그들은 정 교장의 마음을 가늠할 수가 없어 서로들 애매한 미소를 떠올리며 송충이 씹은 표정을 주고받았다. 어떤 교사들은 정 교장의 말에 어처구니가 없다는 듯 이빨 사이로 헛바람을 내뿜으며 고무풍선에서 바람 빠지는 얼굴들을 하고 망연자실 할 말을 잃어버렸다.

"교장 선생님, 일장기를 거는 것은 인생관의 문제가 아니라 역사의 문제입니다. 우리가 아직도 식민지적 사대주의 의식에서 깨어나지 못했다는 것을 단적으로 보여주는 것이 됩니다. 따라서 이 학교를 좀 다녔던 일본인 몇 사람이 관광차 한국에 오는 길에 모교에 잠시 들르는 것을 가지고 일장기를 걸고 환영 아치를 세우는 것은 지나칩니다. 이것은 제자들에게 참으로 부끄러운 일이 아닐 수 없습니다."

이 학교에 첫 발령을 받아 부임해온 지 겨우 한 달 반밖에 안 된 신참나기 김민주 선생이 당당한 목소리로 따지듯 말했다. 국어를 가르치고 있는 김민주 교사의 말에 일장기를 거는 것을 반대한 젊은 교사들이 여기저기서 박수를 쳤다. 순간 정담진 교장은 냉소 같기도 하고 쓴웃음 같기도 한 애매한 미소를 머금어 보이면서 김민주 선생을 보았다.

"김 선생의 말에 나도 동감입니다. 하나……."

정담진 교장은 미소를 잃지 않고 김민주 선생을 보면서 다시 말을 시작했다.

"하나 말입니다. 나는 김 선생한테 묻고 싶은 말이 있습니다. 김 선생은 일장기를 거는 것은 인생관의 문제가 아니라 역사의 문제라고 했는데 말입니다. 그렇다면 김 선생 개인한테 중요한 것은 인생관입니까? 역사입니까?"

"네. 역사가 중요합니다."

"아, 그래요? 역사가 밥 먹여줍니까?"

정담진 교장의 반문에 젊은 교사들이 푸실푸실 웃음을 터뜨렸다. 그러나 나이든 교사들은 아무도 웃지 않았다.

"하기야 역사 선생님들한테는 역사가 밥을 먹여주기도 합니다만……."

정담진 교장의 그 말에는 나이든 교사든 젊은 교사든 할 것 없이 함께 웃어댔고, 그 말을 퉁겨낸 정 교장도 한참 동안이나 웃었다.

"내가 생각하는 역사라는 것은 총칼에 피를 흘리고 발에 짓밟히고 때로는 음모와 살인, 권모술수로 더러워진 것이 아닌가 해요. 그래서 나는 역사를 별로 좋지 않게 생각하지요. 내가 역사를 통해 배운 것이 있다면 중용지도를 지키는 자만이 살아남을 수 있다는 교훈이지요. 사실 우리는 일제 때 독립운동을 했던 투사들의 후손들 중에서 잘된 사람이 별로 없다는 것을 잘 알고 있지 않습니까? 어디 일제 때뿐입니까? 해방 후 좌익 운동했던 사람들이 어찌 되었으며, 자유당 정권 때 민주주의 외쳐대며 독재 무너뜨리자고 앞장섰던 사람들은 또 어찌 되었습니까? 결국 그 사람들은 역사 좋아하다가 망한 것입니다. 나같이 중용지도를 걸어온 사람들은 역사를 싫어하지요. 역사 선생님들한테는 대단히 미안한 말입니다만……."

"교장 선생님, 중용이란 탈역사주의 입장이 아닌 것으로 알고 있습니다. 중용이란 이쪽도 저쪽도 아닌 완충지대를 뜻하는 것이 아니라, 가장 진실한 쪽이 아닌가 합니다. 그러니깐 중용지도를 따른다는 것은 진실의 편에 선다는 것을 뜻하는 것이 아닌가 합니다."

평소에 입바른 소리 잘하고 아는 체하기를 좋아하는 50대의 나이 많은 한문 선생의 말에 정담진 교장은 그답지 않게 큰소리를 치며 화를 내고 말았다.

"내가 중용의 뜻을 몰라서 이러는 게요? 내 육십 평생 나처럼 중용지도를 실천해온 사람이 없는데 무슨 소리요?"

정담진 교장이 한문 선생을 향해 소리를 지르는 바람에 교무실의 분위기가 갑자기 가라앉았다. 교사들은 고개를 숙이고 숨소리를 죽였다. 학교 뒷산에서 꾀꼬리가 청승맞게 울었으며, 오랜만에 꾀꼬리 소리를 들은 교직원들은 오랫동안 볼 수 없었던 황금빛 새의 울음소리에 귀를 기울였다.

그날의 교직원 회의는 그것으로 끝났다. 정담진 교장은 교무실에서 교장실로 돌아온 후에도 낭자하게 울어대는 꾀꼬리 울음소리를 들을 수가 있었다.

"교장 선생님, 걱정 마십시오. 세상 물정을 모르는 젊은 선생들이 반대를 한다고 해서 당초 계획을 변경하시면 안 됩니다. 젊은 선생들이 끝까지 반대하면 월요일에 다시 교직원 회의를 열어서 일장기를 거는 문제를 가지고 거수로 결정짓지요 뭐. 거수로 결정하면 교장 선생님 뜻에 찬성하는 쪽이 압도적일 테니까요. 오히려 그것이 뒤에 말썽을 없애는 방법이기도 하지 않겠습니까?"

직원회의가 끝나자 교장실로 뒤따라 들어온 교감이 말했다. 그 말에 정담진 교장은 천천히 고개를 끄덕였다.

"교감 선생께서 여러 선생님께 내 생각을 잘 좀 이해시켜 주세요."

정담진 교장은 교감을 향해 어색하게 웃어 보이기까지 하며 부탁했다. 교감은 염려 마시라는 말을 되풀이하면서 교장실에서 나갔다.

2

중학교 2학년이었던 정담진은 일본이 패망했다는 방송을 듣고 소리 내어 울었던 것을 조금도 부끄럽게 생각하지 않았다. 중원중학교 전교생들은 그날 일왕이 미국에 항복하는 침통한 목소리를 라디오 방송을 통해 들었다. 방송을 들은 일본인 선생들과 학생들이 땅을 치면서 통곡했으며, 그것을 본 조선인 학생들도 함께 울었다. 그날 울지 않은 조선인 학생들은 나이가 많은 몇 명에 지나지 않았다. 정담진은 일본인 선생들과 학생들이 땅을 치면서 통곡하자, 자신도 모르게 알 수 없는 슬픔이 목구멍 가득히 뻗질러 오르면서 저절로 눈물이 나왔다. 나이든 동급생 중 몇몇은 일본인 학생들과 함께 울고 있는 조선인 학생들을 향해 경멸하는 시선을 보냈으나, 정담진은 그런 시선을 조금도 의식하지 못했다. 그는 운동장의 구령대 밑에서 일본인 학생들과 한 덩어리가 되어 한여름의 햇살을 받고 땀을 뻘뻘 흘리며 울었다. 알 수 없는 그 슬픔은 집에 돌아온 후까지도 가시지 않아, 우물가 석류나무 밑 흙바탕에 오랫동안 쪼그리고 앉아서 훌쩍거렸다. 아버지와 어머니, 그리고 금융조합에서 고쓰가이(잔심부름꾼)로 일하고 있던 형은 그가 무엇 때문에 울고 있는지 알지 못했다. 형이 그에게 무엇 때문에 우느냐고 묻기에 "일본이 미국한테 항복을 했다니께. 일본이 지면 우리나라 망하는 거 아녀?"라고 말했다. 그랬더니 형은 그를 바보같다며 놀려댔다.

"아버지, 어머니, 이 바보멍청이가 말예요, 일본이 졌다고 울었답니다요. 세상에 이런 멍청이가 어디 있어요? 우리나라가 해방된 것도 모르고 우리나라가 망한다잖아요. 세상에 이런 바보멍청이가⋯⋯."

정담진은 형한테 놀림을 당한 것이 분하다거나 억울하다는 생각 대신에 낮에 학교 운동장에서 땅을 치며 통곡하던 일본인 선생들과 친구들의 모습이 오히려 더욱 선명하게 되살아나면서 눈물이 자꾸 쏟아졌으며 형은 그런 담진을 계속 놀려댔다. 종당에는 그가 쉽게 울음을 그치지 않자 그의 아버지도 한마디 거들었다.

"네가 이러고도 중학생이냐? 이런 바보 같은 놈!"

아버지는 그를 꾸짖으며 화를 내기까지 했다.

정담진은 계속 학교에 나갔다. 수업을 하지 않았지만 그는 하루도 빠짐없이 해가 뜨기 전에 학교에 갔다가 석양 무렵에야 돌아왔다. 나이가 든 학생들은 학교에 나가지 않았으며, 담진이처럼 일본 학생들과 같이 울었던 또래들만 학교에 나가 교실을 지켰다. 그러던 어느 날 오후에 많은 일본 군인들이 학교에 들이닥쳤으며, 그들은 며칠 동안 교실에서 잠을 자면서 학교를 떠나지 않았다. 정담진은 다른 친구들과 같이 학교에 나가서 일본 군인들의 심부름을 해주었다. 그들에게 물을 떠다 주기도 하고 밥을 짓기 위해 학교 뒷산에 올라가 삭정이를 꺾어 오기도 하면서 하루하루를 보냈다. 눈을 똑바로 뜰 수도 없을 만큼 무더운 날씨가 계속되었지만 그들은 더위를 몰랐다.

일본 군인들이 학교에 머무른 지 나흘 후였다. 정담진이가 뒷산에 올라가 삭정이를 꺾어 메고 내려와 보니 교정에 미군들이 들어와 일본 군인들을 가지런히 줄을 지어 세우고 무기를 회수하고 있었다. 그날부터 일본 군인들은 학교 밖으로 모습을 나타내지 않았으며 일본 민간인들도 거리에 나돌아다니지 않게 되었다. 소문에는 일본인들이 모두 그들 나라로 떠날 채비를 하고 있다고 했다.

일본인들이 거리에 나왔다가 조선 사람들한테 뭇매를 맞았다고도 했고, 조선인 청년들이 일본인 경찰의 집을 습격했다는 소문도 있었다. 일본인들한테 아무도 식량을 팔지 않아서 몇 사람이 굶어 죽었다고도 했다. 정담진은 그의 형도 필시 일본인의 집을 습격하여 일본인들을 짓밟고 그들의 물건을 빼앗았을 것이라고 믿었다. 한번은 그의 형이 은빛 나는 긴 고리줄의 회중시계를 차고 있는 것을 발견하고 어디서 났느냐고 물었더니, 그가 다니고 있는 금융조합의 조합장 것이라고 자랑스럽게 말하는 것이었다. 정담진이가 이 사실을 아버지에게 말했더니, 형을 나무라기는커녕 오히려 빙긋이 웃으면서 "왜놈들이 쫓겨 가면 네 형이 고쓰가이를 면하고 금융조합 정식 직원이 되는 거란다"라고 말했다. 그러면서 아버지는 조끼 주머니에서 형이 차고 있는 것보다 더 큰 회중시계를 꺼내 보이면서 "이것도 네 형이 갖다 준 거란다. 이 회중시계는 누구 건지 아느냐? 이건 말이다. 이건 바로 우편 소장 거란다"라고 하며 만족스럽고도 자랑스럽게 웃어 보이는 것이었다. 그런데 알고 보니 그의 형은 고급 회중시계만 갖고 있는 것이 아니었다. 형은 벽장 속의 작은 종이궤 안에 여러 가지 신기하고 값진 물건들을 감추어두고 있었는데 그가 처음 본 것들이 대부분이었다. 카메라, 만년필, 라이터, 하모니카, 소형 라디오, 작은 가죽 손가방, 송곳과 가위가 달린 작은 손칼 등, 정담진이가 보기에는 모두 신기한 것들이었다. 그 무렵 그의 형은 가죽구두에 탱크바지를 입고 새사냥꾼 모자(도리우찌)를 쓰고 다녀 영락없이 일본사람으로 보였다. 정담진은 형이 신고 있는 구두에서부터 모자까지 모두 일본인 집을 습격하여 빼앗은 것이 분명하다는 것을 알고 있었다. 그러나 그의 부모는 그런 형을 조금도 나무라지 않고 오히려 곧 금융조합의 정식 직원이 될 것이라면서 좋아했다.

정담진은 요시다 선생과 그의 일본인 친구들을 걱정했다. 그들이 습격을 당하지나 않았을까, 혹시 식량이 떨어져서 굶고 있지나 않을까 걱정이 되었다. 소문으로는 훈육담당인 요시다 선생이 나이 많은 학생들로부터 테러를 당했다고도 했기에 정담진은 더욱 걱정이 되었다.

요시다 선생이 테러를 당했다는 소문을 들은 다음 날 아침, 정담진은 날이 밝기를 기다렸다가 서둘러 요시다 선생이 살고 있는 본정으로 향했다. 그날 아침에는 유난히도 안개가 짙게 깔려, 조금 멀리 떨어진 것은 보이지 않았다. 그는 안개 속을 더듬으며 우편국 앞을 지나가다 말고 방금 그의 옆을 스치고 지나간 양복 차림에 얼핏 걸음을 멈추고 뒤를 돌아다보았다. 땅딸막한 키에 어깨가 참나무 토막처럼 단단해 보이고, 왼쪽으로 갸우듬하게 걷는 뒷모습이 영락없는 요시다 선생의 모습과 비슷했다. 정담진은 "요시다 선생니임!" 하고 외치며 우편국 앞의 큰 은행나무 밑을 지나고 있는 요시다 선생의 뒷모습과 닮은 사람을 향해 뛰어갔다. 그러나 요시다 선생의 뒷모습을 닮은 그 사내는 걸음을 멈추지 않았다. 정담진은 여름인데도 어울리지 않게 짙은 밤색 중절모를 깊숙이 눌러쓴, 땅딸보 사내의 앞을 막아서며 다시 한번 "요시다 선생님!" 하고 소리쳤다. 그러나 땅딸보 사내는 말 없이 고개를 가로저을 뿐이었다. 가까이 앞을 막고 서서 들여다보았더니 땅딸보 사내는 흰 옥양목 헝겊 조각으로 얼굴을 가리고 있었다. 그러니까 그는 마치 머리를 다친 사람처럼 흰 헝겊으로 머리를 싸맨 다음에 중절모자를 깊숙이 눌러쓰고 있어 얼굴 모습을 들여다볼 수가 없었기 때문에, 그가 요시다 선생인지는 확실하게 알아보기가 어려웠다. 그러나 작은 키에 어울리지 않게 큰 눈과 짙은 눈썹이며 왼쪽 눈의 눈꺼풀 위에 돋아난 팥알만 한 크기의 검은 사마귀를 발견한 순간 정담진은 그가 요시다 선생이 분명하다고 믿고, 그의 오른팔을 잡으며 "요시다 선생님, 어디를 다치셨습니까?"라고 다급하게 물었다. 그러나 그는 거칠게 고개를 흔들고 그의 팔을 붙잡은 정담진의 손을 뿌리치며 도망치듯 가던 길로 걸음을 재촉했다. 정담진은 그 자리에 서서 몇 번이고 고개를 갸웃거리며 혹시 그가 사람을 잘못 본 것이 아닌가 생각하면서 요시다 선생 집 쪽으로 다시 걸음을 옮겼다. 그때까지만 해도 그는 요시다 선생이 자기에게 자신을 숨길 이유가 없다고 생각하고 있었던 것이다.

예상했던 대로 요시다 선생은 그의 집에 없었다. 요시다 선생뿐만 아니라 그의 부인과 소학교에 다니는 세 아이도 없었다. 판자 대문과 방문들이 활짝 열려 있는 데다가, 장롱이 마당 한가운데 유리문이 깨어진 채 아무렇게나 팽개쳐 있다시피 했고, 찬장이며 책상, 신발장 등이 마루와 토마루에 뒤집혀 있었다. 요시다 선생의 가족이 이미 집을 떠났으며, 그들이 떠난 뒤 조선 사람들이 그의 집에 몰려와 한바탕 휘젓고 갔음을 알 수 있었다. 정담진은 마치 일왕이 항복하던 라디오 방송을 듣고 일본 선생들과 학생들이 땅을 치고 통곡했던 날에 느꼈던 감정을 다시 느끼면서 한동안 요시다 선생의 집 마당 한가운데에 유리문이 깨어진 장롱과도 같은 몰골로 서 있었다. 그제서야 그는 조금 전 우편국 앞에서 마주쳤던 그 키 작은 남자가 바로 요시다 선생이었다는 것을 깨닫고, 끝까지 팔을 붙들지 못했던 것을 후회했다. 어쩌면 요시다 선생은 사람들의 통행이 한적한 새벽을 이용하여 그의 집에 왔다 가는 중이었는지도 몰랐다. 그런데 정담진은 왜 요시다 선생이 그에게 자신을 숨겼는지 그 이유를 알 수가 없었다. 그는 그런 요시다 선생에 대해서 섭섭한 생각을 떨쳐버릴 수가 없었다. 마치 그는 배신당한 기분이었다. 좋아했던 친구한테서 따돌림을 당했을 때처럼 기분이 울적해지면서 이상한 외로움 같은 것을 느꼈다.

요시다 선생은 평소에 정담진을 각별히 귀여워해 주었다. 적어도 정담진 자신은 같은 학년의 조선인 학생 중에서 요시다 선생으로부터 특별한 사랑을 받고 있다고 생각해왔다. 다른 조선인 학생들, 특히 키가 크고 몸피가 엄장한 학생들은 훈육시간마다 매를 맞거나 운동장 포복의 기합을 받게 마련이었으나, 정담진만은 한 번도 요시다 선생한테서 매를 맞거나 꾸중을 들어본 일이 없었다. 오히려 요시다 선생은 덩저리 큰아이들을 매질할 때나 나무람 때는 "야, 키 크고 속없는 돼지 같은 놈들아, 작아도 야무지고 날렵한 데이꿍을 본받아라" 하면서 정담진을 칭찬하곤 했었다. 정담진 생각에 자신이 요시다 선생으로부터 사랑을 받는 것은 그 자신이 요시다 선생처럼 키가 작고 통통하게 생겼기 때문인 듯싶었다. 그래서 그는 키가 작은 것을 다행으로 여기고 있었다.

요시다 선생은 학교 안에서 삵쾡이라고 불릴 만큼 지악스럽게 학생들을 닦달했으며, 한번 그의 눈 밖에 나거나 잘못 걸렸다 하면 학교에 다니고 싶지 않다거나 그를 죽이고 싶은 마음이 옹이처럼 가슴에 박힐 정도로 혼 뜨게 당하게 마련이었다. 그 때문에 조선 학생 중에서 몇 명은 요시다 선생에 대해서는 이를 박박 갈아댔으며, 밤에 요시다 선생 집에 돌멩이를 던지는 사건이 자주 발생했다. 집에 돌이 날아온 다음 날, 요시다 선생은 어김없이 덩저리 큰 조선 학생들을 키순으로 여남은 명을 불러내어 무릎이 까지도록 포복을 하도록 시켰다.

돌멩이 투척 사건이 있었던 다음날 오후, 수업이 끝나고 교실 청소를 하고 있는데 요시다 선생이 정담진을 불렀다. 요시다 선생은 학생들이 모두 집으로 돌아가고 교무실 안이 어두워질 때까지, 정담진을 교무실에 세워둔 채 아무 말이 없었다. 그러다가 선생님들이 모두 돌아가고 교무실이 텅 비게 되자 요시다 선생은 그를 가까이 불러 의자에 앉으라고 했다. 그는 요시다 선생이 권한 의자에 앉지 않고 **빳빳**하게 서 있었다. 기실 처음으로 요시다 선생의 부름을 받고 그는 속으로 떨고 있었다.

"나는 네가 똑똑하고 정직한 학생이라고 믿는다. 그래서 묻겠는데……."

요시다 선생은 정담진의 눈을 가까이 들여다보며 말끝을 흐렸다. 정담진은 여전히 덜컹거리는 마음으로 요시다 선생의 다음 말을 기다렸다.

"너는 우리 학교의 비겁한 죠센징 아이들이 밤에 우리 집에 돌멩이를 던진다는 것을 알고 있겠지? 물론 너는 포함되지 않지만 말이다."

요시다 선생의 물음에 정담진은 겁먹은 얼굴로 고개만 끄덕였다. 그는 고개를 끄덕거리면서도 한사코 요시다 선생의 눈길을 피하려고 애썼다.

"그 비겁한 죠센징 놈들이 누구인지 너는 알고 있지?"

요시다 선생이 약간 목소리를 높여 묻는 말에 그는 대답을 못 하고 고개를 숙였다.

"나는 너를 믿는다. 그러니까 너도 나를 믿고 어떤 놈들인지 내게 말해야 한다."

요시다 선생은 사뭇 강요하고 있었다. 순간 정담진은 자신이 천 길 낭떠러지의 끝에 아슬아슬하게 서 있다는 것을 알았다. 만약 그가 요시다 선생의 집에 돌을 던진 학생들을 고자질한다면 그들은 반쯤 죽게 될 것은 물론 퇴학을 당하게 될지도 모를 일이었고, 그가 요시다 선생한테 그들이 누구인지 모른다고 잡아뗀다면 필시 그도 다음날부터는 다른 학생들과 마찬가지로 매를 맞거나 기합을 받게 될 것이 뻔했기에 그는 참으로 난감한 입장에 처한 것이었다.

"나는 너를 믿는다. 어서 그놈들이 누구인지 말해라. 물론 네가 말했다는 것은 비밀로 하겠다. 자 어서 말거라."

요시다 선생이 정담진의 눈을 빤히 들여다보면서 다시 다그쳤다.

"확실하게는 모릅니다."

"그렇다면 짐작 가는 놈들이라도 말해라. 자, 짐작 가는 놈들을 이 종이에 써보아라."

그는 결국 작은 꾀를 짜내어 요시다 선생의 비위를 맞춰주기로 하고, 요시다 선생이 책상 위에 펼쳐놓은 빨간 줄의 양면 괘지에, 투석사건이 있을 때마다 운동장에 불려 나가 요시다 선생으로부터 기합을 받곤 했던 덩저리 큰 조선 학생 열 명의 이름을 키순으로 적었다. 그러자 요시다 선생은 인상을 험하게 일그러뜨리더니, 이름이 적힌 양면 괘지를 천천히 여러 겹으로 접어서 황토색 탱크바지 뒷주머니에 쑤셔 넣었다.

"됐다. 이제 그만 가도 좋다."

요시다 선생은 퉁명스럽게 내쏘듯 말하고 나서, 정담진이 교무실 문을 열고 나가려고 하자 다시 그를 불러 세우더니 책상 서랍에서 고무지우개가 붙은 새 연필 한 자루를 손에 쥐어 주는 것이었다. 그는 그 지우개가 달린 연필을 손에 든 채 도망치듯 교무실에 나와 단숨에 집에까지 달렸다. 그는 집으로 달리면서, 나는 고자질을 한 것이 아니다, 나는 요시다 선생이 미워하고 있는 아이들의 이름을 적어준 것 뿐이다라고 마음속으로 부르짖었다. 다음날, 그가 이름을 적어주었던 열 명의 조선 학생들은 어김없이 요시다 선생 앞에 불려가서 무릎이 까지고 팔꿈치에 피가 나도록 포복 훈련을 받았다.

정담진은 그때 그 열 명의 조선 학생들이 요시다 선생의 집을 습격하고 행패를 부렸을지도 모른다고 생각하면서 열려 있던 판자 대문을 닫고 밖으로 나와 우편국 쪽으로 걸어 나갔다.

그는 우편국 앞에서 같은 반 친구들을 만났고, 그들로부터 요시다 선생이 덩저리 큰 조선 학생들로부터 테러를 당해 머리가 깨지고 이빨이 부러졌다는 이야기를 들었다.

"오늘 일본사람들이 본국으로 돌아가기 위해 기차를 타고 이 도시를 떠난다더라. 어젯밤에 모든 일본인이 역으로 모였다는데 말야, 요시다 선생을 테러했던 조선 학생들이 그를 죽이겠다고 방금 역으로 몰려갔대."

정담진처럼 키가 작은 탓으로 요시다 선생한테 별로 심하게 당하지 않았던 김택준이 걱정스러운 얼굴로 말하면서 정담진에게 역으로 가보자고 했다. 정담진은 김택준과 함께 요시다 선생을 만나기 위해 역으로 가는 길에 잠시 그의 집에 들러, 부모 몰래 쌀을 약간 훔쳐 책보에 쌌다. 식량이 떨어져 굶고 있을지도 모르는 요시다 선생한테 주고 싶었기 때문이다.

그들이 역에 도착했을 때는 벌써 많은 시민이 손에 돌멩이와 작대기를 들고 몰려와서 일본인들을 때려죽이라고 소리치면서 역 안으로 밀고 들어가려고 했다. 그러나 치안 청년대가 역 광장에 둘러서서 일본인들을 보호하기 위해 시민들을 막아섰다. 정담진은 역 앞에서 덩저리 큰 조선 학생을 여러 명 만났으며 그들은 모두 손에 돌멩이를 들고 요시다 선생을 죽여야 한다고 소리치고 있었다.

"야, 이 꼬마야. 너는 일본이 망했다는 것을 알고도 일본놈들과 같이 울었으니 친일파야."

덩저리 큰 학생들이 정담진을 보자 돌멩이를 쥐고 있는 손을 들어 그를 쥐어박을 것처럼 윽박질렀다. 그러나 정담진은 조금도 그들이 무섭지가 않았다. 그는 다만 그들이 요시다 선생을 해치지 않기를 바랄 뿐이었다. 조선 학생들은 일본인들이 기차를 기다리며 두려움에 떨고 있는 대합실을 향해 돌을 던졌으며, 돌에 맞아 유리창이 박살 날 때마다 그곳에 몰려든 시민들은 박수를 쳤다. 정담진은 요시다 선생을 만나기 위해 대합실로 들어가 보려고 했으나 치안대 청년들이 그를 들여보내 주지 않았다. 그는 일본인들을 태운 기차가 여러 차례 기적을 울리며 떠난 후에도, 쌀 보자기를 손에 든 채 돌멩이와 작대기들이 어수선하게 널려 있는 역 광장 한가운데에 우두커니 서 있다가 대합실 안으로 들어가 보았다. 일본인들이 떠나고 난 후의 대합실은 장례를 치르고 난 뒤의 초상집처럼 을씨년스러운 고적감만이 가라앉아 있었다.

정담진은 요시다 선생을 만나지 못하고 집으로 돌아오는 동안에도 왜 요시다 선생이 새벽에 그와 마주쳤을 때 자신을 숨겼는지 알 수가 없어 울컥 눈물이 솟구치려고 하면서, 우편국에서 마주쳤을 때 보았던 요시다 선생의 모습이 자꾸만 눈에 밟혀왔다. 그는 마치 가장 가까웠던 사람이 죽기라도 한 것처럼 마음이 아팠으며, 그 아픔은 곧 슬픔으로 변했다. 집에 돌아와서 식구들의 행동을 본 그는 그 슬픔이 분노로 변하여 폭발할 것만 같아, 그것을 참느라 한참 동안 끙끙거렸다. 그가 슬픔을 안고 집에 돌아왔을 때, 그의 부모와 형은 우물가 접시감나무 그늘 밑 살평상 위에 둘러앉아서, 그의 형이 일본인 금융조합장 집에서 탈취해온 유성기에 일본 노래를 틀어놓고 킬킬팔팔 웃어대고 있는 광경을 본 정담진은 그 유성기를 박살내 버리고 싶은 충동을 느꼈다. 그는 식구들에 대한 분노를 삭이기 위해 냉수를 한 바가지 떠서 단숨에 마셨다.

그의 형은 결국 금융조합의 정식 직원이 되지 못했다. 그 때문에 충격을 받은 형은 군에 입대했으며, 6·25가 터지기 두 해 전에 일어났던 반란사건과 관련되어 스무 살의 짧은 인생을 마감했다.

3

교정의 벚꽃은 여전히 담홍색으로 꽃망울을 터뜨려 봄날의 화사한 햇살 속에서 눈부시도록 아름다웠다. 일요일을 넘기고 월요일이 되자 벚꽃은 절정을 이루어 만개했다. 정담진 교장은 평소보다 30분쯤 일찍 출근하여, 교장실로 곧장 들어가지 않고 교정의 벚꽃들을 한번 둘러보기 위해 뒷짐을 지고 턱끝을 쳐들어 꽃나무들을 쳐다보며 교문에서부터 오른쪽으로 천천히 걸음을 옮기고 있었다. 체구가 땅딸막한 데다가 걸음걸이까지 되똥거려 마치 도토리가 기어가는 것 같아 보였다. 그는 마음속으로 제발 앞으로 사흘 동안만 비바람이 몰아쳐오지 않기를 바라면서, 화사한 꽃잎에서 요시다 선생과 그의 일본인 동창생들을 떠올렸다. 그는 해마다 벚꽃이 흐드러지게 필 때면 요시다 선생의 세 가지 얼굴이 떠오르곤 했다. 첫 번째의 얼굴은 덩저리 큰 조선 학생들을 매질할 때의 무서운 모습이었고, 두 번째의 얼굴은 그를 칭찬할 때 희미한 미소와 함께 햇살처럼 날카로우면서도 부드러운 모습이며, 세 번째는 마지막 우편국 앞에서 마주쳤을 때, 요시다 선생님이 아니냐는 물음에도 약간 겁을 먹은 듯한 당황한 눈빛으로 고개를 거칠게 흔들어 자신을 숨기던 모습이었다.

정담진 교장은 한참 동안 교정의 벚꽃나무들을 둘러보다 말고 당황한 얼굴로 걸음을 멈추어 섰다. 꽃이 만개한 벚꽃나무 가지에 '일장기 게양 결사반대' '일제 삼십육 년 한이 안 풀렸는데 일장기가 웬말이냐' '일본인 모교 방문 환영식 반대'라고 쓴 종이쪽지들이 벚꽃나무 가지 끝에 매달려 햇살을 털며 바람에 나부끼고 있지 않겠는가. 순간 정담진 교장의 얼굴빛이 벚꽃 색깔로 변했다. 그는 한동안 말뚝처럼 서서 벚꽃나무 가지 끝에 매달려 나부끼고 있는 종이쪽지들을 쳐다보고 있었다. 갑자기 그의 눈앞에, 43년 전 일본인들이 본국으로 돌아가기 위해 기차를 기다리고 있는 동안 시민들이 몰려가 대합실에 돌을 던지며 일본인 때려죽이라고 소리치던 광경이 되살아났다.

정담진 교장은 벚꽃처럼 얼굴이 담홍색으로 변하여 뒤뚱거리며 교무실로 들어가, 그보다 먼저 출근해 있던 교무주임한테 조회 전에 교직원회의를 열겠다고 소리치고 나서, 수위실에 연락하여 벚꽃나무에 매달아놓은 전단들을 모두 떼어오도록 하라고 일렀다. 그는 교장실에 돌아와서도 자리에 앉지 못하고 언제나 그가 화가 났을 때 하는 버릇대로 두 손을 앞으로 깍지 끼고는 좁은 교장실 안을 서성거렸다. 그는 이런 일이 아니라도 간밤부터 올해 대학에 들어간 막내아들 때문에 심사가 꾸불텅해 있던 차에, 일찍 출근하여 교정에 만개한 벚꽃들을 대하고 가까스로 마음을 가라앉혔는데, 꽃잎 속에서 불온한 전단들이 펄럭이는 것을 발견하고 피가 거꾸로 솟구치는 것 같았다. 지난밤 서울 큰아들한테서 걸려온 전화 내용은 요즈막 그의 막내가 집에 잘 들어오지도 않고 운동권 학생들과 어울려 다니는 것 같다는 것이었다. 정담진 교장은 큰아들에게 당장 막내를 붙잡아 집으로 내려보내라고 호통을 쳤지만, 스무 살로 인생을 마감했던 그의 형의 성격을 닮은 막내가 꼭 일을 저지를 것만 같아 마음이 놓이지 않았다.

월요일 아침에 열린 교직원 회의에서 정담진 교장은 벚꽃나무에 매달린 전단들을 손에 들고 그답지 않게 흥분을 가라앉히지 못하고 큰소리로 화를 내고 있었다. 그는 일장기 게양을 반대하는 일부 몰지각한 교사들이 철없는 학생들을 사주하여 일을 벌인 것이라고 몰아붙였다. 물론 일장기 게양을 반대한 젊은 교사들은 교장의 일방적인 다그침에 반발했다.

"순진한 학생들을 사주한 교사는 물론, 교사들의 사주를 받고 벚꽃나무에 불온한 삐라를 붙인 학생들을 철저히 가려내어 조처를 강구하겠소."

정담진 교장은 흥분한 목소리로 단호하게 말했다. 그러면서 그는 일장기 게양 여부를 당장에 교사들의 거수로 결정하자고 했다. 그러나 젊은 교사들이 무기명 비밀투표로 결정하자고 맞서는 바람에 그날 교직원 회의는 한동안 옥신각신하다가 시간만 낭비하고 다음 날로 미루게 되었다.

다음날 교직원 회의에서도 일장기 게양 문제를 해결하지 못하자 정담진 교장은 초조해지기 시작했으며, 그는 마침내 젊은 교사들을 한 사람씩 만나 설득전을 폈고 그 결과 요시다 선생 일행의 모교 방문 하루를 앞둔 4월 19일 오전에야 거수로 결정하자는 방법이 채택되어, 찬성 39, 반대 16, 기권 5명으로, 환영식에 일장기를 게양할 것을 결정했다.

세 번째의 교직원 회의에서 일장기 게양 문제를 가까스로 해결한 정담진 교장은 교장실에 들어와 푹신한 소파에 온몸을 깊숙이 파묻고 앉아 안도의 한숨을 내쉬었다. 이제 막내아들 문제만 해결된다면 두 다리를 쭉 뻗고 편히 잠을 잘 수가 있을 것 같았다. 그는 요시다 선생 일행의 모교 방문 환영이 끝나면 직접 서울로 올라가서 막내아들을 붙잡아 끌고 내려와야겠다고 마음 먹었다. 정담진 교장은 일장기 게양 문제로 며칠 동안 편한 잠을 못 이룬 탓으로 피로가 육중한 바윗덩이처럼 엄습해와, 소파에 파묻힌 채 어슴어슴 졸고 있었다. 그는 요시다 선생의 희미한 얼굴 윤곽을 떠올리면서 자꾸만 오수 속으로 빠져들어 갔다. 미술선생을 불러 당장 교문에 세울 환영 아치와 환영식이 열릴 강단에 게양할 일장기를 서둘러 제작하라고 일러야겠다는 생각을 하면서 점점 더 깊숙이 잠의 늪 속으로 빠져들고 있었다.

정담진 교장은 꿈속에서 요시다 선생을 다시 만났다. 우편국 앞 길에서 온몸이 상처투성이가 된 요시다 선생은 정담진을 만나자 조선 학생들한테 테러를 당하던 중에 도망쳐 나왔다면서, 살려달라고 애원했다. 그가 요시다 선생을 붙들고 울고 있을 때, 우편국 뒷길 쪽에서 덩저리 큰 조선 학생들이 몽둥이를 들고 쫓아오고 있었다. 그는 요시다 선생의 손을 잡고 힘껏 뛰었다. 우편국 앞 큰길을 뛰고 있는데, 누구인가 교장 선생님, 교장 선생님 하고 외쳐 부르는 소리에 눈을 떴다.

"교장 선생님, 교무실로 전화가 왔어요. 서울이라는데 일본 사람 목소리예요."

정 교장 앞에 교무실의 급사가 서 있었다.

"교무과장님이 그러시는데 요시다 씨라고 하셨어요."

"뭐? 요시다 선생님?"

정담진 교장은 소파에서 벌떡 일어나 교장실 문을 밀어젖히고 되똥거리며 교무실로 향했다. 그는 떨리는 손으로 교무과장 책상 앞에 놓인 송수화기를 들었다.

"모시모시. 저…… 전화 바꿨습니다."

정담진 교장은 여러 교직원이 지켜보고 있는 가운데 능숙한 일본말로 말했다.

"하이, 아, 요시다 선생님. 저 데이꿍입니다. 저를 기억하시겠습니까? 예? 제 이름을 기억할 수 없으시다고요? 저, 요시다 선생님께서 꼬마라고 늘 귀여워해 주셨지 않습니까? 그래도 생각이 안 나십니까? 저 뭐이냐…… 선생님 집에 투석질 하던 조선 학생들 이름을 적어드렸고, 또… 선생님께서 일본으로 떠나시던 날 새벽 우편국 앞에서 만났었지요. 그때 선생님은 저를 모르는 체하셨지요. 그래도 기억이 안 나신다고요? 네, 네. 제 얼굴을 보시면 저를 아시게 되실 것입니다요. 네? 지금 서울에 와 계시는데 서울에서 내일 아침에 제주도 관광을 떠나신다고요? 네, 제주도 관광을 마치고 바로 경주로 떠나시기 때문에 여기는 못 오시게 될 것 같다고요? 선생님, 그것은 안 됩니다. 일장기를 걸기로 했는데, 선생님께서 안 오시면 어쩝니까요. 무슨 일장기냐고요? 선생님과 동창들 모교 방문 환영식을 대대적으로 갖기로 했습니다요. 그렇다면 경주로 가시는 길에 잠시 이곳에 들르시겠다고요? 언제쯤이라고요? 네? 제주도에서 일주일간을 머무르시고 나서요? 그것은 안 됩니다."

정담진 교장은 안 된다는 말을 울부짖듯 소리쳤다.

"그것은 안 됩니다요. 일주일 후면 사꾸라꽃이 다 지고 맙니다요."

"사꾸라꽃이라니, 무슨 사꾸라꽃 말이오?"

전화기 속에서 요시다 선생이 의아해하는 목소리로 물었다.

"선생님께서 우리 학교에 심어놓으셨던 사꾸라꽃이 지금 만개해 있습니다. 그런데 일주일 후면 그 꽃이 모두 시들어버리고 맙니다. 그러니 지금 와서 그 꽃을 보셔야 합니다."

정담진 교장은 다급한 목소리로 매달리듯 말했다.

"아, 그렇습니까? 내가 조선 땅에 심어놓은 사꾸라꽃나무에 꽃이 피었
습니까?"

"네, 그렇습니다. 해마다 꽃이 핍니다요. 금년에는 유난히 그 꽃이 아름
답습니다요."

"아, 그렇습니까? 우리가 조선 땅에 심어놓은 사꾸라꽃이 해마다 아름
답게 피고 있습니까? 우리가 조선 땅에 심어둔 사꾸라꽃나무가 정말 잘
자라고 있습니까?"

요시다 선생은 감격스러운 목소리로 거듭 묻고 있었다.

"그렇다니까요, 요시다 선생님. 그러니 와서 보셔야지요."

"그러지요. 일주일 후에 제주도에서 경주로 가는 길에 잠깐 들르도록
하지요. 그동안 우리가 조선 땅에 심어놓은 사꾸라꽃나무를 잘 가꾸어주
셔서 정말 감사합니다. 그럼, 일주일 후에 만나도록 하지요."

요시다 선생은 그렇게 말하고 전화를 끊었다.

"안 됩니다, 요시다 선생님. 일주일 후면 사꾸라꽃이 다 져버립니다. 꽃
이 시들어버린다니께요."

정담진 교장은 이미 끊겨버린 송수화기에 입을 대고 큰소리로 외치고
있었다. 송수화기에서는 요시다 선생의 목소리 대신에 비바람 몰아치는
소리와 교정에 활짝 피어 있는 벚꽃들이 우수수 쏟아지는 소리가 들려오
는 듯했다.

『현대문학』, 1988.3

녹슨 철길

바람이 불지 않는데도 송홧가루가 5월의 눈부신 햇살 속에서 부옇게 출렁거렸다. 남평역을 느슨하게 휘감은 듯한 죽령산의 산자락에서는 5월이 시작되면서부터 송홧가루가 삽삽하게 코끝을 간지럽히며 켜켜이 흩날렸다.

김만기 역장은 녹색의 전호기를 오른손에 펼쳐든 채 정광리까지 나와, 철로를 밟고 서서 열차가 절겅거리며 휘어들어오기를 기다리며, 산모퉁이 쪽에 눈길을 못 박고 있었다. 그는 당장이라도 팔이 늘어지도록 녹색기를 흔들어 댈 것처럼 오른쪽 어깨를 어슷하게 추켜올리고 서서, 열차가 휘어 들어오는 소리를 미리 감지하려고 한껏 초조한 마음으로 귀를 기울였다. 그러나 십리고개 쪽에서는 이따금씩 휘휘휘 죽령산의 소나무 가지들을 흔들고 줄달음쳐 오는 바람 소리만이 들려왔다. 김만기 역장은 다시 버릇처럼 손목시계의 시침을 들여다보았다. 광주光州에서 대학에 다니는 큰놈 준식이가 지난겨울에 교통정리 아르바이트를 하여, 김만기 역장의 54회 생신기념으로 사준 전자손목시계의 시침과 분침은 검은 자판 위에서 물구나무서기를 하고 있는 것처럼 보였다. 아직도 햇덩이가 하늘 한가운데에 덩싯하게 떠올라 있는데도 시간은 벌써 하오 다섯 시를 가리키고 있었다.

김만기 역장은 다시 무거워진 목을 길게 빼고 산 모퉁이 쪽을 바라보았다. 여느 날 같으면 광주발 부산행의 비둘기호가 남평역에 도착할 시각이었다. 그는 한참 동안 정광리 산모퉁이를 바라보다가 아무래도 열차가 휘어 들어오는 모습이 보이지 않자 자기도 모르는 사이에 한숨을 내쉬었다. 그리고 비둘기호가 도착할 시간이 반 시간쯤 지나자 "오늘도 열차가 오기는 다 틀렸구먼" 하고 짜증스럽게 중얼거리며 잠시 산 모퉁이로부터 시선을 거두었다. 그러나 그는 역사로 돌아가지는 않았다. 그는 첫 열차의 도착시각인 아침 6시 25분부터 지금껏 철길 위를 서성거리며 열차가 남평역으로 휘어 들어오기를 기다렸다. 열차가 도착할 시간이 되면 폐쇄기에서 통표通標를 빼 들고 오른손에 전호기를 펄럭이며 철로에 나와 있었다. 평소에 그 같은 일은 조역이 하게 마련이었지만 요 며칠 동안 김만기 역장은 어쩐지 마음이 초조하고 불안해서 역장실에만 들어앉아 있을 수가 없어 직접 통표를 가죽 주머니에 넣고 철로에 나와 열차를 기다리게 된 것이었다. 그는 열차의 통행이 끊긴 사흘 동안 하루도 거르지 않고 열차가 남평역으로 휘어 들어오는 것을 맨 먼저 볼 수가 있는 정광리의 철로까지 나와서 눈이 시리도록 떡갈나무와 소나무가 뒤섞인 ㄷ자 모양의 산자락 끝을 바라보고 있었다.

김만기 역장은 지금도 광주발 부산행의 마지막 완행열차가 통학생들과 딸기며 파, 마늘, 채소 등을 내다 팔고 돌아오는 아낙네들을 태우고 남평역에 도착하던 때가 여러 겹으로 겹치면서 눈에 밟혀왔다. 그 열차를 마지막으로 교통이 끊겨버리고 말았다. 마지막 열차가 남평역을 통과한 것이 정확하게 5월 20일 하오 6시 50분이었으니까 그로부터 사흘이 지난 오늘까지 열차의 통행이 끊기고 만 것이었다.

5월 20일, 아직 햇살이 죽령산 기슭에 은회색 빛깔로 출렁이고 있을 무렵에 남평역에 당도한 비둘기호에서는 다리에 총을 맞은 청년이 친구들의 부축을 받고 내리자마자 택시에 실려, 역에서 4km쯤 떨어진 읍내 병원으로 향했다. 이날 비둘기호에서 내린 승객들은 저마다 마치 지옥을 빠져나오기라도 한 듯 겁에 질린 얼굴로 고개를 설레설레 내저으며 광주의 이야기를 울부짖듯 토해내던 것이었다. 그러면서 그들은 저마다 무사히 광주를 빠져나올 수 있게 된 것을 큰 행운으로 생각하는 것 같았다.

5월 20일 막차에서 내린 손님들의 이야기로는 광주가 온통 생지옥이라고들 하면서, 아직 공포에 질린 얼굴로 몸을 떨었다. 그러면서 6·25를 겪어본 어른들은 30년 전의 그때와 비교하기도 했다.

5월 20일 저녁 광주발 부산행의 비둘기호를 마지막으로 열차의 통행이 끊기고 말았다. 광주에서 내려오는 하행 열차는 물론이거니와 순천 쪽에서 올라오는 상행 열차도 발이 묶이고 만 것이었다. 그날 저녁 김만기 역장은 준식이의 하숙집으로 전화를 걸었다. 그러나 하숙집 아주머니는 무엇에 쫓기는 듯한 목소리로 간밤에도 준식이가 하숙집에 들어오지 않았다면서 걱정을 하고 있었다. 목소리가 남자처럼 걸걸한 하숙집 아주머니 역시 광주에 난리가 났다고 다급하게 말했다. 그는 하숙집 아주머니의 그 목소리만 듣고도 그녀의 겁에 질려 떨고 있는 모습과 광주의 상황을 얼추 짐작할 수 있을 것 같았다.

역장관사로 돌아오자 4년째 신장염으로 앓아누워 있던 아내가 벌써 소문을 듣고 깜깜한 마당 한가운데 서서 준식이 걱정을 늘어놓았다. 김만기 역장은 그의 아내한테 방금 준식이와 통화를 하고 온다면서 거짓말로 아내의 마음을 다독거렸다. 그날 밤늦게 다시 역장실로 나와서 하숙집에 전

화를 해보니 준식은 여전히 돌아와 있지 않았다. 열차가 끊긴 후 지난 사흘 동안 그는 낮과 밤으로 하루에 두 차례씩 하숙집에 전화를 걸어 준식의 소식을 물었다. 날이 갈수록 전화를 거는 쪽이나 받는 쪽 할 것 없이 차츰 목소리에서 힘이 빠져가고 있었다. 김만기 역장은 하숙집 아주머니의 걱정스러운 목소리를 들을 때마다 온갖 불길한 상상들이 머릿속에서 부스럭거리면서 당장 광주로 달려가서 아들을 찾아보고 싶었다. 그러나 그 무렵에는 이미 철길만 막힌 것이 아니라 광주로 통하는 모든 길이 차단되어 있었으며, 남평에서 십리재를 넘자면 죽음을 각오하지 않으면 안 되었다. 그 무렵 남평에는 광주를 빠져나오려는 사람들이나 광주로 아들을 데리러 간 사람들이 십리재에서 수도 없이 총에 맞아 죽었다는 소문이 자자했다.

이제 김만기 역장은 열차가 들어오는 날 바로 준식이가 돌아오게 될 것이라고 믿고 있었다. 그는 아들이 열차와 함께 돌아올 것이라고 믿고 싶었던 것이다.

"역장님, 그만 들어가십시다. 날이 어두워졌구만요."

김만기 역장이 열차를 기다리다 지쳐 철길을 깔고 어둠 속에 앉아서 정광리 산 모퉁이를 향해 귀를 쫑긋거리고 있는데, 어느 사이에 조역이 그의 옆에 와서는 한참 동안이나 서 있다가 조심스럽게 입을 열었다. 김만기 역장은 얼핏 고개를 들어 파란 신호등을 밝혀 들고 서 있는 조역 최병태를 어둠 속에서 오랫동안 말없이 쳐다보았다.

"효천역에 연락은 해봤는가?"

이 말은 김만기 역장이 열차가 끊긴 후 조역 최병태를 볼 때마다 되풀이해서 묻는 말이기도 했다. 열차가 남평으로 오자면 효천역을 거치게 되었기 때문이었다.

"연락은 해봤는듸…… 그쪽에서도 모른다고만 허는데요."

최병태 조역 역시 똑같은 대답이었다.

"효천역에서 남광주에 알아보라고 했는가?"

"물론 그랬지요."

"그랬는듸……?"

"완전 두절이래요. 광주에 난리가 났다는듸 어떻게 열차를 운행하겠어요."

조역의 말에 김만기 역장은 고개를 돌려버렸다. 최병태 조역에게서 더 이상 똑같은 말을 듣고 싶지가 않았기 때문이다.

"역장님, 그만 들어가시자니께요."

"자네 집에는 별일 없다든가?"

"예, 부모님들께서 동생 놈들을 비끔도 못허게 꽉 붙잡고 있다는구만요. 오늘 아침에 처하고 통화를 했는듸 광주가 날이 갈수록 더 심해지니깐 평탄이 될 때꺼정 집에 올라올 생각 말라고 허드만요. 헌듸 벌써 사흘째나 집에도 못 가고 있으니까 답답허구만요. 숙식도 그렇고…… 옷도 갈아입어야 쓰겄고……."

김만기 역장은 다시 어둠 속에서 최병태를 쳐다보았다. 최병태는 광주에서 통근하고 있었으나 열차가 끊기자 집에 가지 못하고 역 숙직실 신세를 지고 있는 터였다.

"앵남에도 연락을 해봤제?"

김만기 역장은 순서대로 묻고 있었다. 그는 조역에게 효천에 연락을 해봤느냐고 물은 다음에는 다시 앵남 쪽으로 관심을 돌리곤 했다. 열차의 상행선 사정을 알고 싶었기 때문이었다. 그러나 최병태의 대답은 삼 일째 똑같은 내용이었다.

"앵남에도, 화순에도 연락을 해봤지만 마찬가지였습니다."

"순천 철도국에서는 아무 소식이 없다든가?"

"철도국인들 별 수가 있겠어요? 광주 사람들이 다 죽어갈 정도로 난리가 났는디 철도국인들 어쩌겠어요. 순천에서 부산까지는 열차가 통행하고 있답니다요."

"그쪽은 딴 세상이로구먼……."

"티부이를 보면 세상이 아무렇지도 않던데요 뭐. 가수들은 여전히 엉덩판을 흔들어대며 신나게 노래를 부르고 코메디언들은 귀신 씨 나락 까묵는 소리를 해쌈시로 웃기드만요. 그런디 이상하게도 코메디언들의 웃기는 소리에도 전혀 웃음이 나오지 않데요. 티부이를 보면 세상이 천하태평입니다요."

"우리 준식이 놈이 아직도 하숙집에 들어오지 않았다네."

김만기 역장이 벌떡 일어서며 울부짖듯 말했다. 최병태 조역은 김만기 역장이 애타는 마음으로 열차를 기다리고 있는 연유를 잘 알고 있었다. 그렇지만 그는 역장에게 아무런 위로의 말도 해줄 수가 없었다. 최병태 역시 누구보다 더 간절하게 열차의 통행을 기다리고 있었으며, 열차가 남평역 구내로 휘어 들어오는 날에야 김만기 역장의 수심에 찬 얼굴이 밝아지게 되리라 생각했다.

"너무 걱정 마시랑께요. 무슨 일이야 있을랍디요."

최병태의 위로의 말은 한결같았다.

"열차가 끊기면 세상이 끝나는 거네. 4·19 때도…… 5·16 때도 열차 통행이 멈추지는 않았다네. 홍수가 나서 철로가 끊겼다면 또 모를까……

철길이 썽썽한듸 열차가 통행을 멈추다니, 이런 난리는 없었어. 이 사람아, 열차 통행이 멈췄는듸 무신 태평천하란가, 기차 소리가 죽었는듸 무신 태평천하여, 저 끔찍했던 육이오 때도 기차가 통행을 멈춘 것은 사흘뿐이었네. 그해에 내가 장성역에 첫 발령을 받았기에 잘 알고 있제만 기차가 통행을 못헌 것은 고작 사흘 동안이었다니께. 그런듸 이참에는 오늘로 벌써 나흘째가 아닌가. 역원이 되어 기차 소리에 잠이 들고 기차 소리에 잠을 깨면서 30년을 살아왔제만도 이런 일은 없었어. 그런듸도 태평천하여?"

김만기 역장은 최병태한테 역정을 내듯 숨 가쁜 목소리로 쏘아붙였다. 최병태는 김만기 역장의 그 같은 태도에 다소 놀라기는 했으나 그가 여지껏 하숙집에 돌아오지 않고 있는 아들 때문에 신경이 날카로워졌겠거니 하고 이해했다.

"내가 기차를 애타게 기다리는 거는 꼭 우리 준식이 때문만은 아니네. 기차가 빨리 개통이 되어야 세상이 평안해지기 때문이여. 육이오 같은 난리 때도 이렇코롬 기차가 오래 끊기지는 않았다니께. 나는 기차 소리를 들어야 마음 편하게 잠을 잘 수가 있어."

김만기 역장은 조금 전과는 달리 차분하게 가라앉은 목소리로 말하며 철길을 따라 역사 쪽으로 천천히 걷기 시작했다. 그러면서 그는 최병태 조역한테 30년 전 기차가 통행을 멈췄을 때의 이야기를 뜸직뜸직 말했다.

"내가 장성역으로 첫 발령이 나고 두 달 만에 육이오가 터졌네."

김만기 역장은 30년 전 기차가 끊겼을 때의 일을 떠올렸다. 삼팔선이 무너지고 인민군들이 서울까지 내려왔다는 소식을 들은 후부터 광주 쪽에서 정읍으로 올라가는 상행 열차가 갑자기 줄어들기 시작하더니, 날이

갈수록 서울 쪽에서 내려오는 하행 열차가 운행시간조차 무시하고 줄을
지었다. 서울에 인민군이 들어온 후 장성역에 붉은 기가 꽂히기까지의 열
하루 동안 하행 열차는 다급하게 기적을 울려대며 밤낮이 없이 줄을 지었
으나 그 열차들은 장성역에 멈추는 일이 없었다. 처음 며칠 동안은 피난
민들이 열차의 지붕 위에까지 매달려 있었으나 열차가 끊기기 사흘 전쯤
에서부터는 대부분 군인이 타고 있었으며, 그들 중에서 상당수는 머리와
팔, 가슴, 어깨에 붕대를 감은 부상병들이었다.

　부상병들을 가득 실은 새벽 열차를 마지막으로 철길이 끊겼고 그로부
터 열 시간쯤 후에 인민군을 실은 탱크와 트럭들이 갈재 터널을 넘어 장
성에 들이닥쳤다. 열차의 통행이 끊기고 인민군들이 들이닥칠 때까지, 그
열 시간 동안의 정적과 공포는 마치 죽음을 기다리는 순간처럼 불안했었
다. 기차가 끊기고 인민군이 쳐들어온다는 소문이 목을 짓누르듯 바짝 조
여 오자, 주민들은 뒤늦게 서야 서둘러 피난길에 올랐으며 역 직원들도
하나둘 말도 없이 역을 떠나버렸다. 정년퇴직을 몇 달 앞둔 역장은 김만
기에게, 역은 나이 많은 직원들이 지킬 터이니 젊은 직원들은 집으로 돌
아가 있든지, 피신하든지 하라고 했다. 역장의 말에 대부분의 젊은 역 직
원들은 집으로 돌아갔으나 김만기만은 역장과 함께 역에 남아 있겠다고
했다.

　장성에 인민군들이 들어온 사흘 후부터 기차가 다시 통행하기 시작했
으며, 잠시 몸을 피신했던 나이 많은 역원들도 하나둘 역에 나왔다. 그러
나 스무 살 안팎의 젊은 역원 중에서 출근을 하는 사람은 김만기뿐이었
다. 그는 세상이 바뀐 것에 대해 두려움을 별로 느끼지 않았다. 오히려 기
차가 다시 통행하게 된 것을 다행이라고 생각했다. 그리고 그는 역원이라

는 이유로 의용군에 끌려가지 않고 무사하게 그해 여름을 보낼 수가 있었다. 인민군이 들어오자 역에서 떠난 다른 젊은 역원들은 집에 숨어 지내다가 의용군에 끌려갔으나, 김만기만은 무사했다.

세상이 바뀌는 것을 두려워한 나머지 모두 역을 떠나고 정년이 다 된 역장과 김만기만이 기차도 통행하지 않는 역에 남아 있게 되었을 때, 늙은 역장이 그에게 했던 말을 김만기 역장은 아직껏 기억하고 있었다.

"나는 기차를 너무 좋아헌다네. 내가 기운이 빠져 있다가도 기차화통이 철로 위를 굴러가는 것을 보고 있으면 내 심장이 쿵쿵대면서 말이시, 기운이 벌떡벌떡 되살아난단마시. 기차가 통행을 못 하는 세상은 죽은 세상이나 마찬가지라니께. 자네가 나를 도와서 역에 남아 있었다고 허니께 말이네만…… 자네는 앞으로 훌륭한 역원이 될 것이라고 믿겄네. 자네도 나 모양으로 기차를 사랑헌다는 것을 알았구만. 기차를 사랑하는 사람은 두려움도 절망도 모르는 법일세. 기차는 언제나 희망이고 생명이며 용기를 주는 힘의 원천일세. 시방은 기차가 통행을 안 허고 있으니께 다소 불안허고 쬐금은 두려운 마음이 생기겄지만 말이시…… 기차만 다시 통행허게 된다치면 불안이고 두려움이고 말끔허게 사라지게 될 것이네. 불안감 대신에 되려 희망과 용기가 생기게 될 테니께, 두고 보소."

기차가 다시 통행하게 되었을 때, 김만기는 늙은 역장의 말대로 두려움과 불안감이 조금씩 사라져갔다. 그 대신 역장과 둘이서 역을 지키면서 기차를 운행할 수 있다는 것에 대해 뿌듯한 보람 같은 것을 느꼈다. 그는 역에서 인민군들이 목포행 기차를 타기 위해 장성역에 나온 신사복 차림의 낯선 중년 신사를 붙잡아 총살시킨 장면을 목격하고, 젊은 사람들을 붙잡아 의용군에 보내기 위해 강제로 기차에 태우는 것을 지켜보기도 했으나, 조금도 두려움을 느끼지는 않았다.

"다른 생각은 말소잉. 누가 좋고 누가 나쁘고 따지지도 말어야 허네. 우리는 그냥 기차가 무사히 장성역을 통행헐 수 있게 허는 일로 만족해야 허네. 기차가 자유스럽게 통행해야 만이 좋은 세상이 될 수 있다고 믿고 있으면 되네. 기차가 통행을 못 허게 되면 우리는 죽은 사람 모양으로다가 아무짝에도 쓸모없는 사람이 된다는 것을 명심허소!"

늙은 역장은 그러면서 역 밖의 일에 대해서는 관심을 갖지 말라고 당부했다.

김만기 역장은 어둠에 묻혀버린 철로를 밟고 역사로 돌아오면서 30년 전의 낡은 기억의 파편들을 추스려 떠올렸다. 그리고 그는 30년 전 정년을 앞둔 늙은 역장이 그에게 했던 말을 누구에겐가 다시 전해 주고 싶은 충동을 느꼈다.

"열차가 끊기니께 불안허제?"

김만기 역장이 조역 최병태에게 넌지시 말을 걸었다.

"불안하기보담도 답답해서 못 살겠구만요. 꼭 감옥살이를 하고 있는 것 같아요."

"광주에서 많은 사람이 죽었다는디 좀 답답헌 것이 문젠가!"

"공산당이 쳐내려온 것도 아닌데 왜들 이러는가 모르겠어요?"

"열차는 틀림없이 곧 개통될 걸세. 그러니 너무 걱정허지 마소."

"만약에 말일세, 만약에 열차가 오랫동안 통행을 하지 못허게 된다면 자네는 어찌허겠나?"

김만기 역장은 그렇게 묻고 나서 곧 후회했다. 그가 최병태한테서 무슨 말이 듣고 싶어서 그 같은 질문을 하게 되었는지 몰라 스스로를 책망했다.

"얼마나 오랫동안 열차가 불통될 것 같습니까?"

최병태가 어둠 속으로 김만기 역장을 보며 되물었다.

"글세…… 모르겠네."

"제 생각에는 앞으로 일 주일 안으로 열차가 개통될 것이라고 믿고 싶어요. 도청을 점령하고 있는 시민군들이 그렇게 오래 버티지 못할 테니까요. 계엄군이 작전을 개시만 한다면야 시간 문제가 아니겠어요?"

"시간 문제?"

김만기 역장은 잠시 걸음을 멈추고 서서 한숨 섞인 목소리로 물었다.

김만기 역장은 디젤기관차가 쉐쉐쉐 거친 바람을 일으키며 정광리 산모퉁이를 휘어 들어오는 소리에 잠이 깨어 벌떡 일어나 앉았다. 그는 꿈속에서 열차 소리를 들은 것이었다. 꿈이었다는 것을 안 김만기 역장은 한숨을 내쉬며 희번하게 아침이 밝아오고 있는 유리창을 바라보았다. 간밤에 열두 시가 넘도록까지 역무실에 앉아 있다가 관사로 돌아와서도 아내의 신음 때문에 잠을 이루지 못하고 새벽 무렵에야 얼핏 눈을 붙인 탓으로, 유리창이 밝아올 때까지 자리에 누워있게 된 것이었다. 그는 남평역장으로 부임해 온 이래로 아침 다섯 시가 넘도록 관사에 몽그작거리고있어 본 일이 없었다. 아침 6시 25분발 부산행 비둘기호를 맞기 위해서 다섯 시쯤에 역에 나가서 구내를 둘러보곤 하는 것이 버릇처럼 되어버렸다.

김만기 역장은 주섬주섬 옷을 꿴 후 방문을 열고 밖으로 나갔다. 1930년에 역사와 함께 지은 일본식 판잣집의 복도는 햇살이 퍼지기 전까지는 마치 동굴 속처럼 음침했다. 김만기 역장은 현관 앞에, 건물의 나이보다 다섯 살이나 더 많고 휘주근해 보이는 그의 아내가 깡똥하게 팔짱을 끼고 잔뜩 어깨를 웅숭그린 모습으로 서성거리고 있는 것을 발견하고 갑자기 마음이 무거워졌다.

"준식이 꿈을 꾸었구만이라우. 준식이가 꿈에 말이요잉…… 기차를 타고 남평에 왔드랑게요. 그런디 말이요잉…… 준식이가 뜽금없이 기차화통으로 변혀지 않겄어요? 무신 꿈이 그런당그라우. 혹여 우리 준식이헌테 무슨 일이 생긴 것 아닐끄라우? 워쩌서 우리 준식이가 기차화통으로 변헌다요?"

현관 앞에서 몸을 조그맣게 웅크리고 불안하게 서성거리고 있던 아내가 뚜벅 물었다.

"열차가 개통될 꿈이네. 길몽이여!"

"하숙집에 전화 좀 해보끄라우?"

"우리 준식이헌테는 아무 일 없으니께 걱정 말어."

"광주에서 사람들이 많이 죽었다는디……."

"글쎄 우리 준식이는 괜찮다니깐!"

김만기 역장은 자기도 모르게 아내한테 화를 내고는 낮이나 밤이나 활짝 열려 있는 관사의 판자 대문을 나서, 반달음으로 걸어 열매가 새까맣게 익은 버찌나무들이 터널을 이루다시피 한 역 앞 공터 쪽으로 향했다. 남평역이 자리 잡은 강촌리를 둘러싼 야트막한 죽령산에서는 송홧가루 대신 초여름의 청명한 아침에 수목들이 수액을 뿜어내느라 우유빛깔의 안개가 자욱하게 출렁이고 있었다.

김만기 역장은 햇살이 동편 하늘에 퍼져 오르기 직전의 엄숙한 정적이 오히려 불안하게 느껴지기까지 하여, 발걸음이 무거워졌다. 마치 30년 전 그가 역원이 되어 첫 발령을 받았던 장성역에서, 기차가 끊긴 그 사흘 동안에 겪었던 공포감이 되살아난 듯한 기분이었다. 그는 6시 25분발 부산행 비둘기호가 도착할 시간이 다 된 것을 알고, 불안한 마음을 다독거리며, 그의 삶처럼 낡고 초라한 판잣집 역사를 향해 걸음을 재촉했다. 그때 마을 쪽에서 봉구 영감 부부가 리어카를 끌고 밀며 지난봄 홍수로 울퉁불퉁 골이 더욱 깊게 패인 역 진입로에 들어서고 있었다. 그들 부부는 아침마다 서둘러 딸기를 리어카에 가득 싣고 남평역으로 나왔다. 딸기를 광주로 실어다 팔기 위해서였다.

"역장님, 오늘은 어쩝니까요?"

김만기 역장보다 나이가 세 살이나 위인데도 봉구 영감은 그에게 지나치리만큼 공손하게 대했다. 김만기 역장은 봉구 영감이 그에게 무슨 말을 묻고 있다는 것을 알고 있으면서도 선뜻 대답을 못 하고 한참 동안이나 미적거리고만 있었다.

"효천역에 연락을 해봐야겠소."

김만기 역장은 애매하게 말했다.

"오늘은 기차가 안 오면 우리 내외가 리어카를 끌고 광주로 쳐들어가야겠구만이라우."

리어카를 밀고 뒤를 따르는 봉구 영감의 처가 결연한 빛으로 십리재 쪽을 얼핏 바라보며 말했다.

"어저께 새벽에 십리재 쪽에서 콩 튀는 듯한 총소리를 못 들었어요? 기찻길만 끊긴 것이 아니라 신작로 길도 맥혔다는 거를 몰라서 그러요?"

"딸기 팔러 가는 것도 죄가 된답듸껴?"

"좌우당간에 리어카 밀고 광주꺼정 가시는 거는 안 됩니다."

김만기 역장은 봉구 영감 부부가 리어카를 끌고 십리재를 넘게 될까봐 걱정이었다.

"기찻길 맥혀갖고 딸기 농사 죽쒀부렀구만이라우."

"죽쑨 것이 어디 딸기 농사뿐이여? 팔만이네도 양파 쌓아놓고 실어내가지 못해서 발싸심이고…… 거 누구냐…… 과수원댁도 봄동 뽑아놓고 못 팔아서 썩히고 있다드만."

"우리가 워디 꼭 돈 땜시 딸기를 팔라고 그런다요. 사람이 묵자고 피땀 흘려 지은 농사니께 사람이 묵도록 해야지라우. 피땀 흘려서 지은 농사 짐생한테 멕이거나 썩히면 죄받을 것 같은께 그러제…… 워디 우리가 돈 땜시 그런다요. 농사짓고 사는 사람들 맘은 다 마찬가지로구만이라우. 워디 우리가 돈 벌라고 농사짓는감요. 그나저나 오늘도 기차가 안 들어온다치면 우리 부부 딸기 실은 리어카 광주꺼정 끌고 갈라요. 이 많은 딸기를 썩혀서 하늘님헌테 죄를 짓느니보담은 죽기를 각오하고 광주로 끌고 가서 팔고 올라요."

김만기 역장은 봉구 영감 부부가 하는 말을 잠자코 듣고만 있었다. 그는 그들 부부에게 더 이상 할 말이 없다는 것을 알았다. 그들 부부는 벌써 며칠째 딸기를 리어카에 싣고 역에 나와서 광주행 열차를 기다리다 밤이 늦어서야 돌아가곤 했었다. 남평에는 봉구네 말고도 수많은 농사꾼이 해마다 봄철이면 딸기를 재배하여 만만찮게 수입을 올리고 있었다. 그런데 이번에는 광주 길이 막혀 딸기를 팔 수가 없게 되어 아예 밭에서 곯아떨어지도록 내버려 두고 있는 농사꾼들이 대부분이었다. 그러나 봉구네만은 피땀 흘려 기른 딸기를 그대로 썩힐 수가 없다는 생각에서 곯아떨어지기 전에 수확하여 단 한 근이라도 팔기 위해 버르적거리고 있는 터였다.

김만기 역장은 기찻길이 끊긴 것이 마치 자신의 잘못이라도 되는 것처럼 봉구 영감 부부의 얼굴을 똑바로 볼 수가 없어 한사코 눈길을 피하여 역사 쪽으로 갔다. 철쭉꽃이 동아리 져 어우러진 동쪽 죽령산 위에 덩싯하게 해가 떠오르고 있었다. 그때 산중턱에서 뻐꾸기가 울었다. 참으로 평화로운 아침이었다. 철쭉이 흐드러진 죽령산에 아침 해가 떠오르면서 뻐꾸기가 울고, 역 구내 화단에서는 라일락꽃 향기가 잔조로운 바람에 실려 퍼지고, 낯선 사람이 역으로 가기 위해 마을 앞으로 지나는 것을 보고 탱자나무 울타리 옆에 꼬리를 사리고 앉아서 컹컹거리는 개 짖는 소리가 마을을 훼혼드는 아침이었다. 열차 소리만 다시 들려온다면 참으로 평화로운 아침이었다.

"딸기 농사 잘 지어갖고, 애기 낳고부텀 앞을 못 보는 우리 큰딸 눈수술 시켜줄라고 했등만, 하늘님도 참 무심허시구만."

김만기 역장은 봉구 영감의 탄식을 들으며 역 대합실 안으로 들어섰다. 대합실에는 여느 때와 마찬가지로 기차를 기다리는 손님들 대여섯 명이 앉아 있다가, 김만기 역장이 들어서자 모두 일어서서 그의 표정부터 살폈다. 김만기 역장은 그들을 모두 알고 있었다. 그들은 광주로 통학을 시키고 있는 통학생의 부모들로, 열차가 끊기기 전날 통학 열차를 타고 학교에 갔다가 아직까지 집에 돌아오지 않은 자식들을 애타게 기다리고 있는 것이었다. 그들 가운데는 아들이 돌아오지 않자 죽령산을 넘어 광주로 아들을 찾으러 가려다가 십리재마루에서 총소리가 짜글짜글 산을 훼혼드는 소리를 듣고 혼비백산하여 되돌아오고만 사람들도 있었다. 자식들의 소식을 가져다줄 열차를 기다리는 손님들 외에도, 봉구네처럼 딸기나 양파를 광주에 내다 팔기 위해서 새벽부터 대합실에 나온 사람도 있었다.

"오늘도 기차가 안 온다치면 리어카에 싣고 십리재를 넘어갈 작정이구만이라우."

봉구네가 딸기를 가득 채운 나무상자를 들고 대합실로 들어서며, 자식들 걱정으로 얼굴에 먹구름이 고여 있는 손님들을 향해 말을 붙여보았으나, 그들은 지금 자식이 죽었는지 살았는지 모르는 판국에 그까짓 딸기가 대수냐는 듯 내심으로 마뜩잖아 하는 눈빛을 하고 봉구네를 바라보았다. 봉구네는 그들의 눈빛이 무엇을 말하고 있는지를 이내 알아차리고 머슬머슬한 분위기를 없애기 위해 입을 헤벌쭉하게 벌리고 히죽거리며 웃었다.

김만기 역장은 사무실로 들어가 하릴없이 우두커니 나무 의자에 앉아 있는 역원들의 표정을 살폈다. 그는 역원들의 표정만 살펴도 그날 열차에 대한 소식을 읽을 수가 있었기 때문이다. 그는 최병태한테 효천역에 전화를 해봤느냐고 물어보려다 그만두고 통표도 없는 빈 가죽주머니와 전호기를 들고 승강장 쪽으로 나갔다. 역원들은 그런 김만기 역장을 말리지 않았다.

다시 뻐꾸기가 울었다. 5월의 아침 해는 맑은 하늘에 덩싯하게 떠올라 싱그러운 신록으로부터 수액들을 빨아들이기라도 하는 것처럼 구리철사 같은 햇살을 눈부시게 뻗쳐 내렸다. 눈부신 햇살로 안개가 숨을 죽이면 다시 송홧가루가 날리기 시작할 것이었다. 김만기 역장은 뻐꾸기 소리를 들으며 철로를 타고 정광리로 향해 걸었다. 그는 푸른색 전호기를 펼쳐 들고 햇빛 깔린 철길을 따라 걷다가 자기도 모르는 순간에 외마디 탄식을 토해내며 철로 위에 퍼지르고 앉았다. 명치끝에 삼지창이라도 꽂힌 듯한 참담한 얼굴에 철로에 주저앉은 김만기 역장은 손으로 철궤를 어루만지면서 연신 탄식의 한숨을 쏟았다.

"세상에…… 철로에 녹이 슬어부렀구만. 녹이 슬도록 열차가 오랫동안 끊기고 말었구만. 철로에 녹이 슬면 큰 변고가 생긴다는디…… 철로가 녹이 슬면 피를 많이 흘린다는디. 철로에 녹이 슬면 온통 세상이 피로 얼룩진다는디……."

김만기 역장은 탄식을 섞어 중얼거리면서 철로변에서 쑥을 한 움큼 뜯어다 녹이 슨 철궤를 힘껏 문지르기 시작했다. 그는 그렇게 얼마 동안 쑥을 뜯어다가 철궤를 문지르며 녹을 지웠다. 그러나 철길은 끝이 없었으며 그로서는 녹을 다 지울 수 없다는 것을 알고 햇빛 속에 침목을 깔고 맥없이 앉아서 정광리 산모퉁이 쪽에 귀를 기울였다. 그러나 이날 아침은 바람 소리조차 들려오지 않았다.

30년 전 장성역의 늙은 역장도 사흘째 끊긴 기차를 기다리다가 철로에 녹이 슨 것을 발견하고는, 녹슨 철궤를 쓰다듬으면서 통탄했었다. 늙은 역장은 마치 자신의 오장에 녹이 슬기라도 하는 것처럼 마음 아파하던 것이었다. 김만기 역장은 문득 30년 전의 그 늙은 역장의 모습을 다시 보는 듯한 기분이었다. 순간 그는 자신이 30년 전의 장성역으로 되돌아간 듯한 착각에 빠지고 말았다.

김만기 역장은 벌떡 일어서서 성큼성큼 침목을 밟고 정광리를 향해 걸음을 재촉했다. 그는 분명 열차가 기적을 울리며 남평역으로 휘어 들어오는 소리를 들었다. 그리고 그 기적 소리는 바람에 실려 점점 가까워지면서 그의 가슴에 커다란 구멍을 뚫었다. 김만기 역장은 푸른색 전호기를 팔이 뻐근해지도록 흔들어 대면서 정광리를 향해 헐근거리며 뛰어갔다.

그는 한참 뛰다가 등 뒤쪽에서 목청껏 역장님을 외쳐 부르는 소리를 들었다.

"역장니임 큰일 났습니다."

최병태 조역의 숨넘어가는 듯한 목소리에 김만기 역장은 걸음을 멈추고 천천히 몸을 돌려 뒤를 돌아보았다. 조금 전까지만 해도 큰 바람이 몰아쳐 오면서 산 모퉁이를 무너뜨리는 듯한 열차의 힘찬 기적 소리가 가슴을 뚫는 것만 같았던 것이, 사방이 갑자기 을씨년스럽도록 고즈넉하게 가라앉아 있었다.

"큰일이라니……?"

김만기 역장이 다소 퉁명스럽게 물었다. 그는 최병태한테 조금 전에 분명하게 열차의 기적소리가 들려왔다는 말을 하지 않았다.

"봉구 영감이 딸기를 실은 리어커를 끌고 십리재를 넘겠다고 방금 떠났습니다. 아무리 말려도 듣지 않더군요."

"그래서 어쩌자는 겐가?"

김만기 역장은 여전히 퉁명스럽게 반문했다. 최병태는 그런 김만기 역장을 한참 동안 의아한 눈길로 바라보았다.

"역장님이 직접 봉구 영감을 붙들어 보시라구, 봉구 영감이 역장님 말이라면 들을지도……."

최병태는 김만기 역장의 트적지근한 태도에 자신도 모르게 말끝을 흐렸다.

"내버려두소."

김만기 역장은 그때 앞산에서 뻐꾸기 소리가 들려오자 고개를 들고 손바닥을 펴 눈썹차양을 만들어 햇살이 눈부시게 꽂혀 내리는 산등성이 쪽을 한참 동안이나 올려다보았다.

"그까짓 딸기 때문에 목숨을 걸게 내버려 둬요?"

최병태가 그답지 않게 따지듯 퉁겨 물었다.

"자네가 봉구 영감의 심정을 모르는구만. 하기야 자네는 농사꾼이 아니니께 알 턱이 없제. 시방 봉구 영감 내외 심정은 나와 똑같은 거네. 아마 우리 준식이 때문에 애태우고 있는 내 심정과 같을 거로구만. 죽음을 각오허고 십리재를 넘었다고 허는 것은 돈 때문만은 아니라네. 내가 우리 준식이 때문에 열차를 애타게 기다리는 것이 아닌 것 모양으로…… 자네가 그런 봉구 영감 심정을 어찌 알 수가 있었는가. 봉구 영감이나 내나 기다리다 기다리다 지쳐버린 것일세. 병태 자네는 지금까지 살아오는 동안 목숨허고 바꿀 만큼 간절허게 무엇인가를 기다려본 적이 있었는가?"

최병태 조역은 김만기 역장의 말이 마치 꿈속에서 들려오는 것처럼 애매하게 느껴졌다. 그는 김만기 역장이 무슨 말을 하고 있는 것인지 확연하게 이해가 되지 않았다. 더욱이 봉구 영감과 김만기 역장 자신의 사정이 같다는 말에는 전혀 납득이 가지 않았다.

"자네는 지금까지 무엇을 간절하게 기다려 왔는가? 승진인가? 아니면 부자가 되는 것인가? 목숨을 걸 수 있을 정도로 간절하게 기다려본 경험이 있는가? 시방 자네가 기다리는 거는 뭔가? 그저 막연하게 무엇인가를 기다리고 있는 겐가?"

김만기 역장은 갑작스럽게 목소리를 높여 다급하게 물었다. 최병태는 그런 김만기 역장이 전 같지 않다고 생각했다.

"말해 보게, 자네가 기다리는 거는 뭔가?"

"우리는 지금 열차가 다시 개통되기를 기다리고 있지 않습니까?"

"그렇게 말할 줄 알았네."

"그렇다면 역장님께서는 뭘 기다리는데요? 아드님 소식을 가져다줄 열차를 기다리고 계시지 않습니까요?"

"내가 기다리는 것은 꼭 우리 준식이 소식만이 아닐세."

"그럼 역장님께서 목숨을 걸 수 있을 만큼 간절하게 기다리는 것은 뭐란 말입니까?"

"그것은…… 그것은 말일세…… 열차를 타고 아무데나 마음대로 오고 갈 수 있는 세상일세."

김만기 역장은 턱끝을 바짝 쳐들고 햇살이 눈부시게 쏟아지는 청명한 하늘을 올려다보며 마치 잠꼬대를 하는 것처럼 말했다. 최병태의 귀에는 김만기 역장의 그 같은 말이 현실감이 없게 들렸기 때문에 결코 되묻지 않았다.

"그나저나 봉구 영감 이대로 내버려 둘 겁니까?"

한참 후에 최병태가 따지듯이 다시 물었다.

"내버려 두라니까는!"

"돈 몇 푼 땜시 소중한 목숨을 걸어요?"

"돈 때문이 아니라고 했지 않은가. 나도 지금 헐 수만 있다면 이 철로를 따라 광주까지 걸어가서 내가 직접 열차를 끌고 오고 싶은 심정이네. 자네는 녹슨 철로가 안 보이는가?"

김만기 역장은 벌컥 화를 내는 목소리로 말하면서 철로 위에 맥없이 주저앉아 녹슨 레일을 손바닥으로 마구 문질러댔다.

"그러고 보니 철로에 녹이 슬었구만요. 저 철로에 녹이 슨 것은 처음봅니다요. 어쩌면 철로에 녹이 다 슬지요? 세상에 이럴 수가…… 철로에 녹이 슬다니……."

최병태도 김만기 역장 옆에 쭈그리고 앉으며 녹슨 철로를 신기한 듯 내려다보며 소리쳤다. 그러나 녹이 슨 철로를 보는 두 사람의 감정의 차이는 너무 컸다. 그것은 절망과 감탄의 차이였다.

"세상에 이럴 수가…… 철로에 녹이 슬다니…… 철로에 꽃이 피었구만요."

최병태는 여전히 감탄의 소리를 연발했다.

"내 눈에는 철로에 온통 피를 뿌려놓은 것같이 보이네."

"피를 뿌린 것 같다고요?"

"그렇다네. 철로에 녹이 슬 때는 사람이 많이 죽거든."

김만기 역장은 한숨을 내뿜듯 말하면서 고개를 들어 얼핏 십리고개 쪽을 보았다. 그때 그는 다시 가슴을 뚫는 듯한 열차의 기적소리를 들었다. 바람 한 점 불어오지 않은 정광리 산모퉁이 쪽에서 절경절경 디젤기관차가 긴 객차를 달고 바람을 쉥쉥 가르며 달려오고 있는 소리를 들은 것이다. 김만기 역장은 벌떡 일어서서 푸른 전호기를 펼쳐 들고 마구 흔들어대면서 정광리 산모퉁이를 향해 뛰어갔다.

"역장님 어디 가십니까?"

최병태가 그 자리에 서서 외쳐댔지만 김만기 역장은 그 소리를 듣지 못했다. 그의 귀에는 오직 열차가 기적을 울리고 바람을 가르며 남평역으로 달려오고 있는 소리만 가득 들려왔을 뿐이었다.

송홧가루가 부옇게 날리고 있는 죽령산 기슭에서 다시 뻐꾸기가 울기 시작했다.

『문학사상』, 1989.10

원과 한의 민족문학

김우종(문학평론가)

　문순태는 60년대 등단한 이래 계속 문단에 신선한 화제를 불러일으켰다. 그가 만들어나가는 작품의 세계는 다분히 새 세대의 새로운 감각이며 종전의 작가들이 대개 빠지고 있던 함정에서 벗어난 것이었기 때문이다. 그것은 이 작가가 우리 민족의 역사적 배경 속에서 소재를 끌어 올 때마다 두드러지게 나타나기 시작했다. 특히 6·25전쟁 당시의 비극적인 상황 속에서 젊은 시절을 보낸 작가들은 당시의 상황이 안겨준 흑백논리를 벗어나서 역사를 객관적으로 투시할 만한 여유를 지니기가 어려웠다. 남북이 대치된 상황이 50년대 문학 속에서 가장 큰 소재가 되고 있는데도 불구하고 그 같은 상황에 의한 판단이라는 것은 무조건 선·악으로만 구분이 되고, 그것은 반드시 어느 한쪽은 어떤 잘못이라도 정당화되고 나머지는 원수로서 영원히 갈라서야 된다는 입장이었다. 문순태의 소설에서는 그 같은 흑백논리를 초월해서 양쪽을 민족적 동질성의 차원에서 추구해 나가려는 의지가 강하다. 그러므로 50년대 작가들의 세계가 흑백논리에 의한 남북분단의 연장을 정신적으로 계속 반영해 나간 것이라고 한다면 문순태의 여러 작품은 화해 속에서 통일에의 가능성까지도 찾아보려는 테마가 나타나고 있다. 60년대 이후 일부 소수의 작가와 함께 이것은 분단의 민족 문학으로서 매우 중대한 변화를 가져온 것이라고 볼 수 있다.

그런데 문순태의 문학의 세계는 분단 민족의 역사적 과제에만 한정된 것은 아니다. 그는 가능하다면 아득한 신화시대까지도 소급해 올라가면서 역사적 상황의 근원적 뿌리를 끝없이 찾아 나가려고 한다. 그래서 60년대 이후 70년대나 80년대까지의 인물과 사건이 나타나더라도 그는 기회만 허용한다면 그들의 아버지와 할아버지 쪽으로 조상을 찾아 올라간다. 그래서 일제시대와 동학혁명 당시까지 기어 올라가면서 역사의 뿌리를 또 캐고 탐색을 계속하고 있다.

이 작가가 이렇게 찾아 나가는 역사의 뿌리는 무엇인가? 그것은 다시 말해서 원怨과 한恨의 뿌리다. 이 작가의 작품들 속에서는 자주 이 같은 용어를 발견하게 된다.

원망도, 한도, 앙칼스러움도 앙금처럼 가슴 밑바닥에 가라앉아 버린 사람이라면 그나마 생명도 없이 무감각하게 짓밟히는 돌멩이와 다를 바 없다. 체념과 한숨은 죽음과 가깝다. 원망과 한은 생명의 뿌리이며 희망이기도 하다.

—「미명의 하늘」에서

작자는 이렇게 원망과 한을 생명의 뿌리라고 작품 속에서 기술하고 있다. 원망과 한에 대한 이 같은 설명은 「미명의 하늘」에서 사건을 전개해 나가는 핵심적인 원동력이 된다.

원怨이란 무엇인가? 그것은 타인이 자기에게 한 일에 대해서 품고 있는 보복적인 감정이다. 그것은 대개 겉으로 드러내지 않고 감추고 있는 것이지만 언젠가는 무서운 불길로 타오르며 파괴력을 나타낸다. 이와 달리 한

恨은 가슴 밑바닥에 앙금처럼 가라앉은 것이다. 한은 오랫동안 시간의 이끼가 앉은 슬픔이며 그것은 체념과 한숨도 포함하고 있다. 이것은 작자가 「미명의 하늘」에서 풀이한 것과는 다르지만 한은 그처럼 조용히 가라앉은 슬픔이며 상대를 파괴하려는 보복심이 잠재한 것이 아니기에 원과는 다르다. 우리 민족은 원도 많았지만 슬픔을 내면적으로 이렇게 삭일 줄 알았기 때문에 끈질기게 생명을 이어 나갈 수도 있었다. 단 한은 체념과 한숨으로 일단 후퇴한 감정이지만 그것도 결코 사라진 슬픔은 아니다. 오랫동안 축적되어 나가는 것이기 때문에 그것도 언젠가는 폭발력을 나타내기도 한다. 또 우리는 그 같은 한을 지니고 있기 때문에 한을 풀기 위해서 강인한 생명력을 지니게 된다. 원과 한이 다 함께 생명의 뿌리이며 희망이기도 하다는 작자의 말은 그런 뜻에서 이해될 수 있으며, 작자는 그것을 작품의 도처에서 구체화해 나가고 있는 셈이다.

이런 점에 있어서 작자가 민족의 생명력이나 역사의 원동력으로 파악하고 있는 실체는 좀 특수한 것이다. 적지 않은 사람들이 역사의 발전 과정을 이데올로기나 제도적 변화에서 찾으려고 한 것과는 달리 작자는 그 모든 사건의 근원을 원과 한에서 찾고 있는 것이다.

이렇게 볼 때 문순태가 보는 역사관은 다분히 민중적 생명력에 바탕에 둔 것이다. 작품들 속에 나타나고 있는 모든 사건의 근원들은 그 같은 민중의 삶 속에서 생성되는 것이며, 그것이 역사를 밀고 나가는 것으로 나타나고 있기 때문이다. 6·25전쟁의 비극성도 그렇고 오늘의 분단 상황이 풀리지 않은 문제도 거기에 있다고 보고 있다. 그래서 작자는 원과 한의 문제를 끊임없이 파헤쳐 나간다. 일시적인 감정적 카타르시스로서 노래 속에서 한을 풀고 원을 달래는 정도의 것이 아니라 분단의 장벽을 허는 열쇠로서 원과 한의 문제를 다루어 나가고 있는 것이다. 해방 후 오랜 세월 동안에 우리 문학이 분단 민족이라는 역사적 배경 속에서 생성된 것이고 따라서 분단의 극복이 가장 근원적인 문제라고 한다면 이 작가의 작품 세계는 그런 뜻에서 해방 후 문학사에 나타난 매우 중요한 이정표가 되지 않을까?

1. 원과 한의 뿌리

「어머니의 성」에서 작자는 원과 한을 생명의 힘인 불로 해석하고 있음을 볼 수 있다. 주인공 손기태는 고향 월전리에서 어머니가 실종되었다는 소식을 듣고 귀향하게 된다. 광주에서 40리쯤 떨어진 곳이다. 그곳에 갈 때마다 극락재를 넘어야 한다. 극락재는 이 작품 속에서 특수한 상징적 의미를 지니고 있다. 월전리는 원과 한이 맺혀 있는 고장이며 그곳 사람들은 극락재를 넘어 딴 지방으로 감으로써 비극적 운명의 현장으로부터 탈출하게 된다고 믿는 셈이다. 이 작품은 기태가 고향으로 돌아가는 이야기로부터 시작하여 그의 아버지와 할아버지적 이야기가 전개되며 한의 의미가 구체화되는 것이다.

원래 손기태의 아버지 손막동은 박 참봉네 머슴이었다. 그리고 그의 아버지는 동학군에 가담했다가 단신으로 극락재를 넘어 할미산에 숨어들어 숯을 굽던 사람이다. 손기태의 가계는 적어도 이렇게 할아버지적부터 원과 한을 이어받은 것이다. 가난과 억눌림에 시달리다가 마침내 그 원한이 동학군의 불길로 타올랐던 것이요, 그 후 관군에 쫓기어 숨어 살며 숯을 굽게 되면서부터 그에게는 체념과 한숨의 한이 오래도록 쌓이고 쌓였다고 볼 수 있다. 한편으로 손기태의 할아버지는 주막의 과부 주모와 함께 살다가 또다시 슬픔을 겪는다. 술을 파는 아내가 머리에 기름 바른 사내들과 자는 것마저도 그대로 참고 견딤으로써 그는 또 다른 깊은 한이 쌓여 갔다고 볼 수 있다. 그리고 어느 날 아내는 정부情夫와 함께 자다가 불에 타 죽고 만다. 정부의 아들이 불을 질러버린 것이다. 어머니의 정부는 자기 친구 병태의 아버지였다. 그리고 병태가 그렇게 자기 아버지까지 불에 타 죽게 만든 원인은 손막동이가 병태를 심하게 때려 주었기 때문이었다. 그리고 손막동이 그랬던 원인은 또 병태 어머니가 손막동이 어머니에게 보복했기 때문이다. 이렇게 온갖 원한이 얽히면서 손기태 할아버지는 아내를 잃고 슬픔 속에 살다 가는 것이다.

여기서 손기태의 할아버지는 지배자에게 억눌려 온 피지배 계급으로서의 원을 그 후손에게 유산으로 남겨 준 셈이다. 그는 착취당하고 멸시당하며 억울하게 살았기 때문에 동학군에 가담해서 항거한 인물이며 그후 산속에 숨어 산 것도 그렇고 주막의 주모를 아내로 맞으면서 아내가 딴 사내들과 자는 것마저 말 못 하고 지낸 것이 그렇다. 그러니까 여기에는 지배자에 대한 보복적 감정으로서의 원이 있고 타고난 팔자에 대한 한이 있는 것이 아닐까? 이 같은 손기태 할아버지의 원한은 그 후 그의 아들 손막동에게 이어진다.

손막동은 아버지가 물려 준 가난 때문에 박 참봉 집의 머슴꾼이 된다. 여기서는 주인과 머슴과의 원한 관계는 나타나지 않기 때문에 손막동이 아버지의 원한까지 이어받아서 지배계층에 대한 양심을 드러내지는 않는다. 그 대신 가난한 머슴으로서의 한은 철저하게 나타나 있다. 숯을 구우며 산속에 살던 아버지가 어려서 자기를 혈육으로 떨구어 놓고 죽었으니까 가난의 설움은 철저히 한으로 맺히기 시작했다고 볼 수 있지 않을까?

이 같은 가난의 한이 결국 그의 아내와 살림을 차린 뒤에는 방보다 더 큰 쌀뒤주를 만드는 것으로 나타난다. 손막동은 그렇게 큰 뒤주를 만들어 놓고 쌀 50가마를 채우겠다는 결심을 하는 것이다. 굶주리고 자랐던 손막동이 쌀 50가마를 뒤주에 채워 놓는다는 것은 그의 맺힌 한을 푸는 방법이 된다. 그래서 그는 마침내 그 같은 소원을 성취한 후 가난에서 벗어나고 성취감을 맛보기도 하는 것이다.

쌀뒤주는 그 후 자식들에게 이어진다. 쌀뒤주에 쌀 50가마를 채우고 이를 계속 유지해 나간다는 것이 손막동의 절실한 바람인 이상 가난에 대한 한은 다시 제3대로 이어진 셈이다. 그리하여 박기만, 박기태, 박기수의 세 아들 중 셋째인 기수가 마지막까지 이 아버지의 유산을 떠맡고 쌀 50가마를 채우기 위해 고향에서 애를 쓰다가 마지막에는 쌀뒤주를 차라리 원망하게 되는 것이다. 왜냐면 그 뒤주가 바로 기수를 그 월전리의 피폐한 땅에 농사꾼으로 묶어 놓고 있는 것이기 때문이다.

원과 한이 이렇게 오랜 세월의 역사적 뿌리를 지니고 있다는 것은 「철쭉제」에서도 그렇고 「비석」에서도 그렇다.

「비석」의 주인공 손팔도의 할아버지 손우삼은 동학군에 가담했다가 처형당한 인물이다. 어느 고을의 농민이었던 손우삼은 동학혁명 당시 그 고을의 집강執綱이었음을 손팔도는 알게 된다. 할아버지 손우삼은 그처럼 동학혁명 당시 한 마을의 책임 있는 자리에 있다가 처형당했으며 그가 전봉준 장군으로부터 받았던 사발통문은 할머니가 소중히 간직하다가 손팔도에 이르러 발견된 것이다. 그러나 손팔도는 사발통문이 무엇인지도 모르고 있고 동학당은 못된 것으로만 알고 있었던 인물이다. 그것 역시 가난이 빚은 무지 때문이다. 손우삼이 억눌린 자로서 그 원한을 폭발시키며 혁명군에 가담했다고 한다면 그의 죽음은 다시 더 큰 원한으로서 할머니를 통하여 손자에게 이어진 셈이다. 손자 손팔도는 할아버지처럼 눌린 자로서의 뚜렷한 의식을 갖지는 않았지만, 그처럼 떳떳한 조상의 후손이었던 탓으로 그는 가난 속에서 목도꾼으로 전락하고 힘없는 자로서의 좌절 속에 빠져 있을 뿐이다. 그러다가 멸시와 천대 속에서 자라온 자신의 원한을 풀기 위해서 그는 목도질하던 큰 비석을 넘어뜨리고 싶어 한다. 그것은 바로 동학군을 때려잡은 공로자 이병태의 비석이었기 때문이다. 동학군을 때려잡은 조상들의 후손은 그 뒤로 지금도 잘살고 그처럼 커다란 비석을 세우는 것이며 그런 자에 의해서 억울하게 죽임당한 후손은 이제 그것도 모르고 그 비석을 세워주고 있는 것이 아닌가? 그래서 그는 맺힌 한의 폭발로 그 비석을 넘어뜨리고 싶어 하지만 자기와 같은 약자들에겐 그럴 힘이 없음을 알게 된다. 이것을 옆에서 지켜본 김달삼은 손팔도에게 이렇게 일러 준다.

그만 정신 채리고 내려가세. 이것은 자네 할아부지 탓이 아니고 우리가 못난 탓이네. 우리가 시방 뵈기 싫은 저눔의 비석 하나도 넘어뜨릴 힘이 없지 않은가. 할아부지 한을 풀어주는 길은 자네가 돈 많이 벌어갖고, 저눔에 비석보담 더 크게 세우는 일이여. 비석의 할아부지 함자 밑에, 이 어른은 동학 때 농사꾼들을 위해서 싸우다가 안핵사 이병태한테 잡혀 죽음을 당하셨느니라 하고 비문을 새기는 거여! 자네는 시방 저눔의 비석을 동강내뿔고 싶겠재만, 그것보담은 내 말대로 허는 것이 훨씬 고상헌 복수여!

할아버지의 원과 한은 이렇게 손자에게 이어진다. 그리고 손자는 비석을 넘어뜨려 복수함으로써 그 원한을 풀고 싶어 하게 되는 것이다. 그렇지만 그 같은 복수는 쉬운 일이 아니다. 그렇기 때문에 그 원한은 다시 내부로 잠재하며 마치 동면 속에서 봄을 기다리는 짐승처럼 기회를 기다리며 자손들에게 이어지는 것이다. 그리고 그 기회가 오게 되면 원한이 마침내 밖으로 한숨처럼 터져 나오면서 불이 댕겨지고 만다. 이것이 바로 민중을 주체로 볼 때의 역사적 변화의 원동력이 아닐까? 그것이 새로운 역사의 창조이든 또는 우리들의 소중한 평화의 말살이든 하여간 역사적 변화의 원동력으로서 원과 한이 점화되어 에너지로서의 불길이 되는 것은 사실이다.

「철쭉제」에서 보면 6·25전쟁 속에서의 민족상잔의 비극은 이데올로기보다는 오래전부터 잠재해 있던 구원舊怨 탓으로 나타나고 있다. 어느 날 박 검사는 오래전 6·25 때 학살당한 부친의 유골을 찾아내고 또 복수도 하려고 자기 고향 솔매마을에 내려간다. 학살당한 부친의 원한이 아들에게 이어진 것이다. 그는 고향에 가서 박 사장을 만난다. 그는 지금 잘사는 사업가지만 6·25때까지는 자기네 집 머슴이었으며 바로 박 검사의 부친을 학살한 장본인이다. 그는 박판돌(박 사장)을 앞세우고 지리산 천왕봉 밑의 세속평전까지 찾아간다. 아버지가 거기서 학살당했기 때문이다. 그런데 아버지의 유골을 찾아내고 박판돌에게 복수까지 하려 했던 그는 당시의 비극보다 앞서서 박판돌이 오히려 이쪽에 대한 원한이 있었음을 알게 된다.

박판돌의 어머니는 노비였다. 박 검사의 조부 박 참봉은 그녀의 몸을 처녀 때도 빼앗았을 뿐만 아니라 박판돌의 어머니가 된 뒤에도 수시로 몸을 빼앗았다. 사실이 탄로 나자 박 검사의 조부는 판돌의 아버지를 무마

하려고 자기네 족보에 이름을 올려 준다고 약속한다. 그렇지만 그것은 기만이었다. 박 참봉은 아들을 시켜서 판돌의 아버지를 지리산 속으로 끌고 가서 엽총으로 죽여 버리게 한 것이다. 판돌의 아버지를 죽인 자가 바로 박 검사의 아버지다. 대대로 내려온 천한 계급의 원한은 이처럼 아내를 빼앗기고 속임수의 약속을 받았다가 산속으로 유인되어 죽임을 당한 것이기 때문에 그 원한은 절정에 달한 것이다. 그 원한을 어머니가 자식에게 유언으로 남겨 주어 6·25라는 역사적 시간을 기다린 것이다. 그래서 부친의 원한을 풀고 어머니의 원한을 풀어 주기 위하여 판돌은 박 검사의 아버지를 죽인 것이다. 그러니까 작자는 6·25의 역사적 비극을 이데올로기보다도 이 같은 원한 관계가 더 깊은 뿌리를 이루는 것으로 파악하고 있다. 오랜 역사 속에서 다만 내면적으로 조용히 억제되고 있던 원한이 드디어 기회를 만나자 불이 댕겨지고 역사적 변화의 동력으로 작용하는 것이다. 다만 이 같은 복수는 전쟁을 도발한 자들의 입장에서 보자면 반가운 일이었겠지만 그것은 근본적으로 모든 것을 파괴하는 불길임은 더 말할 나위가 없다.

다른 작품에서 보면 이 같은 원과 한은 아득히 먼 옛날의 신화나 전설에까지 그 뿌리가 닿고 있다. 「어머니의 성」에서 손기태는 그의 고향 마을 아기 장수의 전설로부터 깊은 영향을 받는다. 그는 물론 자기 아버지 할아버지로부터 원과 한의 뿌리를 잇고 있지만, 그 마을에 전해지고 있는 아득한 과거의 아기 장수의 전설은 손기태로 하여금 제2의 아기 장수로 그 역할을 계승하게 만든다.

옛날에 이 고을의 가난한 백성들에게 조세를 내지 못한다고 관아의 행패가 심했을 때 아기 장수는 임금을 비난했었다. 그것은 임금이 백성을 잘 다스리지 못한 탓이라고, 그러면서 아기 장수는 어른이 되면 임금을 몰아내겠다고 했다가 이를 두려워한 마을 사람들이 아기 장수를 귀목나무에 묶어서 죽게 만든다. 손기태는 그 같은 전설 속에서 성장하며 마침내 대학생이 되자 데모에 주동자로 가담하게 되는 것이다. 스크럼을 짜고 구호를 외치며 거리로 뛰쳐나가서 독재 정권 물러가라고 손기태 아기 장수는 외친다. 그리고 최루탄 가스를 뒤집어쓴 채 돌진하다가 피를 흘린 채 어느 고층빌딩의 화려한 양장점 쇼윈도우 앞에 쓰러진다. 그 후 그는 열두 달 동안 감옥살이를 하고 제적당하여 궁핍과 좌절감에서 헤어나지 못하게 된다. 동학군에 가담했던 할아버지의 원과 한이 손자인 기태에 있어서는 한쪽으로 그 마을의 전설을 통해서도 이어지고 있는 것이다. 이렇게 작가 문순태는 원과 한의 뿌리를 아득히 먼 과거로 추적해 가고 있다.

2. 원한의 파괴력

작자는 「미명의 하늘」에서 "원망과 한은 생명의 뿌리이며 희망이기도 하다"고 전제했었다. 생명의 뿌리라는 것은 그 속에 등장하는 인물들이 역경 속에서도 참고 기다리며 미래의 어느 기회를 향해 나가는 강인한 의지이기 때문에 이것을 생명의 뿌리, 또는 희망이라고 하는 설명은 타당할 것이다.

그런데 이 같은 원과 한은 불길로 설명되어도 좋을 것이다. 왜냐면 그 것은 재 속에 묻어 둔 그것처럼 숨을 죽이고 있다가도 한번 타오르기 시작하면 무서운 위력을 발휘하기 때문이다. 다만 그 같은 힘이 어떻게 작용하는가가 문제다. 그것은 자신이나 또는 사회를 긍정적인 방향으로 창조해 나가기도 하지만 한편으로는 파괴도 가져오는 것이 아닌가? 「잉어의 눈」에서 보면 주인공 '나'의 아버지가 남쪽으로 피신해 내려간 후 적치하에 남아 있던 그의 어머니는 석구의 아버지에게 강간을 당하고 만다. '나'의 아버지는 공비토벌에 나서서 무수한 사람을 너무도 끔찍하게 죽인다. 그것은 이데올로기의 정당한 이유라는 선을 넘어서서 민족 앞에 죄를 짓는 학살의 형태로 나타나고 있다. 그 이유는 개인적 원한 관계는 아니다. 어쨌든 그가 그처럼 잔인한 방법으로 학살을 즐기고 있을 때 적 치하의 아내는 석구의 아버지로부터 강간당한 후 연못에 몸을 던져 자살해 버린 것이다. 그는 UN군의 반격으로 자기 고향에 돌아오자 아내 죽음에 대한 복수로 석구 아버지를 죽여 버린다. 아내가 자살한 연못으로 끌고 가서 목에 맷돌을 달아 연못에 수장시켜 버리는 것이다.

이 같은 복수는 결국 또 다른 복수를 일으킬 가능성이 크다. 복수가 복수를 낳는다는 것은 우리가 오랜 역사 속에서 경험해 온 바이며 그 파괴력은 얼마나 끔찍한 것인가?

이 같은 파괴력은 문순태의 여러 작품에서 나타난다. 「미명의 하늘」에서 주인공 김덕주가 오점례의 남편을 묶어 놓고 점례를 강간해 버린 것은 그 남편이 빨갱이였다는 것보다는 딴 이유가 설정되어 있다. 점례는 덕주가 사랑하던 여자다. 그런데 그녀는 딴 남자인 소금장수한테 시집가고 만 것이다. 그는 어느 추운 날 마지막으로 점례를 한 번만이라도 만나보고 싶었지만 끝내 나와주지 않았다. 밤새도록 눈 속에서 점례를 기다렸던 그는 원한을 품고 싸늘한 복수를 결심한다. 그것이 마침내 6·25 때 터지고 마는 것이다. 물론 덕주의 어머니와 동생이 경찰 가족이라는 것 때문에 학살을 당했으니 원한이 있는 것은 사실이다. 하지만 점례에게 한 행위는 동기가 근본적으로 다르다. 점례의 남편은 적치하에서 면당위원장을 지

냈지만, 덕주는 그를 빨갱이기 때문이라는 동기보다는 그것을 오히려 보복의 적절한 구실로 삼고 결국은 빼앗긴 사랑에 대한 복수로서 비인간적 행위를 하는 것이다. 철사로 그의 두 손목을 묶고 두 다리를 묶고 철삿줄이 살 속으로 파고 들어갈 만큼 펜치로 죈다. 그리고 바로 옆에서 그의 아내인 점례를 눕혀 놓고 강간해 버리는 것이다. 그런 일을 겪은 후 점례의 남편은 자살해 버리고 점례는 양공주가 된다. 살아남은 시부모와 자식들 때문에 처절한 인내 속에서 그들을 굶주림으로부터 건지기 위해 몸을 파는 것이다.

또 「말하는 돌」에서 주인공 나의 아버지가 학살당하는 것도 역시 부면장네 부자父子가 까치산 참나무숲에 끌려가 대창으로 찔려죽었고 그 학살의 앞잡이가 그 집의 머슴이었던 '나'의 아버지였다는 것 때문에 다시 복수의 죽임을 당하는 것이다. 여기서 '나'의 아버지는 오히려 주인댁의 재산을 보호하기 위해서 애쓴 사람이다. 그러니까 원한이라는 것은 이성적 판단을 갖지 못하고 애매하게 죄 없는 사람까지도 학살하는 것이다.

문순태의 여러 작품 속에 나타나는 원은 이처럼 맹목적인 파괴력으로 나타나는 것이다. 작자가 6·25전쟁 속에서의 민족상잔의 역사를 비판하는 이유는 그 같은 잔인한 맹목적 파괴성 때문이다. 50년 때까지만 하더라도 당시의 작가들은 흑백논리에 의해서 이쪽의 일부 학살은 언급하지 않거나 또는 정당화해 나가고 있었다. 어떤 작가는 부역한 남자가 피신한 후 고향에 남은 부모와 어린애들까지 학살하며 그것을 정당하다고 설명해 나가고 있다. 문순태의 경우에는 어느 한쪽의 것이든 정당한 재판에 의하지 않은 그 같은 행위는 모두 살인의 죄악으로 표현되고 있으며 어떤 정당성도 부여하지 않고 있다. 그것은 모두 역사에 있어서의 파괴행위로 판단되고 있는 것이다.

3. 불의 이미지

이 같은 복수행위를 불로써 표현한다면 그것은 다른 한편으로 창조적 행위도 겸하고 있다고 「어머니의 성」에서 표현하고 있다.

원과 한을 불이라고 할 때 그것은 과연 어떤 형태로 우리들의 삶 속에 구현될 수 있는 것일까?

작자는 「어머니의 성」에서 불의 이미지를 다각도로 살피고 있다는 점에서 특히 주목을 끈다.

손기태의 조부는 동학의 횃불을 들고 나섰다가 산속으로 도망친 후 숯을 굽고 산다. 동학의 횃불과 숯가마의 불을 통해서 그는 계속 불 속의 삶을 이어가고 있다. 그러다가 어느 날 자기 아내가 불 속에서 타 죽는 것을 보게 된다. 손기태의 아버지 손막동은 어려서 자기 어머니가 병태 아버지와 사랑의 불꽃을 태우다가 병태가 지른 불 속에서 타 죽고 아버지도 곧 세상을 떠났기 때문에 박 참봉대의 머슴이 되는 것이다. 이렇게 불길이 막동을 일찍이 고아로 만들었고 그래서 머슴이 되었지만, 그는 또 불 때문에 흠모하던 여인을 아내로 맞게 되기도 한다. 6·25전쟁이 터진 후 어느 날 누군가가 박 참봉 집에 불을 지른다. 박 참봉의 딸 박탄실은 불 속에서 타 죽기 직전에 그녀를 짝사랑하고 있던 손막동이에 의해서 구출되는 것이다. 이때 얼굴이 무섭도록 흉악하게 화상을 입은 박탄실은 손막동의 아내가 되고 박 참봉은 다섯 마지기 땅마저 나눠주게 된다. 불은 박 참봉대을 파괴하고 박탄실의 얼굴을 흉악하게 만들었지만, 그 대신 손막동은 불로 인해서 자기가 짝사랑하던 주인집 딸을 아내로 삼고 또 가난의 설움까지 풀어 버리며 여유를 갖게 되는 것이다. 그래서 불은 창조와 파괴의 두 가지 이미지로 나타난다.

불에는 두 가지가 있는듸, 하나는 바람같이 일어나는 불이고, 또 하나는 태워서 없애며 꺼져가는 불이다. 기만이 네 눔은 우리 살림을 몽땅 태워서 없애는 불이여!

이것은 작자가 보는 원한에 대한 기본적인 철학이라고 볼 수 있을 것이다. 원한의 불길은 이 세상 모든 것을 파괴해 버려야만 만족할 때도 있지만 만일 그것이 창조적으로 승화된다면 그것은 오히려 역사의 발전에 기여하는 것이기 때문이다. 다만 그 같은 창조적 행위로서의 원한의 불길은 그의 문학에서는 아직 구체적으로 나타나지 않은 셈이다. 다만 그것이 강한 생명력의 원동력이 되어 억눌린 자들에게 면면히 목숨을 이어가는 힘으로 작용하고 있다는 것을 보이는 것은 사실이다. 아마도 작자는 그 같은 창조적 발전에 앞서서 더욱 중요한 과제가 원한의 문제에 놓여 있기 때문이었을 것이다. 그것은 그 불을 창조적으로 이어 나가기 앞서서 우선 그것이 맹목적 파괴력을 발휘할 때 그 파괴력을 잠재우는 것이 더 중요했기 때문이 아니었을까? 그것을 화해의 의지 속에서 작자가 얼마나 집요한 테마로 추구해 나가고 있는지를 살펴보자.

4. 참회와 관용의 고해성사

파괴의 불길은 꺼야 된다. 원한이 복수로 나타날 때 그것은 다시 끝없는 원한과 복수의 악순환으로 이어진다. 결국은 다 함께 참여하고 용서하는 길밖에 없다. 그 같은 용서와 참회는 과연 가능한 것인가?

작자가 그것을 일본과 우리라는 다른 민족 간의 문제로 다룬 것이 「인간의 벽」이다. 이 작품은 조만복할아버지가 일본인 요시다에게 끌려서 일본행 비행기를 타고 가면서부터 시작된다. 그리고 다음에는 과거를 거슬러 올라가서 일본에 징용으로 끌려갔던 우리 민족이 얼마나 잔혹한 노예노동에 시달리다가 비참하게 죽어갔는지를 설명해 주고 있다. 그것은 결코 어느 누구도 용서하기 어려울 끔찍한 일본의 죄악이다. 그 비극의 만행에 있어서 중요한 책임자였던 자가 요시다. 그는 한국에 와서 노무자와 정신대 동원에 앞장섰던 악독한 책임자였던 것이다. 그가 당시의 과오를 뉘우치기 위해서 이제 조만복할아버지를 일본으로 데려가는 것이다. 그렇지만 그것은 당시에 그곳 지하 황궁 건설작업에 동원되었다가 기적적으로 유일하게 살아남은 조만복을 통해서 자기의 과오를 표면적으로 뉘우치는 쇼가 되고 만다. 조만복은 처음부터 그런 석연찮음을 눈치채게 되고 일본에 가서 요시다의 집에 묵고 있다가 마침 왕년에 지하동굴에서 탈출했듯이 그 집에서 탈출해 버리고 마는 것이다.

그런데 이 작품은 거의 실화에 가까우며 작자 자신의 실제적 경험이 반영되고 있다. 요시다는 한국에 사죄하러 왔던 실제 인물이며 작자 문순태는 이 작품에서 나타나는 것처럼 방송국 TV 앞에서 그의 참회의 눈물을 보고 그의 사과를 본의 아니게 받아들이는 역할을 한 일이 있다. 그런데 요시다는 작자와 미리 만났을 때 털어놓았던 모든 이야기를 모두 솔직하게 TV 앞에서도 털어놓을 줄 알았는데 실제로 촬영이 시작되자 시치미를 떼고 과거의 중대한 과오들에 대해서는 대답을 하지 않고 만 것이다. 전범자의 고해성사를 받아들이며 그가 흘리는 참회의 눈물을 전국 시청자에게 보여주고 우리 민족이 이제는 그들의 잘못을 용서해 주는 기회를 만든다는 연극, 작자는 확실히 이 같은 연극에 말려들었다는 석연찮은 느낌이 들게 된 것이다. 속았다는 느낌이 좀 더 확실해진 것은 그가 요시다와 함께 일본에 가서 그의 집을 보고 그의 가족들을 만났을 때다. 그가 군도를 차고 한국인들을 동원해서 쾌감을 만끽하던 시절의 사진이 자랑스럽게 걸려 있었고 그는 그것을 자랑하는 태도였기 때문이다. 또 자식들도 어느 한 사람 아비의 그것을 부끄러운 과오로 생각하지 않고 있다는 사실도 알아냈다. 또 이 같은 일이 있었던 직후 한일회담 관계가 이어졌다는 것은 과연 무엇을 의미하는 것일까? 과오를 뉘우치는 참회의 눈물까지도 정치적 쇼였단 말인가?

작자는 「인간의 벽」에서 결국 그 같은 참회와 이에 대한 용서가 얼마나 힘든 것인지를 나타내고 있다.

이것은 이민족 간의 원한 관계지만 남북한의 문제에서는 다르게 나타날 수도 있고 또 달라져야 한다는 것이 얼마나 중요한가 하는 의지를 거의 모든 작품에서 작자는 표명하고 있다. 「잉어의 눈」에서도 뚝보 박석구는 자기 아버지가 박 검사의 아버지에 의해서 살해당했지만, 그에게는 박 검사에 대한 원한이 없다. 오히려 자기 아버지가 박 검사의 어머니를 강간하고 자살하게 만들었다는 사실에 대하여 부끄럽게 생각하고 있다. 그리고 박 검사가 석구 아버지의 시체를 찾아주기 위해 온갖 애를 다 쓰자 오히려 그에게 고마워하고 있을 뿐이다.

인간은 이렇게 순수하고 착해질 수도 있는 것이며 시간의 흐름 속에서 우리는 모두 용서할 수 있음을 이 작품에서 암시하고 있는 것이다.

같은 민족이기 때문에 이 같은 화해도 가능한 것일까? 「말하는 돌」에서는 억울하게 죽은 아버지의 시체를 찾아내고 머슴 살던 아버지의 원한을 풀어 주기 위하여 아버지를 죽게 만든 부면장네 자식들과 마을 사람들에게 복수를 시작한다. 그래서 아버지를 죽인 자와 그 마을 사람들을 인부로 동원해서 아버지의 묘를 만든 것이다. 그렇지만 그것이 아버지의 죽음에 대한 원한의 풀이이며 또 가난의 한에 대한 풀이이기도 하다. 그 같은 원한의 분풀이가 얼마나 우스꽝스러운 것인가를 이 작품의 결말은 강조하고 있다.

또 「미명의 하늘」에서 김덕주는 과거에 저지른 잘못을 뉘우치며 뼈저린 회한 속에 산다. 그리고 점례에게 용서를 빌려고 그녀의 곁에 찾아가는 것으로 나타난다. 점례가 매춘부가 되고 말년에 이르러 혼자 남아 배추 리어카를 끌며 새벽길을 가는 모습에서 김덕주의 참회는 절정에 달한다. 이 같은 참회가 얼마나 소중한 것인지는 더 말할 나위가 없다.

「철쭉제」에서는 자기 아버지의 죽음에 대해서 복수를 하려고 고향에 내려갔던 주인공이 오히려 자기 아버지와 할아버지의 죄를 알고 상대방에게 용서를 빌게 된다.

이처럼 그의 여러 작품은 기나긴 세월 속에서 이어진 원한의 뿌리를 캐나가면서 그 원한의 극복을 기본적 주제로 삼고 있는 것이다.

과거를 용서하는 원한의 극복, 그것은 적어도 오늘날 분단 민족의 현실에서 보자면 남과 북이 서로 같은 민족으로서 모든 과거의 원한을 씻고 서로 만나자는 얘기가 된다. 그것은 결국 통일로 가는 길이다. 그 같은 용서가 과연 얼마나 가능한 것인지는 아직 의문이지만 작자의 그 같은 노력은 결코 값싼 꿈이 아니다. 우리 문학은 60년대부터 서서히 조금씩이나마 남북분단 상황에 대하여 그 같은 극한적 대립 관계의 극복에 관심을 기울이기 시작했다. 전쟁 도발자의 과오와 이데올로기를 비판하되 언젠가는 그들을 용서할 수도 있어야겠다는 것이다. 왜냐면 우리의 분단은 외국에 의해서 만들어진 것이며 우리는 언젠가 우리 자신의 의지로 다시 만나야 할 민족이기 때문이다. 원한의 근원적 뿌리를 캐고 그것을 풀어나가는 문순태의 문학은 그런 뜻에서 해방 후 우리의 민족 문학으로서 귀중한 업적이 될 것이다.

*이 글은 『인간의 벽』(나남출판, 1984)에 실린 초판 작품 해설임.

나는 매일 아침 눈을 뜰 때마다, 낭떠러지의 끝에 아슬아슬하게 서 있는 듯한 절망감을 느끼곤 한다. 역사적 현실로부터의 소외감, 작가로서의 현실적 불안감, 일상적 삶에서 생겨나는 의식의 단절감이 나를 언제나 절망케 하고, 다시 절망과 싸우는 의지력을 소생케 하기도 한다.

1974년 백제 유민의 한을 그린 「백제의 미소」라는 단편이 『한국문학』지의 신인문학상에 당선되어, 소설가로 출발한 후, 10년 동안 나는 잠시도 이 숙명적 고통의 늪에서 헤어나지를 못하고 있다. 나 자신이 쉬지 않고 갈아온 칼날은 언제나 나 자신을 위해 번뜩였고, 나 자신과 끊임없는 싸움으로 인하여, 절망과 극복의 커다란 함정 속에 갇힌 몸이 되고 말았다.

가난한 농사꾼의 아들로 태어나서, 조국 광복과 6·25와 4·19와 5·16 같은 역사의 격동기를 겪었고, 1980년 5월의 아픔을 지나오는 동안, 나의 삶과 의식은 갈기갈기 찢어졌다. 40여 년 동안 역사의 소용돌이 한가운데서, 때로는 부딪치고 더러는 이만큼 물러서서 살아온 지금에 와서 얻어진 결론은 "작가는 작품으로 말한다"라는 한 마디일 뿐이다.

첫 창작집 『고향으로 가는 바람』을 세상에 내놓을 때까지만 해도 나는 '문학은 역사의 칼'이어야 한다고 생각했었다. 중편소설 「청소부」나, 「여름 공원」, 「흑산도 갈매기」 같은 작품을 통해, 나는 사회와 역사 앞에 목청 돋우기 연습을 한 셈이었다. 그러다가 연작소설집 『징소리』에서 한恨이라는 것을 소설 미학으로 수용하여, 농촌근대화 과정에서 빚어진 고향 상실의 아픔을 그려보았고, 역시 연작소설집 「물레방아 속으로」와 중편 「철쭉제」, 「잉어의 눈」 등에서는 6·25를 재조명함으로써, 민족의 동질성을 접근시키는 노력을 해보았다. 그리고 장편소설『타오르는 강』에서는 역사 속에서 민중의 恨이 얼마나 큰 힘을 나타냈는가를 내 나름대로 보여주려고 했다.

고향이니, 한이니, 화해니, 짓밟힌 민중의 저력이니 하는 것들이 지금까지 내 소설에 뼈대를 이루어 온 셈이 되지만, 아직까지 '이것이다'하는 명쾌한 제시도 답변도 얻지 못했다. 그러고 보면 나는 지난 10년 동안 하나의 터널을 열심히 파 온 것 같으면서도 실상은 끝없는 의문의 삽질만을 계속해 왔다는 생각에 허탈하기만 하다.

인생에 완성이 없듯이 소설에도 완전한 작품은 기대할 수 없는 것인지도 모른다. 숱한 의문들을 풀어보려고 하였지만, 그 물음들에 대한 답변을 발견하지 못했다. 소설이란 무엇이며, 우리의 삶에서 소설은 어떤 역할을 하고, 작가는 무엇을 어떻게 써야 할 것인가 하는 물음들은 마치, 나는 누구이며, 나는 이 세상에서 어떤 존재이고, 어떻게 무엇을 위하여 살아야 하는가 하는 상식적이고 우스꽝스러운 질문과 같은 것이라는 생각과 일치한다.

내 대답은 우리는 역사와 사회와 인간을 이롭게 하기 위해 살아야 한다는 것과 같이, 소설 역시 역사와 사회와 인간의 편에 서야 한다는 것이다. 그러자면 작가는 아픔의 역사와 어둠의 사회, 그리고 약한 사람을 더 사랑하지 않으면 안 된다. 그런 점에서 작가는 다윈이나 아인슈타인보다는 예수나 슈바이처의 삶이어야 한다고 생각한다. 작가는 스스로 관념의 함정을 팔 것이 아니라, 더 나은 삶의 길을 내주어야 하기 때문이다.

'닫힌 사회'에서 분명한 목표를 잡지 못하고 우왕좌왕하는, 이 시대의 불행한 작가들은 모두가 낭떠러지 끝에 서 있는 듯한 역사적 절망감을 겪고 있을 것이 분명하다. 더러는 부딪히고, 마주 보고, 물러서고, 방관하고, 외면하고,

우회하면서, 번민을 이겨내고 있을 것이다. 그런가 하면 대중에 질질 끌려, 소설을 인스턴트 식품처럼 저급한 상품으로 전락시키기도 하고, 정공법에서 벗어나 실험이라는 이름으로 절망과 물음에 대한 탐색을 시도하기도 한다.

그러나 인생이 실험이 아니고 삶 자체이듯이, 소설 역시 삶의 참모습이 어야 한다고 생각한다. 작가는 과거라는 창문을 통하여 내일을 보는 예언 자적 통찰력을 가져야 하지만, 현실과 미래를 실험대 위에 올려놓을 수는 없는 것이다. 작가의 펜은 인간의 세포조직을 탐색하고 분석하는 과학자의 현미경이 아니고, 인간의 생명을 옹호하고 지키려는 의사의 청진기이며 메스여야 하기 때문이다. 또한 문학은 보기 싫고 뜻이 맞지 않는 것들을 비정하게 싹둑 싹둑 베어 버리는 싸움 칼이 아니고, 나무를 아름답게 가꾸기 위한 정원사의 가위와 같아야 하기 때문이다.

나는 광주 무등산 너머에서 태어나서, 무등산을 바라보며 자랐고, 지금도 무등산에서 날마다 희망으로 떠오르는 눈부신 태양으로 아침을 맞으며 살고 있다. 이처럼 44년 동안 고향을 떠나지 않고 있다고 해서, 누구인가 나를 "고 향을 지키는 작가"라고 하였다. 그러나 어찌 내가 고향을 지킨다고 말할 수가 있으랴. 다만 나는 바보스럽게도 서울 체질이 못 될 뿐만 아니라, 고향이 좋아 이러구러 한곳에 뿌리를 박고 있으면서, 고향 사람들과 고향의 아픈 역사를 내 나름대로 사랑하면서 지켜보고 싶을 따름이다. 그리고 내가 살아온 고향 의 역사와 인물 중에는, 민족 정서로서의 정한情恨이 아닌, 억눌리고 짓밟히고 버림받은 가학加虐으로 인하여 생겨난 점액질의 끈끈한 한을 안고 있는 소설 감들이 지천으로 널려 있어, 작가인 나에게 풍성한 자양제가 되어 준다.

어느 일본 작가가 "한국에는 소설 소재가 많아 한국 작가들은 행복하다" 라고 했다는데, 내 고향 전라도야말로 소설 소재의 보고임이 분명하다. 고향의 숱한 아픈 역사 한가운데에 서서, 농사꾼의 아들로 살아온 내 몸속에는 가난한 농부의 한스러움과 10대 종손이라는 부담스러울 만큼 운명적인 피가 흐르고 있어, 차마 고향을 떠날 수가 없는 것인지도 모른다.

그동안 나는 끊임없이 고향 이야기들을 써왔다. 『징소리』의 방울재, 『타오르는 강』에서 새끼네, 『물레방아 속으로』의 노루묵, 『달궁』의 월궁리, 『철쭉제』의 솔매마을, 「피아골」의 연곡사 골짜기 등은 우리 할아버지와 아버지들이 살아온 고향이다. 나는 지난 세대들이 살아온 고향 이야기를 쓰면서, 몇 번이고 우리 시대의 고향은 어디에 있는가 하고 스스로 반문해 보곤 하였다. 우리 시대의 고향은 바로 인간의 존재 양식이며 인간성 그 자체라고 스스로 답변해 본다.

그러나 고향은 축소개념도 확대개념도 아닌 '삶' 그 자체인 것이다. 가장 작은 것이 가장 세계적이라고 생각하지만, 세계적 보편성은 삶이라는 현장의 존재 속에 뿌리박고 있어야 할 것이다. 시쳇말로 튕겨내는 '지구촌' 시대의 고향은 역사 속의 삶과 그 삶 속의 나의 존재라고 믿는다.

그런 의미에서 이제 광주는 우리 모두의 고향이듯 내가 아침저녁으로 지켜보고 숨 쉬는 무등산 또한 우리들의 빛나는 산이므로 이 시대를 살아가는 누구라도 다 같이 한마음으로 사랑하고 지켜나가야 할 것이라고 생각한다.

다시 소설이란 무엇인가 하는 생각에 매달려 본다. 그리고 소설은 왜 필요한가 하고 자신에게 물어본다.

내가 작가가 되기 전 열심히 소설을 읽은 이유를 말하라면, 감동(재미)을 느끼고, 소설을 통해서 인생을 배우고, 소설 속에서 많은 인간과 만나고, 나 자신을 새롭게 인식하고, 역사와 현실을 알기 위해서였다고 대답할 수가 있을 것이다.

그리고 다시, 작가가 된 지금 누구인가 나에게 왜 소설을 쓰느냐고 묻는다면, 먼저 나 자신 구원받기 위해서이고, 독자들에게 지적인 재미를 제공하고, 내가 창조한 인생을 보여주고 싶기 때문이라고 말하겠다. 그리고 작가는 현실적, 역사적 존재이기 때문에, 인간 구원 외에도 사회와 역사를 구원하는 데까지도 마음을 쏟지 않으면 안 된다고 서슴없이 말하고 싶다.

인간은 철학적, 종교적 혹은 심리학이나 미학적 존재이기에 앞서 현실적, 역사적 존재이다. 철학이나 종교적 삶이 아니라도 어쩔 수 없이 현실 속에서 역사와 함께 살아가고 있기 때문이다. 그러면서도 인간은 때때로 현실과 역사로부터 탈출을 시도한다. 각박한 현실보다는 무지개 같은 이상을, 옳고 그름에 대해 책임과 의무를 부여하는 역사보다는 자아에 집착하는 소극적인 허무주의의 꿈에 만족하려고 하기 때문이다. 극복을 위한 삶보다는 도피를 통하여 쉽게 인생의 통로를 찾으려고 하기 때문이다. 이렇게 될 때 현실과 역사는 영원히 구원할 수 없는 생명 없는 무지개로 떠 있을 것이다.

과학 문명의 고도화와 함께 극단적 이념의 대립으로 곳곳에서 전쟁이 그치지 않고 있는 이 시대에, 작가의 사명은 인류가 함께 역사를 책임진다는 생각으로 인공위성이 달나라에 날아가는 것에 갈채를 보내기보다는, 먼저 이 지구 어디라도 맘대로 갈 수 있도록 이념의 높은 장벽을 허물어 버리는 열정을 쏟아야 할 것이다. 탈이데올로기야말로 역사를 인간을 위하는 쪽으로 발전시킬 수 있기 때문이다. 그러자면 작가는 철저하게 휴머니즘의 보호대 역할에 충실해야 한다. 인간을 사랑하고 보호해야 한다. 하느님이 인간을 창조하였듯이, 작가 역시 인물을 창조하기 때문에 예수적 소명감으로 인간을 사랑해야 한다.

소설이라는 것 자체가 인간의 창조적 이야기이다. 르네상스 이후 인본

주의, 인도주의를 거친 소설의 인간사랑은 이제 톨스토이나 도스토옙스키적 감상주의에서 벗어나, 전쟁과 가난으로부터 소외당한 인간을 보다 적극적으로 구제하고 사랑하며, 그들과 함께 사는 '제3휴머니즘'을 실천할 때인 것이다. 소설의 시작도 종착역도 휴머니즘의 실천일 뿐이다.

나는 휴머니즘을 생각할 때마다, 존 스타인 백의 『분노의 포도』에 마지막 장면을 떠올린다. 아기를 사산한 로자샨이 언덕의 헛간에서 굶어 죽어가는 한 남자에게 젖을 빨리게 하여 살려내는 장면이야말로 위대한 휴머니즘의 승리인 것이다. 일부 평자들이 이 장면에 대하여 "끝장이 아주 상스러운 가짜 상징수법이 되고 말았다"라고 혹평하는 소리에는 귀를 기울이고 싶지가 않다.

물론 나는 문학의 다양성을 인정한다. 모든 예술작품에는 생명이 있기 때문이다. 그리고 나는 작가일 뿐이다. 작가의 인간 사랑은 작품을 통해서만이 가능하다. 작가가 목이 쉬도록 소리를 높여 사랑을 외쳐대기보다는 작품을 통해서 가슴이 뻐개지도록 큰 아픔으로 인간을 끌어 안아줄 일이다.

창작집을 내준 도서출판 나남의 조상호 사장님께 감사드린다.

1984년 11월 문순태(*이 글은 『인간의 벽』(나남출판, 1984)에 실린 초판 작가 서문을 선집 편집 과정에서 작가와 상의하여 윤문하였음.)

수록 작품 발표 지면

작가 연보

1939년		10월 2일(음력) 전남 담양군 남면 구산리에서 아버지 문정룡과 어머니 정순기 사이에서 장남으로 출생.(출생신고를 늦게 하여 호적에는 1941년생으로 됨)
1946년	8세	전남 담양군 남면 남초등학교 입학. 10대 종손으로 훈장을 모시고 한문 공부를 함. 『천자문』, 『학어집』, 『사자소학』, 『명심보감』을 마침.
1950년	12세	초등학교 5학년 때 6·25전쟁 발발, 고향 사람들이 좌우익으로 갈리어 서로 죽이는 광경을 목격함.
1951년	13세	고향이 공비토벌작전지역에 해당되어 소개. 가족이 화순군 이서면 월산리 논바닥 토굴에서 생활. 이후 고향의 전답을 팔고 가족이 모두 광주 무등산 밑으로 이사함. 광주에서 아버지는 두부 배달과 막노동을 하고, 어머니는 도붓장사를 함. 어머니의 도붓장사하는 짐을 대신 지고 광주 인근 마을을 따라 다니거나 무등산에서 땔감을 해다 팜.
1952년	14세	전남 신안군 비금면 신월리로 이사, 비금면에 있는 중앙초등학교로 전학.
1953년	15세	외가가 있는 전남 화순군 북면 맹리로 이사, 화순군 북면 서초등학교로 전학. 공부를 하고 싶어 혼자 광주로 나와 학강초등학교 6학년으로 편입.
1954년	16세	2월 22일 광주 학강초등학교 졸업. 3월 2일 광주 동성중학교 특대장학생으로 입학. 이후 광주에서 자취, 토요일 수업 후, 매주 걸어서 고향 인근 마을에 사는 학생들과 함께 담양의 잣고개와 유둔재를 넘어 학교에서 25km 떨어진 곳에 있는 외가 마을의 집을 왕복함.

1957년	19세	2월 12일 광주 동성중학교 졸업, 3월 2일 광주고등학교 입학. 가족이 광주역 뒤 동계천의 판잣집으로 이사. 시인 이성부와 함께 당시 전남대학교 학생이었던 박봉우 선배를 만남. 광주 양림동에서 김현승 시인에게 시 쓰는 법을 지도 받음. 문예부에 들어가 김석학, 이성부, 윤재성과 함께 '문예반 4인방' 결성.
1958년	20세	서라벌예대 주최 전국 고교문예작품 모집에 시 당선.
1959년	21세	『전남일보』 신춘문예에 가명(김혜숙)으로 시 입선, 『농촌중보』(『전남매일』 전신) 신춘문예에 단편소설 「소나기」 당선, 『농촌중보』 시상식에서 소설가 한승원을 처음 만남.
1960년	22세	2월 20일 광주고등학교 졸업. 전남대학교 문리대학 철학과 입학.
1961년	23세	전남대학교 철학과에서 2학년을 마침, 전남대학교 용봉문학회 창립, 초대 회장을 지냄.
1963년	25세	김현승 시인이 숭실대학교로 옮기자, 숭실대학교 기독교 철학과 3학년에 편입. 숭대문학상에 시 「누이」 당선. 서울 신촌에서 자취를 하며 조태일 시인과 함께 김현승 시인 댁을 자주 방문함. 아버지가 47세로 세상을 뜨자 광주로 내려와 조선대학교 국문학과 3학년에 편입. 조선대학교 부속고등학교에서 독일어 강사로 일함.
1964년	26세	1월 5일 나주 영산포의 과수원집 딸 유영례와 결혼. 장녀 리보 출생.
1965년	27세	『현대문학』에 김현승으로부터 시 「천재들」 추천받음. 조선대학교 국문학과 졸업. 조선대학교 부속고등학교 독일어 교사로 부임.
1966년	28세	5월 6일 전남매일신문사 기자로 입사. 기자 생활을 하면서 전라도 지방의 토속 자료를 수집하고 역사적 사건들을 취재하여 정리한 『남도

의 빛』 발간. 장남 형진 출생.

1968년　30세　제4회 한국신문상 수상. 차녀 정선 출생.

1972년　34세　전남매일신문사 정치부장으로 승진. 신문 기자 생활에 매력 잃고 소설 습작 시작. 매주 서울로 김동리 선생을 찾아가 소설 공부.

1974년　36세　『한국문학』 신인상에 단편 「백제의 미소」 당선. 이때 송기숙·한승원 등과 『소설문학』 동인 활동. 독일 뮌헨대학 부설 '괴테 인스티튜트'에서 독일어 어학 과정을 마치고 귀국. 「백제의 미소」(『한국문학』 6월호), 「불도저와 김노인」(『한국문학』 10월호) 발표.

1975년　37세　조선대학교 사대 독일어과 교수로 자리로 옮겼다가 한 학기를 마치고, 전남매일신문사 편집부 국장으로 되돌아옴. 단편 「아버지 장구렁이」(『한국문학』 3월호), 「열녀야 문 열어라」(『월간중앙』 5월호), 「빈 무덤」(『시문학』 6월호), 「상여울음」(『세대』 10월호), 「무서운 거지」(『소설문예』 12월호), 중편 「청소부」(『창작과비평』 봄호) 발표.

1976년　38세　단편 「멋장이들 세상」(『월간중앙』 3월호), 「기분 좋은 일요일」(『뿌리깊은나무』 11월호), 「무너지는 소리」(『한국문학』 11월호), 「여름 공원」(『창작과비평』 가을호) 발표.

1977년　39세　단편 「복토 훔치기」(『월간대화』 1월호), 「고향으로 가는 바람」(『월간중앙』 3월호), 「말 없는 사람」(『신동아』 6월호), 「돌아서는 마음」(『시문학』 10월호), 「금니빨」(『뿌리깊은나무』 12월호, 「금이빨」로 작품명을 바꾸어 본 선집에 수록) 발표. 첫 번째 중·단편소설집 『고향으로 가는 바람』(창작과비평사) 출간.

1978년　40세　단편 「번데기의 꿈」(『한국문학』 3월호), 「안개 우는 소리」(『문예중앙』 가을호), 「깨어있는 낮잠」, 「흑산도 갈매기」(『신동아』 12월호), 중편

「감미로운 탈출」(『한국문학』 7월호), 「징소리」(『창작과비평』 겨울호) 발표. 실록 장편소설 『다산유배기』를 『세대』에 연재. 평전 『의제 허백련』(중앙일보사) 출간.

1979년 41세 단편 「저녁 징소리」(『한국문학』 3월호), 중편 「말하는 징소리」(『신동아』 6월호), 「마지막 징소리」(『문학사상』 9월호) 발표. 장편 『걸어서 하늘까지』를 『일간스포츠』에 연재. 두 번째 중·단편소설집 『흑산도 갈매기』(백제출판사) 출간.

1980년 42세 전남매일신문사에서 반체제 기자라는 이유로 해직당함. 단편 「하늘새」(『뿌리깊은나무』 8월호), 「탈회」(『한국문학』 12월호), 중편 「무서운 징소리」(『한국문학』 2월호), 「물레방아 속으로」(『문학사상』 6월호), 「달빛 아래 징소리」(『한국문학』 7월호), 단막희곡 「임금님의 안경을 누가 벗길 것인가」 발표. 대하소설 『타오르는 강』을 『월간중앙』에 4월부터 연재한 후 순천당에서 1권 출간. 장편 『걸어서 하늘까지』 상·하(창작과비평사), 첫 번째 연작소설집 『징소리』(수문서관) 출간. 성옥문학상 수상.

1981년 43세 천주교에 입교(세례명 프란치스코). 단편 「말하는 돌」(『소설문학』 1월호), 「물레방아 소리」(『문예중앙』 봄호), 「달빛 골짜기의 통곡」(『월간조선』 3월호), 「난초의 죽음」(『소설문학』 11월호), 「황홀한 귀향」(『문학사상』 11월호), 중편 「물레방아 돌리기」(『문학사상』 5월호), 「철쭉제」(『한국문학』 6월호)에 발표. 장편 『아무도 없는 서울』을 『여성동아』에, 『병신춤을 춥시다』를 『신동아』에 연재. 대하소설 『타오르는 강』 1~3권(심설당)과 두 번째 연작소설집 『물레방아 속으로』(심설당) 출간. 숭실대학교(구 숭전대) 대학원에 입학하여 김동리의 소설 창작 강의를 받음. 제1회 소설문학 작품상, 전라남도 문화상, 전남문학상 수상.

1982년	44세	문화공보부 주관 문인 유럽여행. 무크지 『제3문학』(한길사)으로 백우암·김춘복·윤정규·송기숙 등과 활동. 단편 「살아 있는 길」(『한국문학』 2월호), 「잉어의 눈」(『문학사상』 5월호), 「병든 땅 언덕 위」(『정경문화』 8월호), 「목조르기」(『소설문학』 9월호), 「노인과 소년」(『기독교사상』 12월호), 「탈회」(『행림출판』), 중편 「유월제」(『현대문학』 5월호), 「어머니의 땅」(『문학사상』 9월호) 발표. 장편 『피아골』을 『한국문학』(1982.4~1984.7)에 연재. 장편 『병신춤을 춥시다』(문학예술사), 『아무도 없는 서울』(태창문화사), 『달궁』(문학세계사) 출간. 장편소설 『달궁』으로 제1회 문학세계 작가상 수상.

1983년	45세	숭실대 대학원 국문과 졸업(석사논문 「한국문학에 나타난 한의 연구」). 광주에서 무크지 『민족과 문학』 편집위원으로 참여. 단편 「미명(未明)의 하늘」(『현대문학』 1월호), 「패자의 여름」(『소설문학』 1월호), 「거인의 밤」(『문학사상』 3월호), 「숨어사는 그림자」(『현대문학』 12월호), 「개안수술」(『홍성사』) 발표. 장편 『성자를 찾아서』를 『문학사상』에, 『연꽃 속의 보석이여 완전한 성취여』를 『수문서관』에 연재. 세 번째 중·단편소설집 『피울음』(일월서각) 출간. KBS TV 8부작 〈신왕오천축국전〉 취재팀 일원으로 6개월간 인도, 파키스탄 탐방. 인도기행문 『신왕오천축국전』 발간(KBS). 역사기행문 『유배지』(어문각), 첫 번째 산문집 『사랑하지 않는 죄』(명문당) 출간.

1984년	46세	단편 「어둠의 춤」(『소설문학』 1월호), 「비석(碑石)」(『문학사상』 1월호), 「두 여인 1」(『경향잡지』 3월호), 「두 여인 2」(『경향잡지』 4월호), 「할머니의 유산」(『학원』 6월호), 「인간의 벽」(『문학사상』 8월호), 「살아있는 소문」(『소설문학』 10월호), 중편 「무당새」(『한국문학』 9월호), 「어머니의 성(城)」 발표. 네 번째 중·단편소설집 『인간의 벽』(나남출판) 출간.

1985년	47세	2월 1일 순천대학교 국어교육과 교수 취임. 단편 「대추나무 가시」

(『문학사상』 2월호), 「황홀한 탈출」, 중편 「제3의 국경」(『한국문학』 11월호) 발표. 장편 『한수지』를 『서울신문』에, 『소설 신재효』를 『음악동아』에 연재. 장편 『피아골』(정음사) 출간.

1986년   48세   단편 「어둠의 강」(『현대문학』 5월호), 「사표 권하는 사회」(『문학사상』 7월호), 「살아있는 눈빛」(『소설문학』 9월호), 「안개섬」(『한국문학』 9월호), 「초가와 노인」, 「우울한 귀향」, 「우리들의 상처」, 중편 「일어서는 땅」 발표. 기행문인 『동학기행』(어문각), 다섯 번째 중·단편소설집 『살아 있는 소문』(문학사상사) 출간.

1987년   49세   단편 「달리기」(『문학정신』 1월호), 「살아남는 법」(『문학정신』 1월호), 「뒷모습」(『동서문학』 4월호), 중편 「문신의 땅」(『문학사상』 1월호), 「문신의 땅 2」(『한국문학』 3월호), 「호랑이의 탈출」(『월간경향』 11월호) 발표. 장편 『어둠의 땅』을 『주간조선』에 연재. 장편 『한수지』 1~3권(정음사), 『빼앗긴 강』(정음사), 『타오르는 강』(창작사) 출간. 중편집 『철쭉제』(고려원) 출간.

1988년   50세   순천대학교 교수직을 그만두고 『전남일보』 창간과 함께 초대 편집국장으로 부임. 단편 「한국의 벚꽃」(『현대문학』 3월호), 중편 「꿈꾸는 시계」(『문학사상』 4월호) 발표. 장편 『가면의 춤』을 『부산일보』에 연재. 여섯 번째 중·단편소설집 『문신의 땅』(동아) 출간.

1989년   51세   단편 「녹슨 철길」(『문학사상』 10월호), 장막 희곡 『황매천』(『민족과문학』) 발표. 장편 『대지의 사람들』을 『국민일보』에 연재. 『타오르는 강』 전7권(창작과비평사) 출간.

1990년   52세   단편 「소년일기」(『현대소설』 6월호), 장편 『가면의 춤』 상·하(서당), 『걸어서 하늘까지』 상·하(창작과비평사) 출간. 위인전 『김정희』(삼성출판사) 출간. 작품집 『문순태 문학선』(삼천리) 출간. 일곱 번째 중·단편소설집 『꿈꾸는 시계』(문학사상) 출간.

1991년 53세 『전남일보』 주필 부임. 중편 「정읍사」(『현대문학』) 발표. 소설창작이론집 『열한 권의 창작 노트 – 중견작가들이 말하는 나의 소설쓰기』(도서출판 창) 출간.

1992년 54세 카자흐스탄과 우즈베키스탄 여행. 카자흐스탄국립대학교 한국학과에서 '한국 소설의 흐름' 강연. 단편 「낯선 귀향」(『계간문예』 봄호), 「느티나무와 당숙」(『문학사상』 12월호) 발표. 장편 『느티나무』를 『계간문예』에 연재. 장편 『다산 정약용』(큰산) 출간. 두 번째 산문집 『그늘 속에서도 풀꽃은 핀다』(강천) 출간. 흙의 예술상 수상.

1993년 55세 단편 「최루증(催淚症)」(『현대문학』 7월호) 발표. 장편 『한수별곡』 상·중·하(청암문화사), 『도리화가』(햇살) 출간. 세 번째 연작소설집 『제3의 국경』(예술문화사) 출간.

1994년 56세 중편 「시간의 샘물」(『문학사상』 8월호), 「오월의 초상」(『한국문학』 9월호) 발표.

1995년 57세 광주·전남 민족작가회의 회장. 조선대학교 이사. 단편 「똥푸는 목사님」(『한국소설』) 발표.

1996년 58세 광주대학교 문예창작과 교수 취임. 단편 「흰 거위산을 찾아서」(『문학사상』 8월호, 「흰거위산을 찾아서」로 작품명을 바꾸어 본 선집에 수록), 중편 「느티나무 타기」(『현대문학』) 발표. 장편 『5월의 그대』를 『전남일보』에 연재.

1997년 59세 단편 「느티나무 아저씨」(『내일을 여는 작가』 7월호), 「무등산 가는 길」(『21세기 문학』 가을호), 「세상에서 가장 슬픈 이야기」(『문학사상』 11월호), 중편 「꿈길」(『문예중앙』 여름호) 발표. 장편소설 『느티나무 사랑』

1~2권(열림원) 출간. 여덟 번째 중·단편소설집『시간의 샘물』(『실천문학사』) 출간.

1998년 60세 장편소설『포옹』1~2권(삼진기획) 출간. 대학 교재『소설 창작연습』(태학사) 출간.

1999년 61세 단편「똥치이모」(『한국소설』),「아무도 없는 길」(『현대문학』),「혜자의 반란」(『문학사상』 3월호) 발표.

2000년 62세 대안신문『시민의 소리』 발행. 광주·전남 반부패연대 공동대표. 단편「끝을 향하여」(『문학과의식』 봄호),「느티나무 아래서」(『문예중앙』 가을호),「자전거타기」(『정신과표현』) 발표. 장편『그들의 새벽』1~2권(한길사) 출간.

2001년 63세 겨울, 척수 종양 수술. 단편「문고리」(『문예중앙』 봄호),「나는 미행당하고 있다」(『문학사상』),「그리운 조팝꽃」(『미네르바』) 발표. 장편『정읍사 - 그 천년의 기다림』(이룸) 출간. 오방 최흥종 목사 실명소설『성자의 지팡이 - 영원한 자유인』(다지리) 출간. 소설창작이론서『소설 창작 연습 - 그 이론과 실제』(태학사) 출간.

2002년 64세 단편「마감 뉴스」(『문학나무』),「운주사 가는 길」(『문예운동』) 발표. 중편「된장」(『문학과 경계』 봄호) 발표. 장편『나 어릴 적 이야기』를『정신과 표현』에,『자살 여행』을『미르』에 연재. 아홉 번째 중·단편소설집『된장』(이룸) 출간.

2003년 65세 단편「늙은 어머니의 향기」(『문학사상』 11월호,「늙으신 어머니의 향기」로 개고해 본 선집에 수록),「만화 주인공」(『한국소설』),「대나무 꽃 피다」(『미네르바』) 발표. 장편동화『숲으로 간 워리』(이룸) 출간.

2004년 66세 단편「영웅전」(『동서문학』),「은행나무 아래서」(『작가』) 발표.「늙으신 어머니의 향기」로 이상문학상 특별상 수상. 광주광역시 문화예술상 수상.

2005년　67세　단편 「수줍은 깽깽이꽃」(『한국소설』), 「울타리」(『계간문예』), 중편 「감로탱화」(『문학사상』) 발표. 동화집 『숲 속의 동자승』(『자유지성사』) 출간. 장편 『41년생 소년』(랜덤하우스 중앙) 출간.

2006년　68세　광주대학교 정년퇴직. 담양군 남면 만월리 144번지(생오지)로 거처 옮기고 「생오지 문학의 집」 개설. 단편 「눈향나무」(『불교문학』), 「탄피와 호미」(『문학들』) 발표. 열 번째 중·단편소설집 『울타리』(이룸), 세 번째 산문집 『꿈』(이룸). 작품집 『울타리』로 요산문학상 수상.

2007년　69세　'생오지 문학의 집'에서 소설 창작 강의. 단편 「황금 소나무」(『21세기 문학』), 「대 바람 소리」(『문학사상』), 「생오지 가는 길」(『좋은 소설』) 발표.

2008년　70세　국립아시아문화전당조성위 부위원장 임명. 생오지 문예창작촌 개설, 봄과 가을에 생오지 문학제 개최. 단편 「그 여자의 방」(『문학사상』), 「일기를 쓰는 이유」(『한국문학』), 중편 「생오지 뜸부기」(『계절문학』) 발표. 장편 『타오르는 별들』을 『전남일보』에 연재. 작품집 『울타리』로 한국가톨릭문학상 수상.

2009년　71세　봄과 가을에 생오지 문학제 개최. 단편 「은행나무처럼」(『21세기 문학』, 「은행잎 지다」로 작품명을 바꾸어 본 선집에 수록). 『전남일보』에 광주학생독립운동을 소재로 한 장편 『타오르는 별들』 연재 이후, 『알 수 없는 내일』 1~2권(다지리)으로 제목을 바꿔 출간. 열한 번째 중·단편소설집 『생오지 뜸부기』(책만드는집) 출간. 네 번째 산문집 『생오지 가는 길』(눈빛) 출간. 담양군민상 수상.

2010년　72세　단편 「자두와 지우개」(『계간문예』 가을호), 「돌담 쌓기」(『시선』 봄호)

발표. 작품집『생오지 뜸부기』로 채만식문학상 수상. 조대문학상 대상 수상.

2011년　**73세**　(사)광주문화재단 이사. 모친 97세로 소천. 단편 「아버지와 홍매」(『21세기문학』, 「아버지의 홍매」로 작품명을 바꾸어 본 선집에 수록), 「안개섬을 찾아」(『문학바다』, 「안개섬을 찾아서」로 작품명을 바꾸어 본 선집에 수록), 「휴대폰이 울릴 때」(『동리목월문학』) 발표. 어린이 그림책『빛과 색채의 화가 오지호』(나무숲) 출간. 다섯 번째 산문집『그리움은 뒤에서 온다』(오래) 출간. 담양대나무축제 이사장.

2012년　**74세**　대하소설『타오르는 강』(전9권, 소명출판) 완간. 재단법인 생오지문학촌 설립 이사장 취임.『타오르는 강』 북콘서트 개최.

2013년　**75세**　2년제 생오지문예창작대학 개설. 광주문화방송 시청자위원장. 단편 「시소타기」(『창작촌』), 조아라 실명소설『낮은 땅의 어머니』(광주 YWCA), 시집『생오지에 누워』(책만드는집) 출간. 한림문학상 수상.

2014년　**76세**　생오지문예창작촌 주최로 영산강문학 심포지엄 개최('영산강, 문학에 스미다'). 대하소설『타오르는 강』의 어휘 사전인『타오르는 강 소설어 사전』(소명출판) 출간. 제9회 생오지문학제.

2015년　**77세**　광주전남연구원 이사장 취임. 광주U대회 개폐막식 시나리오 작업. 단편 「시계탑 아래서」(『문학들』 여름호) 발표. 장편『소쇄원에서 꿈을 꾸다』(오래) 출간. 광주일보에 문순태 칼럼 연재.『소쇄원에서 꿈을 꾸다』로 송순문학상 대상 수상. 자랑스러운 광고인 대상 수상.

2016년　**78세**　박근혜 정부 블랙리스트문인 명단 포함. 단편 「생오지 눈무덤」(『문학들』), 「흐르는 길」(『광주전남소설문학회』) 발표. 열두 번째 중·단편소설집『생오지 눈사람』(오래) 출간. 시 「멸치」(『딩아돌하』) 발표.『문화일보』에「살며 생각하며」칼럼 연재. 세브란스병원에서 위암 시술.

2017년 79세 세계문학페스티발 행사로「한승원·문순태 문학토크쇼」진행(담양문
화원).「창작의 산실 – 나의 문학 어디까지」(『월간문학』). 『기억과 기
억들』(씽크 스마트)에 현기영 등 한국 대표 분단작가 5명의 작품을 중
심으로 분단역사 체험에 대한 인터뷰 수록.

2018년 80세 시집『생오지 생각』(아침고요) 출간. 여섯 번째 산문집『밥 한 사발 눈
물 한 대접』(아침고요) 출간. 한국소설가협회 최고위원. 작가협회 주
최 '영산강문학 포럼'에서 '영산강과 서사문학' 주제 발표. 광주전남
연구원 '남도학 강좌'에서 '영산강의 인문학적 자원' 강연. 시「그 이
름」(『세계일보』) 발표. 시「홍어」(『서은문학』) 발표.

2019년 81세 한국산학연구원 '하우 투 리브' 인문학 강연. 광주문학관 건립추진위
원. 전남도 인재육성추진위원.

2020년 82세 홍어를 소재로 한 100여 편의 시 가운데 한 편을『한국가톨릭문인회
지』11월호에 발표, 2019 광주 세계수영선수권대회 주제 제정 자문
위원장을 역임하고 체육훈장 기린장 수상(12월).